在文本与历史之间

中国古代诗学意义生成模式探微

（修订本）

李春青 ◎ 著

人民出版社

目　　录

上编　观念分析

下编　文本分析

绪　论　古代文论研究的文化意义

——对一种恰当的阐释态度的探寻

应该如何面对中国古代文论的丰富资源？这已经算得上一个老话题了。我们之所以还来谈论这个话题，是因为它还远远没有说完，依然有话可说。譬如，我们为什么要研究古代文论？古代文论话语所暗含的文化意蕴对今天是否具有积极意义？准确把握古文论话语的本真意义是否可能？作为阐释主体，我们需要怎样的态度和方法？换言之，阐释主体应该如何确定自己的阐释立场？这些都是每一个研究者不能回避，却又不易解决的问题。这些问题不解决，任何阐释行为都将是盲目的，而盲目的阐释行为当然也就难以获得真正的意义与价值。

一　在对待古代文论的态度上存在的主要问题

在正面阐述个人的观点之前，似乎有必要对当前古代文论研究中存在的一些具有普遍性的问题进行简要评述。

首先是所谓"失语症"的问题。这本来不是直接的古文论话题，但它隐含着对古代文论的一种很大的期望，所以对古文论的研究来说也就具有影响。"失语症"的提出，无疑是基于对大量西方学术话语充斥学界这一现状的不满。这当然不仅仅是文学理论方面的事，它可以涵盖当代中国整个学术界。

"失语症"的提出者们之所以认为这个话题是有意义的，那是因为在他们看来，我们是可以不患这种病症的。他们这种自信的依据，自然是我们身后存储的那无比丰富的话语资源。换句话说，他们认为中国古代文论话语（经过选择和转换）应该成为当今我们的文学理论与批评的主要话语形式。有的论者看到这种想法不大容易操作，因此认为"失语症"问题是一个缺乏意义的话题。然而我却以为"失语症"这个提法本身即具有极为重要的象征意义——它表征着 20 世纪以来几代中国学人的一种"基本焦虑"。从洋务派的"中体西用"到国粹派的"中西会通"，从新儒家的"中西互为体用"到当下学人的"现代转换"，均可视为这种"基本焦虑"的话语显现。现代学人的这种苦苦寻求也许无补于事，也许幼稚浅薄，有的甚至可能近于荒谬，但他们上演的都是悲剧而非喜剧。这种悲剧不是他们个人的而是历史的，是人类不同文化类型演变、碰撞的产物。

就对古代文论的态度而言，"失语症"提法的意义，不在于引导我们放弃西方学术话语而转向古代、用古代文论的话语资源来建构现代文学理论，而在于提醒我们应该认真反思一下对待古代文论的态度，从而找到作为阐释者的恰当立场。或许正是出于探寻恰当阐释立场的目的，人们提出了中国古代文论的"现代转换"的口号。

与"失语症"的提法一样，"现代转型"也是现当代学人"基本焦虑"的话语形式。从纯理论层面上看这一提法是完全合乎逻辑的——古代的文论话语资源经过现代阐释与改造，从而建构成一种新型的、中西合璧的，既有现代精神，又有传统意蕴的文艺理论话语系统。这是多么令人振奋的理论建构呀！但是这一建构工程所面对的难题却是难以解决的——我们面对的绝不是孤立的古代文论，而是整个中国古代文化。因为中国古代文论是与作为整体的中国古代文化血肉相连的。在价值观念上，古代文论的基本范畴无不可以视为古代文化基本旨趣的醇化（审美化）形式；在思维方式上，古代文论更是古代文化的集中体现。这就意味着中国古代文论的"现代转型"问题，实质上也就是整个中国古代文化的"现代转型"问题。事实上，"现代转型"的提法最初正是海外华人学者（主要是新儒家们）提出的，是针对整个中国古代文化，主要是儒家文化而言的。当然我们也可以说，将古代文论的"现代转型"与古代文化的"现代转型"视为一体化的建构工程也未尝不可呀！

然而问题更严重了：中国古代文化是与中国古人的生存方式直接相连的，它就是这种生存方式的话语形态。这样一来，"现代转型"的问题就不简单的是一种理论的建构了。

但是这并不意味着"现代转型"的话题是毫无意义的。中国古代文论的"现代转型"与中国古代文化的"现代转型"一样，绝对是有着重要理论的和实践的意义的话题。这可以从两个方面来说明：其一，事实上中国古代文化与文论早已处于"现代转型"的过程中了。谁要说我们现在完全生活在外来文化之中，那当然会被斥为痴人说梦。但我们毫无疑问也不是完全生活在传统文化之中。那么我们生活的文化环境是什么？正是处于"现代转型"中的中国文化。这种"转型"也许是不自觉的，但却是实实在在地存在着的。其二，在自己立足的现有文化基础上去选择、吸取异质文化中合乎需要的因素，正是当下中国学人面对的最重要的任务，而且是无法推卸的任务，除非他放弃言说的权利。这一任务的根本性质不是别的什么，正是中国传统文化的"现代转型"。

这就是说，不管你承认不承认、愿意不愿意，"现代转型"都是中国文化演变的必然趋势。这种必然性不是任何阐释主体所给予的，也不是他们所能够给予的，而是生活方式的演变所决定的。我们与古人在文化上的差异究竟有多大？这个问题的准确答案不能在话语层面上找到，只能在我们的生活方式与古人相比所发生的那些变化中找到。同理，我们的文化究竟在多大程度上继承了古人的文化这个问题，也只能在我们的生活方式与古人的生活方式所具有的相同之处中方能找到答案。但是，"现代转型"的这种必然性，并不意味着言说主体在这里没有任何自主性可言。生活方式的作用，是通过言说者的文化选择与话语建构来实现的。情况是这样的：不同层面有不同的决定因素——在言说主体与先在话语资源的关系层面上，言说者是当然的决定因素，他在选择哪些话语资源以及如何改造这些资源以完成新的话语系统等方面拥有绝对裁决权。旁人的意见对他来说最多是具有参考价值而已。然而言说者何以如此言说呢？在言说者的生活方式与其言说方式的关系层面上，生活方式则起着决定性作用。一个时代的生活方式决定着人们的需求指向，从而也就决定着言说者言说的兴趣指向。任何言说本质上都是对一种召唤的回应，而这种召唤最终是植根于生活方式中的。当然，生活方式也不是最终的决定者，在它的后面还有更根本的决定因素，此不赘述。

所以中国古代文论或中国古代文化的"现代转型"是一个有意义的话题，这不仅是必然的，而且是每一个言说主体都应该主动参与的。如果我们认真检视一下当下文艺理论与文学批评的实际情况，我们或许会惊讶地发现，原来中国古代文论的影子是呼之欲出、随处可见的，并不像我们想象的那样是久已逝去的东西。我们且不说在书法及中国画的评论方面所用之核心概念直接就是从古代画论、书论中拿来的，即使是那些满篇现代学术用语的理论或批评文字大都在骨子里依然是中国式的。这主要表现在价值观念与运思方式两个方面。价值观念涉及审美趣味、艺术理想等问题，这些方面的"中国特色"明明白白地摆在那里，根本无须论证。运思方式方面，中国式的经验主义——感悟、内省、归纳、直觉、类比等方法——依然占据主导地位。思维始终停留在纯粹抽象概念的世界、纯熟地运用西方式的逻辑推论来结构全篇的文章、著作不能说没有，但绝非多数。我们这些不是出身哲学系专攻西方哲学的人，至今依然是读起中国式的文章来感到亲切，因为中国式的文章中有一个活生生的言说者在那里，你可以感受到他的喜怒哀乐，而西方式的文章中却似乎只有冷冰冰的逻辑与概念，言说者深深地藏在下面。懂不懂还在其次，先就没有亲近之感。至少对于文艺批评来说，中国式的运思方式是有其不可替代的价值的。所以，中国古代文论的"现代转型"实际上是早已开始的一个过程，只是这个过程未必是自觉的而已。至于言说者究竟应该如何主动参与这种"现代转型"的过程，后面还将谈及。

在如何对待古代文论的问题上，当下还有一种十分普遍的观点，这就是阐释的相对性问题。许多论者认为：对古代文论的阐释，永远不可能揭示其本真意义。这种观点不是土生土长的，而是在20世纪以来西方的历史哲学、哲学阐释学的影响下产生的。从克罗齐的"一切历史都是当代史"、克林伍德的历史的"构造性"及"历史就是思想史"之说，到海德格尔的"前理解"、伽达默尔的"效果历史"与"视界融合"、利科尔的"间距化"与"解释框架"、再到海登·怀特的"喻说理论"，这些阐释观点都倾向于强调阐释的主观建构性，甚至文本的独立性，而对于是否存在着历史的"本来面目"则表示怀疑。在接受了这种阐释观点之后，我们的阐释者们在面对中国古代文化（包括古代文论）的话语资源时也就不再寻求什么"本真意义"，而是主张将研究当作一种纯粹的建构活动。

那么，我们应该如何面对这样一种阐释学倾向呢？如果先行否定了阐释主体接近阐释对象的可能性，阐释本身是否还有意义？我以为这里还是有一个层次与程度的问题。对阐释对象必须划分为不同层次，对不同层次采取不同的阐释态度。就中国古代文论这一阐释对象而言，我认为至少应该划分为三个层次：知识、意义、价值。

作为知识层次的古代文论话语，毫无疑问具有客观性，因此也要求阐释活动的客观性。这里无须创造与发挥，不容许主观因素存在，主观就意味着虚假。例如"诗言志"之说是何时由何人在什么著作中提出的？这是知识层面的问题，正确答案只有一个，不能有第二个。对于这个阐释层次来说，阐释就等于发现，与自然科学并无根本性区别。

阐释对象的意义层次，是指作为能指的古文论话语所负载的所指——含义。对意义的阐释，本质上即是理解。理解虽然不包括主观表达的意思，但阐释对象已不像知识层次那样仅仅要求着主体去伪存真式的发现，而是要诉诸主体的知识结构与趣味。这就不可避免地使阐释活动带上一定的主观性色彩。例如，"风骨"这个概念的准确含义究竟是什么？历来阐释者可谓多矣，但迄今并无完全一致的理解。为什么会出现这种情形呢？这当然也是由于古人没有为这个概念下过明确的定义。但即使有明确的定义，理解的差异也是必然存在的，只不过程度上会有所不同而已。谁也没有办法给出一个人人认可的界说来。阐释活动的这种情形，并不意味着主体与对象之间的阐释关系完全是任意的，毫无规定性可言。事实上，人们对"风骨"这类概念的理解总是有着大体上的一致性，差异都是在一定范围内存在的。这就说明，阐释活动中对意义的理解是一种阐释主体与阐释对象的融合过程，但客观性因素明显要大于主观性因素。概念的含义虽然不像概念的发生那样毫无阐发余地，但毕竟也有着基本规定，也不允许随意阐发。对这个层次的阐释对象来说，阐释主体应该采取的态度也应该是努力接近概念的本来含义，而自觉地抑制主观任意性。

最麻烦的当然是价值阐释。即使是古人也很难对"吟咏情性"与"以意为主"两种不同的诗学主张作出令人信服的价值判断。在古今或中外对比中来做价值判断当然要容易一些——阐释主体可以用通行与否来作为评价标准，但同样也难以在"典雅"与"浅俗"、"灵韵"与"震惊"这样截然不同的风格或效果之间分出高下。这是因为，在这里阐释的主观性居于阐释活动的主导地位。这种阐释的主观性不能理解为纯个人的好恶，而应看作是文化语境的差异所给予的。古代文论的价值取向与整个古代文化的价值取向相关联，因而也是与古代文人生存方式直接关联的。而阐释者的评价标准则是今天的文化语境的产物，是与他们当下生存方式相关联的。这种文化语境的错位就造成了价值阐释的主观性与相对性。然而也正是由于价值阐释的这种特点，才使得古代文论话语有可能进入到现代文艺学理论的建构中去。

而且，西方现代哲学阐释学与历史哲学主要是对实证主义历史研究的反拨，其所怀疑的是"历史真相"，认为历史实际上都是存在于文本中的，也是一种叙事，是话语的建构，过去发生过的事情不是未曾存在，而是无法复现了。而我们对中国古代文论的阐释所面对的并不是历史事件，而是思想观念，是精神趣味，它们蕴含在古文论话语中，是可以通过阐释活动而把握到的。

从以上论述中可以看出，阐释对象的不同层面对于阐释活动具有不同的制约性。价值层面不要求阐释活动纯粹的客观性，知识、意义层面则基于本身的客观规定性也要求着阐释活动远离主观阐发而趋向客观发现。所以，笼统地强调阐释的相对性，不仅会导致对阐释意义的怀疑，而且也是不符合实际情况的。

如果说阐释的相对性作为一种流行的理论观点尚未能对具体的古代文论研究造成严重影响的话，那么近似于"文物考古"式的研究态度却直接就是许多研究者的研究路向。这种研究态度要求放弃任何研究活动之外的目的，研究本身即是目的。阐释被理解为揭示，阐释者即等于发现者。所以，梳理材料，考索概念与观点演变的源流，辨析词义、文义，乃是这种研究的主要任务。毫无疑问，这类研究是十分必要的，因为古代文论材料亦如整个古代文化典籍一样，仍然需要进行基本的发掘与整理工作。但阐释活动如果仅仅停留在这个层面上，也就谈不上是阐释活动了。因为这种研究是不具备任何现代意识的，在对象、方式、目的等方面都无古今之分。而缺乏现代意识的研究活动也就不可能为现代生活提供任何意义，哪怕是仅供选择的意义。不提供现代意义的阐释活动，也就不能够参与到现代学术文化的建构中去，它本身也就失去独立存在的意义。所以这种近似"文物考古"式的阐释活动，只是作为为更高层次的阐释活动提供条件的基础性工作而具有存在的价值。阐释者如果喧宾夺主，以为这样的阐释才是最有意义的阐释，并因此而拒斥、贬抑其他的阐释活动，那就有只见树木不见森林之嫌了。

二　古代文论研究的现代意义何在？

如何对待古代文论，还不仅仅是研究方法的问题，我们一旦对这个问题进行思考就立即会发现，研究目的（即为什么研究古代文论）也是一个没有得到解决的问题。而且，许多方法上的迷误都是因为这个更为根本性的问题没有得到解决之故。对于坚持"失语症"及"现代转型"的论者而言，研究目的是很明确的——古为今用，让古代文论话语进入到现代文艺学的话语建构中去。这种目的无疑具有合理性，因为任何文化的延续发展都是以对原有话语资源的继承与改造为前提的。但也正是由于这种合理性太明白直露了，所以任何以此为目的的话题都令人感觉是没有必要言说的。那么"失语症"与"现代转型"作为话题的存在依据何在呢？如前所述，它们表征着现代中国学人的一种"基本焦虑"，这才是这类话题的真正意义所在。具体而言，"失语症"与"现代转型"都暗含着这样的一种潜台词：在现代文学理论与批评话语中，中国固有的文论话语应该占到足够的份额！而其更深一层的潜台词则是：中国数千年的文化应该在当今世界文化体系中占有足够的份额！

由此可知，如何面对中国古代文论这样一个看上去纯粹的学术话题实际上却包含着远为丰富的内涵——民族精神、权力意识、自尊与自卑、抗争与超越等等。也就是说，我们如何看待中国古代文论的问题，实际上也就是如何看待中国古代文化的问题，也就是追问曾经灿烂辉煌的中国古代文化学术在今天究竟是业已废止的旧货币，还是有待开采的宝藏的问题。答案到哪里去寻找呢？在理论上说，我们的古代文化当然是人类共同的宝贵财富，但是如何来证明这一点呢？

作为符号系统的文化体系，无论如何宏大辉煌，也无法自己证明自己具有存在的合法性。正像文化是人类生存需求的产物一样，文化的合法性也只有人类生存的需求可以证明。对于现代中国人来说，并不是存在过的古董都具有阐释价值。与当下人类生存意义、生存方式毫无关联的文化因素是不具备存在的合法性的——曾经有的就丢掉它，尚未出现的就不要去创造它。人类文化史的发展证明，那种无关于甚至有害于人类生存的文化因素总是缠绕着人们，需要人们去自觉地加以辨别与摒弃。这就意味着，文化的选择问题也不是纯粹的理论问题，而是实践问题。对文化合法性的最终裁决者，应该是人类共同的生存需要。这样一来问题就复杂起来了：对古代文论的阐释联系着对整个中国古代文化的阐释，而对中国古代文化的阐释又关联着人类生存的意义问题。这就是说，对古代文论的研究在最深层的意义上应该是对人的研究。这种研究的意义是超学科的，是关乎古人与今人在生存智慧上的对话与沟通的。那么应该如何理解这种作为人的研究的古代文论研究呢？

这种研究要求阐释者不能将古代文论仅仅视为按照一定规则而形成的编码系统，而是要将其当作一种生存方式、人生趣味的象征形式。譬如，我们不能够满足于了解"主文而谲谏"之说的字面含义以及产生的过程，而且还要了解这一观点究竟表现了言说者怎样的生存处境及文化心态，揭示其所暗含的价值取向。如果仔细考索古文论的范畴与观念，我们不难看出，它们对主体的表征是多方面的。首先，它们能够显示出主体生存处境及其复杂心态。例如前面所言之"主文而谲谏"即十分准确而鲜明地反映了在"君道刚强，臣道柔顺"的情况之下文人士大夫的矛盾心理。又如"美刺教化"说、"发愤"说、"穷而后工"说，都是言说者特定心态的反映。其次，古文论的范畴、概念常常表现着主体的某种人格理想。诸如"飘逸""高古""温柔敦厚""典雅""自然""平淡"等等概念，都可以用来表示某种人格境界。这就是说，古代文论所标举的许多价值，直接的就是言说主体在生活中所向往、追求的价值。审美价值与人生价值在这里是相通的。第三，又有一些古文论范畴乃是言说主体某种学术观念的反映。例如"文以载道"说、"文以贯道"说、"气盛言宜"说、"自得"说、"妙悟"说、"童心"说、"肌理"说等等都是如此。第四，还有不少古代文论的范畴与观念乃是言说主体某种生活情趣的升华，例如"滋味""神韵""兴趣""清丽""娴雅""委曲""疏放"等等。

可以说，如果将言说主体的精神世界视为一个多层次、多侧面的价值系统，那么每种价值项都相应地转化为一种文学价值范畴——人的价值与文学价值在这里形成紧密契合的关系。文学价值象征着人的价值，这是中国古代文论的一个重要特征。西方文论当然也存在着这种情况（例如"崇高"既是审美范畴又是伦理范畴），但绝不像中国古代文论这样普遍。这是因为自亚里士多德以降，贯穿西方文论的就主要是认知性理性精神。言说主体将文学也当作与万事万物一样的客观对象来剖析，因此人生旨趣、人格理想与文学价值之间就隔了一层。西人关于文学的言说也就带上明显的认知性而较少价值色彩。中国古人从不将诗文当作纯粹认识对象来把握，而是当作体验的对象来涵泳其间，所以关于诗文的言说就不纯粹是，或主要不是认知性的，而是主体精神的呈现形式。

在进行了上述分析之后，我们不难得出结论：如何面对中国古代文论，不仅仅是如何面对整体性中国古代文化的问题，而且还是如何面对中国古人的生存方式的问题。简言之，古代文论的问题本质上乃是人的问题。中国古代文论作为阐释对象的这种特征，实际上也就规定了阐释活动的意义所在：通过对中国古代文论话语的阐释，可以进而把握古人的生存方式与生存智慧。这种阐释目的也可以说并没有溢出古代文论的学科范围，因为只有进入到古代文论的言说主体研究之中，才能真正理解古代文论话语的奥妙所在。但从更大的范围来看，则这种阐释活动又的确具有远远超出学科范围的意义：古代文论的基本价值范畴与观念，是今天的阐释主体与古代的言说主体在生存智慧上沟通的渠道之一。

因此，古代文论研究就变得重要起来了，这是今人进入古人精神世界的有效方式。这种进入的意义是根本性的：只有在此基础上，理解古代文论话语的本来含义及古代文论的"现代转换"等才是可能的。如何理解这一点呢？这是因为，古代文论的范畴与观念从一个侧面体现了古代文人士大夫对世界和人生的理解与态度。这种理解与态度，与我们今天的文化价值观有相冲突的部分，也有相吻合的部分。古代文论话语能否被今天的阐释者所理解、能否进入今天的文学理论与批评的话语系统，关键就要看作为其基础的那种古人对世界的理解与态度是否能与今天的阐释者沟通。例如，与贵族趣味相应的"雅化"系统的文学价值，在今天大众化、世俗化的文化语境中就越来越失去市场了。今天的阐释主体明了了古代文人贵族趣味的陈腐过时，也就不难明了与之相关的诗文价值范畴的不合时宜。又如，古人基于闲散舒缓的生活方式而形成的诸如静穆闲远的诗文价值观，在今日的文学创作中也不再受到青睐。而基于英雄崇拜（圣贤崇拜、清官崇拜、侠客崇拜等）而产生的古代叙事模式，在今天的小说戏剧中也渐近消失了。倘若不进入对人的生存方式、人生趣味的阐释层面，我们就不能对这些现象有正确的把握。

而且，进入古人的生存方式与人生旨趣之中，也不仅仅对古代文论的"现代转换"具有积极意义，更重要的是这同时也是今天的阐释主体追求合理的生存方式与人生旨趣的重要方式。人生的意义与幸福何在？这些生存论问题是不会随着时间的流逝而改变的。无论中外，人类的历代哲人们都在苦苦思考这些问题。中国古代知识分子的主要才智与精力没有用于探讨自然宇宙的秘密，也没有用于创造物质财富，他们的全副精神都用在两个方面：一是如何对付君权，一是如何对付自己。前者的目的是寻求与君权合作的最佳途径：既从君权那里得到信任与倚重，又能够在一定程度上对君权有所约束。后者的目的则是寻求最佳生存方式，主要是使心灵充实完满、平静和乐。用今天的术语来表述就是，前者的核心是权力，后者的核心是幸福感。在日常生活中如何获得幸福感可以说是中国古代知识分子最为关注的事情。孔子的"吾与点也"之志，孟子的"反身而诚，乐莫大焉"，荀子的"虚壹而静"，直到宋明儒者的"寻孔颜乐处""与物浑然同体""常舒泰""为学之乐"等等，都是对这种幸福感不同侧面的描述。以入世为主要人生旨趣的儒家是如此，主张出世的道家与佛释之徒就更有过之了。古人寻求幸福感的方式主要是所谓"窒欲"——一方面抵御外在物欲（功名利禄）的诱惑，一方面消解内在肉欲的躁动，从而保持心灵的独立自主。这是一种人格的自我修养、自我提升。其最高境界具有两方面的特征：就其社会意义而言，指向最高的善；就其个体心理体验而言，指向最高的乐。所以二程说："学至涵养其所得而至于乐，则清明高远矣。"《河南程氏粹言》卷第一《论学篇》又说："中心斯须不和不乐，则鄙诈之心入之矣。"（《河南程氏遗书》卷第二上《二先生语二上》）可见这种幸福感是具有价值功能的。

古人面对着如何令心灵独立澄明而不为物欲遮蔽，从而得到幸福感的问题，今人又如何呢？我想在这物欲横流的当今世界，这个问题恐怕较之古人更为严峻了。只可惜今天的不少知识分子似乎已然放弃了心灵自我护持的意识，而且还创造出许多理论来证明顺从物欲之合理与心灵自由之虚妄。在这样一种情况之下，进入古人的心灵世界，看看他们超越物欲、呵护心灵的智慧，难道不是极有意义的事情吗？对古代文论的现代阐释，正是这样一种进入古人心灵世界的有效途径。古代文论的主要范畴可以说就是古代知识分子人生旨趣、生存智慧、人格理想的集中体现，其共同处即在于心灵的自由与超越。譬如"兴趣""性灵""神韵"这类范畴实质上都是对个体精神价值的张扬。这其中当然会含有某种贵族趣味，但在超越物欲、维护心灵自由这一点上是足以给今人以启迪的。我们通过对古代文论的阐释，可以发掘其中暗含的生存智慧，或许有助于我们的人格修养。

这样说来，我们为什么要研究古代文论这个问题确实大大超出了文艺学学科范围——我们之所以研究那些尘封已久的古代文论话语，不仅仅是为了使今天在外来文论话语甚嚣尘上的局面下能够保持属于自己的声音，更不仅仅是为了做"文物考古"式的整理发掘以保存文化遗产。我们的古代文论研究是延续中华民族生存智慧的方式之一，这有助于我们探寻或建构今日恰当的生存方式，也有助于为人类发展提供可资借鉴的文化资源。简言之，是对今人应"如何活着"具有参照价值。

三　走向文化诗学

为了能够真正把握古代诗学的意义与价值，达到进入古人精神世界的目的，我们就必须采取一种新的研究视角，这就是文化诗学。

我们借用"文化诗学"这个概念是为了倡导一种阐释方法（美国的新历史主义又被称为文化诗学，不是一种理论体系，而是具体的阐释方法，主要在对莎士比亚的研究中体现出来）。这种方法简单说来就是将阐释对象置于更大的文化学术系统之中进行考察。就古代文论（或古代诗学）而言，就是要将文论话语视为某种整体性文化观念的一种独特表现形式，因此在考察其发生发展及基本特征时能够时时注意到整体性文化观念所起到的巨大作用（新历史主义就极为关注不同学科门类的话语系统之间的"互文本性"，决不说我是研究文学的，将自己的视野封闭起来）。事实上正如有些学者所指出的那样，从 20 世纪 80 年代以来就一直有不少古代文论研究者在运用这种方法，而且取得了一定成绩。

但是这种方法无论是在理论上还是在实践上都还只是处于最初始的水

平，要形成一种成熟的、有效的阐释方法还需要在理论上不断地反思、在实践上不断地探索。在这里，我们拟从四个方面谈一谈对这种阐释方法的理解。

第一，对知识与意义的双重关注。

我们为什么要研究古代文论（究竟是要获得知识还是获得意义）？这个看上去再简单不过的问题实际上并未得到很好地解决。许多研究者看不出古代文论研究对现代生活究竟存在着什么意义，于是就认同一种实证主义态度：研究就是求真。揭示古代文论话语中可以验证的内容，就构成这种研究唯一合法性依据。这种研究强调以事实为根据，以考据、检索、梳理为主要方式，以清楚揭示某种术语或提法的发生演变轨迹为目的，这当然是真正意义上的研究，可以解决许多问题，也完全可以成为一个学者毕生从事的事业。但是这种研究也有明显的局限性：大大限制了阐释的空间。古代文论话语无疑是一套知识话语系统，具有不容置疑的客观性。但同时它又是一个意义和价值系统，具有不断被再阐释的无限丰富的可能性。对知识系统的研究可以采取实证性方法以揭示其客观性；对意义系统则只能采取现代阐释学的方法，以达成某种"视界融合"，构成"效果历史"。"效果历史"的特点在于它不是纯粹的客观性，而是"对话"的产物：既显示着对象原本具有的意义，又显示着对象对阐释者可能具有的当下意义。正是这两方面意义所构成的张力关系使"效果历史"尽管不具备纯粹的客观性，却也不会流于相对主义。例如，我们研究"意境"这个古代文论的核心范畴，实证性的研究只能够揭示其产生和演变的线索，列出一系列的人名、书名和语例，对其所蕴涵的意义与价值以及文化心理和意识形态因素，就无能为力了。意境作为一个标示着中国传统审美趣味的重要范畴，是与古人对自然宇宙以及人生理想的理解直接关联的，可以说它就是一种人生旨趣的表征。作为现代的阐释者，对于意境的这层文化蕴涵，我们只能从被我们所选择的人生哲学的基础上才能给出有意义的阐释。这种阐释实质上乃是一种选择，即对古人开出的、对于我们依然具有意义的精神空间予以认同和阐扬。这才是真正的"转型"，才是对人类文化遗产的继承。对于这样的任务，纯粹实证主义的研究方式显然是无力承当的。不仅要梳理知识生成演变的客观逻辑，而且要寻求意义系统的当下合法性——这应该是中国古代文论研究的基本出发点。

将古代文论话语当作一种知识系统还是当作一种意义系统可以说是完全

不同的两种研究立场。前者是科学主义精神的体现，后者是人本主义精神的体现。本来科学主义精神与人本主义精神是西方现代性的两个基本维度，前者张扬客观探索的可能性，后者探讨人生的意义与价值。然而，对理性的绝对信赖所导致的那种无休无止的探索精神在自然科学领域所取得的巨大成功使人们误以为以客观性为特征的科学主义精神乃是理性的全部内涵，甚至也是人本主义精神的基本特征。于是出现了科学主义的立场、方法、思维方式向人文社会科学领域大举入侵的状况，甚至在人文社会科学领域也出现了对实证精神的呼唤，好像那些无法实证的形而上学的、乌托邦式的、浪漫的、诗意的、带有神秘色彩的言说都是毫无意义的梦呓。在这种科学主义精神的影响下，人文社会科学的研究也越来越学科化、知识化、实证化。这样人类追求意义与价值的天性就受到极大的压制，人也就越来越成为缺乏诗意、想象力与超越性的机器。例如，古代文论话语，如飘逸、典雅、淡远、闲适、空灵所负载的本来是古人的审美趣味与人生体验，是最富诗意、最灵动鲜活的精神存在，然而它们一旦被确定为客观知识，并被一种科学主义态度所审视时，就完全失去了它的固有特性，成为没有生命的躯壳。如果我们在承认古代文论话语的知识性的基础上还将其视为一个意义系统，通过有效的阐发而使其还原为一种活的精神，那么我们就与古人达成了真正的沟通，"效果历史"就产生了：古人的意义也成为我们的意义，而这才是任何人文社会学科研究的真正价值所在。

第二，在文本与历史之间穿梭。

阐释学的理论只是为我们的古代文论研究提供了一种基本态度，至于具体的研究方法则应该在不断的理论反思与研究实践中获得。如前所述，关注各种学术文化话语系统对于文论话语的影响现在已经成为研究者的共识。但是这里依然存在着有待解决的问题：从话语到话语、从文本到文本的阐释，真的能够揭示古代文论的文化底蕴吗？那种在不同话语系统的联系中确立的阐释向度，当然较之过去那种封闭式的阐释方式具有更广阔的意义生成空间，但是，这也仅仅能够揭示一种不同话语系统之间的某种"互文性"关系，尚不足以发现更深层的学理逻辑。我们认为，在文本与历史之间存在的复杂关系，应该是古代文论话语意义系统的又一个重要的生长点。在这里我们不同意某些后现代主义历史观将历史等同于文本的主张。历史的确需要借助文本来现身，但它并不是文本本身。历史作为已然逝去的事件系列的确不会再重新恢复，但通过对各种历史遗留（主要是各种文本）的辨析、鉴别与比较，人们还是能够大体上确定大多数历史事件的大致轮廓。也就是说，人们无法复原历史，却可以借助于种种中介而趋近历史。通过文本的历史去接近实际的历史——这正是那些优秀的历史学家们毕生致力的事业。实际的历史就像康德的"自在之物"、弗洛伊德的"无意识"以及拉康的"真实界"一样从不以真面目示人，它因此也就具有某种神秘性，对这种神秘性的理解恰恰提供了意义生成的广阔空间。毫无疑问，这个来自历史阐释的意义空间应该作为理解古代文论意义系统的基础来看待。在这方面我们的研究还很不够。

而且文本是各种各样的，有些文本属于历史叙事，有些文本则是思想观念与精神趣味的记录。文论话语属于后者，而历代的史书、杂记属于前者。相比之下，作为历史叙事的文本较之文论文本就更接近实际发生过的历史事件。所以古文论的研究要关注历史之维就不能不将这些历史叙事纳入自己的视野之中。这里的关键在于，只有将一种文论话语置放在具体的历史联系中才有可能对其进行准确的把握。这里的所谓"准确"不意味着纯粹的客观性，对于现代阐释学来说这种客观性只能是一种无意义的假设。"准确"真正含义是符合阐释学的基本规则，即任何阐释行为首先必须尽量包容阐释对象能够提供在我们面前的意义，也就是说，阐释行为首先是理解，然后才是阐发。所谓"视界融合"的前提应该是对对象所呈现的意义视界的充分尊重。如果将"视界融合"与"效果历史"理解为对对象的任意言说就是对现代阐释学的极大误解。就古代文论研究而言，要尊重文论话语自身的意义视界，就不能仅仅停留在文论话语本身的范围之内，就不能不引进历史的维度。离开历史情境阐释者就根本无法真正把握对象的意义视界，而所谓阐释也就只能是单方面的任意言说了（新历史主义最为关注"历史语境"）。

例如，"诗言志"这个古老的说法对我们来说似乎是没有任何理解障碍的。但实际上依然有许多问题值得追问。诸如：在诗与礼乐密不可分、文学远不是作为文学而存在的历史语境中，这个颇与现代文学观念相合的提法究竟是如何被提出来的？在个性基本上被忽视的宗法制社会中，"志"是否是后人所理解的情感与思想？这些问题都涉及一个历史语境问题：诗是在怎样的范围内生成与传播的，促使它产生与传播的动因是什么。这些问题都得到解决了吗？显然没有。又如，在古代文论的话语系统中"作者"或"读者"概念是何时出现的？他们的出现意味着什么？要回答这些问题也同样必须进入历史的联系中不可。

以上分析说明，离开对其他文化学术话语与文论话语的"互文性"关系的关注，就无法揭示文论话语的文化底蕴；而离开了对历史关系网络的梳理，就不可能揭示一种文论话语生成演变的真正轨迹。

第三，在中西汇流中审视。

研究的视点是任何研究活动的首要问题。所谓研究视点也就是发现问题、提出问题的眼光或角度。研究视点当然与专业学术知识的积累程度有关：一般说学识越丰富就越是能够发现问题。但是也有这样的情况：虽然满腹经纶，却提不出任何有意义的问题。可见仅仅拥有专业知识尚不足以形成有效的研究视点。那么对于我们的古代文论研究来说应该如何形成有效的研究视点呢？

首先要大量阅读西方人文社会科学著作，特别是 19 世纪后半叶与 20 世纪以来的著作。在这里我们的古代文论研究存在着一个很大的误区：既然是中国古代文论的研究就根本无须关注西方人的研究成果。这是极为狭隘的研究态度。在这里任何民族主义的、后殖民主义的言说立场都应该摈弃：我们必须诚心诚意地承认西方人在人文社会科学领域一如他们在自然科学领域一样取得了巨大的成绩，为全人类创造了宝贵的精神财富。西方文化传统中有一种极为难能可贵的精神，那就是反思与超越。正是在不断的反思与超越中西方人不断将思想与学术推向深入。他们的许多研究成果都可以启发我们形成有效的研究视点。例如结构主义尽管存在着许多片面之处，但这种研究并不是像有些批评所认为的那样仅仅是一种形式主义的技巧，这种研究所探索的是人类某种思维方式如何显现于文本之中的。这是极有意义的探索，如果我们将对思维方式的理解置于具体的历史语境中，就会发现结构主义方法可以帮助我们发现许多有意义的问题。例如我们可以在古代诗歌文本中发现古人的思维特征，可以在古代叙事文本中发现存在于古人心灵深处的意义生成模式，这对于探索古代文化与文论的深层蕴涵都是十分有益的。又如，哈贝马斯的"公共领域"和"文学公共领域"的理论也可以启发我们对中国古代文人的交往方式予以关注，从而揭示某种古代文学观念或审美意识产生和演变的历史轨迹。再如，布尔迪厄的"场域"理论也可以启发我们对古代文学领域的权威话语和评价规则的形成与特征进行探讨。而吉登斯的"双重阐释学"观点也有助于我们对古代文论话语生成的复杂性的关注，等等。

就诗意的追求而言，西方学术也同样具有重要的启发性。19世纪以前的"诗化哲学"不用说了，即如20世纪以来存在主义者对"诗意的栖居"（海德格尔）、"生存"（雅斯贝尔斯）、"自由"（萨特）的追问，人本主义心理学对"自我实现的人"的张扬，法兰克福学派对"爱欲""自为的人"与"人道主义伦理学"的呼唤，乃至后现代主义对"自我技术"的设想无不体现着一种知识分子的人文关怀，都具有某种诗性意味。这些都有助于我们重新审视中国古代文人的人生旨趣与审美追求。即使是俄国"白银时代"思想家、文学家们关于人性与神性之关系的探讨对我们也是极有启发意义的。

我们借鉴西方人的学术见解并不是以它为标准来衡量我们的文论话语，也不是用我们的文论话语印证别人观点的普适性。我们是要在异质文化的启发下形成新的视点，以便发现新的意义空间。对意义的阐释在很大程度上是取决于视点的选择与确立。同样是一堆材料，缺乏新的视点就不会发现任何新的问题，也就无法揭示新的意义。例如，对于《毛诗序》这样一个古代文论的经典文本，如果从现代西方马克思主义的意识形态批评的视点切入，再联系具体历史语境的分析就可以揭示出从先秦到两汉时期士人阶层与君权系统关系的微妙变化，也可以揭示出士人阶层复杂的文化心态。而没有这样的视点，我们就只能说这篇文章表现了儒家的伦理教化文学观而已。从现代阐释学的角度来看，欲使千百年前的文论话语历久弥新，不断提供新的意义，唯一的办法就是寻求新的视点。一个时代有一个时代的文化观念，也就有一个时代的新视点，只有把握了这种新视点，古代的文本才会向我们展示新的意义维度。在某种意义上说，人文社会科学的研究不是要一劳永逸地揭示什么终极的真理或结论，而是要提供对于自己的时代所具有的意义。作为阐释对象的文本中隐含着这种意义的潜质，新的研究视点使其生成为现实的意义。人类的文化精神就是在这样连续不断的阐释过程中得以无限的丰富化的。

但是仅仅从西方学术研究成果中产生的研究视点也存在着一个明显的不足，即容易导致研究者的话语与研究对象的话语之间的错位。这还不仅仅是一个表述方式的问题，因为话语同时又是运思方式的显现。古代文论的话语形式与现代汉语的表述方式的巨大差异，绝不仅仅是一个语言形式（文言文与语体文）的问题，这里隐含着运思方式上的根本性区别：运用现代汉语思考和表述的现代学者在运思方式上接近于西方的逻辑思维，至少是在最基本的层面上接受了西方形式逻辑的基本规则。古代文论话语却完全是按照中国古代特有的思维习惯运思的（有人称之为"类比逻辑"，有人称为"无类逻辑"，有人称为"圆形思维"）。这种植根于不同思维方式的话语差异就造成了某种阐释与阐释对象之间的严重错位：阐释常常根本无法进入阐释对象的内核中去。对西方学术研究方法的借鉴很容易加剧这种错位现象。于是对古代文论的研究就处于两难之境了：借鉴西方学术观点、运用现代学术话语进行研究，就会导致严重误读（不是现代阐释学所谓的"合理误读"）；完全放弃现代学术话语和方法而运用古人的运思方式和话语形式去研究，即使是可能的，也是无效的，因为这种研究完全认同了研究对象，实际上已经失去了研究的品格。那么如何摆脱这种两难境地呢？造成这种两难境地的根本原因在于现代的研究者对古人的运思方式和古代文论的话语特征不熟悉，所以在研究中简单地用从西方移植过来的名词术语为古文论话语重新命名。所以要摆脱这种两难境地首先要做的是真正弄懂古人究竟是如何思考和表述的，其与我们究竟有何差异，然后用描述的方式而不是命名的方式尽可能地呈现古人本来要表述的意义。在此基础上再运用我们的思维方式与话语形式对其进行分析与阐发。也就是说要建立一种中介，从而使古人的话语与现代话语贯通起来。

　　古人设论往往不像现代人那样从一个设定的概念或观念出发，而常常是从体验出发。所以古人理解文本之义每每标举"体认"二字。"体认"与现代汉语的"认识"的根本区别在于：后者是对文本的理解，即明了其所指；前者则是对文本的体会、领悟与认同。例如孟子所讲的"四端"，在他那里这是一种实实在在的存在，即心理的状态，而在我们的现代语境中却成了一种设定的概念（例如许多哲学史家将其解释为"先验理性"之类）。又如"良知"一词，无论是在孟子那里，还是在王阳明那里，都是指涉着那种呈现在心理上的一种活泼泼的状态，而现代的阐释者往往将它理解为一种毫无内涵的空洞概念。甚至于像老庄的"道"这样似乎高度抽象的概念，也绝不像西方哲学史上诸如逻各斯、理念、本体、实体、绝对同一性、绝对精神、存在之类的概念那样纯粹是逻辑的设定，看老庄的描述，我们可以感觉到"道"首先也是呈现在他们心理上的一种朦朦胧胧的体验。古人就是以体验的方式去面对外在世界的，所以他们理解的外在世界总是包含着人的影子在里面。在古代文论话语中这种情形就更为严重了。例如，雄浑、飘逸、清新、淡远等等称谓都是指涉某种感觉或审美体验，根本没有也不可能有明确的定义，因为古人创造这些语词时是从体验出发而不是从定义出发的。对它们只能结合具体诗文书画作品进行描述，让人"体认"到其所指，如果非要用精确的概念确定其内涵，就难免会谬之千里。其他如神韵、意境、滋味、妙趣、神采之类的古代文论语词也都是如此。鉴于古代文论话语的这一特征，现代的阐释者必须首先去体认其所包含的感性内涵，然后用具有表现性的话语将体认的结果尽可能准确地描述出来，通过一种"迂回"的表述方式整体呈现其蕴涵，然后方可进行归类、评判、比较和阐发。离开了"体认"这一中介，就难免郢书燕说了。

第四，采取平等"对话"的态度。

将研究对象作为一个有生命的主体看待，而不是看成僵死的话语材料。通过话语材料所负载的信息能否还原出活生生的言说主体呢？我以为不仅是可以的，而且是研究中国古代精神文化所不可缺少的。西人所提倡的那种"主体缺席"式的研究（结构主义的、解构主义的、知识考古学的研究方法都是这样的）不应原封不动地搬过来研究中国的精神文化。西方传统的学术话语中的确贯穿着一种"理性逻各斯"或"语言逻各斯"，主体精神被这种"逻各斯"所消解。所以我们读西人的著作经常感觉似乎是某种逻辑或规则在言说，而不是活生生的人在言说。如果对西方学术话语进行还原，得到的大约不是活生生的言说主体，而是某种理性原则。中国古代学术话语则相反，其中始终贯穿了言说者的主体色彩。即使在学理性很强的著述中，我们也能够轻而易举地感受到言说者的个性，甚至喜怒哀乐。这说明中国古代文化学术基本上就是言说者精神状态的直接展现，它不像西方文化学术那样在言说者与话语之间横亘着严格的话语规则。中国的学术话语当然也有自己的话语规则，但这种规则主要表现为言说的方式与技巧，而不表现为逻各斯中心主义。（有论者说中国的"道"或其他什么范畴与西方的"逻各斯"是同一层面的本体论概念，完全是信口开河。"逻各斯"是潜在的言说规则，而中国的"道"

则是兼有亚里士多德之"第一推动者"与斯宾诺莎之"唯一实体"之义的宇宙本原、万物本体，二者迥异。）中国古人的言说只遵循主体精神（人生旨趣、社会关怀、生存智慧等）而缺乏类似"逻各斯"的言说规则。这也正是中国古代文化学术缺乏西方文化学术那种理论的严密性、体系的完整性、言说的抽象性的重要原因。

　　基于中国古代文化学术在言说方式上的这种独特性，我们的阐释活动就应该将还原出活生生的言说主体作为第一要务。只有这样才有可能比较准确地把握古代文论话语的内涵。如果去拾西人之余唾，也讳言主体，那只能是圆凿方枘式的胡乱言说了。例如，李卓吾的"童心"之论，既与其心学、禅学交汇的学术旨趣直接相关，又与其求真实、去虚伪的为人相关，而且还是他独特的叛逆性格的产物，倘若不了解李卓吾的整个精神世界及其社会境遇，如何能够准确理解"童心"之论的意义与价值呢？总之，可以说，孟子的"知人论世""以意逆志"之说，在今天依然是我们的阐释活动所应遵循的基本原则。

　　为了达到平等"对话"的目的首先就要重建言说主体所处的文化语境。人的言说行为并不是纯粹的个人行为，事实上，任何言说都是言说者对某种外在召唤的回应。而且为了言说的有效性，言说者必须遵守一定的话语规则，因此其言说方式也是被给予的，这就意味着，对于言说行为而言文化语境具有极为重要的意义。文化语境的重要性不仅表现在它规定着什么话题是有意义的，何种话语形式具有普遍的可传达性等等方面，而且表现在只有它能够给出特定的、对一切言说都是至关重要的意义生成模式。所谓意义生成模式是指在一种具体文化语境中构成主要话题的各要素之间形成的关系网络。例如在中国先秦时期，王道与霸道、仕与隐、君子与小人、君与民、事功与修身等等构成言说者的主要话题。在这些话题之下隐含着一种基本的三维关系，即士人阶层、以君主为代表的贵族阶层及作为社会主体的民三者间的关系。士人阶层作为言说主体，主要是面对三种接受者：君主贵族、天下百姓、自身。这种言说者与接受者之间的关系便构成了子学时代文化语境的意义生成模式。各种言说基本都是围绕这三种关系维度展开的。所以，现代阐释者必须了解古代言说主体与其言说的接受者之间究竟是怎样的关系、言说主体在这种关系中究竟处于怎样的位置，才可能对其言说有比较准确的阐释。这就要求阐释者在对某种言说进行阐释之前先要重建言说的文化语境。这种重建工作未必要阐述出来，但它必须作为一种完整的形态存在于阐释主体的意识中。由于文化语境无不渗透于在其笼罩下的各种话语形态之中，所以我们就有可能通过对一个时期各种话语形态的剖析而重建其文化语境。

在重建文化语境之后，平等"对话"的具体方法应该是古人提倡的体认与涵泳。中国古代文化学术包括诗文理论都主张体认与涵泳——这实际上正是中国文化学术最基本的方法论了。这种方法论完全是古人的言说对象与目的所决定的：他们不是要去了解纯粹客观的道理，而是要通过对象来印证某种人生原则的合理性。因此，我们既然也不是仅仅为了认知的目的而研究古文论，而是要通过对古代文论的阐释而与古人建立对话关系，那也就不可能完全运用分析、推理的逻辑方法，而是要借助古人的体认与涵泳方法——将古人之言说还原为活的精神状态、情感、意趣来体会、品味、咀嚼。只有这样才能真正与古人沟通，进入他们的心灵世界。采用这种"活的"方法来与古人对话，其研究效果就不在研究之外而就在研究本身：研究过程也就是对话过程、进入古人精神世界的过程、体会古人生存智慧的过程，因此也就是建构自己的生存智慧的过程。

上编　观念分析

第一章 子学时代的诗学观念

这里我们之所以说"子学时代"而不说"先秦时代"，目的是突出"文化语境"或者其他话语系统之于诗学话语的重要制约作用。事实上，在这一章中我们首先将探讨这一时期各种文化话语系统的建构者——士人阶层的社会境遇、文化心态以及在这一基础上他们一方面作为话语建构的主体，另一方面作为特定文化结构（意义生成模式）之功能因素的双重角色。其次，我们将进而分析士人阶层的这种双重角色对于这一时期学术话语的决定性影响。最后我们将对在"子学"所构成的文化语境中生成的"准诗学观念"或者诗学观念之萌芽以及学术话语向诗学观念生成的潜在可能性进行梳理。

一 文化话语权力的转移

据当今史学研究之共识，西周之时的中国乃是贵族社会或云宗法制社会。关于这种社会之政治特征，王国维先生尝论之曰：

> 周人制度之大异于商者，一曰立子立嫡之制，由是而生宗法及丧服之制，并由是而有封建子弟之制、君天子臣诸侯之制；二曰庙数之制；三曰同姓不婚之制。此数者，皆周之所以纲纪天下，其旨则在纳上下于道德，合天子、诸侯、卿、大夫、士、庶民以成一道德之团体。周公制

作之本意，实在于此。①

就是说，周公制礼作乐的实质乃是制定一整套与殷商迥然不同的政治制度。这种制度通过一系列政治性的伦理规范（方式是伦理的而目的是政治的），将社会划分为严密有序的若干等级，并通过价值观的渗透而使这种划分固定化、神圣化。用今天的眼光来看，在这个社会系统中，天子、诸侯、卿大夫、士乃属于贵族阶层，其余则属于庶民阶层。

周公"制礼作乐"既是一种政治制度的建设，同时又是一种文化建设。当然，以理度之，庞大的西周制度与文化不可能是周公一人所为，必定是在他的主持下有一大批贵族知识分子（即祝、宗、卜、史之类）参与其中——就当时的教育制度而言，贵族在理论上都应该是知识分子，因为凡贵族子弟均有受教育的机会，而且只有他们有这种机会。因此，在西周这种宗法制的贵族社会中，文化话语并没有如后世那样的独立性，而是与政治制度紧密联系为一体的。或者说，文化话语是以制度的形式呈现的，而制度本身又呈现为一套文化话语系统，二者是一而二、二而一的事情。如果说知识话语最终必然以权力为依托，而权力终究要显现为话语这一后结构主义的观点具有普适性的话，那么它最典型的表现恐怕莫过于西周的礼乐文化了。而且这里的话语直接即是权力的话语，这里的权力直接即是政治的权力。

正是由于知识话语与政治权力的联系过于紧密了，在其他历史时期我们常常可以看到的二者之间那种紧张关系在这里毫无踪影。由于话语与权力浑然一体，彼此之间根本不需要任何中介因素，所以也就没有一个专门的社会阶层来从事文化话语的建构与传承。政治上的统治者或社会管理者即是文化上的建构者与奉行者。这可以说是早期贵族社会的典型特征。在这种社会中并不存在一个后来意义上的知识分子阶层——当然也就不存在游离于社会政治制度之外的文化话语系统。在这样的社会制度下也能够创造出灿烂的文化，但却不可能创造出具有个性特征的文化，更不可能创造出具有社会批判意义的文化。文化的批判性是以话语系统与政治系统的分离为前提的。就中国而言，这是春秋以后的事情了。

---

① 王国维：《殷周制度论》，见傅杰编校：《王国维论学集》，北京：中国社会科学出版社，1997年，第2页。

　　西周的贵族政治制度及其相应的文化话语系统在平王东迁之后当然受到了很大冲击，但并没有发生根本性变化——东迁的主要后果是王室的权威大大下降、王纲解纽，周天子的地位渐渐差不多等于一个小诸侯。但在春秋中期以前社会政治体制却没有根本性变化，只不过是各诸侯都成了小天子而已。因此此期的文化话语权力依然掌握在贵族手中，社会上还没有出现一个可以在政治上、文化上与古老的贵族阶层相抗衡的力量，因此还不可能有另外一个文化话语系统产生出来。而且较之西周，春秋之时的贵族文化还有所发展，并非仅仅是维持而已。钱穆先生说：

> 　　他们识解之渊博，人格之完备，嘉言懿行，可资后代敬慕者，到处可见。
> 　　春秋时代，实可说是中国古代贵族文化已发展到一种极优美、极高尚、极细腻雅致的时代。[①]

钱先生是根据先秦古籍中记载的关于贵族们在政治生活、外交场合、军事活动中表现出的习惯、准则、修养、谈吐、举止等等方面而作出的结论。但在基本价值取向上，这些兼具知识分子与政治家、军事家、外交家身份的贵族们并没有、也不可能有实质性的新创造，他们只是继承发展了西周的礼乐文化而已。如果说春秋贵族阶层在文化上还稍稍有一些独到之处的话，那么大约要算是出于竞争的需要，他们比自己的祖先们更加看重庶民的力量以及富国强兵的重要性了。这一点可以在先秦史籍中记载的管仲、晏婴、子产等人的言谈中看出来。

　　由于周天子已无力发挥"天下共主"的控制、协调各诸侯国之间关系，以维持天下一体局面的作用，因而诸侯之间的利益之争就必然愈演愈烈。外在的竞争又必然导致内部秩序的调整，因此自平王东迁以后又维持了二百余年的贵族宗法制政治体制到了春秋后期以至战国初期发生了重要变化。由于竞争的需要，如何增强国力便成为诸侯国的第一要务。于是晋国的郡县制、鲁国的"初税亩"、秦国的"奖励耕战"等等对古老的贵族政体有直接破坏

[①] 钱穆：《国史大纲》（修订本）上册，北京：商务印书馆，1994年，第71页。

作用的政治的和经济的革新措施相继出现。在生存与发展之需要的牵引下，已经不适应现实社会状况的贵族等级制终于崩溃了。代之而起的是一种更有利于竞争的新型政治体制，其中最主要的一条是废除贵族世袭制，在用人方面重实际的才能而轻出身。这种基于竞争需要而进行的政治上的改革所导致的直接结果却是社会结构的深刻改变。而社会结构的改变又对文化形态产生了至关重要的影响。

贵族世袭制的废除与用人政策的变革的一个重要的社会后果是大批贵族破产而沦为庶民。这些破产贵族流入民间所造成的一个重要事实是：文化话语系统从贵族社会被播散于庶民社会——破产贵族为了生存不得不"出售"其所掌握的文化知识，知识成为谋生手段；庶民子弟亦借机"攫取"文化知识从而改变自己的身份。于是私学大兴。这对于中国的历史，特别是文化史的发展来说乃是一件划时代的重大事件，其重要性无论怎样形容都不会过分。它的意义至少表现于下列三个方面。

第一，政治权力与话语权力之间的联系不再是直接的，而是出现了许多中介因素。这样文化话语系统就具有了相当大的独立性而不再依附于政治制度。文化话语系统这种独立性一旦形成，它就获得了某种自我生成、自我调节的自足机制，成了一个相续相禅、血脉贯通的有机体。就是说，文化获得了自己的生命与自性。这是任何文化学术能够蓬勃发展的前提条件。中国古代文化在两千余年中表现出的灿烂与辉煌都是在这一前提之下才成为可能的。就中国的情况看，政治权力与话语权力之间关系的紧张程度是与文化话语的辉煌程度成正比的。

第二，政治权力由此而成为文化话语系统可能的批判对象。在以前的贵族政治体系中，文化话语只能是政治权力的表现形式或运作方式而绝不会成为它的对立面。例如西周时期的诗、书、礼、乐等文化形式无一例外地都属于国家意识形态的一部分，它们的政治价值只有一个，就是确证和强化周人统治的合法性，从而巩固贵族等级制度。在私学大兴之后的情形则恰恰相反，政治权力成了文化话语最主要的批判目标，因此政治批判也成为话语建构最主要的动因。所谓"处士横议"云云正是这个意思。自此之后，政治权力与文化话语权力之间的制约与反制约、维护与批判、利用与反利用、建构与消解的复杂关系，就成为决定中国古代文化基本内容与格局的主要因素。这也造成了中国古代主流文化与政治息息相关、无法分拆的独特品性，使其始终未能获得纯粹客观的知识论形态。因此研究中国文化而试图撇开政治的视角，那肯定是行不通的。

第三，私学培养了一个新兴的社会阶层，即士人阶层。这个阶层的出现无论对于中国政治史来说，还是对于中国文化史来说，都是极为重要的一件大事。这个阶层一方面作为以君权为核心的官僚系统主要来源而对中国古代社会政治发生了极为重要的影响（有的历史学家干脆认为士人阶层乃是中国古代社会的实际上的统治者，这也并非无根游谈），另一方面又作为文化价值观念与话语系统的建构者与传承者而决定了中国古代文化的基本形态。

这样，在春秋战国之际，随着私学的兴起，文化话语权力从执政的贵族手中转到了新兴的士人阶层手中。这是一个上不着天、下不着地的社会阶层——他们既无固定的政治地位，又无稳定的经济收入，仅靠讲学授徒和奔走游说维持生存，这是他们难以满足的。特别是又生活在那样一个彼征我伐、社会动荡、人命危浅、朝不保夕的现实中，士人阶层的忧愁与焦虑是可想而知的。然而他们却掌握了话语建构之权，于是话语建构便成为士人阶层干预社会、实现理想的唯一可能的途径。一方面出于自身的生存忧虑，一方面又出于拯救社会的目的，士人阶层纷纷提出自己作为救世之术与价值观念体系的话语系统，这就造成了百家争鸣的文化繁荣局面。因此要明了诸子文化之奥秘，就必须从剖析士人阶层的社会境遇入手不可。

二 处于主体与功能之间的士人阶层

士人阶层首先是作为文化学术话语的主体而现身世间的。他们无拳无勇、无所凭借，就像一叶扁舟被抛于波涛汹涌的大海之上。因此，传播已有文化和建构新的文化就不仅是他们谋生的手段，而且是他们向社会言说，并以此来对社会施加影响的重要方式——用建构一套价值观念与知识话语系统的方式来影响甚至决定社会基本格局，乃是历代士人阶层实现其社会干预目的的唯一可行途径。他们的主体性即是在这种向社会言说的过程中形成的（主体性这个概念有两层含义，一是指个体主体意识，即对个体价值的高扬与尊重；二是指集体主体意识，即一个社会集团或阶层所共有的对自身价值的自觉以及由此而生的进取精神或干预意识。我们在这里主要在第二种意义上使用这个概念）。士人阶层的这种主体性主要表现在下列几个方面。

其一，在社会身份上极力扮演全社会的教育者角色。他们所拥有的文化知识大大提高了他们对自己社会地位的评估。因此表现出强烈的自尊意识，甚至在君主面前也"高自位置，傲不为礼"。他们力图对包括君主在内的一切人进行教育、引导、制约甚至完全控制。将做别人的老师当作自己分内之事。

鲁缪公试图请孔子之孙子思仕于鲁，并许诺以像对待朋友那样对待他。子思说："古之人有言，曰事之云乎，岂曰友之云乎？"孟子发挥说："子思之不悦也，岂不曰：'以位，则子君也，我臣也，何敢与君友也？以德，则子事我者也，奚可以与我友？'千乘之君求与友之而不可得也，而况可召与？"（《孟子·万章下》）

另外如齐宣王召见齐国的贤士颜斶，颜斶向宣王大讲士贵而君轻的道理，居然将宣王折服（《战国策·齐策四》）。

又如燕国贤士郭隗向燕昭王讲的"帝者与师处，王者与友处，霸者与臣处，亡国与役处"（《战国策·燕策一》）那番道理，令昭王心服口服，而且付诸实施，并的确收到很好的效果。

从这些事例中我们可以看出春秋战国时期那些有才学、有能力的士人的确有一种傲视天下的主体精神。造成士人阶层这种精神的主要原因大致有三：一是周王室衰微所导致的诸侯并峙是一种多元化的政治格局，这就构成了士人阶层选择服务对象的自由。在先秦，诸如"朝秦暮楚""楚材晋用"等成语所标识的现象具有相当大的普遍性，绝非个别现象。士人有了"择主而事"的自由，说起话来自然硬气，架子也自然摆得大了。二是诸侯们为了自家的生存发展也的确能够真正做到"礼贤下士"，那时的君主们已经十分清楚知识与人才的重要性了。像魏文侯轼段干木之闾、齐宣王立稷下学宫、燕昭王拜郭隗为师、"四公子"争相养士这类事情，在春秋战国之时可谓比比皆是。三是士人们的确有安邦定国、奋发图强之才。管仲之相齐，蹇叔、百里奚、商鞅、范雎、蔡泽、李斯之相秦，吴起相楚，李悝相魏，范蠡相越，等等，均使其国昌盛一时。他们自恃其才，又逢君主们用人之秋，自然就会"高自位置，傲不为礼"了。当时的君臣关系远不如后世那样尊卑悬殊，而且那些饱学之士也的确自认为在能力方面远远超出君主之上。到了后来，君主越来越被神化，士人们才渐渐生出一种类似偶像崇拜的意识，在君主面前连大气也不敢出了。但即使在这样的情况下，士人阶层依然没有完全放弃这种做天下人老师的意识，只不过在表现形式上是大不相同了。关于这一点我们后面再谈。

其二，自我规范意识。先秦士人一方面"高自位置"，一心想做天下人的老师，另一方面也就极力充实自己，力求能够真有做老师的能力与水平。因此他们对自己要求甚严，"修身"基本上是各派子学共有的主张。特别是像儒家、墨家这样积极进取的士人，更是将"修身"视为第一要务。他们认为，只有自家先成圣成贤，在道德水平上高人一筹，这才有资格对执政者们进行规范与引导。儒家所谓"正己正人""达己达人""尽己之性，然后尽人之性"云云，正是这个意思。所以，诸如儒、墨等学派提倡的道德伦理规范与人生价值准则首先是对自家的要求，其次是对执政者的要求，然后才轮得到一般庶民，并不像过去人们所认为的那样是用来欺骗老百姓的。

如此看来，在士人思想家，特别是儒家那里，道德价值实际上是作为抗衡政治权力的力量被倡导的。他们的逻辑是这样的：欲使自己在社会中获得优势地位就必须能够控制君主，但君主手中有政治权力，可以生杀予夺，所以欲控制君主就不能不有高于君主的地方。士人思想家唯一可以致力的领域就是文化话语系统，而他们可以利用的文化话语资源中唯一可以使自己"增值"的就是道德人格的自我提升。于是他们就只能先做圣贤，后为人师了。这里的确是这样的：言说了道德，就占有了道德；话语即权力。思想家总是靠言说获得并行使权力的。

其三，以天下为己任。先秦士人思想家普遍具有"天下"意识，绝不肯囿于一家一姓之利益，也不屑于做某个人的忠臣。他们即使服务于一家一姓，但眼光却往往关注天下。他们所服务的君主对他们而言仿佛是一种工具，借助于这种工具他们来推行自己的社会理想与价值观念体系。先秦士人阶层之所以能够有这种"天下"意识，就根本而言乃是出于自身利益的考虑，并非像他们自己所宣称的是"天下为公"。士人阶层在动荡不宁的现实中生活，虽然有许多机会，却又有更多的不安与焦虑。他们深知社会的动荡乃是由于诸侯纷争，而诸侯纷争又是王纲解纽的必然结果。所以他们试图通过推行某种价值观念体系而达到天下一统、天下太平的目的。只有在这样的社会中士人阶层自身才能找到稳定的位置。因此，诸子百家本质上都是改造世界、再造太平的方案。君主用士人做工具来富国强兵，士人用君主做工具来推行自己的价值观念，他们彼此是相互利用的关系，在许多方面也可以说是"共谋"的关系。这种思想在孟子与梁惠王和齐宣王的对话中表达得再明显不过了。然而历史并不按照思想家们的设计发展，诸子百家的价值观念、社会理想在当时无一真正实现，它们只是作为一种无形的制约力量对君主的政策和人们的思想发生着重要影响而已。

其四，以道自任。士人阶层以天下为己任，但他们并不掌握现实权力，他们凭着什么来承担天下之重责呢？为了有所凭借，他们创造了一个形上价值范畴——"道"。道，无论是孔孟之道，还是老庄之道，实际上都不是作为认识论范畴而出现的，它不是人们对外在世界的认识论概括；它也不是作为本体论范畴而出现的，尽管后来它越来越被赋予了本体论的意义。① 它是一个价值论范畴，就是说，道，是一种价值体系的最终依据，是价值之所从来，是某种价值观念体系一个自明的逻辑起点。所以一个学派所标举之道的真正内涵其实就是这个学派价值观的总和。以往论者经常在认识论、本体论或者宇宙论的意义上界定"道"的含义，以至于或者"唯心"，或者"唯物"，言人人殊、莫衷一是。在"道"这个文化符号之上带有的本体论意味是士人思想家们为了使这一价值本原更具有说服力，更有神圣性而赋予它的。当然，我们也不否认在这个概念上也带有某些认识论因素，但这种因素无论如何不是居于主导地位的，而仅仅是附带性的，它与古希腊哲人所谓的"逻各斯"绝不相类。

士人阶层的主体性主要表现在上述几个方面，我们不难看出，这种主体性对于中国古代文化的发展是至关重要的。但是士人阶层作为文化话语体系的建构者所表现出的主体性也是有一定限度的。换言之，士人阶层并不能完全按照自己的意愿去建构文化，他们还表现为特定历史结构与文化结构的某种功能。就是说，士人阶层的话语建构活动要受到来自历史结构与文化结构两个方面的制约，要服从于这两种结构的张力平衡的需要。

---

① 以往的哲学史、思想史研究常常从西方知识论模式出发来看待中国古代思想，硬性地在古人的"道"中寻找认识论和本体论内涵，甚至套用西方哲学范畴，这样的研究是值得商榷的。"道"不是"逻各斯"，也不是"绝对精神"，它只是一种中国式的、代表着最高价值的文化符号。

　　所谓历史结构在这里不是指历史的经济结构，而是指几种主要社会力量自然形成的关系网络。我们并不否认这种关系网络是建基于特定经济结构的，我们只是认为，在中国古代，直接对士人阶层的文化建构活动发生重要影响的并不是经济结构，而是那种不同社会力量构成的关系网络。这个网络其实很简单，可以用一个由君权系统、士人阶层、庶民阶层三者构成的三角形来表示（见图1-1）。

　　在这个三角形中，A代表士人阶层，B代表君权系统，C代表庶民阶层，他们彼此之间建立起三种双向作用的关系。为什么选择这三个社会阶层而不选择其他阶层来构成这个结构图呢？这是因为在中国古代，君权系统代表着社会的统治阶层，庶民阶层代表着社会的被统治阶层，二者已经包括了全社会绝大部分。士人阶层之所以可以作为三维中的一维，一是因为这个阶层在中国二千年的历史进程中所起到的作用实在是太重大了。他们确定着中国人的价值观念，他们与君权之间的关系往往决定着一个时期的政治格局，更不用说这个阶层在文化与教育方面无与伦比的重要作用了。二是因为这个阶层就社会地位来说是处于君权系统与庶民阶层之间，发挥着将社会联为一体的重要功能，他们是上下沟通的中介环节。下面就让我们来分析一下这个结构图各个维度的关系。

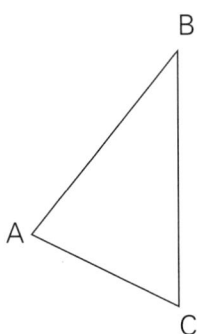

图 1-1

　　首先让我们看一看"A—B"关系维度。对于士人阶层而言，君权系统具有三层的意义：一是努力跻身其间的理想目标。[1]在士人阶层的自我意识中，他们天生就是要做官的。孟子说过："士之失位也，犹诸侯之失国家也。"又说："士之仕也，犹农夫之耕也；农夫岂为出疆舍其耒耜哉？"（《孟子·滕文公下》）做官成为士人阶层的天职，倘不能做官而去从事其他职业，那必定是出于不得已。努力成为君权系统中的一员，也就是要为君主服务。士人们十分清楚，只有自己先服务于君主，然后才有可能让君主服务于自己。二是规范、制约的对象。士人阶层进入君权系统并非仅仅为了个人的生存与荣华富贵，而是还有着更为宏远的目的——推行自己的价值观念体系。他们十分清楚，只有

---

[1] 我们这里所说的"士人阶层"是就这个阶层的整体倾向而言的，我们并不否认有很少数的一些士人是厌恶做官而向往个体精神自由的。

他们自己进入君权系统，并得到君主的大力支持，才有可能实现自己的价值理想。而要达到这一目的，就必须首先在价值观念上改造君主与其他执政者。所以士人阶层给自己规定的首要任务即是规范、制约君主，使之接受自己的那套价值观念。孔子说："夷狄之有君，不如诸夏之亡也。"（《论语·八佾》）这就是说，夷狄之国没有合理的价值观念体系（仁义礼智等），所以其有君主，还及不上华夏诸国没有君主呢。显然在孔子看来，合理的价值观念体系较之君主更重要得多。三是能够决定自己生死存亡的现实权力。对于士人来说，君权又是极为可怕的、难于驾驭的力量。它实际上是居于自己之上的。因此在对君主进行规范与制约时，士人们非常注重方式方法。这是造成中国古代文化之特征的又一重要因素。如从君主角度看，则士人阶层既是利用的对象，是实现和维持自己的统治所必不可少的有效工具，又是需要时时提防、充满敬畏，并不得不接受其教诲、听从其建议的强大势力。也就是说，君主要想得到士人阶层的全力支持，自己除了不能吝惜高官厚禄以外，更为重要的是还必须在一定程度上接受其价值观念体系，否则就会被其视为"无道"而拒绝支持他。这样看来，士人阶层与君权系统构成一种既互相利用、互相依赖又彼此制约、彼此提防的"共谋"关系。他们之间权力的张力平衡构成了社会最基本的政治结构。

我们再来看"A—C"关系维度。首先，士人阶层大都来自于庶民阶层，他们在出仕为官之前也属于"民"的范畴。因此他们与庶民阶层有一种天然的情感联系。士人思想家或政治家常常"为民请命"，常常提醒君主要爱护百姓，这并非虚伪矫情之举，也并非完全出于长治久安的考虑。他们的根系即植于"民"之中，自然会在许多方面表达他们的所思所想。因此，站在"民"的立场上向着君权系统言说，的确是士人所建构的文化话语系统的主要内容之一，也是士人文化观念能够超越历史的限制，至今依然有着极大魅力的原因。其次，"民"又是士人阶层所轻视的一个阶层——他们既无权力在手，又无学识于胸，只是浑浑噩噩地活着的一群愚氓而已。"劳心者治人，劳力者治于人""百姓日用而不知"的观点在士人心目中是根深蒂固的。然而士人阶层又绝不肯允许庶民百姓自自然然地生活，他们自认为肩负着教化百姓的重大责任——他们谆谆教导百姓们要敬畏长上、安分守己。在这种情况下，士人阶层毫无疑问是站在君权系统的位置上来向着庶民百姓言说的。这种言说也构成了中国古代文化学术话语的一个重要方面。教化百姓，使之认同既定的现实等级关系与价值秩序——这恰恰就是士人阶层与君权系统"共谋"的主要内容。离开了士人阶层的协助，君权系统无法对百姓进行有效统治。

从百姓角度来看，有学识的读书人是他们的榜样，倘有可能，他们就竭尽全力将自己的子弟培养成士人阶层的一员。在各个地方，士绅都是这一地区百姓的行为楷模，他们的言行在很大程度上决定着庶民百姓的价值观念。

"B—C"维度标识着君权系统与庶民百姓之间的关系。庶民百姓既没有政治权力，也没有话语权力，可以说是沉默的一群，但是在中国古代文化话语系统的建构过程中，他们也发挥着重要作用。他们常常是"不在场的原因"。由于庶民百姓是社会物质财富的创造者，对于一个国家有着基础的作用，故而他们即使默默无言，也同样具有强大的威慑力量。对于文化话语建构来说，庶民的作用主要表现在他们是士人思想家用以压迫君权、限制统治阶层权力无限膨胀的有利因素。他们是君主们最轻视的社会阶层，同时又是君主们最畏惧的社会力量——作为一个安分守己、日出而作、日入而息的劳动者阶层，他们是软弱的、没有发言权的；但作为一种被激发起来的社会力量，他们是毁灭性的、无坚不摧的。西周统治者鉴于商纣的教训，始对"民"怀有敬畏之心，提出"敬德保民"的政治主张，从而为后世儒家的仁政、德治、王道思想提供了思想资源。事实上，在两千多年的历史长河中，士人思想家总是以"民"的代表者的姿态要求君主控制自己的欲望和不要滥用权力的。而且在他们的话语建构中，"民"不是作为一个个有生命的个体而存在的，而是作为一种价值、一个携带着大量文化蕴涵的"符码"存在的。士人思想家随时可以赋予这个"符码"某种新的意义。所以在他们的话语建构活动中，"民"几乎是一个不可或缺的重要因素。

从这个三角形中我们可以看出，士人阶层并非一个独往独来、无所凭借亦无所顾忌的文化主体，他们的主体性、独立性是有限的。实际的情况是，士人阶层无时无刻不受制于他所处的关系网络，这种关系网络及士人阶层在网络中所处的位置决定着他们文化话语建构的方向。这就是说，中国古代文化学术的基本形态与价值取向主要是由士人阶层与君权系统以及庶民阶层的关系所决定的。正是这种关系的不断调整与变化决定着中国古代文化学术的发展演变；也正是由于这种关系在春秋战国之际形成之后从未发生过根本性改变，故而二千年的中国古代文化也只是在先秦诸子所设定的范围内增减修补，从未发生过实质性的变化。士人阶层既是建构主流文化的主体，具有主动性，又是特定社会结构网络所呈现出的一种功能，具有受动性。对于文化话语系统来说他们是能动的主体，对于他所处的文化历史语境来说，他又是功能。他的言说正是他所处的关系网络的功能形态。

通过以上分析我们可以清楚地看到，中国古代知识阶层——士人阶层在政治上是处于统治阶级（君权系统）与被统治阶级（庶民阶层）之间的一个特殊社会阶层。他们一半在民之中，一半在官之中：未登仕途之时他们是民；进入仕途之后他们是官。作为民，他们是官僚系统的预备军；作为官，他们又是走上仕途的民。他们与位于其上的君权系统以及位于其下的庶民阶层都有千丝万缕的复杂关系，只是由于文化话语系统独特的整合作用和独立性，才使这群人成其为一个社会阶层。这样一种可上可下的"中间层次"的社会地位就决定了他们在两大阶层之间发挥"中间人"作用的社会功能。他们对于安定社会、维持社会价值秩序来说，有着比阿尔都塞所说的"意识形态国家机器"更重要的作用。

三　子学时代文化意义的生成模式

前面分析的三角形所代表的社会结构网络清楚地展示了士人阶层在社会生活中所处的位置以及社会对他提出的要求与制约。但这还不足以说明各种话语系统的文化意义究竟是如何形成的。在社会结构网络与话语系统之间还有一个意义生成模式在发挥着重要作用。孟子有一段话对于我们归纳出这种意义生成模式颇有助益，这段话是这样的：

> 古之贤王好善而忘势，古之贤士何独不然？乐其道而忘人之势，故王公不致敬尽礼，则不得亟见之。见且由不得亟，而况得而臣之乎！（《孟子·尽心上》）

这种"乐其道而忘人之势"的精神一直是古代士人思想家所刻意追求的，代表了他们试图依靠话语权力来抗衡政治权力的策略，这里"道"与"势"

的关系实际上就构成了先秦诸子文化意义生成模式最基本的维度。这个模式可借用法国结构主义者格雷马斯的意义矩阵来表示（见图1-2）。

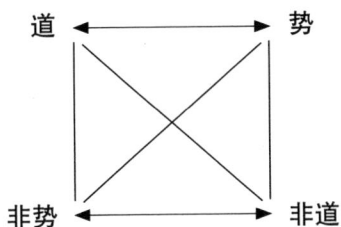

图 1-2

在这个矩阵中，"道"代表士人阶层的价值理想；"势"代表君权；"非势"代表庶民百姓与那些既无价值理想，又未能进入君权系统的士人；"非道"则代表那些彻底放弃价值理想追求，完全异化为君权之工具的士人。下面我们分析一下这个矩阵的几组关系维度，从而揭示话语系统之文化意义的生成规律。我们先来看"道—势"关系维度。这个维度实际上也就是"道义"与"权力"的关系。就其原本意义而言，"道"乃是士人阶层之主体性或超越的乌托邦精神的话语呈现，也是士人阶层借以规范君权的精神武器。汉代以后，在士人思想家们坚持不懈地大力倡导与宣传下，"道"渐渐成为一种权威话语——它的权威性涵盖了整个官方的与非官方的意识形态，甚至获得了某种神圣性。这样一来，"道"也就成为最典型的"权力话语"，成为唯一可以与现实的政治权力相抗衡的力量。面对这样一种力量，君权就不能无视它的重要价值了。于是君主们通过诸如立五经博士、以经明行修为取士标准以及崇奉孔子等手段来争取"道"的阐释者——士人阶层的支持，这样"道"也就从士人阶层衡量君权之合法性的准则，变成了君权用来证明自身合法性的工具。这里包含着君权与士人阶层双方的某种默契与共谋：君权尽量遵循"道"之规范，以便获得合法性；士人则在能够容忍的情况下尽可能地承认君权的合法性，以便获得君权的支持。于是依据来自君权系统与士人阶层两方面的具体需求而对于"道"进行种种规定、解释、重新赋予含义，就成了士人思想家最主要的话语建构行为。他们通过释道、传道、卫道来塑造了一系列集"道"与"势"于一身的上古圣哲王的形象，赋予他们种种理想化的高尚品德，以此作为衡量现实君主的标准，迫使他们就范。顾颉刚先生曾提出著名的"层累地造成古史说"，他说：

……所以在我的意想中觉得禹是西周时就有的，尧舜是到春秋末年才起来的。越是起得后，越是排在前面。等到有了伏羲神农之后，尧舜

又成了晚辈,更不必说禹了。我就建立了一个假设:古史是层累地造成的,
发生的次序和排列的系统恰是一个反背。①

这种观点近年来由于许多当年顾先生没有看到的地下考古材料被相继发
掘出来,渐渐遭到越来越多的人的反对。现在人们普遍认为,原有的上古史
材料即使带有许多传说甚至虚构因素,但大抵是有根据的,并不是凭空的臆
造。因此顾先生曾经引以为荣的、为胡适、钱玄同等极为称道的并在后来中
国史学界发生重要影响的"层累地造成古史说",看来是越来越站不住了。
但是从我们的阐释角度来看,这种说法依然有其重要价值——儒家士人的话
语建构在某些方面的确符合了这种情形。例如在孔、孟等儒者看来,古代帝
王都是道德高尚、智慧超群,既贤且哲的人物,而且他们之间存在着一个道
德的谱系:越是在前面的道德就越高尚。尧、舜被称为"帝",是这个道德
谱系的顶端,夏禹、商汤、周文武被称为"王",是次级人物,成、康等太
平君主是更次级,齐桓、晋文等"五霸"是又次级,到了现实的君主们如鲁
哀公、梁惠王、齐宣王之类就成了必须教之导之的凡夫俗子了。就儒家这样
一种包含着道德谱系的历史叙事来说,"层累说"是符合实际的。尽管顾颉
刚先生主要并不是在这个意义上提出这种观点的,但无疑他已意识到了这个
问题。例如他说:

> 我们何以感到一班圣君贤相竟会好到这般地步?只为现在承认的古
> 史,在它凝结的时候恰是德化观念最有力的当儿。我们若把这凝结的一
> 层打破时,下面的样子就决不是如此的了。②

这是极有见地的观点,将儒家士人用道德价值建构改造历史叙事的言说策略
彻底揭露出来了。但是顾先生只看到了儒家士人这种叙事策略的负面意义,
对其中包含的士人阶层限制君主权力、改造君主人格,从而按照自己的愿望
重新确立社会价值秩序的高远志向却毫无觉察——看到古人历史叙事的失真
之弊,却无视古人改造社会的良苦用心,因此也就搞不懂古人历史叙事的文

---

① 顾颉刚编著:《古史辨》第1册《自序》,北京:朴社,1926年,第52页。
② 顾颉刚编著:《古史辨》第1册《自序》,第53—54页。

化逻辑，这正是"古史辨"派的通病。

对于君主来说，"道"实在是既讨厌又可爱的东西——当他试图凭借至高无上的权力来任意而为、颐指气使、生杀予夺之时，"道"就成了可厌的东西；当他希望做圣明君主、流芳百世之时，"道"又成为他用来装点自己门面的好东西。因此，在两千余年中，"道"既是士人阶层超越精神、形上追求的标志，又是官方意识形态的象征。当然，这两个"道"既有重合的部分，又有截然不同的部分——这表征着主流文化系统内部的紧张关系。可以毫不夸张地说，中国古代文化学术之主体部分正是在这个"道—势"关系维度上展开的。

我们再来看"道—非道"的关系维度。"非道"主要是指那些完全放弃了士人乌托邦精神、成为君权系统的工具的那部分士人，所以这一关系维度也是矛盾对立的，从根本上说这是士人阶层本身所固有的人格矛盾的表现。士人阶层自产生之日起就处于一种矛盾状态之中：精神上是富足的而物质上是匮乏的。所谓精神上富足并不仅仅指他们拥有文化知识，更主要的是他们、也只有他们才具有超越的乌托邦精神和社会批判意识。所谓物质上的匮乏，也并不是说他们吃不上饭，而是说他们缺乏与其远大志向相符的物质力量和有效手段。士人阶层这种与生俱来的矛盾状态表现在人格结构中，就形成了他们既清高，又世俗；既关注形上价值之域，又驰骋于功名利禄之途；既藐视君权，欲对君主耳提面命、匡扶鞭策，又敬畏君权，对之俯首帖耳、竭尽忠忱的双重人格。在具体社会境遇中，这种双重人格在每个人身上侧重不同，这就出现了两类人物，一类是以道自任之士，他们探赜索隐、身体力行，阐扬大道、不遗余力。他们也不拒绝出仕，只是他们所关心的主要不在功名利禄一面。另一类是急功近利之士，他们蝇营狗苟、唯利是图，一心只想做大官、发大财。他们也有文化知识，只不过他们的文化知识永远只是获取高官厚禄的工具。对于前者来说，后者毫无疑问是受到鄙视的，是他们嘲讽与批判的对象。然而事情远没有如此简单。在大多数情况下士人们并不是如此泾渭分明地分为两大阵营，最为普遍的现象还是在一个人身上同时兼具两种人格维度。在这种情况下，士人们的拿手好戏是角色变换——根据需求与现实条件确定自身角色：时而务心于道，俨然乎超凡脱俗之世外高人，时而投身于世务，精明干练不下于老吏。李斯倘不被秦王嬴政所赏识，世上大约会多一个韩非；韩非倘受到秦庭重用，世上也许就多了一个李斯。这种双重人格对中国古代文化学术影响至深，因为两种人格维度不可能彼疆此界、彻底分开，它们是相互牵扯、彼此渗透的。例如，中国古代文化学术始终不能走向纯粹的知识论道路，始终受着政治伦理等价值观念的缠绕，就与作为精神文化主要承担者的士人阶层这种双重人格有着直接的关系。就话语生成而言，有"道"的士人思想家或乌托邦主义者对"非道"的利禄之辈，或现实主义者的批判也是最重要的动因之一。所以中国古代文化具有一种明显的反思意识——始终贯穿着士人阶层的自我批判精神。孔子的"君子"与"小人"之别，孟子的"大体""小体"之辨、荀子与汉儒的"鸿儒"与"文吏"之分，都是这种自我批判精神的表现，可见"道—非道"这个关系维度是古代文化话语系统生成的重要的语境之一。

"道—非势"这一关系维度也同样生成着文化意义。"非势"代表着远离权力的庶民百姓的精神状态。庶民百姓也不是"道"的承担者。但是他们与"道"却有着极为密切的联系：在儒家士人看来，对于"道"，百姓是"日用而不知"（《周易·系辞上传》）的。也就是说，尽管百姓并不知道"道"为何物，但"道"却存在于百姓日常生活的方方面面。对此既可以理解为"道"默默地规定着百姓的生活方式，也可以理解为百姓的喜怒哀乐与生死存亡就是"道"之所在。关于后者，子学中的儒、道两家均有这方面的意思。例如儒家的所谓"天听自我民听，天视自我民视"（《尚书·周书·泰誓中》），即是"民"代表着天之道的意思；道家认为天地万物之自然而然，与百姓生活的古朴自然都是"道"的表现，反对任何加于百姓身上的人为之举，也是"道"与"民"同在之意。这样一来，"民"这个词语也就具有了某种神圣的色彩，它不再是指一个个活生生的生命个体，而是成了一种象征着某种巨大力量的符号，它与"时""运""天命""气数"等词语一样，都代表着一种可以决定王朝政治命运的神秘力量。士人思想家动不动就抬出"民"来，并不能简单地理解为人道主义，也不能仅仅理解为某种话语策略，这里有着十分深刻的文化意义。

这个意义矩阵既是子学时代文化意义生成的基本模式，也可以说是我国古代两千余年间文化意义的生成模式。在这里有必要解释一下，所谓意义生成模式是基于这样的逻辑：任何文化文本或言说都只有在一定关系中才是有意义的，因而才会被产生出来；又因为在特定历史时期社会上人们的主要关系具有明显的稳定性，所以我们就可以归纳出特定时期决定着文化文本或言说生成的那种关系的基本样式。这样，"意义生成模式"的意思就是：在特定时期，决定着一切文化文本及其意义产生的那个由各种"力"的维度所构成的结构关系。因为只有士人阶层才是中国古代文化学术的主体，所以我们对这个意义生成模式的分析主要围绕士人阶层的精神象征——"道"来展开。但实际上，中国古代文化并非总是以士人阶层的精神为核心的，构成这个意义矩阵的四个角的顶点均可以成为某种文化话语系统的出发点，对此，我们在下面论述子学具体的价值取向时将有所涉及。

四　诸子之学的几种基本价值取向

在这一节中我们的论述将继续围绕上面提出的那个意义矩阵展开，所不同的是，上面主要是讲"线"，即关系；这里主要是讲"点"，即文化话语系统的出发点或基点。让我们先来看一看"道"。如前所述，"道"是作为"势"，即君权的对立面而存在的，是士人阶层精神的话语表征。在先秦诸子之学中，真正能够代表士人精神的其实主要是两个话语系统：儒学与老庄之学。另外这两种话语系统融汇而成的易庸之学代表着士人精神的新发展。

我们先看儒学。

就产生的文化心理根源的角度来说，儒学与老庄之学都是士人阶层"基本焦虑"的产物。所谓"基本焦虑"原本是个体心理学的概念，指一个人在儿童时期因遭受精神创伤而形成的一种心理压抑和情结。我们在这里借用这个概念来指在士人阶层中普遍存在的恐惧、愿望与需求。我们前面已经谈到，士人阶层是一个被抛到乱世之中的社会阶层，原有社会秩序的崩坏恰恰就是这个阶层产生的契机。这就意味着，士人阶层甫一降生就面临着社会的动荡与无序。他们不是一个在政治上或经济上具有独立性的社会集团，他们之所以被称为"士人阶层"不是从通常的社会学的意义上来说的，而是因为他们承担着共同的文化知识，有着相同或相近的价值观念，对于社会来说有着相同或相近的作用。他们从前人那里继承下来的文化文本与其所生活的现实世界形成明显而巨大的反差——文化文本中记载着西周时期井然有序、上下一体、令行禁止、天下太平的社会景象，记载着周文王、武王、周公那样集圣哲与仁慈于一身的古代帝王们的事迹。然而他们眼前所看到的却是彼征我伐、尔诈我虞、满目疮痍、天下大乱的情景，看到的是人人唯利是图、丧心病狂、道德沦丧的现实。这种巨大反差在士人思想家的心灵上留下了深深的印记，是他们极力要改造这个世界、愿以天下为己任的伟大抱负的心理动因。另外，诸侯之间残酷的战争、诸侯国内部无情的权力争斗也都使无拳无勇的士人阶层感到惶惑与恐惧，他们希望出现一个安定的、合理的、和睦的、崇尚道德的理想社会，更希望士人阶层可以在这个社会中获得优势地位，以便发挥自己的才干。这些愿望、恐惧、忧虑就构成了这个阶层挥之不去的基本焦虑。他们的话语建构可以说都是这种基本焦虑的产物：或者试图通过积极的建构再造理想社会，从而改变自己不利的社会处境；或者试图通过自我消解，放弃价值追求，以无知无识的混沌状态面对一切、超越一切。

儒学的实质是士人精神与西周礼乐文化的结合。从士人精神的角度看，儒学要求着强烈的社会批判意识与进取精神，要求重新安排社会秩序，建立一个符合士人阶层利益的政治体制。从礼乐文化的角度看，它要求着君君臣臣父父子子的严格等级制，要求以血亲关系为纽带的宗法式政治体制。这两种价值取向相互磨合、调整、重构，就形成了儒学文化话语体系。它一方面消解了贵族宗庙文化的僵化、死板与缺乏主体精神，注入了活泼泼的新鲜血液，如"仁者，爱人""民贵君轻""与民同乐"之类；另一方面又接受了贵族文化中许多因素，的的确确具有保守性，如"克己复礼""正名""刑不上大夫，礼不下庶民"之类。士人精神与贵族趣味的结合，使儒家文化具有了如下要点。

其一，"仁""忠恕""和"等价值范畴。这是儒家基本精神之所在。这种精神也带有贵族文化之遗留：以血亲关系连接起来的社会政治序列需要一种温情脉脉的意识形态话语来维系。儒家之所以选择这种贵族文化因素来建构自己的话语体系，则又是基于自身的考虑：士人阶层除了文化知识以外，没有任何其他能够影响社会的能力，但他们又要以天下为己任，这就出现了目标的远大与手段的匮乏之间的矛盾。这种矛盾使得他们只能选择"软的"方法，而不是"硬的"方法来改造社会。所以儒家极力宣传人际关系的和睦仁爱，其实是不得已，也可以说是一种策略性话语。由此可知尼采尝谓宣传人类之爱的基督教乃是弱者的宗教，是颇有些道理的。

其二，儒家学说的主要内容之一是人格理想，即对一种圣贤人格和达到这一人格境界之工夫的描绘。儒家认为"先王"——包括西周的文王与武王——都是人格理想之典范。他们既是圣人，又是君主，是集"道"与"势"于一身的人物，颇近于柏拉图"理想国"中的哲学王。儒家士人向往那种文化话语系统与政治系统紧密无间的社会状况，动不动就讲"三代"如何、周公如何，这自然也是他们接受的西周文化之影响所致。如前所述，儒家极力宣传人格理想有为君主树立榜样的目的，是规范君主的一种手段；但同时这也是儒家士人自己的奋斗目标——他们自己亦要成圣成贤——一方面是为了拥有足够的精神力量与自信心去实现自己的伟大抱负〔即曾子所说："士不可以不弘毅，任重而道远"（《论语·泰伯》）〕，另一方面也是为了消解自身的内在焦虑而进行的自我充实、自我提高。其中依然隐含着权力意识。也就是说，在利用"道"来制约"势"的文化场域中，要求"道"的承担者拥有足够的文化资本——除了关于"道"学理方面的言说之外，还需要言说者个人对"道"有深切体认：你要求别人道德高尚，首先你自己就要有高尚的道德，否则你的言说当然就是无效的。此外，人格修养也还有借助心理的自我调节来消解基本焦虑的功能。这一点在孟子的学说中讲得尤为清楚。他的"我善养吾浩然之气"说、"反身而诚，乐莫大焉"之说、"求放心""存心养性"之说，都包含着通过心性的自我改造、自我充实来提升人格境界，从而抵御外来诱惑与压力的意思。因此圣贤人格既是儒家为君主们树立的学习榜样，又是他们自身奋斗的目标，还是他们消除基本焦虑的有效手段。这也难怪儒家在两千多年的话语建构中至少有一半的力气都用在了人格修养方面了。

其三，儒家的社会理想。儒家的社会理想同样是一方面来自西周礼乐文化之遗留，一方面来自士人阶层自身的心理焦虑。孔子提倡的社会理想直接即是对周礼的恢复，孟子提倡的"仁政"亦包含上古"井田制"的痕迹。其他如《礼记》所载的"大同"与"小康"之世、公羊家所谓"太平世""升平世"无不带有古代宗法制的色彩。盖儒家士人所接受的关于社会政治方面的话语资源主要即是西周的礼乐文化，所以他们在建构自己的社会理想时也就自然而然地受到这种文化的影响。另外，我国社会从贵族政治向官僚政治的过渡亦极不彻底——官僚政治体制中保留了很多贵族政治的因素，所以礼乐文化中的许多内容实际上也的确有其现实存在的合理性，例如"正名"思想所代表的等级观念等。

从另一个角度看，儒家的社会理想又是士人阶层固有的心理焦虑的产物。他们与其他"三民"（农工商）一样，对于战争和混乱极度厌烦，向往和平安定的生活。所以他们的社会理想实质上都是对现实社会状况的否定，其意义与功能也就在这里。在表面看来，儒家的社会理想即带有维护统治者利益的成分，又似乎是代表庶民百姓说话，这种情形就使得许多历史学家、思想史家在为这种社会理想定位时无所适从，以致言人人殊。在我看来，从根本上来说儒家的社会理想既不是统治者利益的反映，又不完全表现庶民的意愿，而是士人阶层思想愿望与实际利益的显现。他们希望一个安定而有秩序的社会，自己在其中有恰当的位置。换言之，儒家的理想社会都是他们的价值观占主导地位的社会，是士人的权力与利益得到实现的社会。所以儒家士人有关社会理想的话语最能体现权力的运作——先秦时由于兼并与反兼并、存在与灭亡是各个诸侯国最为紧迫的事情，还远远顾不上如何建设理想的社会秩序，所以儒家学说备受冷落。到了秦汉之后，天下一统，统治者为了江山社稷的长治久安，开始寻求最有效的政治体制与统治方法，他们渐渐发现，只有与士人阶层分权共治才是最为可行的策略，于是他们选择了儒家学说作为国家意识形态，而将士人阶层视为最紧密的合作伙伴和社会基础，让出相当大的一部分权力给他们，终于得到他们的全力支持。君主集团与士人阶层最终达成了永久性"共谋"。两千余年间中国古代社会的政治制度、文化学术本质上都是这种"共谋"，即君主集团（君主本人、皇室成员、外戚、宦官等）与士人阶层权力角逐与分配所构成的张力平衡的产物。这就是我们将"道—势"关系维度作为古代文化意义生成之基本模式的原因所在。

我们再看道家之学。

从意义矩阵的"道"这一角出发并不是仅仅产生儒家学说，道家学派也同样是以此为基点的。下面我们就来探讨一下道家之"道"与儒家之"道"的基本差异以及道家学说的学理逻辑。

关于道家学说的产生有不同说法。章太炎及钱穆等人认为道与儒实出于一源。太炎先生说：

周秦诸子，道、儒两家所见独到。这两家本是同源，后来才分离的。……庄子有极赞孔子处，也有极诽谤孔子处，对于颜回，只有赞无议，可见庄子对于颜回是极佩服的。庄子所以连孔子要加抨击，也因战国时学者托于孔子的很多，不如把孔子也驳斥，免得他们借孔子做护符。照这样看来，道家传于孔子为儒家；孔子传颜回，再传至庄子，又入道家了。[①]

钱穆先生则认为墨家"亦学儒者之业，而变其道"，然后开出道家一系，则道家亦源于儒家。[②] 胡适则认为道家是"对当时政治的反动"，"对政府干涉政策的反动"；[③] 牟宗三先生则认为老庄之学是"对周文疲弊而发"。[④] 各种说法都有其道理。综合各家之说，可以说老庄之学乃是新兴士人阶层对文教之毁坏、政治之混乱、社会之动荡等等不如人意之现象在学术话语上的回应，也是士人阶层在不得已的情况下所提出的以退为进的政治策略之体现。所以从根本上来说道家之学亦如儒学一样都是士人阶层因社会状况及自身境遇所造成的恐惧、惶惑、强烈的危机感等"基本焦虑"之心理驱力的产物。道家之所以与儒家在价值取向上有较大差异，并非二者代表不同社会集团的利益，而是由于士人阶层的基本焦虑原本就表现为两种固有的心理意向：或积极进取以改变现实，或消极退让而明哲保身。这两种心理意向从根本上说都以消解心理焦虑为目的。儒道两家学说不过是士人阶层两种固有的心理意向的话语显现而已。所以事实上二者也存有诸多共同之处。这主要表现在三个方面。

第一，儒道学说都是独立于现实政治系统的民间话语。尽管儒家处处关怀政治，而老子学说的大部分内容也都可以被视为某种统治之术，但是从根本价值取向来看，二者都不是官方话语，不是占统治地位的意识形态，而是在野的知识阶层对现实社会的批判性言说。无论是孔孟之"道"还是老庄之"道"，都是对现实价值系统的超越与否定，这一点是毫无疑义的。

第二，二家学说都可以达到消解士人阶层基本焦虑的目的。所谓"基本

① 章太炎：《国学概论》，上海：上海古籍出版社，1997年，第31—32页。
② 钱穆：《国学概论》，上海：商务印书馆，1931年，第43—53页。
③ 胡适：《中国哲学史大纲》卷上，见姜义华主编：《胡适学术文集·中国哲学史》，北京：中华书局，1991年，第41页。
④ 牟宗三：《中国哲学十九讲》，台北：台湾学生书局，1983年，第87页。

焦虑"在这里是指士人阶层作为一个整体与生俱来的心理症候，主要包括恐惧、惶惑、焦躁不安、强烈的危机感等等。徐复观先生总结周初贵族阶层的整体心理倾向时提出"忧患意识"之谓，十分贴切。如移用为对春秋战国之际产生的士人阶层的基本焦虑亦无不可。这个阶层本身就是乱世的产物，他们一出现于世上就怀着强烈的危机感与不安全感，因为他们是社会上的"弱势群体"——既没有贵族们的"世卿世禄"的特权，也没有农、工、商世代相传的谋生手段。所以在动荡不宁、争于气力的社会环境中他们感到无比的恐惧与焦虑。但是命运并没有完全抛弃这个社会群体，他们也拥有一种与生俱来的、其他社会阶层都不具备的能力与权力，这就是言说，或曰话语建构。这是他们有效超越并转化基本焦虑的唯一方式。儒家讲充实，道家讲虚静，都是对付心理焦虑的好办法。

第三，二者都具有社会乌托邦精神。在社会理想方面，儒家的基本思路是依靠话语建构来确立一套上至君主、下至百姓人人认同的价值观念体系，从而自然而然地生成一种和睦仁爱、安定有序的社会状况。道家的基本思路是借助话语建构彻底消解上至君主、下至百姓人人心中的一切价值观念，使人人恢复人类初民无知无识的混沌状态，从而实现一种自然古朴、与物同体的社会状况。二者都是乌托邦，同样高远难达。

这样我们对于道家学说之要点可以进行概括了。

其一，道家之学作为救世之术。

如前所述，老庄之学也有自己的社会理想，其主旨也是为动荡的社会、崩坏的政治秩序开出疗救的药方。对于老子来说，这社会理想是"小国寡民"——消除了一切人为的因素之后的朴素自然状态，或者说是人类的前文明状态。对庄子来说，则是"自由与平等"的社会——据章太炎先生的理解，"逍遥游"就是自由，"齐物论"就是平等。[①]当然这里的"自由平等"与西方启蒙主义思想家们倡导的"自由平等"意思并不完全一致，对庄子而言，主要是提倡不用人管、自由自在地活着的社会状态，这是一种原始的无政府主义。就其实质，老庄之学是希望通过绝对的否定而达于肯定，或者说，借助否定的方式完成一种肯定，其最基本的价值取向同样是建构而非解构——

---

① 章太炎：《国学概论》，第34页。

解构只是手段，建构才是目的。

同作为士人思想家，老庄之徒与孔孟一样都面临着同样的社会问题，这就是原有的社会秩序崩坏，失去了统一的价值准则，利益成为社会政治行为的主要杠杆。所以改变现状、为社会提供新的规范就成为包括诸子百家在内的所有士人思想家们言说的主要动机。与儒家不同的是，道家在曾经是那样光辉灿烂的周代文明土崩瓦解的现实面前产生了更加深重的幻灭感：不再相信依靠像周公"制礼作乐"那样积极的文化建设可以一劳永逸地解决社会问题。他们比儒家更深刻地看到了话语建构的悖论：你建构了一套话语系统来规范这个世界，约束现实的权力，而现实权力却立即将它变为维护自身并攫取更大权力的工具：

> 圣人不死，大盗不止。虽重圣人而治天下，则是重利盗跖也。为之斗斛以量之，则并与斗斛而窃之；为之权衡以称之，则并与权衡而窃之；为之符玺以信之，则并与符玺而窃之；为之仁义以矫之，则并与仁义而窃之。何以知其然邪？彼窃钩者诛，窃国者为诸侯，诸侯之门而仁义存焉，则是非窃仁义圣知邪？（《庄子·胠箧》）

道家对现实权力与话语建构之关系的这种理解显然比儒家要深刻得多。既然一切的话语建构最终都会被现实权力所战胜并且还充当其帮凶，那么还要话语建构有什么用呢？这是道家选择消解策略的主要原因。

> 绝圣弃智，民利百倍；绝仁弃义，民复孝慈；绝巧弃利，盗贼无有。……见素抱朴，少私寡欲。（《老子》十九章）
>
> 故纯朴不残，孰为牺樽！白玉不毁，孰为圭璋！道德不废，安取仁义！性情不离，安用礼乐！五色不乱，孰为文采！五声不乱，孰应六律！夫残朴以为器，工匠之罪也；毁道德以为仁义，圣人之过也。（《庄子·马蹄》）

道家激于文化话语建构之无益而有害的现实情形，竟将道德沦丧、价值失范的责任归之于话语建构的主体——圣人了。于是在他们的心目中便形成了这样一种根深蒂固的观念：在形而下层面上是建构不如消解，进不如退，有为不如无为；在形而上层面上则是有不如无，实不如虚了。既然无为乃是最佳选择，那么见之于人类社会自然是纷乱虚伪的当今不如淳朴简单的上古了。于是原初的、未开化的、天真未凿的人类初民社会就成为道家最高社会理想了。既然任何价值规范都不免被某些人利用来谋取私利，那么就不如将压根儿就没有任何价值规范的社会当作理想来追求了——这就是道家社会理想产生的逻辑，也同样是他们形上追求的现实根源所在。

其二，老庄之"道"的含义与意义。

胡适曾对于老子提出"道"的范畴予以高度评价，认为对中国哲学史的发展具有划时代的意义。今天看来，这个"道"可以从下列几个方面来理解。

第一，至少是否定了上古遗留的神学目的论，主张"人法地，地法天，天法道，道法自然"，从而确立了以自然为人立法的道家逻辑起点。殷商以前，人们相信鬼神是主宰人世间一切吉凶祸福的力量；周人鉴于商纣的失败明白了"天命靡常"的道理，但是最终还是相信神灵的威力，只不过认为神灵只保佑有德之人，这就比商人大大进了一步。甚至到了孔子，"天命"的观念还是根深蒂固的。老庄提出一个无知无识、无所依凭、若有若无、惟恍惟惚的"道"来算是将"天命"之类的神学目的论倾向彻底摧毁了。

第二，"道"是天地万物之本根、本体、本原。这就为中国古代哲学开出了真正的形上境界，使士人阶层的思考进入了超验领域。"道"究竟是哪个层面的概念？它的含义究竟如何理解？这一直是中国古代哲学研究领域争论不休的老问题。现在看来，不仅"唯物""唯心"之论是圆凿方枘，难以凑泊，就是"实体""逻各斯"之说也是郢书燕说，谬以千里——无论用西方哲学范畴库中的什么范畴都无法理解中国古代的道家的这个"道"。从表面上看，"道"似乎与斯宾诺莎的那个"唯一实体"很接近，都是以"理一分殊"或"万川印月"的方式存在的。它们都是以自身为存在的依据而不需要任何外在之物为凭借的；"道"又好像是谢林的"绝对同一性"或黑格尔的"绝对精神"，它们原本都是"无"，然后才"生"出"有"来，并且在生出"有"来之后就驻足于此。"道"对人为之话语建构的根本性否定作用又似乎近于解构主义之"解构"。但是它们毕竟是不同的：斯宾诺莎的"唯一实体"实际上乃是"神"或"上帝"的别名，它包容万物、生成万物，都接近于神学目的论。而道家之"道"却是对"神"的彻底否定，它的生成化育万物是接近自然目的论的。黑格尔的"绝对精神"在其"动态性"方面的确接近老庄的"道"，但是前者很明显与柏拉图的"理念"一脉相承，本质上乃是人的思维的外在化、实体化；老庄之"道"却是对万事万物存在方式的某种体验性概括，本质上是自然之自在性进入人的意识之后的产物。"道"的否定性与"解构"亦不可同日而语：尽管二者同样是对"话语建构"持有深刻的怀疑，但老庄之"道"却将自然之自在性推崇到至高无上的地位，而解构主义否定话语建构的合理性之后，并不寻求新的价值，更不用说价值本原这样的东西了。只有庄子的相对主义与解构主义有某些接近之处。说到有点像，倒是谢林的"绝对同一性"与"道"最为接近：就其本原状态来说它们都是外在于人的思维的东西，都以人的意识无法把握的形式存在并且决定着万事万物的生成演变，都是自然界与人类社会的本原。但是谢林的"绝对同一性"尽管是无意识的，但似乎决定着世界的历史与未来，安排着一切，它是理性与自然的统一，看上去没有意识，实际上有着自己的目的，毕竟没有完全脱去"上帝"的影子；老庄的"道"虽然是万物之本原，有生成化育之功，但它并不安排什么，它只是在那里存在着、循环往复地运作着，完全是无知无识的自然状态。

　　有人说老庄的"道"与古希腊哲学中的"逻各斯"是很接近的概念也完全是"门外谈禅"式的随意比附。何以见得呢？首先，"逻各斯"与人的思维能力密切相关，"道"却是自本自根、与人无涉的。《希英大辞典》概括"逻各斯"有十种含义：1. 计算、尺度；2. 对应关系、比例；3. 说明、解释、论证、公式；4. 灵魂内在的考虑，如思想、理性；5. 陈述、演说；6. 口头的表述、言词；7. 特殊的说法，如神谕、格言、命令；8. 所想的、说的东西，如对象、主题；9. 表达的方式，如理智的、文学艺术的表述；10. 神的智慧和言词。[①]这十条含义中没有一条具有纯客观的性质。这与"道"恰好相反，因为"道"没有丝毫主观的含义在其中，而且老庄等人正是要用个表示着纯然自在状态的概念来否定一切人为的价值。有些学者居然认为这个"道"含有言说的意思，实在是匪夷所思之极！一字可以多义，而字义间却绝对不可含混交错，否则人们也可以从"箭矢"之"矢"中，读出"遗矢"之"矢"

---

① 转引自汪子嵩：《希腊哲学史》第1卷，北京：人民出版社，1997年，第456页。

的意义来了。须知此"道"非彼"道",丝毫含混不得的。

当然,"逻各斯"也还有其他的含义,例如一般原则、规律等。这个含义似乎与老庄之"道"更加接近一些。但如果细加分析,二者依然判然有别。"道"既不是原则,也不是规律。因为所谓原则、规律都是人之抽象思维能力面对大量相近经验时归纳、总结出来的东西,是人们把握世界的一种方式,因此是可以用语言来表达的。"道"却不是理性思维的产物,不是经验的归纳,因此也是无法言说的。那么"道"是如何被把握与言说的呢? 实际上在老庄看来是不可以用抽象思维来把握的。"道"乃是体验的产物,是用类比的方法被言说的。老庄等人面对大千世界生生不息的运演变化,感觉到好像有某种力量发挥着作用,于是就将这种力量勉强称之为"大",字之曰"道"。"大"是对事物的规模超出人的视觉限度这一特征的体验性心理经验;"道"是对事物不停运动这一特性的体验性心理经验。他们都不是作为抽象思维的对象存在的。老子形容对"道"的体验说:

> 孔德之容,惟道是从。道之为物,惟恍惟惚。惚兮恍兮,其中有象;恍兮惚兮,其中有物。窈兮冥兮,其中有精;其精甚真,其中有信。(《老子》第二十一章)
>
> 道之出口,淡乎其无味,视之不足见,听之不足闻,用之不足既。(《老子》第三十五章)

这就是说,"道"并非像斯宾诺莎的"实体"或黑格尔的"理念"那样纯粹的抽象或超验之物,人可以感觉到它的存在。而且除了难以清楚把握其形状之外,"道"并没有任何新奇之处,平淡与自然才是其特征。

其次,"规律"这个概念是带有决定论色彩的。以前万事万物是上帝决定的;后来是"绝对精神"这类精神实体决定的;再后来就是"规律"决定的。如果说在古希腊人的观念中"逻各斯"的确有"规律"之义,那么这应该是古人朴素的决定论思想。老庄的"道"却没有"规律"的意思,因此也不是决定论的。尽管老庄的确将"道"当作是生成万物的那个"本根",但他们丝毫也没有将"道"理解为朝着某个目标,或沿着某个途径运作的意思。他们心目中的那个"道"是自然的别名,而自然就是本然自在之义,没有任何力量规定着它。它自己也决不执着于某种既定原则，正是事物不被规定且不恪守任何原则这一点可以证明"道"的作用与意义——否定一切外在规定的作用与意义恰恰就是"道"的作用与意义之所在。

第三，"道"又是人世间一切价值之最终的自明性本原，这就为道家的人格理想找到了本体论依据。所谓价值本原就是价值的最终依据。一种价值如何成其为价值呢？是谁规定的？总要有个说法，否则就不会有人信从。"道"就是古人创造出来用以充当万事万物之价值本原的那个说法。所以我说，要问"道"的确切含义是很难的，因为它包含着它所代表的那个价值系统的全部意义。儒家的"道"就包含着儒家学说的全部价值观；道家之"道"也就包含着道家学说的整个价值系统。

那么道家是如何用"道"来充当自家学说之价值本原的？这里的逻辑是这样的：道家的价值追求就是否定整个现行的价值观念体系。这个体系主要由两部分组成：一是西周遗留下来的礼乐文化之残余；二是儒、墨等士人思想家在西周文化基础上建构起的新的价值系统。它们的共同特征就是希图通过人为的话语建构实现政治上改造社会的目的。这在老庄之徒看来是幼稚可笑的。出于对历史事变的洞察，老庄之徒深知任何知识话语的建构最终都会成为权力拥有者们手中的工具，然而他们自己却一如儒、墨一样，也仅仅拥有话语建构的能力，因此在不得已的情况下他们就选择了否定作为自己最基本的话语策略。否定的话语策略最根本之处就是处处与现行价值体系反其道而行之。以话语建构的形式否定任何话语建构的意义——这就是道家之学的策略。既然反对话语建构，则其反面——人类初民的自然状态：无知无识、天真未凿、浑然与物同体就成了最高价值理想。那么为什么这样的自然状态就是最高的价值呢？这种价值理想的合法性何在呢？因为"道"就是这样的。从这个意义上说，"道"是设定的、自明的、本原性的。而从话语建构的逻辑轨迹看，则"道"是自然万物本然自在性这一特征获得了话语形式。"道法自然"隐含的意思就是"道"是从自然状态中提升而来的。"道"能够成为价值本原，就是因为它是"自然"的别名。后来郭象在《庄子注》中提出"万物独化"的观点，实在是深得老庄之学之奥秘。其他关于这个"道"的种种议论大抵近于胡言乱语。

总之，"道"在本质上是天地万物之本然自在性的话语表征，既是道家士人对自然界的一种概括，又是他们为了建构独立的话语体系而给出的一种设定。因此，"道"既是主观的，又是客观的，也是一种"合外内"的产物。

其三，道家的工夫范畴，或体道方式。

如前所述，"道"是不可用通常的思维方式来把握的。对于"道"的存在唯有通过体验才能够接近。但是在体验方式上道家与儒家又有很大区别。儒家讲究通过存心养性、进德修业、积善成德等积累、渐进的人格修养方式来体验"道"的存在；道家则刚好相反，讲究靠"退"或"损"的工夫来体道。在老子是"为学日益，为道日损，损之又损，以至于无为。无为而无不为"。在庄子则是"坐忘""心斋""朝彻""悬解""见独"。按照他们的逻辑，为了形成清静自在的主体心境，必须对一切人为之物彻底否定，于一切文化学术均采取消解主义态度，最后则是对自家主体精神的自我解构。主体精神一无所存了，连主体自己也不知何处去了，这便达到了人生最高境界——与天地之大道合二为一了。此时人的心理状态恢复到纯然自然的状态，这也正是"道"的状态。所以道家的"体道"不是主体意识对某种"他性"之物的觉知，而是主体自身进入一个状态之中，使自己即成为"道"之呈现，"道"于是也就成为主体之"自性"显现。中国古人所讲之"体认"与西方人所讲之"认识"根本不同处正在于：后者是对"他性"之把握，前者是对"自性"之去蔽；后者只靠认知理性即可，前者则须全身心之投入。

其四，道家之学对士人人格理想的影响。

士人阶层普遍具有一种自我提升的人格建构意识。但最终形成广泛影响的则只有儒家与道家。应该说在人格理想这个维度上，道家对后世文化精神的影响是巨大的，即使今日这种影响依然很大。那么所谓道家人格究竟是怎样的呢？以往论者通常是在"清静自然""少私寡欲""为而不争"的意义上来理解道家人格的价值。如果从文化发展的角度来看，与其说道家为后世士人开出了一个人格境界，毋宁说是在言说之域开出了一个意义生成的空间。如果说儒家的人格理想是不停顿地建构与自我警戒，所谓"无一日违仁""颠沛必于是，造次必于是""吾日三省吾身"等等，是追求"动"的意义，那么道家则是彻底放松，像婴孩那样万事不萦于心，是强调"静"的价值。人的生命亦如万事万物的生命一样，都是"动"与"静"的变奏。"动"固然是人类无数文化价值之源，"静"同样也生成着无数的文化意义。二者都植根于生命存在本身，是无法取舍的。但是如果从历史的角度来看，则儒家人格理想的作用是构成一种积极的主体性，从而培养一个改造现实世界的大军；道家人格理想则是要为放弃社会责任与担当精神提供一种合法性，为无能为力与绝望之情提供心理的慰藉。因此道家人格的文化之维与历史之维有着迥然不同的意义与实际效用。我们可以说那种"知足常乐""安时处顺""游戏人生"甚至"好死不如赖活着"之类近于消极的生存观念均与道家人格息息相关，我们也可以说，那种宁静淡远、精微玄妙的艺术境界，那种超尘脱俗、心系自然、童心宛在、开朗达观的积极健康的生活态度不也与道家人格密不可分吗？对于特定历史情境来说，道家人格可能起着消极的作用，但对于具体的生命个体来说，道家人格则可能会大大提高他的生活品位。

最后我们看看易庸之学。

易庸之学乃是儒道两家的第一次融会贯通的产物。这一学派的主要著作是《中庸》和《易传》。易庸之学的出现标志着先秦士人思想的渐趋成熟，也标志着儒学思想本身的分化。就现在的研究成果来看，易庸之学应产生于战国后期，大约与《荀子》产生的时代相近。[①] 我们知道，儒学在其创始人孔子的时代主要有两大内容：一是为世人立法——告诉人们应该遵守礼法，恢复被破坏的社会等级秩序，即所谓"复礼"；二是为士人阶层自己立法——提醒每一位士人都要自觉成圣成贤、做君子，而不要把自己混同于一般的庶人，即所谓"克己"。"克己"与"复礼"虽然可以理解为因果关系，但是二者实际上属于两个价值系统：前者是个体人格价值，即所谓"私德"；后者是社会价值系统，即所谓"公德"。在孔子的心目中当然是欲通过"私德"的确立进而达到实现"公德"之目的。这就是被后人概括为"内圣外王"的，从改造人心入手进而改造社会的儒家理路。儒学发展到孟子的时代，这种"内圣"之学与"外王"之学依然保持着一个平衡状态。我们看《孟子》一书，可以说一半是讲"王道""仁政"的，这是外王之学；另一半是讲"存心养性"与"求放心"的，这是内圣之学。但是孟子之后，也许儒家们也明白了从"内圣"无法达成"外王"的道理，于是分化就开始了：一些人进一步强化内圣之学，

---

① 现存《中庸》一文明显非成于一人之手，亦非成于一时。其中大约保存了某些子思的思想。但就其言"诚"、言"天之道""合外内之道""赞天地之化育"而言则应是战国后期的儒家在接受了道家思想的基础上产生的新观念。

并且从道家的天道观中撷取某些因素与儒家固有的心性之学融合为一体，形成以"合外内之道"为特征的易庸之学，专门解决个体人格提升的目标、手段、价值以及合法性问题。另一些人则专门在外王之学上下工夫，并从法家的政治思想中寻到某些成分，大大减弱了心性修养方面的价值与意义，强化了社会规范的重要性，将儒学改造成为一种政治哲学，形成以融合儒、法为特征的荀子学说。此后，儒学的发展就是这两大倾向的此消彼长。汉代经学偏于荀学的理路；宋明理学则偏于易庸之学的理路。

易庸之学的产生标志着先秦士人阶层在精神上达于一个新的高度——试图将形上思考与人格修养统一起来，将宇宙大生命与人的个体生命统一起来，将对于万事万物的自然性与人生的价值性统一起来，从而形成先秦儒学中最为博大深厚、影响深远的一个思想流派。这一思想流派的出现，标志着士人阶层业已对个体生命价值、人生的价值与意义这类问题有了超越政治层面的哲学思考，这是既不同于原始儒学，也不同于道家之学的新思想，这种思想即使在今天依然熠熠生辉。对这一学派我们简要地作如下阐释。

其一，易庸之学的主旨或基本思路是"合外内之道"。这种思想在孟子那里已经露出端倪。《孟子·尽心上》云："万物皆备于我，反身而诚，乐莫大焉。"又说："尽其心者，知其性也。知其性，则知天矣。存其心，养其性，所以事天也。"到了《中庸》这里更得到充分发挥。《中庸》云："天命之谓性，率性之谓道，修道之谓教。"又云："喜怒哀乐之未发，谓之中；发而皆中节，谓之和。中也者，天下之大本也；和也者，天下之达道也。致中和，天地位焉，万物育焉。"假如不明白这一派学说的思路，就很难理解上面这些话。"知其性"如何就能"知天"呢？作为"喜怒哀乐之未发"的"中"，如何就成了"天下之大本"了呢？这里的一切都建立在这样一种也许是神秘的，也许是极为深刻的观点之上：人与天地万物具有本质上的一致性，人可以通过自己的努力来顺应并且促进天地大道的运演化育；人的生命价值正在于它是宇宙大生命的组成部分，生生不息的宇宙大生命才是万事万物存在之根基，亦是人类社会一切价值之最终依据。人的行为是否具有合法性最终不是在人世中得到评价标准的，而是在宇宙大生命的运演中得到这一标准的。人的价值于是得到了一种超越人世间的形上之维。

所以《中庸》说："《诗》云：'鸢飞戾天，鱼跃于渊。'言其上下察也。

君子之道，造端乎夫妇，及其至也，察乎天地。"又说："成己，仁也；成物，知也；性之德也，合外内之道也，故时措之宜也。"这都是讲人的内在之性与天地的外在之道在本质上是相通的，故而通过人的主观努力即可施加影响于天地万物。这种思想对于中国古代文化学术发展演变有着决定性的影响。《易传·文言》云："夫大人者，与天地合其德，与日月合其明，与四时合其序，与鬼神合其吉凶。先天而天弗违，后天而奉天时。"《象》云："观乎天文以察时变，观乎人文以化成天下。"又："天地革而四时成，汤武革命，顺乎天而应乎人。"《系辞上》云："一阴一阳之谓道。继之者善也，诚之者性也。仁者见之谓之仁，知者见之谓之知，百姓日用而不知，故君子之道鲜矣。"《说卦》云："昔者圣人之作《易》也，将以顺性命之理。是以立天之道曰阴与阳，立地之道曰柔与刚，立人之道曰仁与义。兼三才而两之，故《易》六画而成卦。"这些都讲着同一个道理，这个道理是深入中国古人骨髓中的，是他们看问题的基本思维模式。

其二，易庸之学是儒道两大思想体系第一次融合的产物。其所开出的一种新的理路被牟宗三先生称之为"道德的形上学"——意指儒家的道德关怀找到了超验的本体论依据，而道家的玄远之思也在现实世界中找到了落脚点。这是"天之道"（孔子所罕言者）与"人之道"（老庄所否定者）的贯通，是子学时代最高智慧之表现。

以上我们阐释了作为文化意义生成模式的矩阵中"道"之一角所引申出的几种话语系统，这是先秦最主要的，也是对后代影响最大的学术流派。下面我们简要地涉及一下从矩阵的其他几个角引申出的学术话语系统。

"非势"是指庶民阶层。本来庶民阶层本身并不具备言说的能力：他们不能凭借建构话语体系来表达自己的意愿与利益。然而如前所述，士人阶层与庶民阶层有着极为紧密的联系，而且有相当大的一部分士人即是来自庶民阶层。因此有些士人思想家就自然而然地充当了庶民百姓的代言人，或者更准确点说是更多地代表了庶民百姓的意愿与利益。这样，"非势"一极也就成了一个意义和话语系统的生长点。墨家学派就是在这个立场上言说的士人思想家。据古籍记载，墨子本人尝"学儒者之业，受孔子之术"，但因不大合乎自己的口味而另行创立一套独立的思想（《淮南子·要略》），是为墨家之学。钱穆先生说："故'儒'者，譬今之所谓绅士；'墨'者，譬今之所谓劳工也。必贵族之阶级既坏，而后'儒''墨'之争论乃起。……故孔子之正名复礼，本贵族之见地而言之也。墨子之天志、兼爱，本平民之见地而言之也。其抨击当时贵族之生活者同，而所以为抨击者则异。惟墨学之兴，尤足为平民阶级觉醒之特证也。"[1]这种见解基本为中国思想史研究者所接受。但墨子虽代表了庶民阶层之思想利益，却并非就是庶民思想家。他的基本精神与孔孟老庄一样，都属于士人阶层范畴，只是侧重不同而已。老庄否定礼乐是否定其虚伪矫情而戕害人的自然本性；墨家否定礼乐是否定其无实际功用而且浪费人力物力；孔孟倡导礼乐乃是倡导一种和谐有序的社会状态，三者看上去判若云泥，其实在本质上并不矛盾，都是出于对现实的不满。

"非道"是指那些自动放弃超越的乌托邦精神而投身于君权系统中的士人。就其来源而言，我们大致同意梁启超先生的观点："其学理上之根据，则儒道墨三家皆各有一部分为之先导。"[2]他们也同样有话语的建构。所谓"法家"即是此类士人思想之代表者，他们是站在君主的立场上言说的。冯友兰先生说："儒墨及老庄皆有其政治思想。此数家之政治思想，虽不相同，然皆从人民之观点以论政治。其专从君主或国家之观点以论政治者，当时称为法术之士，汉人谓之为法家。"[3]如果将士人阶层也归入"人民"的范畴，则这段话是无懈可击的。如果从士人阶层与君权系统对立、相互制衡的角度来看，法家可以说是士人的"异化"；如果从士人阶层与君权系统合作的角度来看，则法家是作为君权系统之组成部分的士人。对于法家士人主动放弃超越的乌托邦精神而专营统治之术，也可从两个方面来看。

第一，如果仅从表面看，法家学说的几个核心范畴，如"法""术""势""法后王""变"之类，的确完全是向统治者进上的"御民之术"。法家也就自然成了甘愿做君主之工具的士人。

第二，但如果我们深入思考就会发现，法家在为统治者设计统治之术的同时，也为他们制定了一套行为规则——"法"是一套严格的赏罚规定，是对生活中每一个人的约束。它的确是对于那些社会生活中遗留的贵族政治之痕迹的彻底颠覆。在这个意义上，我们又可以将法家思想视为士人阶层将包

---

[1] 钱穆：《国学概论》，第45—46页。
[2] 梁启超：《先秦政治思想史》，北京：东方出版社，1996年，第167页。
[3] 冯友兰：《中国哲学史》上册，北京：中华书局，1961年，第383页。

含着士人精神的文化学术话语系统加以制度化、物化、现实化的努力。在法家的思想和行为中，我们同样可以看到一方面服务于君权，一方面又规范、制约君权的双重价值取向。但毫无疑问，正如墨家虽也属于士人精神范畴，但却较多地表现了庶民阶层的思想愿望一样，法家虽依然带有士人阶层的精神特征，但却是较之其他士人思想家更多地带上了官方色彩了。

前面那个矩阵所代表的文化意义的生成模式在子学时代主要生成了儒道墨法四种话语系统，其他子学学派均可分别纳入这四种话语系统之中。统观四家学术，可以说都是出于士人阶层不满于现状而开列的救世药方，都暗含着士人阶层的权力意识。其所不同在于：儒家的逻辑是通过个人的道德修养（包括君主等执政者）而形成一种普遍的道德伦理规范，令人人都安心于自己在社会中所应扮演的角色和应处的位置，从而使社会从无序变为有序；道家的逻辑是通过人人自我解构，将一切现行价值统统视为非价值、反价值，从而消弭争斗与战乱，使社会归于和平；墨家的逻辑是通过统一社会价值标准（尚同）、反对一切侵略战争（非攻）、倡导人类之爱（兼爱）来消平等级差别、避免争斗，使人人平等、和睦相处，从而实现天下太平；法家的逻辑则是通过建立一套神圣不可侵犯的行为规定与赏罚标准来使人民“勇于公战而怯于私斗”，以富国强兵、兼并别国、统一天下，从而消灭战争。相比之下，儒家显得堂堂正正、积极向上；道家、墨家显得偏激绝对、难于实现；法家显得冷酷实际、令人望而生畏。

从中国古代文化学术的发展演变来看，对于统治者来说，儒与法的结合，刚柔相济、恩威并举，可谓最佳统治之术，所以成为官方意识形态；对于士人阶层来说，儒与道的结合，既有现实关怀，又富超越精神，可进可退，是最好的立身处世之术，因而成为他们的意识形态；唯独墨家思想过于质实、过于激烈，缺乏浪漫色彩，既不符合统治者的口味，又有悖于士人阶层的精神需求，所以渐渐沉寂了下去。

五　子学时代的诗学观念（上）

行文至此，我们已将子学时代的文化历史语境基本勾勒清楚，在这个前提下，我们可以进而讨论诗学观念问题了。

何谓"诗学观念"？在这里有两层含义：一是指诸子之学本身所含有的诗意性，它们在先秦之时还不是作为诗学价值而出现的，但是在后世的发展演变中，它们都被诗学话语系统所吸收，成为某些重要的诗学范畴。二是诸子之学中包含的本身即是诗学观念的内容。我们先来看第一种情况。

儒家学说本身即带有明显的诗意性特征，对此许多前辈学人如钱穆、贺麟、方东美等人均曾有过很好的论述，[①] 这里就不引述了。概括前人见解，我们可以从下列几个方面来看儒学中的这种诗意性。

其一，孔子的"吾与点也"之志。在《论语·先进》的著名的"侍坐章"中，孔子高度赞扬曾晳之志。其志曰："莫春者，春服既成。冠者五六人，童子六七人，浴乎沂，风乎舞雩，咏而归。"又据《论语·述而》载，"子之燕居，申申如也，夭夭如也。"后世儒者将孔子这种志向与风度称为"圣贤气象"。这说明孔子追求一种潇洒闲适的生活方式，这种生活方式本质上乃是一种自由自觉的、艺术化的人生境界。这样看来，在孔子的价值系统中实际上有三大相互联系又各自独立的价值取向。一是做道德自律的典范，二是为人世间制定法则，三是个体精神的自由舒展。用现在的观点看，这三大价值取向即是道德价值、政治价值和审美价值。

其二，"和"的精神。孔子主张"君子和而不同""群而不党"，以及"礼之用，和为贵"（《论语·学而》）。这是讲人与人之间那种和谐友好又独立自主的关系。就整个儒家体系来看，追求"和"的境界可谓随处可见——在人与人、人与社会、人与自然、人与万物的关系中，儒家都要求着这种"和"的关系。这种无处不在的"和"实际上是一种精神乌托邦，是一种诗意化的人生理想，在现实社会中是不可能存在的。后来这种精神乌托邦渐渐渗透在乐论、诗论之中，成了一种重要的审美价值。《礼记·乐记》云："大乐与天地同和。"又说："乐者，天地之和也。"《礼记·经解》云："温柔敦厚，诗教也。"韩昌黎也说："仁义之人，其言蔼如也。"（《韩昌黎文集·答李翊书》）这都是"和"的精神之表现。

---

① 可参见钱穆：《中国文化与中国文学》，见钱穆：《中国文学论丛》，台北：东大图书有限公司，1983年增订初版，第28—46页；贺麟：《儒家思想之开展》，见罗义俊编著：《评新儒家》，上海：上海人民出版社，1989年，第30—44页；方东美：《中国哲学精神》，见蒋国保、周亚洲编：《生命理想与文化类型——方东美新儒学论著辑要》，北京：中国广播电视出版社，1992年，第227—271页。

其三，乐。《论语·雍也》载孔子称赞颜回云："贤哉，回也！一箪食，一瓢饮，在陋巷，人不堪其忧，回也不改其乐。贤哉，回也！"这里孔子所赞扬的是一种无论在怎样的情况下都平和愉悦的精神状态。后来宋儒极其看重"孔颜乐处，所乐何事？"的问题，也特别重视修炼内心的宁静与和乐。这种心境也具有诗意性。

总之，先秦儒学的诗意性主要来自其超越现实，指向未来；超越利益关怀，指向精神关怀；超越肉体，指向心灵；超越凡俗，指向高雅；超越一己之私，指向天下众生的价值取向。这一价值取向乃取决于士人身份的两重性：既有可能成为社会管理者，又常常是远离权力中心的平民百姓。这种身份与角色的变动不居就使得儒家士人有可能同时超越这两种身份，从而指向更高的精神境界。

我们再来看道家学说。

与儒学相比，老庄之学的诗意性更为突出。就道家自身的价值取向而言，它是否定一切文化建构的，诗文当然也不例外。但在后世，道家学说的基本精神和一系列重要范畴却都演化为诗歌、绘画、书法、文章的审美境界。可以说，道家学说在社会生活中并未能实现为现实的价值，但却在各种文学艺术活动中成为极为重要的审美价值，这种情形表明，这一学说本身就是诗化的，亦如儒家学说一样，带有一种超越的乌托邦精神。这主要表现在下列几个方面。

其一，无、无为、虚静。这些道家学说的基本范畴本来是关于"道"的存在方式的表述，就其生成逻辑来说原本具有明显的否定意义：对现实存在之物，主要是价值观念的彻底否定。但它们却开启了一种重无轻有、贵虚贱实的意义空间，对后世，特别是六朝以后的文学创作以及整个审美领域产生了巨大影响。强调无、无为、虚静其实是强调纯精神存在的重要性，[1] 是对实存之物的超越，这本身即带有乌托邦色彩，因而具有诗的意味。

其二，游。在庄子那里是指绝对的精神自由——无凭借、无对待，"独与天地精神往来，……上与造物者游，而下与外生死、无始终者为友"（《庄子·天下》）。这种"游"的精神乃是心灵的飞升与膨胀，是人的想象力的

---

[1] 对此章太炎先生在《国学概论》（上海：上海古籍出版社，1997年）中曾有所论及。

充分展现，因此也是真正的诗的精神。道家重视"游"的价值，其意义生成的逻辑本是借助人所固有的想象力来超越在他们眼中污秽不堪的现实世界，但由于"游"的运思过程与诗文创作的运思极为相似，其心理状态与人的审美心理十分接近，故而在后世亦获得重要诗学意义。这在陆机的《文赋》、刘勰的《神思》中都有明显的印记。

其三，物我一体，我即是物，物即是我，"天地与我并生，而万物与我为一"。在诗的思维中，主体与客体浑然一体、毫无间隔。庄子梦蝶之喻乃是纯粹的艺术想象——只有在诗与艺术中通常的分类原则才会被"合法地"打破，而代之以一种全新的分类方式，所以庄子的"齐物论"实际上是一种诗的思维方式。以往论者常常将庄子的"齐物论"简单地归结为相对主义，其实从我们的阐释角度看，完全可以说这是庄子彻底颠覆现实世界价值观念体系的一种有效方式，是用诗意的、艺术的意义空间来否定和超越现实社会——这是庄子"齐物论"产生的文化逻辑。

其四，自然。自然即是自在本然。如其他几个范畴一样，"自然"也具有强烈的否定性意义，它是对一切人为之物的否定。既然人世间到处充满丑恶，人类的文化创造不是虚伪矫饰就是毫无用处，那么当然是自在之物最有价值了。自然的本义在老庄那里是指天地万物不依赖于任何外力而自生自长的特性，亦是"道"最根本的存在状态。因此对于道家来说，自然也是最高价值。在六朝之后，自然成为中国古代诗学乃至整个文学艺术领域最主要的价值取向之一，至今依然如此。

其五，道若有若无、似真似幻的特性。《老子》描绘道的这种特性云："有物混成，先天地生""无物之象，是谓惚恍""道之为物，惟恍惟惚。惚兮恍兮，其中有相；恍兮惚兮，其中有物"。后世诗家讲"滋味"，讲"神韵"，讲"高妙"，讲"可意会不可言传""言外之旨，韵外之致"者，大抵超不出老子之所云。

其六，朴。这个概念原指物未经雕琢时的本来样子，老庄借以表示道的一种特点。《老子》云"朴散为器"，又云"常德乃足，复归于朴"，又云"道常无名，朴"。与"自然"一样，"朴"也是对"人为"的否定，或者说"朴"就是"自然"的别名，他们都是"道"的存在样态。这个"朴"字，在后代的诗歌和其他形式的艺术创作中成为人们刻意追求的风格，是一种极高的艺术境界。

其七，妙。本来是形容道的变化莫测的概念。《老子》云"故常无，欲以观其妙"，又云"古之善为道者，微妙玄通，深不可识"，又云"玄之又玄，众妙之门"。这个概念说明，"道"虽然以"自然""朴"为存在方式，但却并非简单到可以一目了然，它依然有人的认知能力所不能把握的一面。特别是它的运演变化更是神秘莫测的。后世诗文书画均有"妙"之一品，也成了重要的审美范畴。

其八，体道工夫。由于老庄关于"道"的存在样态及种种特性的描述都具有某种诗意性，因此老庄的体道工夫也就颇近于审美体验。诸如"涤除玄览""致虚极，守敬笃"以及所谓"心斋""坐忘"之类，即是后世诗论、文论中常说的"澄怀静虑""收视返听"等等创作心态，也是人们欣赏艺术作品时所特有的审美心境。

如此看来，道家学说从头到脚都浸透着诗意性，我们可以想见，老庄等人其实就是以审美的态度进行自己的话语建构的。这些已足以使道家学说的理论文本成为后世中国诗学文本之母体。老庄本来是要开创一个古朴自然、和和睦睦的新世界，然而却不自觉地开出了一片诗的净土，这真是中国文化史上的一大奇迹。

我们再来看易庸之学。

易庸之学作为儒道两大思想体系的合流，一方面自然是开出了新的意义空间，另一方面也开出了新的诗学境界，对后世诗歌发展产生了重要影响。这主要表现在下列几个方面。

其一，大化流行、生生不息。这是易庸之学的基本精神，它将人与天地万物都看作是一个无处不在、永无止息的宇宙大生命的表现，因此人与万物之间有着某种极为密切的内在联系。这种精神可以说是中国古代诗学思想的哲学基础。对于宇宙大生命（古人常常用"造化""造物""大块""太极"等词语来形容这一宇宙大生命），古代诗人充满亲近感激之情，如同婴孩之于慈母。我们不妨举几个例子以说明之。王羲之著名的《兰亭诗》云：

> 三春启群品，寄畅在所因。仰望碧天际，俯磐绿水滨。寥朗无厓观，寓目理自陈。大矣造化功，万殊莫不均。群籁虽参差，适我无非亲。

这是对宇宙大生命的礼赞,既惊叹其创造万物之神奇力量,又体验到其与人的个体生命之间的亲密关系。再看陶渊明的《饮酒》:

> 结庐在人境,而无车马喧。问君何能尔,心远地自偏。采菊东篱下,悠然见南山。山气日夕佳,飞鸟相与还。此中有真意,欲辨已忘言。

这首诗的妙处在于真切地表现了诗人与宇宙大生命融为一体之后的欣喜之情。就像久处樊笼中,复得返自然的小鸟一样,充满了由衷的喜悦。东晋以后的山水田园之作,大抵都体现了这种个体生命回归宇宙大生命怀抱的轻松与喜悦。

其二,诚。这是易庸之学的一个最重要的本体范畴,也最能体现易庸之学融合儒道的学理特点。它既是指人的心灵的纯真无伪,又是指天地万物的自在自然,是典型的"合外内之道"的产物。它与中国古代诗学中的"真""自然"等重要范畴均有内在联系。

其三,易庸之学在总体上显示出一种雄浑、遒劲、豪迈、刚健的精神特征。这也成了后世一类诗歌风格和诗学主张的精神之源。

六 子学时代的诗学观念(下)

上面我们考察了儒道及易庸之学所蕴含的诗意性,虽非诗学话语,却是诗意盎然;下面我们考察诸子关于诗的直接论述,我们将会发现,它们虽是诗学话语,却毫无诗性可言。

首先让我们考察一下诗歌文本在先秦古籍中究竟是被如何对待的。由于老庄著作中并不引《诗》,所以我们主要是考察儒家典籍的情况。先来看看《左传》。

在《左传》中随处可见对《诗》的引用,为方便计,我们仅仅考察从襄公元年到襄公三十一年间。在这三十一年的历史事件的记载中引《诗》、赋《诗》(包括逸诗)五十余处,无一例是从审美角度着眼的。我们试举几例:

> 祁奚请老,晋侯问嗣焉。称解狐,其仇也,将立之而卒。又问焉。

对曰："午可也。"于是羊舌职死矣。……君子谓祁奚："于是能举善矣。称其仇，不为谄；立其子，不为比；举其偏，不为党。……《商书》曰：'无偏无党，王道荡荡。'其祁奚之谓矣！……《诗》云：'惟其有之，是以似之。'祁奚有焉。"（《左传·襄公三年》）

此处所引之诗出自《小雅·裳裳者华》，是周王赞美诸侯的诗。这里所引两句意为：正因为能够用其所长，所以国祚绵长。用之于此，极为恰当。这较之一般的赞誉要高得多，因为这可以说明祁奚的行为与曾得到过周王夸赞的古人暗合，因而具有神圣性。我们再看一例：楚公子午为令尹，重新任命了一批官职，符合国人心愿。对此君子谓：

楚于是乎能官人。官人，国之急也。能官人，则民无觎心。《诗》云："嗟我怀人，置彼周行。"能官人也。（《左传·襄公十五年》）

此处所引之诗出于《周南·卷耳》，本是妇人思念远方丈夫的诗。这里完全是"断章取义"的引用。因"周行"是"宽阔的道路"之意，故被引申为重要官职之意，虽与原意相去万里，但亦能令人领会引者的意思。我们再看一例：

卫侯如晋，晋侯执而囚之于士弱氏。秋七月，齐侯、郑伯为卫侯故如晋，晋侯兼享之。晋侯赋《嘉乐》。国景子相齐侯，赋《蓼萧》。子展相郑伯，赋《缁衣》。（《左传·襄公二十六年》）

前者出自《小雅》，本是诸侯赞颂周王之诗，这里借以赞扬晋君泽及诸侯；后者出自《郑风》，本是写赠衣之事，这里取其"适子之馆兮，还予授子之粲兮"之句，表示"不敢违远于晋"（杜预注）之意。尤与诗之本意不相类。之后，晋侯数卫侯之罪，国景子又赋"辔之柔矣"，子展赋"将仲子兮"。前者为逸诗，见于《周书》，"义取宽政以安诸侯，若柔辔以御刚马"；后者出于《郑风》，"义取人言可畏"（杜预注）。于是晋侯放还卫侯。《将仲子》乃是年轻女子拒绝情人纠缠之诗，有"人之多言，亦可畏也"之句，这里被用来劝诫晋侯，亦为纯粹的"断章取义"。

从以上所举数例不难看出，对于《左传》的时代而言，《诗》作为一种特殊的话语系统具有如下特点。

其一，《诗》在贵族社会是人人熟悉的通行话语。据《周礼》《礼记》及其他史籍记载，在西周的贵族教育中，"诗"是主要内容之一。西周之时虽王室衰微，但各诸侯国大体上仍依周制。例如孔子教授弟子的功课即从西周的教育演化而来。可见"诗"在当时不是作为创作与欣赏的特殊精神产品，而是作为一种贵族文化修养而获得价值的。

其二，《诗》是贵族阶层社会交往的重要手段。"诗"作为贵族文化修养的主要内容之一而受到人们的高度重视，并不意味着它仅仅是贵族身份的标志，对于贵族阶层而言，"诗"具有极为具体的实用价值：在日常交往中，特别是在政治、军事、外交等场合，"诗"是表达意见、表明态度、传达信息的一种特有的方式。观《左传》等史籍引诗，尽管引者所要表达的意思与诗句本身固有的意义往往风马牛不相及，往往极为隐晦难测，但听者却从不错会其意，而是立即就能准确地明白赋诗者所要表达的意念。这说明"诗"在当时的确是一种在贵族社会中具有普遍性的交往话语系统，每首诗，甚至每句诗都有某种不同于其原本意义，但又较为固定的"交往意义"。是贵族教育和具体的文化语境赋予了"诗"这种特殊的交往功能。

其三，《诗》不具有现代意义上的审美功能。由于"诗"在贵族社会中成了一种通行的、具有固定"交往意义"的话语系统，因而也就失去了它本来应该具有的个体情感宣泄与审美体验的性质（就诗的发生而言，它应该具有这种性质，即使是"饥者歌其食，劳者歌其事"的"里巷歌谣"也是如此）。具有审美愉悦性质的诗歌创作与欣赏，是个体性精神活动，而贵族的"赋诗"却是纯粹的"公共活动"，二者判然有别。

明白了《诗》在社会交往领域这种重要作用，我们就不会诧异于后来的儒家何以会将先秦那些极为朴素、纯真，有的甚至颇有些"放荡"的诗歌当作神圣的经典了。从作为民歌（或破落贵族的怨恨之作，或少数民族史诗性质的作品）的"诗"，到作为贵族交往话语的"诗"，再到作为儒家至高无上之经典的"诗"，这是一个"三级跳"的过程。作为贵族主要教育内容与交往话语的"诗"是对作为民歌的"诗"的"误读"（当然还有在收集、整理过程的选择与修改），而作为儒家经典的"诗"又是对作为贵族交往话语的"诗"的"误读"——儒家，特别是汉儒在解诗上多有"发明"。

《左传》是史书，在儒家其他典籍中的情况如何呢？《论语》论及诗者约十五处，《孟子》约三十处，让我们各取数例分析一下。《论语·学而》云：

> 子贡曰："贫而无谄，富而无骄，何如？"子曰："可也。未若贫而乐，富而好礼也。"子贡曰："《诗》云：'如切如磋，如琢如磨。'其斯之谓与？"子曰："赐也，始可与言《诗》已矣！告诸往而知来者。"

子贡向孔子请教修身问题，孔子以为"贫而乐，富而好礼"是更高的人格境界。子贡引《卫风·淇澳》之句答之。这首诗的本意是对一位贵族青年的容貌、风度、才华的赞扬，子贡引其二句，意思是说孔子赞赏的"贫而乐，富而好礼"之人是"治之已精，而益求其精也"（朱熹注）。《论语·八佾》云：

> 子夏问曰："'巧笑倩兮，美目盼兮，素以为绚兮'何谓也？"子曰："绘事后素。"曰："礼后乎？"子曰："起予者商也！始可与言《诗》已矣。"

子夏向孔子请教的几句逸诗无疑是对美人的描写，孔子之答乃就诗之本意言，而子夏却由此而产生"礼后"的联想，因而得到孔子极高的赞赏。可知孔子之教授弟子，总是引导他们向着修身的一面用心。

我们再来看一看孟子对"诗"的理解。《梁惠王上》载，孟子在对梁惠王讲了一番"老吾老以及人之老，幼吾幼以及人之幼"的"仁政"之术后引《诗》云："刑于寡妻，至于兄弟，以御于家邦。"并解释说："言举斯心加诸彼而已。"按，此诗句出自《大雅·思齐》，乃是赞颂周文王严于律己，对待妻子兄弟均能以"礼"为准则。这里孟子亦直用其意，劝齐宣王行仁政于天下。

在《告子上》中孟子讲述仁、义、礼、智"非由外铄我也，我固有之"的道理，然后引《大雅·烝民》之句云："天生烝民，有物有则。民之秉彝，好是懿德。"并引孔子之言以申之："'为此诗者，其知道乎！'故有物必有则，民之秉夷也，故好是懿德。"按，此诗乃是周宣王之贤臣尹吉甫为赞扬另一贤臣仲山甫而作的。所引诗句本意是说，就人之常情而言，都喜欢美好的品德。

孟子引此却是要说明仁、义、礼、智等道德品性人人生而有之、当下具足的道理。就是说，这里有一个转义过程——将诗中平常之言纳入了儒家修身养性、发明"四端"、成圣成贤，进而治国平天下的道路之中了。为了能够阐明自己的学说，孟子也会故意曲解诗的原意，从而赋予它所不具备的意义。例如：

> 公孙丑问曰："高子曰：'《小弁》，小人之诗也。'"孟子曰："何以言之？"曰："怨。"曰：固哉，高叟之为诗也！有人于此，越人关弓而射之，则己谈笑而道之，无他，疏之也。其兄关弓而射之，则己垂涕泣而道之；无他，戚之也。《小弁》之怨，亲亲也。亲亲，仁也。（《孟子·告子下》）

《小弁》是一首遭父亲冷落，被逐出家门之人的怨愤之作，全诗幽怨愤激极尽委屈不平之情。诗的本身十分动人，但谈不上什么道德意识，完全是自然情感的流露。高子因其"怨"而谓之"小人之诗"，自是迂腐之论，但孟子谓其"亲亲"，因而"仁也"，亦十分牵强。二人都是从他们所持的道德尺度来衡量诗歌的，正可谓五十步笑百步。

从上引孔、孟二人之论诗，我们不难看出，对于儒家思想家来说，"诗"的意义与《左传》中作为贵族交往话语的"诗"是有所不同的。他们比贵族们更重视"诗"传达信息与意义的功能，是将其当作言说方式来看的；孔、孟则更看重"诗"的道德伦理价值，而且不惜以曲解的方式赋予诗歌作品这种它本来没有的价值。这样，"诗"就又一次改变了它的意义与功能，从贵族社会的交往话语变为儒家士人用来修身养性、培养道德人格的手段了。

从先秦儒家对"诗"的论述中，我们也可以清楚地看到"诗"的意义与功能的这种转变。

首先，在孔子那里"诗"作为交往话语的功能依然受到重视。请看下列论述：

> 子曰：诵《诗》三百，授之以政，不达；使于四方，不能专对。虽多，亦奚以为？（《论语·子路》）

> 尝独立，鲤趋而过庭。曰："学诗乎？"对曰："未也。"曰："不

学诗，无以言。"（《论语·季氏》）

　　子曰：辞达而已矣。（《论语·卫灵公》）

这些论述说明，孔子对于"诗"在《左传》中所具有的那些特定功能还是予以肯定的；换言之，在孔子的时代，"诗"还承担着社会交往的功能。然而孔子毕竟是新兴的士人阶层的思想家，已然不同于那些政治生活中的贵族人物了。"诗"开始被他用来作为建构儒家思想体系的重要手段了——对于孔子等儒家士人来说，"诗"是一种先在的思想资料，是他们建构自己的价值观念与话语系统的重要手段。但"诗"的原有阐释系统已不能满足儒家士人的需要，于是他们就通过建立新的阐释系统来赋予"诗"以意义与功能。其实不独是"诗"，儒家的其他经典，原本都是以前的官方文件，都是经过儒家的重新阐释（也包括大量改写）而成为儒家价值观念的话语形式的。后代儒者之所以不断地对这些经典进行重新注释阐发，一方面是由于经典本身原有之义与以往儒家们的阐释之间有着严重的不一致，需要不断有人出来补苴罅漏；另一方面是由于儒家士人随着文化历史语境的不断变化也经常调整自己的价值观念，因此要通过重新阐释而使经典获得新的意义。这就造成了宋儒否定汉儒，清儒又否定宋儒的情况。对于儒家而言，修身治心乃是治国平天下的开始，因此"诗"不可避免地被孔子赋予了人格修养的价值功能。请看下列论述：

　　子曰：《诗三百》，一言以蔽之，曰思无邪。（《论语·为政》）

　　子曰：兴于诗，立于礼，成于乐。（《论语·泰伯》）

　　子谓伯鱼曰：女为《周南》《召南》矣乎？人而不为《周南》《召南》，其犹正墙面而立也与？（《论语·阳货》）

　　子曰：《关雎》乐而不淫，哀而不伤。（《论语·八佾》）

这些论述完全是从儒家自身的价值观念出发的，至于"诗"原本是否具有这些意义与功能，对孔子来说则是毫无意义的问题了。

　　到了先秦最后一个大儒荀子那里，"诗"与"乐"干脆就被直接理解为"圣人"的精神体现了，他说：

> 圣人也者，道之管也。天下之道管是矣，百王之道一是矣，故《诗》
> 《书》《礼》《乐》之归是矣。《诗》言是，其志也；《书》言是，其
> 事也；《礼》言是，其行也；《乐》言是，其和也；《春秋》言是，其
> 微也。故《风》之所以为不逐者，取是以节之也；《小雅》之所以为《小
> 雅》者，取是而文之也；《大雅》之所以为《大雅》者，取是而光之也；
> 《颂》之所以为至者，取是而通之也。（《荀子·儒效》）

天下之道出于圣人，《诗》《书》《礼》《乐》《春秋》之类均为圣人之道
的不同表现形式。这样，这些典籍的儒家圣经之至高无上的地位就确定了。
"诗"也就被彻底纳入了儒家话语系统而失去了它所固有的一切意义——荀
子可以说是汉代经学的真正奠基者。

荀子不仅将那些一贯为儒家所看重的先秦典籍抬到了圣经的地位，而且
还赋予了他们新的意义与功能。就《诗》《乐》而言，荀子在孔子强调的修
身治心的教育功能的基础上，又赋予它们以直接的教化功能。他的逻辑是这
样的：人人均有喜怒哀乐之情；这些情感不能不有所表现；情感的表现如果
没有一定的规范就会出乱子；圣人为了避免出乱子，就制定了《雅》《颂》
之声以导人之情；所以《诗》与《乐》也就具备了"移风易俗""善民心"
的伟大教化功能。①

从以上论述中我们可以看出，从孔子到荀子，儒家对于"诗"的看法发
生了重要变化：在孔子那里，"诗"是交往话语与教育手段的统一体。作为
教育手段，"诗"的功能也基本上是个体性的人格修养（所谓"兴于诗"是
讲个人的修身应从学诗开始），尚不具有对"民"的教化功能。②与孔子不同，
荀子则特别强调了《诗》《乐》的教化功能。从他的论述中我们可以明确地
感觉到，他是站在君权的立场上谈论治理庶民百姓的方式方法。出现这种差
异的原因主要是由于儒家士人与君权系统的关系发生了变化——在孔子的时
代，儒家士人作为社会的批判者主要任务是给执政者挑毛病；作为士人乌托

---

① 可参见《荀子·乐论》《荀子·正名》等篇。
② 至于兴观群怨之说，也是针对士人阶层自身的修养以及他们与君权系统的关系立论
的，并无教化之义。

邦精神的承担者，他们则主要是建构新的价值观念体系。所以就整个思想体系而言，孔子，甚至孟子还带有明显的在野的知识分子色彩。荀子的时代则不同了：随着兼并与反兼并战争的愈演愈烈，士人阶层更多地进入了君权系统，因而更习惯于以社会管理者的身份而不是在野派的身份说话了。荀子的学说较之孔孟已较少理想色彩，而是基本上从道德哲学演化为政治哲学，成了一套严密的、具有切实的可操作性的政治策略。荀子的两大弟子，一位成了秦国官方意识形态话语的建构者（韩非）[1]，另一位则直接地成了秦国政策的制定者与推行者（李斯），这绝不是偶然之事，而是与荀子的基本价值取向有十分密切的关系。

对于中国文化的历史演变来说，先秦时代的无比重要是不言而喻的。但说到诸子之学繁荣发达的原因就不那么容易了。德国著名存在主义哲学家雅斯贝尔斯尝言，以公元前一千年为上限，在古代以色列、希腊、印度、巴比伦和中国几乎同时出现了空前的哲人时代。苏格拉底、老子、孔子、释迦牟尼、犹太教的先知等等相继登上历史舞台，对各自民族乃至全人类精神文化此后的发展都起到了决定性的影响，为它们规定了演进的基本路线。雅斯贝尔斯将这一时期称为"轴心时代"。1975 年美国艺术与社会科学学会专门就这个问题举行了国际学术会议。[2] 这的确是一个十分难解的文化现象，也许是一种巧合，也许带有某种必然性。但仅就中国而言，子学的兴盛在客观的方面肯定与多元化的政治格局以及社会的动荡不宁有直接的关系，而在主观的方面则贵族社会的破坏与新的士人阶层的兴起无疑是最主要、最直接的原因。

说到诗学，我们可以这样来表述：春秋以前那些作为情感自然流露的民间歌谣与作为民族历史之记录的史诗以及祭祀祖先时赞颂之辞原本并无什么诗学观念做指导，因为它们压根就不是作为文学意义上的诗歌被创作的。这些为了各种非文学的目的而创造出的作品进入贵族社会的话语系统时就被赋予了特殊意义，成为一种矫揉造作的、隐语式的、充满贵族气息的社会交往

---

① 韩非作为先秦法家的代表人物，其学说完全是一种官方意识形态话语，并不是专门为秦国服务的，但由于它符合了秦国富国强兵、兼并天下的目的，因而为秦王所青睐，并被接受。

② 参见杜维明：《从世界思潮的几个侧面看儒学研究的新动向》，见岳华编：《儒家传统的现代转化——杜维明新儒学论著辑要》，北京：中国广播电视出版社，1992年，第303—329页。

话语系统。儒家士人继承了这套在贵族社会中被普遍运用的话语形式，并根据自己的价值取向对它们进行了重新阐释，在其上涂上了厚厚的道德伦理色彩，使之成为培养道德自律意识的手段，后来又顺理成章地成为教化百姓的工具。简言之，在先秦，诗不是作为诗而存在的。

在探讨先秦诗学时人们不能无视屈原的存在。但屈原的情形却的确是与众不同的——他不是一位士人，而是一位贵族；他的思想体系当然很有可能受到过诸子之学的影响，但它却毫无疑问不属于子学范畴。①

---

① 关于屈原的思想定位问题可参见拙著《乌托邦与诗——中国古代士人文化与文学价值观》（北京：北京师范大学出版社，1995年第1版、2018年修订版）的第七章，这里不再赘述。

第二章　经学与汉代诗学

一　汉代士人社会境遇的改变

对于汉代士人来说，先秦士人阶层那种生存境遇是一去不复返了。汉代天下一统，政治的多元格局已不复存在，士人阶层赖以自尊自贵的现实条件永远失去了——他们再不能"朝秦暮楚"地择主而事，其选择的权利只剩下仕与隐、进与退了。在失去了国与国之间相互竞争的大一统的政治形势之下，统治者也渐渐放弃了"礼贤下士"的姿态，变得强硬起来。汉高祖刘邦以从马上得天下的乱世英雄的眼光轻蔑地看待士人，认为他们是可有可无的闲人。随后的文、景之时，统治者崇尚黄老，反对生事，国家权力为皇室、外戚及功臣所瓜分，也不大用得着士人阶层，至多是让他们从事一些无关紧要的文职吏事。在这种情况下，士人阶层欲有所建树是没有可能性的。

说到汉初士人阶层的社会处境，再没有比叔孙通与贾谊的遭遇更能说明问题的了。叔孙通本为秦博士，后降汉追随高祖，但一直未得大用。高祖平定天下，苦于群臣粗鄙少礼，这才想到令叔孙通制定礼仪。叔孙通后虽贵为太子太傅，却始终不能有更大作为。观其一生，其政治上的建树仅仅限于帮助君主强化君权而已。在他的身上，先秦士人那种规范君权、建构独立的文化话语体系的主体精神是丝毫不见了。这说明，汉初士人只是作为君权的工具，完全同化于以君权为核心的政治序列之中才有存在的合法性。

贾谊的情况有所不同。他少有才名，被文帝召为博士，又迁为太中大夫，可谓少年得志。也许正是由于仕途顺遂之故，贾谊并不甘心做一名无所事事的官僚。他身上较多地保留了先秦士人的独立精神。然而一旦他欲有所作为时，巨大的阻力就出现了。例如他建议文帝"改正朔，易服色制度，定官名，兴礼乐"，就没有被采纳。他的目的无疑是要重新确立起一套符合儒家精神的价值观念体系并使之落实于国家政治制度之中。从其著名的《陈政事疏》来看，他是想按照先秦士人阶层，主要是儒家的政治理想重新安排社会秩序。他虽处身所谓"文景之治"的时期，但在他看来当时的情形是极为糟糕的："今世以侈靡相竞，而上亡制度，弃礼谊，捐廉耻，日甚，可谓月异而岁不同矣。"所以才有必要去进行"移风易俗，使天下回心而向道"的努力。他认为："夫立君臣，等上下，使父子有礼，六亲有纪，此非天之所为，人之所设也。夫人之所设，不为不立，不植则僵，不修则坏。"（此处所引均见《汉书》卷四十八《贾谊传》）所以必须有所作为、积极进取才能使天下太平。这种论调显然是针对当时统治者所奉行的所谓"黄老之术"而发的。

很明显，贾谊身上还保留了先秦士人阶层那种不甘寂寞、积极进取的主体精神。也正是这种精神使他与那些执政的既得利益者们产生了冲突："绛、灌、东阳侯、冯敬之属尽害之，乃毁谊曰：'洛阳之人年少初学，专欲擅权，纷乱诸事。'于是天子后亦疏之，不用其议，以谊为长沙王太傅。"（《史记·屈原贾生列传》）这种冲突不能仅仅看作是功臣贵胄与新进之士之间的矛盾，也不能仅仅看成是一般的权力之争，更不能像某些自以为是的古代史论家所认为的那样，是由于贾谊个人的急功近利。对此必须从士人阶层固有的主体精神与汉代新的政治环境之间的不协调、不适应的角度予以解释，必须看作是依然带有先秦士人阶层之精神特征的汉初士人与君权系统之间在磨合过程中所出现的碰撞，这样才能说明贾谊悲剧的真正原因，正如我们只有将屈原与先秦士人阶层进行比较才能解释他的悲剧原因一样。

对于汉初的士人阶层而言，的确没有施展抱负的现实条件：权力已为皇室、功臣、外戚瓜分完毕；执政者又丝毫没有任何政治文化建设的打算；社会下层由于多年战乱的侵扰，早已疲惫不堪——整个国家的确需要休养生息。贾谊所代表的士人欲有所作为，实在缺乏社会上上下下的支持。此时的士人阶层也就不知不觉地调整了自己的社会角色：先秦时期，处士横议——士人阶层的思想家是以社会批判者的姿态言说的；汉代天下一统，权力高度集中，不再允许士人们随意指摘朝政，甚至不允许坚持与官方不相一致的思想意识。例如景帝时，太后窦氏秉政，好黄老之术，尝召时任《诗经》博士的齐人辕固生问《老子》书，辕固生贬之为"家人言耳"，致使窦太后命其到兽苑刺野猪（《史记·儒林列传》）。在这样的情况下，他们也就不能再扮演社会批判者的角色。他们的言说行为必须符合巩固君权的需要才能存在，因而他们也自然而然地成为官方意识形态话语的建构者与奉行者，换言之，成了君权的工具。那些有抱负的士人思想家也只好通过总结历史的教训来间接地规范执政者（陆贾、贾山、贾谊都是这样做的）。

二　汉代统治者对士人阶层的态度

尽管汉初的士人阶层基本上失去了独立言说的权力，转而成为君权的工具，但这并不意味着士人阶层就从此失去了规范君权、教化百姓的使命感——他们只是根据不同的历史语境来调整自己的社会角色而已，一旦时机成熟，他们又会从心底升腾起那种以天下为己任的精神来。

随着汉代统治的巩固，统治者们渐渐不再安于现状了。特别是北方强大的匈奴的不断侵扰以及国内同姓诸侯的不安分，也不允许他们不思进取、维持守成。统治者一旦欲有所作为，就发现了士人阶层的无比重要；士人阶层一旦被重视，也就萌发起规范君权的欲望——一方面做工具，一方面做导师，这是中国古代士人阶层自诞生之日起就具有的双重品格。

汉朝天下完全是靠武力而得，无论从哪个角度来看都缺乏其立国所必需的合法性。汉初人们疲惫不堪，无暇顾及国家的合法性问题；再加上开国皇帝与功臣执政，有一种强权的威慑，也无人敢于提出这样的问题。所以在一定时期之内统治者用不着忙着为自己的政权寻求合法性。但随着太平日久，国力、民力渐渐恢复，这样一个大帝国何以立国、凭何立国、是否具有合法性的问题就显得格外重要起来了。第一个试图重用士人以建立与中央集权的一元化政治格局相应的统一的国家意识形态的，是历史上号称雄才大略的汉武帝刘彻。为了建立统一的官方意识形态，汉武帝首先做的是两件事：一是重用士人，二是极力强调教化之重要。其元朔元年（前128年）冬诏曰：

公卿大夫，所使总方略，一统类，广教化，美风俗也。夫本仁祖义，褒德禄贤，劝善刑暴，五帝、三王所由昌也。朕夙兴夜寐，嘉与宇内之士臻于斯路。故旅耆老，复孝敬，选豪俊，讲文学，稽参政事，祈进民心，深诏执事，兴廉举孝，庶几成风，绍休圣绪。夫十室之邑，必有忠信；三人并行，厥有我师。今或至阖郡而不荐一人，是化不下究，而积行之君子雍于上闻也。二千石官长纪纲人伦，将何以佐朕烛幽微，劝元元，厉蒸庶，崇乡党之训哉？且进贤受上赏，蔽贤蒙显戮，古之道也。其与中二千石、礼官、博士议不举者罪。（《汉书·武帝纪》）

后有司依据武帝意旨上书说："今诏书昭先帝圣绪，令二千石举孝廉，所以化元元，移风易俗也。不举孝，不奉诏，当以不敬论。不察廉，不胜任也，当免。"此奏获得武帝批准。可知当时执政者对于招徕士人、移风易俗是如何重视。武帝还于元朔二年（前127年）下诏说："夫刑罚所以防奸也，内长文所以见爱也。以百姓之未洽于教化，朕嘉与士大夫日新厥业，祗而不解。"由此可见，武帝是将士大夫当作自己的主要依靠对象了，这与汉初诸帝或依靠外戚，或依靠功臣的做法是迥然不同的。武帝重用士大夫的最突出的例子是公孙弘的拜相封侯。武帝即位之始，即下诏征召贤良文学之士，时公孙弘年已六十，被征为博士。元朔中，公孙弘已是古稀老翁，也并无很大政绩，居然封平津侯，拜为丞相。自此开了文人士大夫封侯拜相的先例（汉初无军功者不得封侯，而为相者又非列侯不可，故无士大夫为相者）。此后，士大夫官至丞相则封侯。公孙弘是由治《春秋》起家的，其能如此顺达，也是武帝重用儒生的结果。

但是，在这种天下一统，君权得到大大强化的情况下，士人阶层的独立性与主体精神受到极大限制，汉家天子对待他们毕竟与先秦时的诸侯有根本的不同。即如汉武帝如此重视士大夫，却也容不得他们公然表现出不合自己口味的思想意识来。有时也不惜以极为严酷的制裁来打击他们。这方面最有代表性的例子是司马迁。

司马迁是一个饱读史籍、胸怀大志并极具先秦士人那种特立独行精神的士人，可以说他就是先秦诸子在汉代的再版。从下面的言说中我们可以清楚地知道司马迁身上那种孔、孟、荀、韩般的士人精神：

> 太史公曰："先人有言：'自周公卒，五百岁而有孔子。孔子卒后至今五百岁，有能绍而明之，正《易传》，继《春秋》，本《诗》《书》《礼》《乐》之际？'意在斯乎，意在斯乎！小子何敢让焉。"（《史记·太史公自序》）

> 仆窃不逊，近自托于无能之辞，网罗天下放失旧闻，考之行事，稽其成败兴坏之理，凡百三十篇，亦欲以究天人之际，通古今之变，成一家之言。（《报任安书》）

这毫无疑问洋溢着孔、孟以天下为己任的主体精神。从这些自述中我们可以看出，司马迁丝毫也没有参与官方意识形态话语之建构的意思，相反，他是要继承先秦诸子的精神，努力做一个"道"的承担者。所谓"成一家之言"云云，即明确表示出那种先秦士人才有的独立精神。司马迁正是以这种精神撰写其恢宏的历史巨著的，其于历史人物、历史事件的评价无不浸透了士人阶层的，而不是官方的价值观念与思想旨趣。他也希望能以这种精神参与政事，可惜他所处的已然不是先秦诸侯争雄时的社会境况了。

司马迁的遭受宫刑与公孙弘的封侯拜相同样具有象征意味——武帝给公孙弘这样一个各方面都比较平庸的人那么大的礼遇，并非特别器重他，而是因为他最适于做一个表率，以向士人阶层说明积极与统治者合作的好处有多么大。司马迁遭受那样残酷的刑罚，也并非由于汉武帝对他有多大的个人仇恨，而是因为他也最适合做一个象征，以向士人阶层表明不肯全身心地与统治者合作、试图坚持自己的独立精神与对君主的规范意识是如何的危险。帝王之术历来是恩威相济——公孙弘是其"恩"策略的受益者；司马迁则是其"威"策略的受害者。在二人身上正体现了后来汉宣帝所说的"汉家自有制度，本以霸王道杂之"的治国秘诀。

汉代统治者对于士人阶层的这种两面性的态度可以说在此后二千余年间历代统治者中具有极大的普遍性。而士人阶层也不得不同样运用两面性的策略来对待统治者——这正是构成中国古代文化学术独特景观的一个重要原因。

三 汉代士人两面性的文化策略

鉴于由天下一统而导致的日益"君道刚强，臣道柔顺"的社会政治状况以及君主对待士人的两面性策略，汉代士人也不得不调整了自己的文化策略——从先秦的处士横议、任意言说变而为小心翼翼地，极有策略性地言说；从先秦士人那种敢于标新立异、故意与官方唱对台戏的言说方式转而为表面上完全是为统治者服务，实际上暗含着规范意识的言说方式。在这方面董仲舒乃是最突出的代表。

武帝建元元年曾下诏"举贤良方正直言极谏之士"，据说各地所举之人或言申、韩法家之论，或言苏、张纵横之说，均为乱世机变权诈之术而非太平世界光明正大的治国方略，令武帝大失所望（事见《汉书·武帝纪》）。元光元年（前134年）武帝再次下诏各郡举贤良方正，并于是年五月以"古今王事之体"为题令各郡所举之士对策。董仲舒、公孙弘都是在此次召对脱颖而出的。董仲舒所上的就是著名的"天人三策"。联系其另一部巨著《春秋繁露》，我们可以知道董仲舒两面性的文化策略。

董仲舒是以汉朝统治之合法性的论证者的姿态出现的。他是治《春秋》的专家，故而也从阐发《春秋》入手来论证汉朝统治的合法性。

第一，他发挥了公羊学"大一统"的思想，以说明汉朝一统天下的必然性。《春秋公羊传》释《春秋》"元年春，王正月"云：

> "元年"者何？君之始年也。"春"者何？岁之始也。"王"者孰谓？谓文王也。曷为先言"王"而后言"正月"？王正月也。何言乎"王正月"？大一统也。（《春秋公羊传·隐公元年》）

董仲舒以此为依据阐述了君主之占有天下并非侥幸得来，亦非人力所至，而是得天之赐的道理。按照他的逻辑，所谓"大一统"即是强调天下统一于君主之意。天下百姓以君主为法则，君主以天为法则，所以他说："《春秋》之法，以人随君，以君随天。"（《春秋繁露·玉杯》）又说："唯天子受命于天，天下受命于天子，一国则受命于君。君命顺则民有顺命，君命逆则民有逆命。"（《春秋繁露·为人者天》）如此则君权具有了神圣性："天子受命于天，诸侯受命于天子，子受命于父，臣妾受命于君，妻受命于夫。诸所受命者，其尊皆天也，虽谓受命于天亦可。"（《春秋繁露·顺命》）这就为人间的等级找到了神圣的解释。

第二，运用阴阳五行相生相克的传统理论来证明汉家天下的神圣性。依据他那一套宇宙演进理论，汉家应属土德，并且"土"在五行之中最为尊贵："土居中央，为之天润。土者，天之股肱也。其德茂美，不可名以一时之事，故五行而四时者，土兼之也。"（《春秋繁露·五行之义》）这样一来，汉家天下就与五帝三王之时一样是宇宙演变的必然结果了。

在论证了汉朝君权的神圣性、必然性之后，董仲舒进而向统治者提出了建立一体化的官方意识形态话语的必要性。他说：

> 《春秋》大一统者，天地之常经，古今之通谊也。今师异道，人异论，百家殊方，指意不同，是以上亡以持一统；法制数变，下不知所守。臣愚以为诸不在六艺之科孔子之术者，皆绝其道，勿使并进。邪辟之说灭息，然后统纪可一而法度可明，民知所从矣。（《汉书》卷五十六《董仲舒传》）

这是最合汉武帝心意的建议了。自春秋之末私学兴起迄至武帝接受了董仲舒的建议"罢黜百家，独尊儒术"，三百余年的（除去短暂的秦王朝）文化学术与君权系统的分离状态算是告一段落了。儒学自产生之日至此也第一次从"在野"的民间话语一跃而为官方话语。儒家士人也随之由社会现实的批判者与乌托邦理想的建构者变成了炎汉江山之合法性的论证者——这是儒家士人作为一个拥有完整价值观念体系的知识分子阶层第一次与君权系统的合作，是中国古代两千余年的政治史上皇室集团（包括君主、皇室成员、外戚、宦官等等）与士大夫阶层（包括跻身于官僚集团的士人与作为官僚之后备军的士人）"分权共治"的开始，也是在士人阶层与君权之间的张力结构中展开的两千余年的主流文化之演变史的开始。

董仲舒以论证汉朝统治之合法性的姿态出现，这是他被汉武帝所接受的前提。出身低微、仅凭武力与狡诈夺取天下的刘姓王朝太需要这种合法性了。但董仲舒并不是专门为了证明君权的合法性才出来说话的。他身上依然保留着先秦诸子的精神——对君权进行规范与引导，似乎只有做王者之师才算尽到了士人的天职。所以论证君权的合法性实际上乃是一种牺牲，或者说是一种条件，以此来换取规范君权的可能性。先为你服务，然后控制你，或者说是在服务中控制你——这就是士人与君主分权的方式，是他们参政的方式。这种方式是极为有效的，以至于有历史学家甚至认为士人阶层乃是中国古代历史的演进之实际的引导者。钱穆先生说：

> 春秋末，孔子自由讲学，儒家兴起。下逮战国，百家竞兴，游士声势，递增递盛。一面加速了古代封建统治阶层之崩溃，一面促成了秦汉以下统一大运之开始，中国四民社会以知识分子"士"的一阶层为之领导之基础于以奠定，是为中国史上士阶层活动之第一期。两汉农村儒学，创设了此下文治政府的传统，是为士阶层活动之第二期。魏晋南北朝下迄隋唐，八百年间，士族门第禅续不辍，而成为士的新贵族，是为士阶层活动之第三期。晚唐门第衰落，五代长期黑暗，以迄宋代而有士阶层之新觉醒。此下之士，皆由科举发迹，进而出仕，退而为师，其本身都系一白衣、一秀才，下历元明清一千年不改，是为士阶层活动之第四期。此四期，士之本身地位及其活动内容与其对外态势各不同，而中国历史演进，亦随之而有种种之不同。亦可谓中国史之演进，乃由士之一阶层为之主持与领导。此为治中国史者所必当注意之一要项。[①]

钱先生的这番论述是对大量历史事实的总结，绝非率而之论。只是我们过去囿于"皮之不存，毛将焉附"的片面狭隘之见，更慑于蔑视知识分子之时代风气，不能对此有足够的重视罢了。当然钱先生也有其不足之处，这就是他对士人阶层的历史作用与主体性有充分的了解，而对他们受动的一面，即作为某种历史结构之功能的一面认识不够。其实，士人阶层常常是在不自觉中建构文化话语系统的，他们往往不是在"主持与领导""中国史之演进"，而是以其话语建构表征着这一演进的历程。说得客观一些，应该是君权系统与士人阶层相互依靠、相互制约的双向作用，影响着中国古代政治史、文化

---

① 钱穆：《国史大纲》（修订本）下册，第561页。

史的发展演变。任何权力集团都是从自身的利益出发来说话的，君主们是如此，士人们也同样是如此。如果说他们中有谁刚好代表了庶民百姓的利益，那只能理解为他的利益与百姓的利益有某种一致性而已。

董仲舒的言说动机实际上是采取一种有效的方式为至高无上的君权制定规范。这是孔、孟、老、庄们的共同愿望，也是历代士人思想家的共同愿望。因为只有对君权进行有效的限制，士人阶层才能有机会推行自己的价值观念，才有可能按照自己的意愿安排社会秩序从而实现自己的利益。董仲舒这种规范限制君权的动机是暗含在其为君权合法性进行的论证中的。这可从下列几个方面见出。

其一，"屈君而伸天"。用"天""天命""道"这类范畴作为最高价值准则来规范君主权力，乃是先秦士人的故技。董仲舒也是这样做的。表面上他是在为君权寻找超验的神圣根据（也的确起到了这种作用），而骨子里却暗含着用"天"取代帝王至高无上地位的目的。在"天"的威慑之下，君主就不敢肆意妄为。但"天"只是一个概念而已，它究竟有怎样的意旨完全靠阐释者的言说，而这种阐释权不是在君主手中，而是在士大夫手中的。这样一来，"天"就常常成为士人阶层之意愿的代言人，他们通过"天"而对君权进行着有效的规范与限制。所谓"天人感应"不过是士大夫用来吓唬帝王的具体措施而已。中国如此之大，南涝北旱，东震西陨，总能找到一些祥瑞或灾异的现象，士大夫何时欲有所言说，就先列举一些有关的现象，使君主感到似乎不听从其意见便会得罪于上天一般，在"宁信其有，不信其无"意识的支配下，往往能令言说者满意。

其二，通过评点古代君主之行为来为现实君主制定行为准则。董仲舒是治《春秋》起家的，他制约规范君主的手段也主要是阐发《春秋》的"微言大义"。《春秋》本来就是一部关于各诸侯国君主们言行的记载，并且寓含着某种褒贬之义。董仲舒通过阐释这部史书来说明怎样的君主是好的，怎样的君主是坏蛋，以此为当政者树立榜样。例如，他通过评论晋灵公等君主的行为来说明只有爱护百姓的人才算是"仁者"的道理，其中含有告诫帝王们不要穷奢极欲、仅爱自家一身而置百姓于不顾的意思。

汉代士人思想家就是用这样两面性的文化策略来维持士人阶层与君权之间的权力平衡的。这本质上依然是先秦士人以"道"制"势"的文化策略——

我们之所以将士人阶层建构文化学术以规范、引导君主的行为称为"文化策略",而不称为"政治策略"是想突出这种策略在实现方式上的特殊性。也就是说,这是一种"软"的、隐含的、间接的、通过价值观念的渗透方能发挥作用的政治手段,是以文化学术的形式存在的政治策略。中国古代文化学术极少纯粹的以求知为目的的,而绝大多数都是一种政治策略的变相形态。或者是针对君权的,或者说针对百姓的,都是权力运作的特殊方式。在中国古代,甚至道德的话语系统实际上也是一种政治策略。士人思想家们处处讲伦理纲常,讲道德自律,讲成圣成贤,讲推己及人,骨子里都是对他人行使权力的方式,是一种政治行为。士人阶层推行自己的那一套冠冕堂皇的道德说教与洞幽烛微的义理辨析,表面看来是"极高明而道中庸,致广大而尽精微"的,是"乐以天下,忧以天下"的,说穿了不过是试图在君主那里分点儿权而已,是他们生存需要的产物。

前面提到的几位汉初士人的代表中,叔孙通、公孙弘是放弃了士人阶层的独立精神,完全投身于君权系统的人。他们在历代士人阶层中在数量方面都是大多数,但在文化史的发展演进方面只占有微不足道的位置。贾谊、司马迁是那种既要与君权合作,又要保持独立精神,因而不为统治者所喜的人。他们在政治史所发挥的作用是微乎其微的,但在文化史上却有着极为重要的地位。陆贾、董仲舒则是那些表面上完全站在君主的立场上,而实际上却暗含着对君权有力的规范与制约的人。他们在政治史、文化史上都具有不可或缺的重要地位,一部中国历史主要是这些人与那些直接的执政者共同撰写的,一部中国古代文化史上也留下了他们的清晰的印迹。

四　汉代经学旨趣

经学是先秦儒学的变体。如果说先秦儒学乃是"在野"的士人阶层由于长期受到压抑而生发出的重新安排世界的强烈愿望的话语表征,那么经学则是"皈依"于君权系统的士人阶层与统治者共同"商定"的官方意识形态话语。这种"商定"其实是一个漫长的过程——从士人阶层甫一出现这个过程也就开始了,只不过双方的"要价"都居高不下,一直未能谈成而已。战国时期的诸侯们尽管都肯重用士人,但对他们的价值观念系统,特别是像儒家那样的社会理想却是敬而远之的。因为他们只是想富国强兵，在残酷的兼并战争中能够生存下去，还远没有建立统一的国家意识形态的需要，而且也的确没有这种必要。也可以说，"实力""生存""强大"就是他们的意识形态，此外并不需要更为复杂的、形而上的观念系统来维系国家。也正是由于这个原因，统治者也没有兴趣去干涉士人思想家们的话语建构行为，这就导致了各种在当时毫无实际意义的乌托邦式的思想学说的蓬勃繁荣。

汉代的情况就根本不同了。偌大一个帝国假如没有统一的意识形态那将是难以维持下去的。国家需要统一的意识形态，也就不允许还保持百家争鸣的局面。士人思想家们也意识到了这种文化历史语境的根本性变化，所以也主动参与了官方意识形态话语的建构工程。

汉武帝一开始就运用政治手段来推动官方意识形态话语的建构工程。他的一项卓有成效的措施是立五经博士。博士官在战国时代就有了。秦始皇时有七十博士，职责是"通古今"，长官为仆射。是皇帝的顾问官之类。在秦代，博士们的最出色的表现大约是始皇三十三年（前213年）的那一次了。始皇在平定六国之后废除分封制而实行郡县制。但始终有人对此持有异议。始皇三十三年在一次宴会上，博士周青臣进言高度赞扬始皇实行郡县制。另一位博士淳于越则表示反对，认为"事不师古而能长久者，非所闻也"。丞相李斯起来痛斥淳于越，并进而建议始皇焚书。汉兴，亦保留了博士官，文帝时有博士官七十余人，其中有儒生，也有道家、阴阳家等诸子百家的学者。儒家经典立于学官的只有《诗》《书》，景帝时又增加了《春秋》。到了武帝，采纳董仲舒建议，废黜百家，独尊儒术，专立五经博士。每位博士又设若干弟子员。博士可直接升转其他官职，直至丞相；弟子员学成亦量才录用。这样一来，在士人阶层面前就开辟了一条进身仕途的可行之路，再加上其他进身之阶，如征辟察举、乡举里选之类也以"经明行修"为基本条件，于是崇经读经就成为天下士人"靡然向风"之事，一代士风由此而成，一代学术亦由此而兴。那些先秦儒家用来规范君权的文化文本，由于君主政策的调整，一时间突然变成了君主笼络士人的有效手段。

顾颉刚先生尝言："秦始皇的统一思想是不要人民读书，他的手段是刑罚的裁制；汉武帝的统一思想是要人民只读一种书，他的手段是利禄的引诱。结果，始皇失败了，武帝成功了。劝始皇统一思想的李斯，他是儒学大师荀卿的弟子；劝武帝统一思想的是董仲舒，他是《春秋》专家。"①秦始皇要人民不读书是建立统一的官方意识形态的措施；汉武帝要人民只读一种书，也是建立统一的意识形态的措施，为什么前者失败而后者成功呢？这原因恐怕不能在君权与人民的关系中去找，而只能到君权与士人阶层的关系中去找。

对于士人阶层而言读书、著书乃是其身份标志。他们自从被抛入这个动荡不宁的世上之后，唯一能够支撑他们的精神不至崩溃的就是文化知识，就是读书。他们干预社会的唯一方式也是读书、著书、教书。秦始皇之蠢在于不明白士人阶层的这种特性，妄图轻易地摧毁他们的生命支点。也许是由于他的平定六国、统一天下的成就太过辉煌，致使他太自以为是，妄自尊大了，好像世上的一切都可以按照他的意志安排一样。只会读书的士人阶层在他的心目中实在不值一哂，完全没有必要考虑他们的旨趣意愿。"以法为教，以吏为师"——这等于彻底否定士人阶层存在的必要性（就像 20 世纪一个时期内中国所发生的情形那样），这如何不受到士人阶层无比的仇视与激烈的反抗呢？完全可以说，造成秦朝短祚的最主要的原因之一乃是士人阶层与君权的对立。他们时时刻刻都伺机而动，一旦有机会就会挺身而出：陈涉、吴广、刘邦、项羽的起义军中都有一大批士人参加。

汉武帝就聪明得多了。他深知士人阶层对君权系统的向往与期待，也深知对士人阶层只能诱导而不能仅靠压制的道理。他于是设置了专门的通道来吸引士人。更为巧妙的是，他以此激发起士人建构官方意识形态话语的极大热情，使他们在为君权言说时还认为自己是在说自己的话。当然诸如董仲舒这样聪明的士人思想家也不会听任自己完全异化为君权的工具，如上所述，他们有他们的办法。君主以功名利禄做诱饵以吸引士人阶层进入自己给他们设定的轨道，力图使他们成为君权的奴隶；士人们则一方面接受君主提供的一切好处，一方面又悄悄地实施着自己制约君权的既定策略——这正是经学赖以形成的文化历史语境。经学，简言之，乃是士人乌托邦与官方意识形态的综合体。所以所谓经学旨趣亦主要表现为两个方面：一是贯穿着士人阶层文化制衡策略，二是证明着汉家政权的合法性。

西汉时的经学以《春秋》学最为兴盛。作为今文家的"春秋公羊学"大

---

① 顾颉刚：《秦汉的方士与儒生》，上海：上海古籍出版社，1998年，第43页。

抵可以代表当时经学的基本旨趣。公羊学有三点值得注意：一是所谓"张三世"。《春秋》所载自隐公至哀公共十二世，公羊家将其分为三个阶段，即"三世"：后五代为"据乱世"，中四代为"升平世"，前三代为"太平世"（董仲舒的分法是"所见""所闻""所传闻"三世），以此来表达一种社会理想。二是"存三统"。公羊家认为历史发展是以黑、白、赤三统循环的规律运行的。一个新朝代的崛起即是应着这种三统循环而来的，因此新的统治者就必须自觉地改正朔、易服色以顺应天道之循环。例如夏属黑统，故尚黑；商属白统，故尚白；周为赤统，故尚赤。这种理论一方面固然证明了一个王朝出现的必然性，因而具有合法性，但同时也对君主产生了极大的警戒作用：天道是会变的，只有顺从天意者才会长久地存在下去。三是"以《春秋》当新王"。《孟子·滕文公》有云："《春秋》，天子之事也。"《离娄》又云："王者之迹息而《诗》亡，《诗》亡然后《春秋》作。"公羊家发挥这几句话，认为春秋之时王者之迹已息，也就是说周朝之"统"已然完结，应有新的"统"应运而生了。但由于种种原因，取代周朝的王朝出现的时机尚不成熟，故而孔子的《春秋》以一部书担负起"新王"的任务，代替天子行赏善罚恶之事。

"张三世""存三统""以《春秋》当新王"诸说，十分清楚地显示了汉代经学的基本精神：为君权建立法则。特别是"以《春秋》当新王"之说，更是将士人阶层的权力意识暴露无遗。赏罚之事按周礼只能是天子的职责，由于天子暗弱、王纲解纽、已无法执行自己的职责，于是圣人出来以布衣之身承担天下重任，这是何等的气概与精神！此说隐含的意思十分明白：倘若现实君主荒淫无能、悖谬失道，士人们仍然有权起来代替他行使权力。

经学作为当时居于统治地位的官方意识形态，在社会上的影响是无所不在的。在"通经致用"口号的指导下，在当时的政治生活中居然出现了"以《春秋》决狱，以《禹贡》治河，以《三百五篇》（即《诗经》）当谏书"①这样胶柱鼓瑟的可笑做法。可知作为一种官方意识形态，经学化的儒学固然具有至高无上的地位，但也部分地失去了原始儒学那种理性主义精神而沦为统治工具。

经学的今古文之争在汉代乃是文化学术史上的一件大事。关于今文经学

————————

① 参见［清］皮锡瑞：《经学历史》，北京：中华书局，1959年，第90页；顾颉刚：《秦汉的方士与儒生》，第65页。

与古文经学的区别，学术史上有多种见解。或以为二者之异主要是由于所据经书的本子不同，以古文经为可信；或以为二者的根本差异在于真假，以古文经为刘歆伪造；也有人从治学方法与思维方式的角度区别二者，以为今文家重微言大义，古文家重章句训诂，各有所长。愚以为，从士人阶层与君权系统的关系角度来看，这两大经学派别都是士人乌托邦与官方意识形态的混合体，都显示着一种权力的运作。但具体而言，二者的确又代表了士人阶层的两种不同倾向：今文经学更具有"神道设教"的意味，士人阶层的乌托邦精神更突出一些；古文经学则更倾向于求实的一面，试图推翻今文经学的种种解说，从实际出发来阐释经典的真实含义。从文化历史语境演变的角度看，汉初的士人阶层身上所遗留的先秦士人那种主体精神更明显一些，这就导致了今文经学的放言高论；到了古文经学兴盛的东汉之时，经过士人阶层与君权系统之间的长期磨合，他们已经找到了协调彼此关系的有效方式，士人阶层对君权的规范与限制也早已落实为一系列具体制度与价值观念（博士官与弟子员的数量逐年增加，征辟察举制度愈加完善，一种以"三纲五常"为核心的社会意识形态已然成熟，等等），在这种情况下，士人们就开始对以前那种解经方式提出疑问了，他们希望能够知道儒家经典的确切含义究竟是什么。也就是说，在古文经学这里，意识形态色彩淡化了，而纯学术的色彩增加了。刘歆为王莽篡汉而伪造、私改古籍之说是不能成立的。

但是说到经今古文之争这一文化学术事件的客观效应，则是完全有利于君权的巩固而不利于士人阶层之利益的。这种争论涉及之广、持续之久、程度之激烈，都是中国文化史上所罕见的。但就根本而言，推动这种争论经久不衰的动力乃是权力与利益的争夺而不是纯粹的学术分歧，只不过这种权力与利益的争夺不是在士人阶层与君权系统之间进行的，而是发生在士人阶层内部。对这一争论之过程略作考察就会发现，争论的焦点并非学术问题（事实上中国古代很少有人为了纯学术的目的与他人发生大规模争论），而是某经书立不立学官的问题。某经一旦得立学官，就意味着它被官方正式承认，随之而来的便是博士官、博士弟子的设置——有一批人有官做或将要有官做了。更为重要的是，从此之后，这门学问就身价百倍，就会繁盛起来了。士人阶层的这种"窝里斗"恰恰是统治者所希望的，因为这样一来，他们就无暇顾及对君权的约束了，而且这种争论本身就说明作为官方意识形态话语的经学已经取得了稳定的统治地位，没有任何别的什么话语体系可与之抗衡了。

总之，经学是一种双重性的话语，是汉代士人阶层与君权系统"共谋"的产物，它既有稳定社会秩序、强化君权的国家意识形态性质，又含有规范、限制君权的士人阶层价值观的性质。它是中国古代特有的政治格局、文化格局的产物，而它的产生并大兴于世，对于中国后来两千年的文化学术的发展演变起到了极为重要的影响。有的学者甚至认为，自西汉以降，中国古代学术潮流主要是经学自身的流变，例如西汉主要是今文经学，东汉主要是古文经学，魏晋以下的玄学、隋唐经学、宋代理学、明代心学等等均可归之为"形上学化的经学"，①这样看来经学真的可以涵盖一部中国古代学术史了。更为严重的是，经学培养起来一种"注经式"的思维模式，对于中国人看待世界的角度、对待以往思想资料的态度都有至关重要的影响。从某种意义上说这对中国文化的基本格局与价值取向都有着决定性作用。

通过以上分析我们不难发现，汉代经学语境的意义生成模式依然可以用第一章中那个以"道—势"关系维度为主轴建立起来的符号矩阵来表示。但是由于言说语境的变化，这个意义模式所表示的意义毕竟与子学时代有着很大的区别。这主要表现在下列两个方面。

首先，"道"依然是士人乌托邦精神的体现，这是没有问题的，"势"也同样是君权所代表的现实政治权力。但是说到"道"的载体情况就不同了。在子学时代，"道"主要是由儒学承担的，但在经学时代，作为儒学之变体的经学却同时负载着"道"与"非道"这两个处于次级对立状态的项：经学中那部分借用"天道""天命"等神秘力量制约君权以及强调"有德者居之"观念的言说是对先秦士人乌托邦精神的继承，依然承担着士人阶层的"道"；而经学中那部分强化君权、专门为汉朝统治确定合法性的言说则是"非道"，即纯粹的官方意识形态。这就是说，经学已然不像先秦儒学那样是一个有着统一价值取向的话语体系，而是两种处于矛盾状态的言说所组成的复合体。

其次，就言说者的身份认同角度看，先秦儒家自认为是"道"的承担者，他们将"势"视为脱缰的野马或涌出河道的洪水，试图通过自己的话语建构

---

① 冯友兰先生20世纪30年代出版的《中国哲学史》就将董仲舒以后直至晚清的哲学史统归为"经学时代"。又可参见王葆玹：《今古文经学新论》，北京：中国社会科学出版社，1997年，第17页。

为这股强大的"力"确定合理的宣泄的渠道。所以他们是"立法者"。汉代的经学家则面对着一个自己已经置身其中的为其所裹胁的巨大洪流，所以他们不得不同时扮演两种角色：一方面竭尽全力疏通渠道，使这股洪流尽量不要泛滥成灾；另一方面又不得不随其流而扬其波，做一个弄潮儿。由于这种身份认同的矛盾状态，汉代儒者大大减少了先秦儒家那种舍我其谁的大丈夫气概，而大大增加了内心的焦虑与忧患。这一点我们可以从贾谊、董仲舒、司马迁、扬雄、班固、桓谭、王充、仲长统等人的言说中明显地感受到。

经学语境这一意义模式的变化意味着先秦儒家高扬的那个"道"此时实际上已经一分为二了：一部分依然如故，保持着那种超越现实的批判精神；另一部分则异化为自己的对立面，成为现实秩序合法性的确证者。这不仅表征着作为言说者的士人阶层在强大君权压迫下的自然分化，而且也表征着言说者自身的精神分裂。从此之后，拥有双重自我的言说主体就成为中国主流文化的主要建构者。也正是这种身份的双重性才使他们长期保有这一言说特权的。这种情形只是在少数几个历史时期，例如魏晋六朝时期或清代乾嘉时期，由于文化历史语境出现了较大变化，才有所改变。

五　经学语境中的诗学观念

汉代的诗学观念就其主流而言直接就是经学话语，这主要表现在汉儒对《诗》的阐发上。汉儒解诗基本上都是在寻找"诗"的象征义，并不在乎"诗"本身是否原本具有这种象征义。这就意味着解诗的过程即是一个为诗赋予意义的过程，是一种"创造"。对于汉儒这种完全出以己意而言诗的做法，就连二程、朱熹这样的正统儒家也十分不满。例如《诗经》经汉儒解说之后，于每一篇之前均加有小序，以扼要指出全篇大旨，基本上都是对诗义的曲解。朱熹就明确说自己读诗全然不理会小序，只是自己涵泳玩味（参见《朱子语类》卷第八十《诗一》）。当然，汉儒解诗也并非全无凭借，他们是在先秦诗歌作为贵族交往话语以及早期儒家对诗的解说的基础上进一步按照经学精神赋予诗以意义的。具体说来，汉儒解诗是从下列准则出发的。

其一，"主文而谲谏"。清人早就指出过："汉儒言《诗》，不过美刺二端。"（程廷祚《青溪集》卷二《诗论十三·再论刺诗》）。实际上无论美刺，都是士人阶层对君主进行规范的方式，就如同教师对学生，你做得好就夸奖几句，做得不好就批评几句。所以对君主以"美刺"的方式进行教诲与引导乃是先秦士人思想家欲为"王者之师"精神的体现。汉儒继承了这种精神，在他们看来，批评君主乃是士人的天职，但批评必须讲究方式，否则不仅达不到预期目的，闹不好还会遇到麻烦。因此他们十分欣赏古人以诗的形式批评君主的做法。尽管《诗经》中的作品真正具有赞美和批评、劝诫或讥讽君主意义的或许只是一部分，但汉儒却要一概以美刺论之。凡是不能直接从诗中看出讽刺意义的，他们就认为是"主文而谲谏"的结果。不便明说，故而绕弯子，"文"，即诗歌的修饰与润色都是为了"谏"能够顺利进行并起到应有的作用。这样一来，凡是他们愿意说成是"谏诗"的，无论其本义究竟怎样，都可以在"文"的掩盖下被曲解为他们希望的那个样子。翻翻《毛诗》可以说随处都是这样的情况。《毛诗序》所谓"上以风化下，下以风刺上，主文而谲谏，言之者无罪，闻之者足以戒，故曰风"，就把那十五国风都理解为"化"与"刺"的产物了。这种理解从文学批评的角度看当然是牵强附会的，但是如果从汉儒的权力意识角度看就成了合情合理的了——他们本来就是将《诗经》当作规范君权的武器来使用的。

其二，诗是最有力的教化手段。《毛诗序》对诗的教化功能进行了过分地强调。而这一点又是建立在一种颇为奇怪的逻辑基础之上的。其云：

> 治世之音安以乐，其政和；乱世之音怨以怒，其政乖；亡国之音哀以思，其民困。故正得失，动天地，感鬼神，莫近于诗。先王以是经夫妇，成孝敬，厚人伦，美教化，移风俗。

这段话的前半段在逻辑上是通的：有怎样的世道就有怎样的诗歌，有怎样的诗歌就有怎样的政治状况。由社会状态到社会心态，再由社会心态到政治形势，完全是合乎逻辑的推论。这段话的后半段也是合乎逻辑的：诗能够动天地，感鬼神，所以先王才利用它来移风易俗。但是这两段话连接起来之后就不那么合乎逻辑了：为什么"治世之音安以乐，其政和……"诗歌就能够"经夫妇，成孝敬……"呢？前者讲诗歌能够准确反映现实的状况，而后者讲诗歌的社会功能，二者之间并没有必然的因果联系。那么《毛诗序》的作者何以如此论证呢？这里的关键就在于诗歌作为社会状况之反映，通过"观诗"即可知民风民情，乃是一种古老的观点（据说夏商周均有过的采诗制度，即是以这种观点为依据的），而诗歌的教化功能却是汉儒在先秦儒学的基础上对诗歌的一种价值赋予（即为诗歌规定价值，而不是在诗歌之上发现价值）。《毛诗序》的作者为了使这种价值赋予活动具有合法性，更令人信服，就将通过诗歌可以观民风民俗这一古老观点用来当作理论依据了。所以这种说法只能理解为汉代士人阶层对诗歌所提出的主观要求，而不能理解为他们对诗歌功能的客观认识。这种主观要求标示着汉代士人由以君权为规范制约的主要目标渐渐向以庶民百姓为主要规范制约的目标转移，而这种转移本身正是士人阶层渐渐由民间的立场转向君权的立场的标志。在先秦儒学那里，教化百姓虽也偶有提及，但其比重与重要程度远远不能与对执政者的要求相提并论。这是由于孔孟等先秦儒家士人是以"在野"的身份言说的，在他们看来，一旦君主们都做到了道德自律，成圣成贤，天下就基本无事了。例如"季康子问政于孔子。孔子对曰：'政者，正也。子率以正，孰敢不正？'"（《论语·颜渊》）孔子又云："上好礼，则民莫敢不敬；上好义，则民莫敢不服；上好信，则民莫敢不用情。"（《论语·子路》）孟子也说："君仁莫不仁，君义莫不义，君正莫不正。一正君而国定矣。"（《孟子·离娄上》）所以孔孟等人都是将"格君心之非"作为自己的首要任务的。汉代士人就不同了，他们首先必须将自己纳入以君权为核心的政治序列，为君主服务，这才获得了暗暗规范君主的可能性。所以站在君权立场向着庶民百姓言说对他们来说就是很有必要的了。于是诗歌的"教化"功能就得以与其"美刺"功能平分秋色。

说到士人思想家言说的立场问题我们不妨稍微解释一下。总体上说，儒家的言说是站在"中间"立场上的。他们自认为无论是对于君主，还是百姓都负有义不容辞的教育责任。这也就是所谓"以天下为己任"。正是由于这种言说的"中间立场"，才使得儒学最终成为中国古代的主流意识形态。那种纯粹站在民间立场的言说，如墨家与道家；以及纯粹站在官方立场上的言说，如法家与纵横家，都不可能成为主流意识形态，这是因为这些言说系统都不足以协调中国古代社会各阶层之间的关系，不能起到稳定社会秩序的意识形态功能。在诸子百家之中唯有站在"中间立场"言说的儒学有这样的品格。

但是具体言之，则不同时期的儒学的"中间立场"又各有侧重。对于孔、孟这样基本上是布衣之士的早期儒家来说，他们言说的立场是偏于民间一面的。而对于汉儒这样已经进身仕途、成了"士大夫"的言说者来说，其言说立场就渐渐偏向于君主一面了。

其三，关于"比兴"。"比兴"是先秦典籍中已有的概念。但先秦儒家只用其词而不释其义。依据后人的解释，"比"即是比喻之义，这历来就没有争议，可置而不论。"兴"在孔子那里则主要是指诗在个人修身养性中的起始作用（前面已经有所论及）。实际上，在先秦典籍中并没有"兴"是指诗歌的一种修辞手法的任何证据。将之释为修辞手法的乃是孔安国、郑玄等汉儒。然而汉儒硬把"兴"理解为"引譬连类"的修辞手法，乃是出于为"诗"进行价值赋予的需要——"诗三百"，特别是那些取自民间的"里巷歌谣"之作，大都根本与美刺教化不沾边，要想赋予它们本身所没有的价值功能，总要有个说法才成。于是"比兴"就自然而然地成了最为有效的、无坚不摧的阐释手段——凡是从诗歌文本中看不出美刺教化功能的，一律以"比诗""兴诗"解之。在"比兴"的名目之下，说诗者就大可以施展自己的想象力与阐释的自由了。

郑玄说："赋之言铺，直铺陈今之政教善恶。比，见今之失，不敢斥言，取比类而言之。兴，见今之美，嫌于媚谀，取善事以喻劝之。"（《周礼·春官》注）这完全是汉儒自家口吻，是对诗歌创作动机的妄自揣测。从中我们可以窥见汉代士人与君权之间的关系状况。汉儒之言诗之"比兴"基本上都是在这种心态之下进行的。经学家是如此，就连颇有独立见解的思想家如《淮南子》的作者、如王充等人也大受此种文化语境之熏染。例如《淮南子·泰族训》云："《关雎》兴于鸟，而君子美之，为其雌雄之不乖居也；《鹿鸣》兴于兽，君子大之，取其见食而相乎也。"《论衡·商虫》云："'营营青蝇，止于藩。恺悌君子，无信谗言。'谗言伤善，青蝇污白，同一祸败，《诗》以为兴。"这都是汉儒对"兴诗"的解释，可以说是一种合理性的"误读"，是特定文化历史语境的产物。[1]今人王先霈先生以为所谓"兴"之意义乃在于将读者（或听者）从现实关怀中提将出来，从而进入审美的心境之中，此外并无其他意义。

---

[1] 关于汉儒对"兴"的解释，可以参阅萧华荣《中国诗学思想史》第2章（上海：华东师范大学出版社，1996年，第29—53页）。

此说颇为近理。

其四，"吟咏情性"说。《毛诗序》云："国史明乎得失之际，伤人伦之废，哀刑政之苛，吟咏情性，以风其上，达于事变而怀其旧俗者也。故变风发乎情，止乎礼义。发乎情，民之性也；止乎礼义，先王之泽也。"这里又明显地显现出汉儒的思想矛盾："吟咏情性""发乎情"云云，其实是对诗歌发生的合理判断，是符合文学审美规律的见解。但是紧接着的"以风其上""止乎礼义"云云，则又是汉代士人阶层向上规范君权，向下教化百姓之动机的产物了。《汉书·礼乐志》亦尝云："夫民有血气心知之性，而无哀乐喜怒之常，应感而动，然后心术形焉。……宽裕和顺之音作，而民慈爱；流辟邪散之音作，而民淫乱。先王耻其乱也，故制雅颂之声，本之情性，稽之度数，制之礼仪，合生气之和，导五常之行，……"其所言说亦与《毛诗序》如出一辙。既承认"情性"之于诗歌的本体地位，又要"稽之度数"而不使其泛滥，这是典型的儒家精神之体现。

其五，经学语境下的诗学原则。根据以上分析，我们已然看出，汉代士人在政治倾向、文化人格上都表现出一种两面性特征，影响所及，其于诗学观念也有两面性。前引《毛诗序》《汉书·礼乐志》之言，都说明了这一点。实则这在当时是普遍的观念。《史记·屈原传》引淮南王刘安语云："《国风》好色而不淫，《小雅》怨诽而不乱。若《离骚》者，可谓兼之矣。"扬雄《法言·吾子》也说："诗人之赋丽以则，辞人之赋丽以淫。"都是一方面看到了诗歌的个体性与审美价值，另一方面又要用伦理道德的原则约束之，表现出一种内在的矛盾。

其六，汉儒对屈原的评价。汉儒对屈原的评价要算刘安最高。但最能发现屈原之真实情形者却是王逸。他说："而屈原履忠被谮，忧悲愁思，独依诗人之义，而作《离骚》，上以讽谏，下以自慰。"（《楚辞章句序》）又说："离，别也；骚，愁也；经，径也。言己放逐离别，中心愁思，犹依道径，以风谏君也。……其词温而雅，其义皎而朗。凡百君子，莫不慕其清高，嘉其文采，哀其不遇，而愍其志焉。"（《离骚经序》）这里虽然同样是从个体价值与社会价值、审美功能与政治功能这两个角度立论的，但对于屈原作《离骚》时的精神状态能够有较为准确的把握，认识到了个人遭遇、个性特征在诗歌创作中的重要性，可以说是很通达的看法。然而在汉儒中还有对屈原的另一种看法。班固说:"且君子道穷,命矣。故潜龙不见,是而无闷,《关雎》哀周道而不伤。……故《大雅》曰:'既明且哲,以保其身。'斯为贵矣。今若屈原,露才扬己,竞乎危国群小之间,以离谗贼。……谓之兼《诗》风雅而与日月争光,过矣。"(《离骚序》)这同样是儒家正统的观点。但这里有一个问题:班固对屈原的评价为什么与刘安、王逸有那么大的出入呢?或者换句话说,究竟谁的评价更有道理一些?

其实三人对屈原的评价基本上都符合儒家精神(刘安并非儒者,但其对于《国风》《小雅》的评价以及对屈原的赞扬还是沿用了儒家标准)。王逸虽肯定了个人遭遇对屈原创作的重要意义,但其评判《离骚》的标准也还是儒家那一套。班固的观点同样毫无疑问是儒家的思想。这里的问题在于,除了对作品的评价之外,班固还对屈原的处世方式进行了批评,而这恰好抓住了屈原与儒家处世原则不相协调之处。屈原作为楚国宗室,他从来就不是一个真正的士人。他或许也受到士人阶层某些思想的影响,但在根本上他绝无士人阶层那种以天下为己任,而不是以一家一姓为己任的精神,他将自己的一切都与楚国的利益紧紧连在一起。楚国要灭亡了,屈原也就失去了生存的依托。班固的错误在于:他用士人阶层的处世原则来衡量作为真正的宗室贵族的屈原,他根本不能理解屈原何以竟然与自己过不去,丝毫也不会保护自己,完全不懂得"天下有道则见,无道则隐"的道理。

总之,汉儒的诗学观念乃是其经学观念的折射,可以说是一种基于"通经致用"原则的象征主义的诗学阐释学。然而,汉儒毕竟已经明确意识到诗文审美价值的存在与重要性,故而试图将诗文的工具主义目的与审美特性统一起来。所以,汉代的诗学理论虽以经学为基础,但也已流露出审美意识的自觉,从而为魏晋六朝审美主义诗学的大兴做好了铺垫。这意味着,汉代士人不仅意识到了自身的社会价值,即历史使命,而且还开始意识到自身的个体生命价值。

第三章 玄学话语向诗学话语的转换

一 魏晋六朝士族文人心态

汉代经学一方面作为君权系统控制舆论、统一思想的工具而成为典型的官方话语，一方面又作为士人阶层跻身以君权为核心的政治序列的重要途径和规范君权的主要手段而具有任何学术门类与流派都无法比拟的重要性。在利益与权力的驱使下，经学大大发展了起来。由于经学的这种重要性，再加上当时印刷、传播方面条件的限制，一些博通经典或以经术起家的士人就渐渐开始对自己的学术实行垄断，在解读与传承方面形成了各自的系统与特色，这就是所谓"家法""师法"。士人通过通一经或数经而进身仕途，成为士大夫，然后又以经术传家，以保持后代的显赫，这样就出现了一大批集经学世家与官僚世家于一身的特殊家族。他们既以经学世代相传，成为文化学术的代表者与传承者，又累世为官，在政治上有着很高的地位。这个阶层既具有士人阶层原有的一些精神特质，又带上了贵族阶层的某些特征。在他们身上充满了矛盾——一方面他们是君权最重要的维护者，因为他们所得到的一切都是与君权合作的结果；另一方面他们又与君权具有深刻的矛盾，是君权最主要的制约力量。一方面他们继承了往代士人所具有的那种超越的精神品质，向往着某种乌托邦式的社会理想；另一方面他们又极为关心自己的既得利益，具有某种保守性。一方面他们自以为是社会的中流砥柱，是清流，是社会良心的代表者；另一方面他们又极力培植家族势力，试图在政治、经济方面都具有稳固的地位。总之，在他们身上尽管还依稀存留着一点士人阶层的影子，但更多的却是浓厚的贵族气息，他们是贵族化了的士人。

贵族化了的士人阶层即是所谓士族（或称世族、势族等）。由于他们的政治与经济地位，其作为文化学术之代表者、领导者的地位也得到极大的提高与巩固。从汉末到魏晋六朝，时代的文化学术与精神状态都可以说是由这个阶层的社会境遇、心态所决定的。换言之，是贵族化了的士人即士族造就了这个时代的文化学术旨趣。所以要考察这个时代的文化学术就必须分析士族文人的具体境遇与心态才行。

汉末的战乱打破了天下一统的局面，也打破了士族稳定的社会地位。他们的惶惑与皇室的惶惑没有根本性区别，所不同的是，在惶惑之余，士族子弟们又不禁产生一种跃跃欲试的冲动——在乱世之中浑水摸鱼，说不定会有意外的收获呢！于是他们或就成了混世魔王，绞尽脑汁攫取权力（如袁绍兄弟、刘表、司马懿等人），或者投靠一家诸侯而求自保（建安七子、杨修、张昭等）。一旦时机成熟，他们就会跃身而起夺取最高权力（袁术尝称帝，司马氏则最终君临天下）。如果权力已在他人手中，并且天下太平，他们则会精心经营自己家族的利益，并不大会关心社会是否会长治久安。他们善于以不变应万变："不变"者，家族之利益也；"万变"者，君权也。只要家族利益不受损害，君权在谁手中是无关紧要的。士族文人的社会境遇与心态直接呈现为特定时期的社会精神面貌。这一精神面貌又直接决定着这一时期文化学术与文学艺术的价值取向与特征。

建安时期天下甫乱，士族文人尚欲有所作为，或试图凭一己之力挽狂澜于既倒，拯救汉家江山，或希望在乱世之中建功立业，重新开创一番天地。基于这样的目的与动机，建安士族文人大都具有一种沉雄悲凉之气，现之于诗文即形成所谓"建安风骨"。稍后，随着天下基本政治格局的形成（从三足鼎立到三家归晋），士族文人建功立业之心渐衰，于是便专心营构自家精神的超越与自足，以闲适潇洒、任真自得为高，这就形成了所谓"魏晋风度"。正始年间士族文人知道天下权力已然有所归属，而又对攫取权力的司马氏集团之所作所为十分厌恶反感，于是魏晋时的沉雄豪迈之气消失殆尽，只剩下悲凉与哀伤了。因悲情所激，这时的士族名士们经常做出一些反常的举动来，诸如嵇康之"锻"、阮籍之"醉"、王戎之"贪"、刘伶之"诞"，都是突出的例子。正始名士可谓有苦说不出，故而狂，故而悲，故而自我边缘化。到了西晋中叶之后，随着门阀制度的进一步巩固与完善，士族文人享受着政治、经济和文化上的种种特权，渐渐失去了士人阶层所固有的忧患意识，既无可悲之事，也无哀伤之情，他们完全关注于自身肉体的享乐与精神的愉悦了。服食养生、奢靡斗富、清谈玄言、吟诗作赋、琴棋书画成为他们最为热衷之事。与士族文人的这种生活方式相应，此时的诗学观念也只能是唯美主义与形式主义的。

社会状况决定了士族的处境，士族的处境又决定了他们的精神状态，其精神状态又进而表现为学术话语与文学艺术话语的特定形式及其特征——这就是魏晋六朝的玄学与诗学观念形成演变的轨迹。

社会的变化本身提出了解构原有的一体化的官方意识形态话语，即名教的要求；士族文人充当了这一解构过程的主体；而解构的结果不仅仅是士族文人君权意识与社稷意识的空前淡化，而且士人阶层传承了千余年的天下意识也大大淡化了；这些集体意识淡化的结果则是个体生命意识的空前膨胀。说到个体生命意识，以往论者大都认为中国古代只是到了魏晋六朝时期才产生了这种个体意识，这是"人的觉醒"的标志，等等。这种说法是不够准确的。士人阶层意识到个体生命的价值是很早的事情。在子学时代，孔、孟、老、庄以及杨朱等思想家均有这方面的大量论述。特别是在被称为集先秦诸子之大成的《吕氏春秋》中对人的个体生命价值更是有深刻、系统的论述。那么，在这一点上，魏晋六朝的士族文人与先秦诸子究竟有什么区别呢？

在我看来，这种区别主要表现在两个方面。其一，生命意识在他们各自的话语系统中的地位不同。对于先秦诸子而言，最为主要的问题是如何解决社会的价值失范问题，即如何重新安排社会价值秩序的问题。所以他们的着眼之处乃是社会而非个人，是天下国家而非一己之私，对于个人生命价值的关注只是次一级的事情。例如孔子的"逝者如斯"之叹是真正的个体性生命意识，但这在孔子的话语体系中是绝对处于边缘位置的。在老庄的学说，特别是庄子的学说中，对个体生命的关注要多一些，但也绝不是主流，因为老庄之学的主流同样也是为社会开出的救世药方。在魏晋六朝的士族文人这里就不同了，在他们的话语系统中居于主导地位的正是个体生命的存在与展现的问题——如何保持肉体生命的永存与精神生命的自由愉悦乃是他们孜孜以求的主要目标，一切诗文歌赋的作品都不过是这种以个体生命为核心的生存目标的显现形式。

其二，先秦诸子的个体生命意识主要表现为对生命的有限性的忧虑以及因此而产生的延续精神生命的特定方式，即立德、立言、立功；魏晋六朝的士族文人的个体生命意识则主要表现为对生命有限性的恐惧以及摆脱恐惧的方式，即在有限的生命中尽量地满足肉体与精神的需求：或者在物质生活上极尽奢靡，或者在精神生活上极尽高雅幽微之妙。先秦诸子与魏晋六朝士族文人都希望实现个体生命的价值，只是前者采取内敛的方式——通过对个体的自我束缚、自我提升来实现个体价值（儒墨均讲修身，老、庄虽不讲修身，但其体道的方式同样是内敛性的），对他们来说，对个体生命的约束与锻造乃是实现其价值的必要条件；后者则采取外放的方式——通过解构一切内心的束缚来解放肉体与精神：在肉体上充分享乐，在精神上充分展开。对他们来说，越是无拘无束，越是能够实现个体价值。

由此可见，先秦士人与魏晋六朝士族文人在个体生命意识方面的确有很大的区别，但绝不像通常论者所认为的那样只是魏晋之后才有个体生命意识的觉醒。这种"觉醒"在春秋战国之交即已出现，只是在不同时期，由于社会状况与条件的差异，它也相应地有不同表现而已。简言之，先秦士人努力将个体价值实现于社会之上，在他们看来，唯其如此才算真正地实现了个体价值；魏晋六朝士族文人则努力将生命价值实现于个人行为之中，在精心营构的、纯粹个体性的物质与精神生活中自得其乐。两相比照，我们不难看出，先秦士人是充满社会责任感与历史使命感的知识分子阶层，是地地道道的社会之良心；魏晋六朝士族文人则完全不顾什么国计民生，而是完全沉落于个人的狭隘生活领域之中。如果对这两者进行价值评价，我们就会发现，先秦士人尽管气贯山河，为中国古代文化奠定了基础，但他们也显露出了精神世界的狭隘——对他们来说世界主要存在着政治道德伦理价值（老、庄虽否定现存的政治道德伦理价值，但这恰恰表明他们所追求的乃是另一种政治道德伦理价值，二者是在同一层面之上），此外就没有什么其他价值了。魏晋六朝士族文人则不然，世界对他们来说要丰富得多——山川日月之美，人生精神趣味之多，都是先秦士人不能比肩的。如此看来，魏晋六朝士族文人与先秦士人阶层相比，并不是有没有个体生命意识的问题，而是何种意识居于核心位置的问题，是一个侧重点的问题，而造成这一差别的只能是社会状况的变化。

然而魏晋六朝士族文人毕竟乃是先秦两汉士人阶层之苗裔，在他们身上依然流淌着孔孟老庄的血液。正是这种精神命脉的传承与现实境遇之间的冲突，造成了他们身上的诸多人格矛盾，这主要表现在下列几个方面。

其一，真与伪。士族文人一方面极为率真，并以真为贵，追求一种任真自得、绝假纯真的生存状态。[①] 但另一方面，他们又极为虚伪做作。例如东晋大名士谢安在与人下棋时闻关系到东晋命运的淝水之战的捷报，心中狂喜不已，表面上却极力装出一副满不在乎的样子。又如阮籍一方面口不臧否人物，一方面又以青白眼对人，都给人以做作之嫌。名士需要超越世俗、以本真情性面对世人，但名士又是特定文化话语系统的产物，只有进入这样的话语系统才有可能被承认为名士，所以他又需要违反自己的本真而按照"名士"的模式塑造自己。因此，"率真""自然"等一开始或许真是名士们本真情性之呈现，但到了后来却变成虚伪做作的代名了。这是魏晋六朝士族文人文化人格的一大特点。

其二，雅与俗。六朝名士雅时极雅，俗时极俗。王衍身居高位，但平时口不言世事，专门清谈玄言，再加上门第高贵，风度极佳，一时被奉为士林楷模，是"雅"的榜样。但他却有两大"俗"举：一是积极培植家族势力，以互相支撑，这是地地道道的官僚伎俩；二是被石勒俘获之后竟然劝其早登大位，成为彻头彻尾的贪生怕死之徒，毫无"雅"之可言了。名士们个个琴棋书画无所不能，此为雅；他们又个个不通世务，以言世事为耻，此为俗。谢康乐为一时名士楷模，诗文堪称独步天下，又酷爱山水，此为雅；然经常滋事扰民、蛮横无理，虽无反抗朝廷之心，却有反抗朝廷之行，幼稚可笑、愚不可及，此为俗。盖六朝名士内心并无操守之志，更乏修持之功，虽于精神世界多有开拓，却均不足以安放心灵。平日尽可放言高论，穷极雅妙，一遇现实困境，即刻冰消瓦解，现出粗鄙之原形。其较之宋儒廓然大公、物来顺应之完满自足之精神境界自是不可同日而语。

---

① 例如祖约好财、阮孚好屐的故事在六朝典籍中流传甚广。祖约好财，一天正在家中数钱，忽闻客至，急忙将钱藏起，却遗留一小篓钱在外面，自觉十分羞惭。阮孚好屐，一天正在家中腊屐，闻客至，腊屐如故，无丝毫惭色。于是士林以此分二人之高下。

其三，狂放与谨慎。狂放即兴之所至，任意而为，毫无顾忌。谨慎则谨言慎行，如履薄冰、如临深渊。这本是截然相反的两种性格，但在六朝士人这里却奇妙地统一在一起。阮籍、嵇康均口不臧否人物、面无喜怒之色，可谓至谨至慎之人，但他们追求的却是"越名教而任自然"的率性而为的人生理想。这样两种对立的处世原则，在阮、嵇这里却奇妙地统一了起来。

从文化历史语境角度看，造成魏晋六朝士族文人这种矛盾人格的原因主要有二：一是文化语境与历史语境之间的错位——就文化语境而言，这是一个"放"的时代，是解构东汉时期的严酷束缚士人心灵的官方意识形态话语的时代；但就历史语境而言，这又是一个社会动荡、政治黑暗的时代。"越名教而任自然"的精神解放与"名士少有全者"的严酷现实本身即是矛盾冲突的，这种矛盾冲突必然显现为士人对立与分裂的文化人格。二是士族文人的贵族习性与其人格理想之间的冲突。他们的人格理想是老庄的，即自然古朴、清静无为的生存状态；而他们的贵族习性却是穷奢极欲、追名逐利的。这两者之间很难协调统一。

总之，六朝士族文人乃是中国古代士人阶层之变体。他们以牺牲天下意识、帝师意识等历史使命感与社会责任感为代价，换得了个体精神空间的空前展开，导致了个体生命意识从士人阶层文化话语系统的边缘向中心的位移。这种位移本身对于中国古代文化史的发展来说具有极为重要的意义，它是各种与人的个体主体性（先秦两汉的士人阶层追求的是集体主体性）直接相连的文化话语形式（例如作为文学而存在的诗文）得以蓬勃发展的最为重要的原因。作为一个时代的主流文化学术的承担者与建构者，特别是这一时代之基本精神的规定者，士族文人在一切精神领域都有所开拓与建树，规范了各个文化艺术门类的基本特征与评价标准，为后世文化学术的发展开辟了新的领域。然而毋庸讳言，中国古代文人士大夫的许多不良习气与心态以及中国古代文学艺术中的贵族趣味亦由此而成。

二　魏晋玄学之基本旨趣

先看玄学发生的文化语境。

魏晋六朝时期士族文人所处的文化历史语境较之两汉时期发生了根本性

变化，这是玄学产生的决定性因素。这些变化主要表现在下列方面。

首先，学术与仕途相分离。对于汉代的士人阶层来说，主流学术，即经学，是与仕途合二为一的。这是汉代统治者与士人阶层"共谋"的结果，所谓"通经致用"就是这个意思。将学术纳入国家选士任官的系统之中，这是汉代统治者的杰作，对于最大限度地借助士人阶层的力量来实现有效的社会控制起到了莫大的作用。但是这种合作是有限度的，因为士人阶层是一个有着社会理想与价值追求的知识阶层，他们决不满足于充当工具的境遇。所以随着士族势力的日益扩大，这个社会阶层与君主、外戚、宦官所构成的君权系统之间的权力之争也愈演愈烈，最后终于导致东汉王朝的崩溃。

东汉的灭亡标志着士人阶层与君权系统长期合作的历史告一段落。于是学术与仕途之间也不再有直接的联系。再加上社会陷于群雄并起的无序状态，各个实力集团在用人方面都采取实用主义政策，即所谓"唯才是举"。这样的社会政治状况就导致了文化学术的"失范状态"——不再有统一的价值取向与治学目的。对于社会的安定有序来说这是大不幸，而对于文化学术的发展来说却是一个千载难逢的契机。士族文人抓住了这个契机，开创了一个崭新的学术思潮。

其次，新的文化空间与评价系统的确立。从汉末的"清议"到魏晋六朝的"清谈"，这标志着以士族文人为言说主体的文化空间及相应的评价系统发生了根本性变化。

"清议"的意思就是"公正的评议"。"清议"风气的形成与汉代的选官制度直接相关。我们知道，汉代没有科举制度，选官的主要形式是各级官府的"征辟察举"。地方官都负有向朝廷举荐人才的责任，有一定级别的官府还可以自行征召属吏。然而举荐也罢，征召也罢，都不是随意为之的事情，这里有严格的标准。在当时的经学语境中，"经明行修"便是最基本的标准。那么谁来确定一个士人是否达到这一标准呢？这就要靠"清议"了。"清议"是地方上有声望的士绅们对本地区士人的舆论评价，是为了配合官府征召而进行的一种自发性民间活动。也可以说，这是士人阶层（或士族阶层）自我评价、自我选择的一种方式。它形成的前提是君权系统与士人阶层长期合作而达成的某种默契与相互信任。也可以说是士人阶层控制、引导君权的一种有效方式：任用官员是君权系统的事，但任用怎样的官员却是由士人阶层自己在相对独立的文化空间中形成的舆论决定的。在这样的情况下，官府任人唯亲的事情不能说没有，但任官选材之事大体上是在士人阶层的舆论监督之下进行的。① 正是由于"清议"这种舆论监督的有效性，才会出现东汉末年那种"政荒于上，而风清于下"的独特局面。

我们如果把"清议"视为一个独特的文化"场域"②，那么这里自然也会有完整的评价系统。这就是合乎儒家价值标准的道德品质与才能。又因为这种评价的恰当与否是可以在实践中得到印证的，所以在这个"场域"中就渐渐出现了一批权威的言说者，他们的资本就是对人的品德与才能评价的准确性。这里我们不妨举一个例子。

东汉末年有一位叫许劭的士族，从小就有很好的名声。成人后专好品评人物，识见高人一等，渐渐成为"清议"的权威，任何人在他的面前都不敢张狂。他在汝南郡任功曹时，府中大小官员都为之"改操饰行"了。有一次当时的豪族袁绍辞官归郡，车马仪仗声势浩大，临近汝南边境时，袁绍遣散了随从宾客，撤销了仪仗，说："我的车马队伍怎么敢让许子将（许劭字子将）看见呢！"袁绍出身阀阅世家，门第极高，所谓"四世三公"，他本人也是一位有大志的豪强人物，他竟会如此畏惧一个小小的郡府功曹，可见"清议"的力量是如何之大了。曹操年轻时曾专门拜访许劭，恳求他给自己一个评语。许劭说："你是清平世界的奸贼，是乱世的英雄。"曹操听后大喜过望。许劭与从兄许靖俱有识鉴高名，常常在一起议论乡党人物，每月换一品题，因而在汝南一带形成"月旦评"的风俗。这是最典型的乡间清议。（见《后汉书·许劭传》）

从许劭的例子中我们能看出"清议"在东汉后期的士人生活中是何等重要的一种文化现象。

"清议"是先秦时期"处士横议"现象的延续，不同之处在于，"清议"是得到官方尊重的舆论，是士人阶层与君权系统"共谋"的产物，而"处士横议"则是在野士人单方面的不平之音而已。"清议"可以说是古代知识阶层依靠

① 帝王对于宗室、外戚、宦官的任用常常不在清议的监督之下，这也是所谓"清流""浊流"之分界。
② "场域"是当代法国社会学家皮埃尔·布迪厄学说中的重要概念，指由各种关系构成的、具有独立评价系统的社会与文化的领域。参见布迪厄与华康德合著的《实践与反思——反思社会学导引》（北京：中央编译出版社，1998年）一书第1章第3节。

舆论的力量影响社会政治的最为成功的例子。自此以后，"清议"就成为士大夫舆论的代名词，在历朝历代都发挥着重要作用。

我们看魏晋之际的史籍就会发现，即使在东汉王纲解纽之后，"清议"在相当长的一段时间里依然发挥着重要作用。例如《三国志》的作者陈寿在曹魏之时就因为居家守孝期间有婢女进入过他的卧室而受到清议批评，因此而遭禁锢十年之久，直到入晋以后，经过朋友们一再为之解说，才又重新步入仕途。这说明一种文化场域一经形成，就不会轻易瓦解。但是由于社会状况的变化，文化场域中长期形成的评价系统与文化资本就变得过时了，因此从总的趋势看，魏晋之时这一文化场域毕竟是开始瓦解了，代之而起的新的文化场域乃是"清谈"。

"清谈"是一种关于深奥玄虚话题的谈论。它与"清议"有着接续关系。事实上，"清议"本是关于人的品德、才行的评论。这种舆论形式的一个附带的效果是将人们的注意力引向作为个体的人。开始时固然主要是关注个体的道德品质与才能，但渐渐就自然而然地泛化到个体的性格、气质甚至容貌、骨象去了。这也就意味着"清议"已经有了"清谈"的意味。让我们看一个例子。

东汉灵帝时士林中一个著名人物名叫郭太，字林宗，博学多才，却终身不仕。《后汉书》本传说他"性明知人，好奖训士类"，以至于"泰之所名，人品方定，先言后验，众皆服之"。就是说，郭太是当时清议的权威言说者，虽身为布衣，但其寥寥数言却可以使人身价百倍。《世说新语·德行》有一则郭太对时人黄宪的评议："书度（黄宪字）汪汪如万顷之陂，澄之不清，扰之不浊，其器深广，难测量也。"

郭太对黄书度的评价显然已经越出了"清议"的范围。而品评人物的才情风貌正是"清谈"的主要内容之一。《世说新语·品藻》载：

> 刘丹阳、王长史在瓦官寺集，桓护军亦在坐，共商略西朝及江左人物。或问："杜弘治何如卫虎？"桓答曰："弘治肤清，卫虎奕奕神令。"王、刘善其言。

这是一次专门以品藻两晋人物为话题的清谈活动。"肤清"是说外表清俊；"奕奕神令"则是说精神气质好。这实际上是褒卫而贬杜。当然，清谈的内容极为广泛，并不仅限于人物品藻，但是从这里我们还是可以看出清谈与清议之间的联系。

清谈的内容极为广泛，大体言之主要包括：人物品藻、才性关系问题、养生问题、声有无哀乐问题、"三玄"（《老子》《庄子》《周易》）话题、佛理话题、圣人有情无情话题、形神关系话题、诗文话题等。这说明清谈是比清议范围更大、内容更丰富的一个文化场域。如果说清议对于汉代政治生活与价值观念的影响是巨大的，那么清谈对于魏晋六朝整个文化学术领域的影响则是决定性的，在这个场域中形成的评价系统成为当时居于主导地位的价值观念。制约着各种文学艺术门类之创作与鉴赏标准的，正是在清谈场域中形成的这种价值观念。

如此说来，汉末的清议是魏晋清谈发生的前奏。这两个场域之间的转换，乃是社会政治状况以及士人心态变化的直接产物。对于玄学的勃兴来说，清谈则又是必不可少的文化空间。这是玄学产生的文化语境。

现在我们来看玄学旨趣。

如果说易庸之学是儒道两大学术话语的第一次融汇，那么玄学的形成可以说是第二次。易庸之学是为儒家现实的伦理规范寻求形而上的价值依托，玄学则是对易庸之学中的形而上本体及其与儒家伦理规范之间关系的深入追问。易庸之学是伦理学向本体论哲学的跃升，玄学则是对本体论哲学一系列基本范畴的梳理与辨析。与两汉经学相比，玄学是以解构为己任的学术话语，而它本身并不是官方意识形态话语；经学则是以建构为己任的学术话语，是纯粹的官方意识形态话语。可以说，玄学就是对经学的解构，从表面看，玄学所涉及的全然是玄远深微的抽象问题，然而实际上它却是在野的士族文人与执政的君权系统权力争斗的产物，是一种权力话语。玄学为官方所承认（刘宋之初即设儒学、文学、玄学、史学"四学"，这是官方对玄学的正式承认），实际上表征着士族在政治、经济方面已然可与君权分庭抗礼。在中国古代，学术永远是权力的象征。

依据汤用彤先生的推论，玄学的形成与汉代的选士制度密切相关。他的逻辑是这样的：争辟察举与乡举里选导致了清议之风，清议之风推动了人物品评，人物品评又直接促进了九品中正制的产生，而这种用人制度又导致了分等级、别内外、辨表里、论异同的思维方式以及重清轻浊、崇虚抑实的价值观念。[1] 从清议到清谈，从对人物品德学问的评价到对人物情性气质与风神气韵的评价，这是一个价值观念的转变轨迹，与之相应，也有一个话语系统的转变过程，其结果就是玄学的形成。玄学的精神旨趣主要表现在下列若干方面。

其一，将万事万物之最高本体设定为"无"。王弼说："夫物之所以生，功之所以成，必生乎无形，由乎无名。无形无名者，万物之宗也。"（《老子指略》）何晏说："天地万物皆以无为本。无也者，开物成务，无往不存者也。"（《晋书》卷四十三《王衍传》）观王、何二人之论，是在明确地追寻万物背后的最终原因、本原或本体。他们以"无"为本，一方面是出于经验——万物无不从无到有；一方面是出于主观的设定——"无"不再是经验的空无或虚无，而成了某种能够"开物成务，无往不存"的实体。这自然不是经验的产物，只能是出于一种设定。作为哲学范畴的"无"并不是什么都没有之意，而是说作为天地万物最终依据的那个东西既是无形无名的、超验的，又是无所不在、无所不能、无为而无不为的。对这个"无"不能以经验论的眼光和标准检验，只能将它放在本体论范围来讨论。它并不是关涉到感官的实存之物，而是一种哲学的设定（这与斯宾诺莎设定的"唯一实体"、康德所设定的实践理性之对象、谢林的"绝对同一性"、黑格尔的"绝对理念"都是相类的，而与萨特在存在主义意义上设定的"虚无"，即意识所不及或逸出意识之外的自在存在是完全不同的），是一种哲学话语的逻辑起点。

玄学家对"无"设定有两方面的意义。一是否定意义——一切的"有"，即眼前可见可感之物都是派生的、第二性的、暂时性的，只有超越现存之物的形上本体才是永恒的。二是崇尚精神而贬抑物欲。精神是指向"无"的，物欲是指向"有"的；指向"无"的精神是高雅的，指向"有"的物欲是低俗的。在"无"的这两层意义背后隐含的是士族拒斥君权压迫的强烈愿望。这种哲学话语如果还原为日常言语就是：君权系统掌握的权力与利益是污浊不堪的，而士族文人所掌握的文化学术和精神追求才是最有价值的。再简单些就是：政治权力与物质利益是污浊的，精神文化才是高雅的。这种贵无轻

---

[1] 参见汤用彤：《读人物志》，见汤用彤：《魏晋玄学论稿》，北京：人民出版社，1957年，第5—25页。

有的思想，实际上乃是先秦士人扬"道"而抑"势"传统的一种变体，是士族阶层反对任何约束与压迫，追求绝对生存与精神自由的必然产物。士族阶层既淡化了以天下为己任的担当精神，又放弃了名教伦理中的忠君意识，因而他们在精神上是绝对"老子天下第一"的，玄学的贵无轻有、崇本息末正是士族阶层这种精神的话语表征。

其二，名实之辨。先秦的所谓"名家"（胡适不承认在子学中有此一家）主要关注名词与概念之间的关系。一是所谓"合同异"（惠施所说"今日适越而昔来"，"天下之中央在燕之北，越之南"，"方生方死，方死方生"，等等），旨在取消一切差别，持相对主义态度。二是所谓"离坚白"（公孙龙所说"白马非马""坚白石三"等等），旨在将小的差异夸大，持绝对主义态度。汉魏名家则主要关注人物的名实关系问题。汤用彤先生说："汉魏名家亦曰形名家，其所谈论者为名理。……然则名理乃甄察人物之理也。"[①]这是因为对人物的评价品藻刺激起人们探询名实关系的强烈兴趣。玄学所讨论的许多重要问题，诸如"才性"与"才情"之辨、"循名责实""名实相符"都是鉴于当时以名取人，而多有名实不符者，故生成一种专门探讨名实关系的学问。

其三，形神之辨。汤用彤先生说："大凡欲了解中国一派之学说，必先知其立身行己之旨趣。汉晋中学术之大变迁亦当于士大夫之行事求之。汉世以察举取士，而天下重名节。月旦品题，乃为士人之专尚。然言貌取人，多名实相乖，由之乃忽略'论形之例'而竞为'精神之谈'……而理论上言意之辨，大有助于实用上神形之别。"[②]这说明，玄学中的"形神之辨"乃是当时人物品评之风气的直接产物。由于形神常常相乖，故而重神轻形亦为玄学基本旨趣。而这种起于人物品评的观念后来也同样返化到文学艺术的评价系统之中，成了重要的美学范畴。

其四，言意之辨。《易传·系辞上》有云："子曰：'书不尽言，言不尽意。'……圣人立象以尽意。"对此王弼阐发说："夫象者，出意者也。言者，明象者也。尽意莫若象，尽象莫若言。言主于象，故可寻言以观象。象主于意，故可寻象以观意。意以象尽，象以意著。故言者所以明象，得象

---

① 汤用彤：《读人物志》，见汤用彤：《魏晋玄学论稿》，第18页。
② 汤用彤：《言意之辨》，见汤用彤：《魏晋玄学论稿》，第40—41页。

而忘言；象者所以存意，得意而忘象。"（《周易略例·明象》）汤用彤先生高度评价了王弼的这一思想，其云：

> 新学术之兴起，虽因于时风环境，然无新眼光新方法，则亦只有支离片段之言论，而不能有组织完备之新学。故学术，新时代之托始，恒依赖新方法之发现。……依言意之辨，普遍推之，而使之为一切论理之准量，则实为玄学家所发现之新眼光新方法。王弼首唱得意忘言，虽以解《易》，然实则无论天道人事之任何方面，悉以之为权衡，故能建树有系统之玄学。……由此言之，则玄学统系之建立，有赖于言意之辨。但详溯其源，则言意之辨实亦起于汉魏间之名学。名理之学源于评论人物。①

这是迄今为止关于言意之辨最深刻、最有见解的观点。汉魏间的选士制度导致人物品评风气的产生，人物品评风气又导致名理之学的兴起，名理之学又成为言意之辨的直接动因，这是完全合乎逻辑，亦合乎实际的论述。在中国古代，社会状况直接影响士人阶层之精神状态，他们的精神状态又成为一个时代文化学术之特征的主要决定因素——这可以说是一种规律。汤用彤先生的深刻之处还在于他不仅仅将"言意之辨"视为一种学术观点或一个问题，而且还将它看作是一种普遍的思维方式或观察问题的方法与视角——话语形式与其所蕴含之间有某种不协调、不吻合之处，因此有辨析之必要。对于表与里、外与内、本体与现象等一系列问题，均可作如是观。玄学的全部内容几乎都是这种由表及里或循名责实的辨析、比较，正说明这是一种普遍的思维模式，汤先生言之不谬！

其五，才性之辨。辨析才与性的关系乃是玄学与清谈的重要内容之一。才即才能、才具，是后天习得的能力；性即情性、品性，是先天具足的本然之性。很显然，对这个问题的关注亦与人物品评直接相关。关于这个问题的讨论，最有代表性的是钟会与傅嘏的《四本论》，探讨"才性同、才性异、才性合、才性离"等几种观点的合理性。盖东汉之时重品行而轻才能，故而基本上是有德者必有才，即"才性同"的观点占上风；汉末天下大乱，群雄

---

① 汤用彤：《言意之辨》，见汤用彤：《魏晋玄学论稿》，第26—27页。

争霸，曹操首倡唯才是举的用人政策，于是才能高于品行；晋朝统一天下，统治者试图建立一体化的意识形态，于是提倡"以孝治天下"，品行又重于才能。由此可知，才性之辨之所以成为玄学的重要内容之一，乃是时代政治风云变幻使然。

其六，名教与自然。东汉士人重名节，士风号称最佳，此为征辟察举之选士制度与经学思潮相互激荡之产物。士人心灵束缚过紧，需要某种解放。此时恰逢政治崩坏、王纲解纽，于是在士人阶层身上积压已久的精神能量得以释放。束缚士人心灵之力量的话语形式是名教伦理，而士人心灵得到解放的话语标志则是自然，名教与自然根本上并不是个理论问题，更不是无关紧要的清谈话题，而是两种社会力量的角逐。玄学产生之初，名教即为解构的对象。王弼、何晏作为万物本体而提出的"无"即是对名教之神圣性的根本动摇——"无"的存在与运作方式是自然的，而名教却是人为的。因此名教并不是第一性的，不具有本体意义，而是派生的。在王、何看来，名教与世间一切可见可感的事物一样，也是由本体之"无"派生而来的，也可以说是由"自然"派生而来的。这就是说，王、何二人还试图调和名教与自然的关系，使它们能够统一起来。他们将"无"或"自然"置于首要位置，隐含着欲对名教予以限制或改造的意思：既然名教由自然而来，就不应该违背人之自然，只有合乎人之自然的名教伦理才具有合理性。

但王、何提倡自然而抑制名教并非全然出于个体精神解放的需求，这里还包含着解决社会纷争问题的动机。就是说，他们还不是纯粹的个人主义者。例如王弼说：

> 《老子》之书，其几乎可一言以蔽之。噫！崇本息末而已矣。……尝试论之曰：夫邪之兴也，岂邪者之所为乎？淫之所起也，岂淫者之所造乎？故闲邪在乎存诚，不在善察；息淫在乎去华，不在滋章；绝盗在乎去欲，不在严刑；止讼存乎不尚，不在善听。故不攻其为也，使其无心于为也；不害其欲也，使其无心于欲也。[①]

---

① ［魏］王弼：《老子指略》，见［魏］王弼注，楼宇烈校释：《老子道德经注校释》，北京：中华书局，2008年，第198页。

十分明显，王弼是主张较之名教更根本地消除人的贪欲淫邪以及由此而来的争斗的，其方法即是老子的清心寡欲、自然无为。这是带有官方色彩的玄学家之论调，其不同于名教处仅仅在于方式方法不同，即欲以老庄代替孔孟而已。这是由于名教话语已然积弊过多，实在无法再继续承担规范人们思想的任务了，所以要寻找一套新的话语来代替它。然而在客观上，王、何的提倡老庄之学及其对名教神圣性的动摇，开启了玄学的新天地，最终必然地导致了个体精神的膨胀。

稽康、阮籍的活动期稍后于王弼、何晏，他们经历了更多的政治黑暗与权力争夺，因此不再像王、何那样具有明显的救世意识。他们真正地完成了由社会关怀到个体关怀、由救世到自救的价值观的转变。在名教与自然的关系上，他们明确提出了"越名教而任自然"的主张。在这里"自然"与"名教"完全处于对立的位置上，二者不再是为解决同样的问题的两种不同手段，而是两种完全不同的价值观念。在他们看来，名教即是束缚人性的僵化教条，自然即是对人性的解放；名教为人性之伪，自然乃人性之真。稽康说：

> 是以困而后学，学以致荣，计而后习，好而习成，有似自然，故今吾子谓之自然耳。推其原也，六经以抑引为主，人性以从欲为欢；抑引则违其愿，从欲则得自然。然则自然之得，不由抑引之《六经》；全性之本，不须犯情之礼律。故仁义务于理伪，非养真之要术；廉让生于争夺，非自然之所出也。[1]

这意味着，在稽康的价值观念系统中，名教完全没有存在的理由，完全失去了合理性。

到了西晋中叶，社会较为安定，一些玄学家也获得较为稳定的政治地位，于是便有人出来运用玄学来为君权服务，自然与名教的关系亦随之从对立转向统一。例如郭象主张"万物独化"，即一切都是自然而然的，并不存在什么外在于人与万物并决定着他们是否具有合理性的超验实体，这本是极有见地的观点，由此出发完全可以得出维护个体价值的结论来。但郭象

---

[1] ［魏］稽康：《难自然好学论》，见戴明扬校注：《稽康集校注》卷七，北京：人民文学出版社，1962年，第260—261页。

却由此而得出了证明君权合理性的论证。在《庄子注》中他指出："君臣上下，手足外内，乃天理自然。"又说："夫时之所贤者为君，才不应世者为臣。若天之自高，地之自卑，首自在上，足自在下，岂有递哉！"（《庄子注·齐物论注》）这又退回到董仲舒的立场上去了，只是所运用的话语体系不同而已。

　　总之，玄学是士族阶层心态的话语显现。从总体上看它不是官方意识形态话语，但其中也无疑带有这种意识形态话语的印迹。玄学的理论资源主要是所谓"三玄"：《老子》《庄子》和《周易》，但其根本价值取向却与老庄之学、易庸之学均不相类——既不是清静自然、无为而无不为的，也不是积极进取、参赞天地之化育的。玄学，就其根本而言，乃是贵族化了的士人意欲率性而为、不要任何束缚与限制、从而充分享受肉体与精神乐趣之动机的理论化形态。老庄的"自然"是与古朴相连的，玄学的"自然"却是与"随心所欲"相连的；老庄的"无为"是与不求奢华、不事修饰相连的，玄学的"无为"则是与不问世务相连的。至于《易传》的大化流行、尽性达道之精神，在玄学这里更是丝毫不见。

　　最后我们来概括一下这个时期文化意义的生成模式。

　　一种文化意义的生成模式是指在一个时期对于各种文化意义的产生都具有决定性意义的关系结构。这种结构本质上是不同社会政治权力之间张力平衡的产物。这是一种"隐性结构"，它在文字层面上是"缺席"的，只是在文化文本的背后决定着文本意义的构成与指向。

　　前面我们用"道"与"势"的关系作为基本维度，借用格雷马斯的符号矩阵勾勒出先秦子学时代的意义生成模式。指出"道"主要由儒家和道家学说所代表，"势"则指诸侯君主所代表的政治权力。汉代虽然说进入了所谓"经学时代"，但意义生成模式并没有发生根本变化。那些被称为"鸿儒""通儒"的思想家与专门治经学的儒生依然是"道"的承担者，君权所代表的"势"依然是"道"的对立面。天下百姓的利益与意愿作为"非势"一极，还是"道"之合法性的主要依据。而那些不事学术的外戚、功臣、宦官、文吏，作为"非道"一极则是君权的无条件维护者。① 与先秦儒、道两家之"道"不同的是，汉代经学的"道"大大减弱了对"势"的否定性质，而主要是作为引导、规范的力量与之构成对立项的。

到了玄学的时代情况又发生了重要变化。由于玄学乃是不直接言及世界的玄远之论，其核心范畴是"无"，因此它的直接对立项也就不再是象征着政治权力的"势"，而是为其所否定的关于"有"的种种言说。这就构成了一种新的意义生成模式，对此我们依然借用格雷马斯的符号矩阵来表示（见图 3-1）。

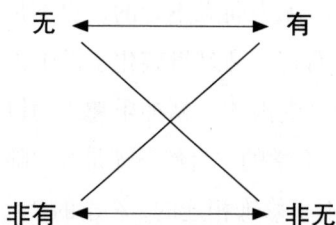

图 3-1

在这个矩阵中，"无"是玄学的核心价值范畴，指万事万物的本原，是超验的本体；"有"则是"无"所派生出来的实存之物，是经验世界中的一切具体存在。"非有"是指那些非本原性的精神存在，它们虽然亦属于经验世界，但其价值指向却是超验世界的"无"，故而不同于物质性的实存之"有"。

"非无"是指虽非物质性存在之"有"，而其价值指向是实存之"有"，故不同于指向超验之"无"的"非有"。下面我们对这个意义生成模式进行简要分析。

这里"无"和"有"分别取代了先前那个意义生成模式中"道"和"势"的位置，构成一个新的关系维度，这意味着什么呢？

首先，这意味着此时言说的基本指向发生了根本性变化。在原来的模式中，"道"作为士人阶层价值取向的标志，直接面对的是现实权力。因此彼时言说的基本驱动力是士人阶层的现实关怀——借用话语建构之力来引导、规范社会政治之走向。故而从"道"—"势"这一关系维度生发开的任何言说本质上都是直接政治性的，是话语权力向政治权力的挑战，或者说是话语权力转换为政治权力的方式。即使将这个"道"理解为老庄之道，情况也没

---

① 王充《论衡》于《程材》《量知》《谢短》诸篇中有"儒生"与"文吏"之分辨。认为"儒生所学者，道也；文吏所学者，事也"，"儒生治本，文吏理末。道本与事末比，定尊卑之高下，可得程矣"。他认为，儒生是"道"的承担者，未必娴于吏事；文吏虽懂得吏事，却"无道艺之业""不闻仁义之语"，是一群没有价值追求的统治工具。

有丝毫变化：作为对现实政治的否定，老庄的言说同样是政治性的。而在魏晋六朝时期这个由"无—有"为主要关系维度所构成的意义模式中情况就大不相同了："无"不再是任何一个带有政治色彩的言说的代名词，它所代表的是一种远离世务的、玄虚的、形而上言说系统，属于真正的哲学话语；作为"无"的对立项的"有"，也不再是指现实权力，而是指整个经验世界，也同样纯粹是形而上的哲学话语。这就意味着，玄学时代的主流言说不再像子学时代与经学时代那样是由话语向社会存在的入侵，而是变成了话语内部不同言说之间的辩论。这种变化说明了什么呢？

任何一种言说的方式都是由其所言说的对象给定的。正如一位哲人面对一个文盲时也会采取日常生活话语而绝对不是高深的哲学话语来言说一样。子学时代和经学时代的言说者，即士人思想家的言说对象是现实政治而不是话语系统，所以他们采用的话语就只能是政治性的。所不同的仅仅在于：老庄之徒的言说是解构性的，一切现实政治以及与之相关的伦理道德都是无益而有害的，因此应该彻底摧毁；儒家的言说则是建构性的，现存的政治秩序缺乏合法性依据，所以应该对其进行改造，建立一种更好的。玄学时代的士族思想家们面对的是数百年来建立在士人阶层与君权系统"共谋"基础上的强大的意识形态话语体系——它经过无数一流思想家反复论证和不断强化，成了极为严密、系统，而且早已深入人心的主流话语。这样一个"庞然大物"绝非简单的言说方式就可以轻易颠覆得了的。这就迫使士族思想家建立起一套彻底的形而上学话语系统，并且力求在学理的深刻性与严密性上能够超越已存在的主流话语。这就是说，他们直接的言说指向不再是具体的社会政治，而是一种超越性话语。子学时代与经学时代的主流言说根本上是一种"立法"行为：为社会政治制定法则，所以"道"也就含有"必由之路"，即法则之义；玄学话语根本上是一种"解咒"或"祛蔽"行为：清除禁锢着人们思想观念的既定规则，所以"无"也就含有"无法无天"，即任其自然之义。

其次，这种意义模式的转换根本上表征着言说主体的变化。这也可以回答玄学话语为什么放弃"立法"而选择"祛蔽"的问题。"道—势"模式中的主要发言者是士人思想家，从先秦的布衣之士到两汉的士大夫，尽管他们的言说策略甚至价值取向也发生了很多变化，但是有一点是一以贯之的，这就是那种根深蒂固的"立法"意识。他们无论是在"体制"之外，还是在"体制"之内，眼睛都在盯着社会政治。这是因为，进入以君权为代表的政治序列是他们的梦想。这当然不是一种个人的选择，而是一种社会历史的选择，是历史赋予这个阶层的使命。"无—有"模式的主要发言者是士族思想家。广而言之，士族阶层也属于古代士人阶层的范畴。从先秦的游士或布衣之士到两汉的士大夫再到魏晋六朝的士族，这是士人阶层在千余年中发展演变的几个阶段，也是他们不断提高社会政治经济和文化地位的历史过程。从话语建构的角度看，从布衣之士到士大夫都是在为社会"立法"的同时也在为自己打造着精神枷锁。汉末的"清议"风气可以说是士大夫阶层自我束缚、自我监督的顶点。他们的生命力压抑过久了，"力比多"（libido）积累过多了，在他们的无意识中无时无刻不在寻求宣泄的途径。恰在这时，王纲解纽了，天下大乱了，士族阶层的家族利益被严酷的现实给凸显出来了，于是面对主流意识形态的解构性言说应运而生了。

如果将士人阶层而不是士族阶层看作言说主体，则这种意义模式的转换首先意味着言说者本身的自我解构。这个"集体主体"是要借助心中新生之"无"来消解心中原有之"有"。他们的前辈正是"有"的建构者，即使他们自己，心中也还存在着"有"的影子。例如阮籍和嵇康，二人都是"越名教而任自然"的倡导者与实践者，是玄学语境的权威言说者。然而在他们身上都还存有传统价值观念的深深烙印。嵇康与司马氏集团的不合作态度与阮籍与司马氏集团的虚与委蛇，形式不同，但都包含着不承认这个窃国谋逆的权力集团之合法性的意思。这当然是正统观念的表现。他们内心的忧虑与痛苦根本上正是在"有"与"无"之间艰难抉择的心理体验。

最后，关于"有"与"无"的形上之思并不是出于纯粹学理上认知理性的探索精神，而是士族现实境遇的话语显现。关于"有"与"无"的讨论固然是形上层面的哲学言说，但是其动因却是在现实的政治格局中。士族阶层与其他时代的士人或士大夫阶层的重要区别在于：这个阶层是既得利益者集团，无论是在政治场域还是在经济场域的权益分配中，他们都占有足够多的份额，更不用说在文化场域牢不可破的权威地位了。这样的社会优势地位就使得这个阶层不再像他们的前辈那样把君权看得那样重要了。"道—势"意义模式一方面固然表明士人阶层介入或干预社会政治的积极性，另一方面也说明政治权力在他们心目中无以复加的重要性。他们几乎将全副精神都用在关于如何引导、制约君权，如何与君权达成合作关系的谋划上了。这是因为他们在政治、经济上还没有足够的地位，还需要君权的垂青。"无—有"意义模式所表达的意义就大不相同了：已经在政治、经济、文化三大场域均获得特权地位的士族阶层不再将君权看得那样重要了。他们甚至不屑于去制约、引导那些在意识形态领域完全没有发言权的君主们。他们建立起以"无"为标志的新的价值秩序，正表示出他们对现实社会最高权力——君权的蔑视。同时也表明他们对自己的前辈们建立起来的以"道"为标志的价值系统的超越。

那么这种新的意义模式在魏晋六朝这一时期的整个文化场域的实际效果是什么呢？这主要表现在三个方面。

其一，政治伦理价值已经不再是这个时期话语建构的基本指向。就其主导倾向而言玄学并不是一种本体论哲学，尽管它涉及宇宙本体的问题，却并不驻足于此。根据玄学谈论的基本话题，我们知道这主要是一种指涉人的精神世界的言说。当然，儒家，特别是思孟学派的心性之学也是指涉人的精神世界的，但与玄学不同，儒家的心性之学是以探索道德价值之主体根据为鹄的，根本上不出伦理道德的范围。玄学之言才性、言意、形神、名实、有情与无情、声与哀乐等等，并没有任何道德上的考虑，而只是关注学理逻辑的通与不通。他们是怀着一种知识论意义上的自我意识来发问的。他们希望弄清楚：人的精神世界是如何构成的，它与外在世界的关系究竟是怎样的。在这一点上，玄学比较接近于西方近代的认识论哲学。

其二，促进了文化场域的命名意识、分类意识的成熟。子学时代是中国文化命名与分类意识的第一次觉醒，诸子百家都提出了各自的核心范畴与概念体系，对于精神与社会的种种现象进行了初步的命名与分类。经学时代人们（如刘歆的《七略》、班固的《艺文志》）对诸子之学与汉代不同言说系统进行了命名与分类，从而奠定了中国古代经籍基本分类学框架。但是经学语境阻止了分类命名之学的进一步发展，只是在玄学精神的促进下，人们才重新开始关注文化场域各门类的命名与分类问题。而且他们并不像以往那样仅仅满足于分类与命名，而是深入探讨各种言说门类的特点、性质，并且还根据自己的价值取向为之制定新的规则。这一点在诗文领域表现得最为突出。由于摆脱了干预政治的社会功利目的，人们就把注意力全部放到了对各种言说方式自身的特性与规则的探讨上了，这自然是大大促进了这些言说方式向着独立、细密的方向发展了。此期文学艺术的勃兴与玄学精神的关系主要正表现在这里。

其三，玄学确证着士族阶层在文化场域中的特权地位。这里的逻辑是这样的：士族阶层在政治、经济场域的特权地位决定了他们选择玄学的言说方式，而玄学言说方式又反过来确证着士族阶层在文化场域中的特权地位。如前所述，玄学善于辨言析理，看上去似乎是一种纯粹知识论的言说，实际上其中蕴涵着深刻的价值等级观念。在玄学的价值谱系中，"无"是最高价值范畴，这意味着精神性的存在高于物质性存在，越是抽象、玄远、高深的道理越是有价值。这就等于说拥有话语权力的士族阶层是最高价值的承担者，那些行伍或政客出身的帝王们虽然把持了现实政治权力，却没有话语权力，故而受到士族阶层的轻视。在这样一种文化语境中，即使是帝王，也自觉不自觉地受到玄学话语霸权的控制。例如东晋开国皇帝晋元帝司马睿、明帝司马绍本人就是善于清谈玄言的人物，南朝宋、齐、梁、陈诸帝王中也有很多精通玄学的人物。这说明，以"无"为"主导符码"的玄学言说在两晋与南朝实际上成了一种主流意识形态。这是士族阶层文化趣味与价值观念的体现，因此也是士族阶层特权身份的标志。善于清谈玄言的人就能成为名士，一旦成为名士就会受到士族阶层的尊敬与推重，不仅可以成为文化场域的权威言说者，而且往往还可以得到高官厚禄。

在前面那个意义模式中，"非有"一极是指那些在玄学影响下的其他言说形式，主要是诗文。六朝时期那些用现代的分类标准被认为属于文学的诗文并不直接就是玄学话语（玄言诗除外），但是它们毫无疑问都是在玄学精神影响下产生出来的，所以其主导倾向是指向"无"的。代表此期文学最高成就的应该是山水诗和田园诗，二者的价值倾向都指向"自然"。在玄学语境中"自然"是对现实社会的否定，所以是"无"之精神的显现形式，或者说"自然"就是"无"的本质。文学和其他艺术形式一同将玄学精神落实到了人们的感性层面，转换成具体的审美趣味。

六朝意义模式的最后一极是"非无"。这是指六朝时期那些并不与玄学直接对立，但是又不属于玄学的言说形式，主要是史学。我们知道，六朝时期史学十分发达，著名的"前四史"中有两部是这个时期完成的，此外还有许许多多断代史书。从《三国志》和《后汉书》的历史叙事中我们可以清楚地看到，儒家的传统价值观是贯穿全书的主线，玄学精神在这里虽然不能说毫无踪迹，却绝非重要因素，更不用说主导精神了。六朝时期的历史叙事直接肯定着"有"，是对"无"所标志的玄学精神的否定。

这样看来，这个以"无—有"为主轴的意义模式就可以置换为下面这个新的意义矩阵（见图 3-2）。

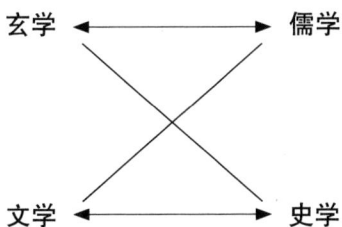

构成这个矩阵之四极的玄学、儒学、文学、史学恰好就是南朝宋文帝刘义隆分别于元嘉十五年（438 年）和十六年设立的儒学、玄学、文学、史学等所谓"四馆学"。这个意义模式在中国文化史上具有空前的重要意义。这不仅说明此期的精神文化领域出现了多元并存的格局，而且也说明统治集团对这种状况的认可。由官方出面将玄学与文学专门设馆，使之成为与儒学、史学并列的国家教育基本内容，这是非同小可的。作为统治者自然懂得维护现实价值秩序的儒学、史学乃是最有利于自己的意识形态话语，而"以无为本"的玄学与吟咏情性的文学对于现实政治具有某种根本性的破坏作用。但是好大喜功的刘义隆还是将玄学与文学立为官学，这是为什么呢？从表面看，刘义隆本人对玄学与文学的爱好是主要原因，实际上则是因为玄学与文学代表了士族阶层的价值观，而这个阶层正是刘宋政权的不得不依靠的强大力量。社会政治格局决定了精神文化状况，这在中国历代都是常见的，不足为奇，比较鲜见的是居然有一种社会力量强大到了与君权分庭抗礼的程度，以至其带有明显否定性质的话语系统也不能不为君权系统所认可。这是古代士人阶层两千余年的发展演变中绝无仅有的事情。如此看来，玄学之于中国文化思想史正如六朝士族阶层之于中国历史一样，都是一种特例。有人或许会说：先秦子学也是一种具有独立性的言说，与玄学言说并无不同。看上去似乎如此，实际上却大不相同。先秦诸子固然有言说的自由，但他们却没有独立生存的物质基础，故而其言说都是指向现实社会的，是一种"入世"的话语。六朝士族阶层的言说则具有真正的独立性，因为他们根本不需要君权的眷顾就已经有了稳定的政治与经济的地位，相反倒是君权需要得到他们的认可才具有合法性。所以玄学的言说是无所依傍的，是真正"出世"的。子学是先秦作为

图 3-2

布衣之士的思想家向着人世间的言说，目的是为这个无序的世界制定法则；玄学是作为门阀世族的思想家向着深奥玄远的形上世界探索，目的是建立与自己的贵族身份相适应的"贵族思维"以超越寒庶阶层的"日常思维"，最终确证自己特权身份的合法性。

三　玄学语境中的诗学观念

魏晋六朝的诗学观念是玄学精神的表现形式之一。但其肇始却是与玄学精神迥然不同的"建安风骨"。盖建安时期，士人阶层尚有建功立业之大志，士族文人的贵族习气尚未形成，而玄学也还没有成为普遍的思潮。然而从文学发展的角度来看。建安文学乃是汉代文学向魏晋六朝文学转变的关键，亦是一种成熟的诗学观念形成的关键。一般说来，建安文学既有动人心魄的情感内蕴，又有悦人眼目的辞藻与技巧。诚如钱基博先生所说："西汉之文骏朗，东京之文丽则；而魏则总两汉之菁英，导六朝之先路，丽而能朗，疏以不野，藻密于西汉，气疏于东京；此所以独出冠时，而擅一代之胜也。"[①] 这里讲建安文学承前启后之特点极为精当。王瑶先生也说："建安文学是由两汉转变到魏晋的历史转关，……中国诗底发展的主流，是由'言志'到'缘情'，而建安恰是从'言志'到'缘情'的历史的转关。"[②] 这里主要是在中国文学发展的宏观历史中来考察建安文学的重要意义的。尽管王瑶先生对中国文学发展趋向的判断未必无可以商榷之处，但他对建安文学之"历史转关"的重要作用的判断则是不容置疑的。至于建安文学特殊风格形成的原因，则有刘师培等人论之甚确。刘氏云：

> 建安文学，革易前型，迁蜕之由，可得而说：两汉之世，户习七经，虽及子家，必缘经术；魏武治国，颇杂刑名，文体因之，渐趋清峻。一也。建武以还，士民秉礼；迨及建安，渐尚通侻。侻则侈陈哀乐，通则渐藻玄思。二也。献帝之初，诸方棋峙，乘时之士，颇慕纵横，骋词之

① 钱基博：《中国文学史》，北京：中华书局，1993年，第113—114页。
② 王瑶：《曹氏父子与建安七子》，见王瑶：《中古文学史论之三——中古文学风貌》，上海：棠棣出版社，1951年，第1、9页。

风，肇端于此。三也。又汉之灵帝，颇好俳词，下习其风，益尚华靡，虽迄魏初，其风未革。四也。①

这里从文化语境、历史语境、士风、帝王好恶等几个方面论述了建安文学形成的原因，可谓深刻而精到。罗宗强先生论及建安风骨形成之原因时也说："战乱的环境，一方面给建立功业提供了可能，激发起士人建立功业的强烈愿望；一方面又是人命危浅，朝不虑夕，给士人带来了岁月不居、人生无常的深沉叹息。这样的环境形成了慷慨任气的风尚，也给士人带来了一种慷慨悲凉的情调，……"②这是对建安诗歌那种感慨多气、志深笔长之风格形成之原因的精确分析。

建安文学创作特点在诗学观念上的表现可以一言以蔽之："文以气为主"。魏文帝曹丕的这句名言恰恰反映了一种普遍的价值取向。此所谓"气"乃是个人的精神气质——曹丕第一次将文学与人的个体性紧密联系起来了，这是他的莫大功绩。当然，在曹丕的论述中我们还是能够感觉到一种逻辑上的混乱，或者说是价值观念的矛盾：他讲文章是"经国之大业"这毫无疑问是强调一种社会功用、社会价值，与全篇主旨不相一致。然而一篇《论文》之作，全篇仅此一句涉及文学社会价值的言语，此外全是对其个体价值和个人风格的论述。从中可以看出，曹丕，作为当时那些既要建功立业、有所作为，又十分重视个体精神价值的士人阶层的代表者，其内心本就存有两种对立的价值观念（这在曹操、曹植及建安七子身上均能明显地看到），表现于诗学观念，也就必然会出现在具体提法上的矛盾冲突。这种矛盾随着士人阶层被士族文人所取代，言说者建功立业精神进一步消减，渐渐也就不存在了。到了陆机"诗缘情"之说的提出，在诗学观念中也就基本上驱逐了工具主义因素，"经国之大业"之类的话也不再有人提及了。

从某种意义上说，魏晋六朝诗学乃是一种真正的"复古主义"，或者说是诗学向自身的回归。如果说"诗缘情"是六朝诗学的典型话语，那么它实际上乃是"诗言志"之真精神的复兴。自先秦儒家解诗到汉儒以解经的方式

---

① 王瑶：《曹氏父子与建安七子》，见王瑶：《中古文学史论之三——中古文学风貌》，第25页。
② 罗宗强：《魏晋南北朝文学思想史》，北京：中华书局，1996年，第36页。

说诗，"诗言志"的真精神即已失去，诗学发生了"异化"。直到"诗缘情"的提出，"诗言志"的本来含义才算得到了继承。①因此，如果有人说魏晋六朝时期乃是中国的"文艺复兴"，那是用不着大惊小怪的。所谓"文学的自觉"实质上不过是文学回到它自身而已。欧洲的文艺复兴是与个性的解放相伴随的，是以个体生命体验为根基的新的文化学术话语系统对一体化的、神学意识形态话语的冲击与颠覆。魏晋六朝的"文学的自觉"同样是以个体生命意识从边缘话语而成为核心话语为前提的。真正的诗学观念总是与个体生命意识联系在一起的。在"诗言志"的时代（即"诗三百"产生的时代），诗歌创作与个体生命意识直接相关，或者说它就是个体生命意识的显现方式。但那时这一切都是自发产生的，还没有理性化的诗学观念作为指导原则，所以虽是地地道道的"吟咏情性"之举，却不能算是"文学的自觉"。魏晋六朝的诗学观念最突出的意义在于：它使文学从放逐中回到了自己的家园，使文学成为它自身。

从另一个角度看，魏晋六朝诗学的任务是为士人阶层（士族文人）扩大了的精神空间寻找合法性话语形式。或者说，是使士人阶层对自身个体生命的关注合法化。由于士族文人将其主要精神指向从外在的政治伦理转向了内心世界的喜怒哀乐，因此需要有一种独特的话语形式与之相应。于是被秦汉儒家士人扭曲为政治伦理教化之工具的文学，就被重新赋予了呈现个体生命意识的功能。从这个意义上说，士人阶层"异化"为士族，尽管在政治方面可以看作一种堕落，至少是颓废，但在文学方面却是极大的进步，至少是步入正途。对于六朝时期书法、绘画、音乐、建筑、雕塑等等方面的长足发展，均可作如是观。

生命对于士族文人来说具有首要意义。这与秦汉士人，尤其是信奉儒家学说的士人是截然不同的——儒家士人始终将道义，即社会伦理价值置于人生价值坐标的首要位置。对于六朝士族文人来说，除了生命，世上再无真正的价值可言。他们所热衷的诗文书画之类也只是作为生命的象征才对他们具有重要意义的。彼时诗文书画作品乃是士族文人生命存在状态的象征形式，而诗学观念中也同样蕴含着他们对于生命的理解与关注。例如，"文以气为主"

---

① 关于"诗言志"的含义及其与"诗缘情"的内在同一性问题，可参见闻一多《歌与诗》一文和朱自清《"诗言志"辨》一文。

之"气"原本就有生命存在根本依据之含义：《庄子·知北游》云："人之生也，气之聚也，聚则为生，散则为死。"六朝诗学中，"气"是一个极为普遍而重要的概念，诸如"气韵""神气""骨气""生气"等等，随处可见。而这些概念又无不可以用来对人的形容，由此可知诗文之风格与人之生命是密切相关的。又如"诗缘情"之"情"亦并非今日所谓"情感"，而是指"情性"言。"情性"是指人之生命的本真状态，包括气质、天性、情绪、情感等等。"吟咏情性"所强调的是真实的生命体验。可以这样来表述：六朝诗学是士族文人呈现其生命体验的话语系统。

六朝诗学颠覆了儒家赋予秦汉诗学的那种工具主义功能，从而使它自身成为呈现生命体验、为士族文人扩大了的精神空间寻找合法性的话语形式的有效方式，但这并非意味着六朝诗学完全没有外指性的，即社会政治伦理的功能。在我看来，这种诗学除了纯粹的审美价值之外，还具有明显的解构功能——它是在感性层面上对以名教伦理为核心的官方意识形态话语的解构。这与名士们的狂放、任诞、怪僻是在行为方式层面上对名教伦理的解构、玄学是在哲理层面上对名教伦理的解构是完全一致的。诗学中对"直寻"的追求，对"自然英旨"的呼唤，对"情以物迁，辞以情发"之物感说的提出，对多种文学风格的兼容并蓄，对不同创作模式与欣赏口味的同时肯定，都显示着一种对自然、自由的生命存在方式的向往之情，这无疑是对以强调束缚、整齐一律、一体化的官方意识形态的解构。而六朝诗学对诗文审美价值的深入探讨与充分肯定，这本身就是对僵化的道德伦理说教的拒斥，是对人的自由精神的呵护。

然而由于士族文人身上充满着人格的矛盾，作为其意识形态话语的玄学也充满着内在冲突，因此六朝诗学也是矛盾冲突的集合。鉴于对六朝诗学基本内容的探讨已经多不胜数，我们在这里仅就这一诗学体系中蕴含的矛盾冲突略作阐述。

其一，自然古朴与华靡艳丽。士族文人虽标榜老庄之学，但其社会政治经济地位却使他们并不能真正奉行老庄古朴自然、清静无为的道家人生价值观。对于大多数人来说只能是在纯精神领域保留着对老庄精神的向往，而在生活领域他们大都是穷奢极欲的。这种在价值取向上的矛盾反映到诗学观念上便是截然相反的两种审美趣味的同时并存。六朝诗学，一方面追求形式之美，讲究辞采华茂、对仗工稳、声律和谐、用事恰当，并公然宣称"诗赋欲丽"（曹丕）、"诗缘情而绮靡"（陆机），颇有唯美主义倾向。但另一方面，六朝诗学又大力提倡"自然""真率""直寻""古朴"等创作原则，反对铺张雕饰，尤其反对过多用事用典。当然，这里也有士族文人与庶族文人价值取向的差别问题，也有不同时期诗学观念的差异问题，但从总体来看，这种诗学矛盾无疑是士族文人人格矛盾的反映。

其二，生命体验与形上玄思。士族文人一方面将诗歌视为自身生命状态的呈现形式，追求"风骨""气韵"等生命表现性；另一方面又把诗歌看作是负载其玄远之思的工具，或使之"平典似道德论"，或使之留下一个玄学的尾巴。如果说玄言诗属于特殊情况，不足以说明问题，那么我们可以说，六朝诗歌自阮籍、嵇康以降，无论是游仙诗，还是山水诗，直至陶渊明的田园诗，无不带有一种"玄"的味道。造成这种情形的原因是士族文人乃是在生命体验与形上之思这两个层面上追求超越与解脱的，因此尽管二者一虚一实，一抽象一具体，一理性一感性，但却常常被置于一处。

其三，沉迷于语言与超越语言。士族文人欲在诗歌中呈现自己的生命体验，故而追求语言的透明性，向往得意而忘言的境界。但同时他们却又十分重视语言的精美，在语言的运用方面倾注了许多心力，有时对诗歌语言的要求过于苛刻而近于病态（如"四声八病"之类）。这是两种完全不同的价值取向，却的确是同时存在的。造成这种情形的原因是：士族文人并不是总有值得表现的生命体验，毋宁说由于特殊的社会地位，他们的内在世界经常是十分贫乏的。在这种情况下诗歌创作就只能在语言、文字上花费力气了。另外，超越语言又的确需要通过语言的精妙运用来实现，这里的分寸极难把握，弄不好就会陷入"文字障"中不能自拔。这是任何诗歌创作都面临的问题，并非专对六朝诗人而言。

其四，陶渊明与谢灵运现象。陶渊明与谢灵运是一对具有象征意义的诗人。这种象征意义在于：他们分别代表了玄学向诗学渗透的两种情形。六朝诗歌可以说都是在玄学语境中产生的，但这并不意味着凡是此期的诗歌都能体现玄学精神。例如谢灵运即是将玄学作为诗的装点，并没有丝毫真正的玄学精神，他在本质上乃是一个俗而又俗之人。其山水诗之所以好乃是因为他作为门阀士族有条件，也有兴趣游山玩水。但他仅仅能"看"到山水之美，却不能真正体验到山水与人的生命的同一性，即将自己完全融入山水之中。陶渊明却能够做到这一点。他不是将自然山水当作对象来"看"的，而是把它当作自己的生活方式，而把自己当作自然山水的一部分。他的田园诗乃是将自然山水与自己当作一个整体来呈现的。谢灵运是玄学的言说者，陶渊明则是玄学的实践者。对于二者之区别我们在后面的文本分析中还会具体论及，这里不再赘述。

魏晋六朝诗学的意义在于：它使文学回到它自身并为它制定了基本的规则。如果说《诗经》《楚辞》、汉魏乐府等等是一种自然的文学创作，那么六朝诗歌则成为自觉的文学创作。"自觉"的真正意义在于：诗歌创作不再是兴之所至的自然呈现，而是成了按照一定规则进行的特殊话语建构。但从整体上来看，与唐宋诗歌创作相比，此期的诗歌在风格上还是浑然一体的，是较为朴素的。隋唐以降，诗歌创作越来越注重形式上的规则，经韩愈以至两宋，"吟咏情性"的诗学本体论终于让位于"以意为主"的诗学本体论了。

第四章　道学与诗学

　　道学是宋代士人激于儒学的衰微、佛释老庄之学的泛滥，起而重振孔孟之道的产物，但其主旨却并非先秦汉唐儒学的复兴，而是一种新的创造。概而言之，先秦儒学是"内圣外王"兼备的，两汉儒学则是偏于外王之学的，宋代的道学则是偏重于内圣之学的。看道学家们的意思，似乎感觉到经过五代十国的动荡纷乱，人们——上至君主，下至黎庶——都不知道应该如何做人了，因此他们有责任和义务来"以先知觉后知，以先觉觉后觉"。先将世道人心导归于正途，天下的事情才好办了。这是由"内圣"入手而终归于"外王"的路子。所以道学的核心精神就是一个人如何才能成为圣贤之人，而其学理则是以谈心论性为主要话题。道学与诗学的关系当然是很密切的，但是以往论者往往只见"文以载道"和"作文害道"之说，以为道学之于诗学只有负面的影响，这是片面的看法。

　　在两宋道学家与诗论者兼具的人物中，真正在深层上揭示出道学与诗学不可分割之紧密联系的是朱熹。在这一章里我们就看一看朱熹是如何处理道学与诗学之关系的。

一　"体用"论的阐释模式

　　朱熹之学历来被称为道学（或理学）之集大成。其学识之广博、见解之深邃、逻辑之谨严、体系之完备均非其他道学家可比。观朱熹之学，其贯通心性、诚敬、仁义、已发未发、性情、理欲、天人等一系列道学基本范畴的乃是体用二字。其看待道学与诗文之关系也同样是以体用为基本思维模式。所以我们要深入理解朱熹的学术旨趣就不能不从体用角度入手，要深入理解朱熹的诗学观念也不能不从体用角度入手。

体与用这对概念被用为哲学范畴并非自朱熹始。老庄之学虽未用体用之名，然其道论之中实已含有体用思想之实。《易传》中体与用已被用为具有相当概括性的概念，至于魏晋玄学家以"无"为体，以"有"为用，已经是在纯粹的哲学意义上使用这对范畴了。佛释之学于此亦有精深之论。在北宋道学家中最早使用这对范畴并赋予基本思维模式意义的是程伊川。伊川易学的基本思路即是将卦爻之象视之为"用"，将卦象后面隐含的道理视之为"体"。并以之推及万事万物，提出"体用一源，显微无间"这一在后世道学中影响至深的著名论点。在二程之学中基本上是贯穿了体用的思维模式的。例如伊川说：'配义与道'，即是体用。道是体，义是用，配者，合也。"（《河南程氏遗书》卷第十五《伊川先生语一》）又云："仁、义、礼、智、信五者，性也。仁者，全体；四者，四支。仁，体也。义，宜也。礼，别也。智，知也。信，实也。"（《河南程氏遗书》卷第十五《伊川先生语一》）可知其将道学基本范畴分别以体用论之的思路是十分清晰的。另外张横渠在体用问题上也有不少精辟之见。这里的所谓"体"是指根本的、内在的、起决定作用的因素，所谓"用"是指从属的、外在的、体现着或实现着"体"那些因素。"体"是内在规定性，"用"是"体"的可见形式，二者是浑然一体、不可分拆的关系。

朱熹的体用论直接秉承了二程的思路，并使之更加完备圆融，从而贯穿于其整个思想体系之中。

朱熹论"道"云："道者，兼体、用，该费、隐而言也。"（《朱子语类》卷第六《性理三》）又回答弟子"道之体用"的问题云："假如耳便是体，听便是用；目是体，见是用。"（《朱子语类》卷第一《理气上》）可知在朱熹看来，"道"即是一个兼具体用的范畴。道之体是隐含的、超验的、寂然不动的。道之用则是外部形态的、经验的、动态的。可见之物即是道之用，而其内在依据即是道之体。耳听目见之喻乃是强调体用之间决定与被决定的关系，并非说道之体也像耳与目那样是可见之实物。世上万事万物均可称之为道之用，而道之体却是隐而不见的。老子论道主要着眼于道之存在样式，重在道之体；庄子虽兼顾道之体用而论之，却又并归之于虚无。孔子论道主要着眼于人事而不及于天理，基本上没有体用之观念；孟子虽有合外内之道的意识，却又未能明确分清体用之关系。只是在宋代道学家，特别是朱熹这里，对"道"这个中国古代哲学中至关重要的核心范畴才从体用的角度予以了合理的阐释。

性情之论也是中国古代哲学中久已有之的一个重要话题。先秦时儒学大师荀子认为"情性"是人生而有之的本性，其云："今人之性，饥而欲饱，寒而欲暖，劳而欲休，此人之情性也。"（《荀子·性恶》）又说："夫子之让乎父，弟之让乎兄；子之代乎父，弟之代乎兄：此二行者，皆反于性而悖于情也。然而孝子之道，礼义之文理也。故顺情性则不辞让矣，辞让则悖于情性矣。"（《荀子·性恶》）可知荀子是将"情性"视为人的本能欲望的。在这里还没有区分出"性"与"情"之间的差异来。然而到了后世儒者那里却往往崇性而抑情，甚而至于认为性善而情恶。①

那么善的"性"何以会生出恶的"情"呢？这是令宋儒煞费苦心的一个难题。二程借伪《古文尚书·大禹谟》中的"人心惟危，道心惟微，惟精惟一，允执厥中"之说，以"道心"指人之本性，以"人心"指人之情欲。认为"人心私欲，故危殆；道心天理，故精微。灭私欲，则天理明矣。"（《河南程氏遗书》卷第二十四《伊川先生语十》）至于有善无恶的"性"如何会导致"危殆"的"私欲"，二程也从"气"之禀受上解释，认为"气有清浊"，故而人有善恶。这与张横渠的"天地之性""气质之性"的性二元论是一致的。实际上问题并没有真正解决：无论二程还是张载都无法回答这样一个问题："气"之"清浊"究竟何意？同样是具有"天地之性"的人何以会在对"气"的禀受上有所差异？

其实道学家们在性情问题上的窘境乃是其学说之体系的逻辑矛盾的必然结果，是根本无法回避的。盖道学乃是儒家早已有之的心性存养之说的细密化、理论化。自孔子以至思孟学派，先秦儒家提倡修身养性之说具有强烈的

---

① 例如唐李翱《复性书》就说："性者，天之命也，圣人得之而不惑者也。情者，性之动也，百姓溺之而不能知其本者也。"（《全唐文》卷六百三十七）这就将世间的一切恶均归之于情了。

策略性——这是他们在没有丝毫现实物质力量的情况下欲重新安排社会秩序的高远志向之必然产物，是目的与手段的巨大反差之结果：儒者无法凭借现实权力来实现自己的宏图大志，那就只好依靠话语权力了。如果人人自觉约束自己，自觉遵守儒家开出的社会价值准则，岂不是"不战而屈人之兵"了？这就是说，从发生学角度看，道学所凭借的主要理论资源即先秦儒家的"性善""四端""求放心"之类的东西，压根儿就不是依据严格的学理逻辑的产物，而是基于现实的需求制造出的独断之论。所以宋儒无论如何绞尽脑汁也无法真正达到理论上的圆融自洽。但这并不等于道学就因此而失去现实的功能——作为一种士人阶层的意识形态话语（而不是严格的科学），儒家心性之学具有极为明确的价值指向，这就是压制人的情欲而凸现道德理性，将现实自然状态的人改造为具有道德自律意识的人。

　　朱熹同样无法超越北宋道学家们这一理论困境。但他借助于体用论的思维模式来阐释性与情的关系，并大量吸收了周、张、二程等人的探索，又确然在理论上更进一步，至少在形式上较之前人更加完备细密了。下面我们就来看看朱熹是如何阐释性情关系的。

　　首先，朱熹明确将性情关系设定为体用关系。他说："后来看横渠'心统性情'之说，乃知此话有大功，始寻得个情字着落，与孟子说一般。孟子言：'恻隐之心，仁之端也。'仁，性也；恻隐，情也，……性是体，情是用。"又说："心有体用。未发之前是心之体，已发之际乃心之用。"（以上见《朱子语类》卷第五《性理二》）"心之体"即是性，"心之用"即是情。在朱熹看来，孟子所谓"恻隐之心"等"四端"均为已发之情，而非未发之性。确定了性与情之间的这种体用关系在理论上具有重要意义：情不再是仅仅联系着"气"，即人的肉体存在的东西，而是植根于人之所以为人的合当之理，即性之中的。这样情的意义无疑是大大提高了。所以他极力反对性善情恶之论，更不遗余力地驳斥佛释之学的灭情之说。

　　其次，确定了性体情用的关系模式之后，情就成为性之表现：性是"未发"，即超验之理，是不可见的；情是"已发"，是经验之实，是可见的。朱熹说："有这性，便发出这情。因这情，便见得这性。因今日有这情，便见得本来有这性。"（《朱子语类》卷第五《性理二》）又说："性只是理而已。仁，性也，盖爱是情，情则发于用。性者指其未发，……"（《朱子语类》卷第二十《论语二》）这就等于说情乃性之表征，性须因情而呈现。儒家说人生而即有善性，可以通过存养（求放心）工夫而发扬光大，生出充塞天地宇宙的浩然之气，那么如何得知人生而即具善性呢？孟子是从人的"恻隐之心"推知的。在朱熹看来，"恻隐"就是情。性是超验之理，是不可说的，可说者是情。所以可以说，情即是性之可见形态，二者不可须臾分离，也可以说二者就是一体。

朱熹以体用模式阐释情性关系至少在逻辑上较之以往儒者那种情性二分、崇性抑情的观点是严密顺畅得多了。那么既然情是性之呈现，性为情之根基，何以性无不善而情却有善有恶呢？

按朱熹的逻辑，性乃是天地万物之理，是"公共之理"，是"万理之总名"（《朱子语类》卷第一百一十七《朱子十四》），亦即是万事万物"合如此底"的理，即必然性。所以性之"善"不是一般伦理道德意义的善，而是指天地之序、日月之明、四时交替、万物化生的当然之理，是本体论意义上的善。所以朱熹称之为"纯善"或"至善"。人禀受天地之理以为性，也就是那种使人能够"与天地合其德""赞天地之化育"的潜能，也就是使人能够产生仁、义、礼、智之善行的内在可能性。人既然的确能够表现出符合仁、义、礼、智的情感与行为，就说明人的心中确然存在着这种潜在可能性，这也就是"性"了。这种"性"人人具足，但它又不是一种具体事物或属性，是不可见的、自然的，它当然绝不能以作为伦理道德范畴的善恶论之。而从本体论言之，宇宙大生命的化育流行正是中国古代哲学，无论儒家还是道家，都一致推崇备至的最高价值本原，自然是有善无恶的。只是此"善"非彼"善"，对此必须清楚。

明白了性为何物、善的含义之后我们就不难把握朱熹的性无不善而情则有善与不善的运思轨迹了。先看他的说法：

> 人之生，不能不感物而动。曰感物而动，性之欲也，言亦性所有也。而其要系乎心君宰与不宰耳。心宰则情得正，率乎性之常，而不可以欲言矣；心不宰则情流而陷溺其性，专为人欲矣。（《晦庵先生朱文公文集》卷六四《答何倅》）

> 孟子道性善，性无形容处，故说其发出来底，曰"乃若其情，可以为善"，则性善可知。"若夫为不善，非才之罪也"，是人自要为不善耳，

非才之不善也。情本不是不好底，李翱灭情之论，乃释老之言。（《朱子语类》卷第五十九《孟子九》）

联系前所论及，对朱熹此论可以做如下理解：其一，性本身虽然是"未发"，是"寂然不动"的，但它却具有"感物而动"的特点，"未发"必然地指向"已发"。"未发"之性不可见、不可知，可知可见者乃"感物而动"的"已发"之性，亦即情。故而人们虽然大谈其性，实际上都是由情而见性，对性的把握不能靠经验手段，而要靠逻辑推理。可知离开了情，性也就无着落了。其二，"未发"之性乃是人禀受于天地的纯然至善之性，但它本身却不等于人世间的伦理道德之善。这种本体意义上的纯然至善之性如何落实为具体的社会伦理之性呢？这里起至关重要作用的乃是"心君"——主体的理智与意志。理智包括认知能力与价值判断能力，意志则是选择决断的能力。所以其三，人之所以会做不善之举既不是像荀子所说的是性使之然，也不是像佛释之学认为的是情使之然，而是"人自要为不善"，即主体之"心君"决定的。正是由于有见于此，朱熹才对张载的"心统性情"之说大加赞赏（不过张载虽然看到了心对于性情的重要性，却未能像朱熹这样对三者关系做出精细的分析）。本体论意义上的纯然至善之性可以发为仁、义、礼、智等道德伦理之善，但这并不是一个自然而然的过程，而要靠主体的理智与意志来判断、选择与节制。如果主体没有或者放弃了这种判断选择与节制的能力，性的发用过程就有可能为外物所牵引，从而反善而成恶。例如，按朱熹的逻辑，吃饭穿衣乃是人性之当然，但是倘没有合理的节制，一味追求珍馐佳肴、绫罗绸缎，那么性的发用就导致了不善的私欲了。所以其四，儒家大讲存心养性、居敬穷理正是要人明白人之性虽是纯然至善，但要使之成为现实之善还需要主体凭借理智与意志自觉对自身之善根予以培育、呵护，要下一番苦功方可。

如此看来，朱熹思考情性关系是凭借体用模式的。他认为世上万事万物有体必有用，有用必有体。体隐微难见，是超验之物，所以沿用以寻体就成为朱熹之学的基本理路。

朱熹将性与情的关系定位为体用关系，将情视为性的可见形态，将性视为情的内在依据，这不仅对儒家心性之学的圆融自洽具有重要意义，而且对他的诗学观念更有指导价值。正是在这种情性关系理论的基础上，朱熹才能够产生最深刻、最完备、也最合理的道学之诗学，从而使他不仅仅是道学的集大成者，而且也是道学之诗学的集大成者。

二 "体用"论模式在诗学上的运用

文与道的关系一直是儒家思想家们思考的重要问题。远在战国之末荀子就有过"心也者，道之工（有人认为是'主'之误——引者）宰也。道也者，治之经理也。心合于道，说合于心，辞合于说，……"（《荀子·正名》）的说法，认为"道"乃是文辞与辩说的根本。后代儒者历来都十分重视文与道的关系，例如扬雄有"述正道"之说，刘勰有《明道》之篇，王通、李汉有"贯道"之论……其说种种，不一而足。到了宋代，凡儒者之论及文章者几乎人人都有论及文与道的关系。然而总体观之，朱熹之前儒者的文道之论基本上都是将文视为载道之具，文自文、道自道，二者是判然有别的两个物事。只是到了朱熹这里这种根深蒂固的传统观念才被打破。他说：

> 道者，文之根本；文者，道之枝叶。惟其根本乎道，所以发之于文皆道也。三代圣贤文章，皆从此心写出，文便是道。今东坡之言曰："吾所谓文，必与道俱。"则是文自文而道自道，待作文时，旋去讨个道来放入里面，此是他大病处。（《朱子语类》卷第一百三十九《论文上》）

依据朱熹之见，过去儒者所谓"明道""载道""贯道""文与道俱"之论都犯了同样一个毛病，那就是将文与道视为二物，似乎离开了道也能有好文章。而在他看来，文并不是一种独立存在的东西，它是道的发用。道作为超验之理是不可见的，可见者乃是具体的万事万物。而万事万物又不能自明其所含之道，这就需要有人使道变为可以理解把握的形态，这种形态也就是文。所以圣贤们总是先领悟万事万物之道，然后才发而为文。其心中所存之道与其所发之文只有内外、隐显之别，而无根本之异。用现代的哲学表述方式来说，朱熹的意思是：文是使存在者之存在之光显露的方式，真理即以文的形式呈现于人们面前。文使被遮蔽之物去蔽，使世界成为世界。这显然是赋予了文以某种本体论意义。朱熹与前人在文与道的关系上之根本差异即在于此。

　　显而易见，朱熹是以体用模式而前人是以工具论模式来观察文与道之关系的。体用思维模式与工具论思维模式的本质性差异在于：前者将同一个事物分为内在规定性（即本体）与外在显现（即发用）两个方面，后者将两个事物以某种人为的方式联结为一体。所以朱熹不能容忍苏东坡那种"文自文，道自道"的文道关系论。当有人问他是否能够只学东坡文章之妙而不取其道时，被他断然否决，其云：

　　　　夫学者之求道，故不于苏氏之文矣。然既取其文，则文之所述，有邪有正，有是有非，是亦皆有道焉，固求道者之所不可不讲也。……若曰惟其文之可取，而不复议其理之是非，则是道自道，文自文也。道外有物，故不足以为道。且文而无理，又安足以为文乎？盖道无适而不存者也，故即文以讲道，则文与道两得而一以贯之，否则亦将两失之。中无主，外无择，其不为浮夸险诐所入而乱其知思也者几希。（《晦庵先生朱文公文集》卷三〇《与汪尚书书》）

这里强调了文与道体用不二的紧密关系。但是这里有一点是值得注意的：既然朱熹认为文与道不可分拆，认为凡可称为文者均为道之显现，那么文何以会有正邪好丑呢？假如"体"为正，何以其"发用"却可能为邪呢？如果说"体"均为正，只是"发用"过程出了问题，那么文也只能有高与下、好与坏之分，而不可能有正邪之别，何以朱熹却说文"有正有邪"呢？对这些问题只可能有一个答案，那就是作为文之本体的道本身是有正邪之分的。朱熹正是如此看待问题的，他说：

　　　　屈、宋、唐、景之文，熹旧亦尝好之矣。既而思之，其文虽侈，然其实不过悲愁、放旷二端而已。日诵此言，与之俱化，岂不大为心害？于是屏绝，不敢复观。今因左右之言，又窃意其一时作于荆楚之间，亦未必闻于孟子之耳也。若使流传四方，学者家传而人诵之，如今苏氏之说，则为孟子者亦岂得而已哉？况今苏氏之学，上谈性命，下述政理，其所言者，非特屈、宋、唐、景而已。学者始则以其文而悦之，以苟一朝之利。及其既久，则渐涵入骨髓，不复能自解免。其坏人材、败风俗，盖不少矣。

（《晦庵先生朱文公文集》卷三三《答吕伯恭》）

盖苏氏之蜀学亦以心性义理为主要内容，前有论及，此不赘言。朱熹正有见于此，才以为东坡文章之危害远远超过屈宋唐景。其所设论，恰恰基于对苏氏之学所奉之道的拒斥。在朱熹眼中，东坡之道是邪而非正的。那么，道如何能够有正邪之分呢？观朱熹之言，道这一称谓实际上有两层含义：一是指天地宇宙、万事万物，包括人的心性所含之道，这是客观自在之道；二是人们对这种客观自在之道的理解与把握，即主观自觉之道。客观自在之道乃是天地万物化育流行、生生不息的内在依据，是纯然至善、有正无邪的；主观自觉之道却是人对道的理解，带有主观因素，故而是正邪兼有的——契合客观之道者为正，有悖客观之道者为邪。在道学家眼中，二氏之学所奉之道即是对客观自在之道的背离，是邪而非正的。

这种逻辑正与其论性情关系相同：性虽纯然至善，但其发用处却或善或恶。人们对客观自在之道的理解之所以会发生偏差，究其根本原因，乃在于人的私欲会遮蔽其心智，使其对真正的道视而不见。儒家心性之学的根本指向也恰恰在于令人通过自觉的存养工夫拂去遮蔽人心灵的尘埃，使心之体朗然呈露，然后发现心之所存、万物共有的客观自在之道。这种存养工夫下足，然后再分为言说、诗文，则无往而非道。

以上所论为朱熹于文道关系的总体之见。然具体言之则又并非如此简单。兹略论如下。

朱熹以体用模式考察文道关系，指出文与道之不可分拆性。但在道与文之间毕竟还横亘着一个有血有肉的作为主体的人，人的精神气质乃至生命状态都会渗透于文之中。这样即使是"道之文"也不可能处处表现这个道。对此朱熹是明了的。例如，他认为人的精神风貌会现之于诗文，从而形成某种风格。其云："前辈文字有气骨，故其文壮浪。"又云："人老气衰，文亦衰。""人晚年做文章，如秃笔写字，全无锋锐可观。"（以上见《朱子语类》卷第一百三十九《论文上》）这都是讲精神气质对诗文的影响，与道并无直接关联。

总之，朱熹对文与道之关系的阐述较之周濂溪的"文以载道"与程伊川的"作文害道"都远为精深细密，也更具合理性。所以朱熹之论可以说是道学家在文学方面最有价值的思想了。

三　诗文审美特性的把握

朱熹的文道关系论在体用思维模式的支撑下在学理上达到了较以往道学家更为细密圆融的程度。但是无论如何，诗文在宋代早已是一种具有独特内在规定性与话语形式的文本形式了。所以仅仅从文与道的关系来阐释诗文的价值、意义与特征无论怎样合乎逻辑，也还是不可能真正揭示诗文的独特规律。对此朱熹是心知肚明的。他说："苏氏文辞伟丽，近世无匹。若欲作文，自不妨模范。但其词意矜豪谲诡，亦有非知道君子所欲闻。是以平时每读之，虽未尝不喜，然既喜，未尝不厌，往往不能终帙而罢。非故欲绝之也，理势自然，盖不可晓。"（《晦庵先生朱文公文集》卷四一《答程允夫》）从这里我们可以看出朱熹的内心矛盾：喜欢东坡之文的文辞，但不喜其文之意。显然朱熹是从两个标准来衡量东坡之文的。一是文学的标准，以此标准衡量东坡之文，他感觉的确令人可喜；二是道学的标准，以此衡量东坡之文，他就有离经叛道之感。

由此观之，在朱熹这里，文与道之不可分离乃是一种价值取向，是应然之理而非当然之事，无道之文或背道之文是能够存在的。这就意味着，即使按朱熹的评价标准，一方面文与道应该是一体之两面，不应有丝毫间隔；而另一方面文又具有自身独特之处。即使同为有道之士，发而为文，也就会有高下之分、美丑之别。例如他说："人说话也难。有说得响，感动得人者。如明道会说，所以上蔡说，才到明道处，听得他说话，意思便不同。盖他说得响，自是感发人。伊川便不似他。伊川说话方，终是难感动人。"（《朱子语类》卷第九十五《程子之书一》）明道与伊川均为有道之人，然说出来却有高下之异。说话如此，作文亦然。以此理而论，有道之人为文反而或许不如无道之人，故其有云："匡衡文字却细密，他看得经书极子细，能向里做工夫。只是做人不好，无气节。仲舒读书不如衡子细，疏略甚多。然其人纯正开阔，衡不及也。"（《朱子语类》卷第一百一十六《朱子十三》）匡衡为人不好，自非有道之士，但其文章却高于董仲舒。

正是在承认诗文之独特性的基础上，朱熹才能够对诗文之独特规律与价值予以深入阐发，此又为一般道学家所不及处。朱熹论文，大至三代以降历代的文之流变，小至作诗作文用字的响与不响、文句的畅与不畅、条理的明与暗、风格的雄浑与平淡等等，均有自家独到之见，雄辩地证明了自己乃是一个十分内行的批评家。这里我们仅就朱熹对诗文之"意思"的论述来从一个侧面了解一下其于诗文独特规律的深刻理解。

"意思"一词在古文中有意味、情趣之义。刘向《列仙传·鹿皮公》："小吏白府君，请木工斤斧三十人，作转轮悬阁，意思横生。"梅尧臣诗云："梨花半残意思少，客子渐老寻游非。"均为意态、情趣之义。韩愈《与冯宿论文书》："辱示《初筮赋》，实有意思。"《朱子语类》卷第七十一《易七》："此处有意思，但是难说出。"这里的"意思"是指可以意会难于言传的某种意味。朱熹论诗文常常使用这一概念，显示出他对文学独特审美特性的深刻理解与肯定。其云：

> 陈才卿说诗。先生曰："谓公不晓文义，则不得，只是不见那好处。正如公适间说穷理，也知事事物物皆具此理，随事精察，便是穷理，只是不见得所谓好处。所谓'民生日用而不知'，所谓'小晓得而大晓不得'，这个便是大病。某也只说得到此，要公自去会得。"久之，又曰："大凡事物须要说得有滋味，方见有功。而随文解义，谁人不解？须要见古人好处。如昔人咏梅云：'疏影横斜水清浅，暗香浮动月黄昏。'这十四个字，谁人不晓得？然而前辈直恁地称叹，说他形容得好。是如何？这个便是难说，须要自得言外之意始得。须是看得那物事有精神，方好。若看得有精神，自是活动有意思，跳掷叫唤，自然不知手之舞，足之蹈。这个有两重：晓得文义是一重，识得意思好处是一重。若只是晓得外面一重，不识得他好底意思，此是一件大病。……"又曰："须是踏翻了船，通身都在那水中，方看得出。"（《朱子语类》卷第一百一十四《朱子十一》）

从这段极为精辟的论述中我们至少可以读出下列几重"意思"来。

其一，诗文之内涵可分为"文义"与"意思"两个层次。"文义"是指字面之义，即诗文直接说出的东西；"意思"则是表面的言辞之下所隐含的"好处"与"滋味"，即诗文没有直接说出的东西。阅读诗文作品主要就是体会其"文外之义"。

其二，所谓"意思"，以今日眼光观之，一是指诗文形式之美，即文辞使用的巧妙。"文义"是"说什么"，"意思"是"怎样说"。同样一个道理，说得巧妙，就会有某种情趣意味透将出来；说得不好，就只剩下干巴巴的意义了。但"意思"又不仅仅是形式之美，它还包含更深刻的文化意味。即如朱熹所举"疏影横斜水清浅，暗香浮动月黄昏"之句，除了对仗工稳、意象生动之外，还包含更深层的文化内涵——自然。因为自然乃是中国古代文化观念中最重要的价值取向之一，故而这两句准确呈现了自然之静谧、和谐、生气的诗就自然而然地受到人们普遍喜爱。正如"池塘生春草，园柳变鸣禽"这样的诗句受到历代人们的称颂是同样的道理。读诗者只有悟见了这一层，才算是"大晓得"。

其三，由于"意思"是隐而不见的，所以也就不能用通常的思维去把握。这就需要"自得"，即自家涵泳体会其"文外之义"。这里朱熹所用的一个比喻十分恰切，学诗或读诗之人不能"自得"个中之味，就会像坐在船上看水那样，无论怎样真切，总是只有视觉的表象而无切身之体验。只有踏翻了船，落入水中，这才能够明了水之滋味。所以朱熹主张学诗、读诗要"自得"，要"涵泳"。用现代学术话语来表述，那就是，主体需借助于审美直觉（艺术直觉）和艺术想象的能力，完全进入那由意象与情感所构成的诗的境界，才会真正把握到诗的妙处。

其四，朱熹对诗文的"意思"以及把握方式的理解与其对道或天理及其把握方式的理解是相通的。也就是说，在朱熹看来，所谓格物致知、居敬穷理之类道学家的基本工夫也不是要主体纯然客观地去理解万事万物的自在之理，而是要全身心投入其中，调动全部心理机能去体会、认知、内省、感受，从而使外在之理与内在之理融合无间。道学家将这种工夫称之为"体认"——即体察、体会与认知的统一。盖道学家们从来不愿意离开主体心性而纯然客观地谈论天地万物，在他们眼中世界上并不存在与主体心性毫无关联的事物。在他们看来，只有联系着主体来谈客体才有意义，所以不能去"认识"，而要去"体认"——这恐怕也是中西方在思维方式方面的一个重要差异。

"意思"乃是较"文义"更深一层的诗文内蕴，是诗文之真正价值所在。那么如何方能使诗文具有"意思"呢？换言之，怎样才能令诗文具有真正的价值呢？这样，我们就将话题从诗文之本体追问转向对创作问题的探讨了。应该说，在这方面朱熹亦如其他许多道学家一样是充满矛盾的。对于这种矛盾的分析庶几可以让我们对道学与诗学之间的复杂关系有一个更为清晰的认识。

就总体而言，朱熹在诗文创作的问题上基本上是继承了"有德者必有言"这一古老的儒家观念的。他说："夫古之圣贤，其文可谓盛矣，然初岂有意学为如是之文哉？有是实于中，则必有是文于外。如天有是气，则必有日月星辰之光耀；地有是形，则必有山川草木之行列。圣贤之心，既有是精明纯粹之实以旁薄充塞乎其内，则其著见于外者，亦必自然条理分明，光辉发越而不可掩。盖不必托于言语，著于简册，而后谓之文。"（《晦庵先生朱文公文集》卷七〇《读唐志》）这里所贯穿的依然是体用论的思维模式——"文"之体，即"有精明纯粹之实"的"圣贤之心"，早已存在，不必待文之用，即诗文的言语形式而后生。而此文之体一旦发而为用，则必然是"条理分明，光辉发越"之文。基于这样一种根深蒂固的观念，朱熹当然以为诗文的创作主要是向内里做工夫。他说："作诗间以数句适怀亦不妨，但不用多作，盖便是陷溺耳。当其不应事时，平淡自摄，岂不胜如思量诗句？至如真味发溢，又却与寻常好吟者不同。"（《朱子语类》卷第一百四十《论文下》）这就是说，作诗是可有可无的事情，倘有闲暇就用以养心更有价值。而一旦内在精神充溢完满，发而为诗，则非寻常雕琢诗句之人可比。所谓"真味"是指一种靠修身而成的精神境界，在道学家看来，这种精神境界才是诗之体。所以朱熹又云："渠苦心欲作诗，而所谓诗者又只如此。大抵人若不透得上头一关，则万事皆低。此话卒乍说不得也。"李绂《朱子晚年全论》卷八《答黄直卿》所谓"透得上头一关"即是在存心养性方面努力，使人格境界提升到一定的高度。对于作诗而言，就是要在本体上下工夫而不能专注于文辞与技巧。

基于这种重体轻用的思路，朱熹在诗文风格方面主张平易自然而反对华丽奇巧。其论文云："今人作文，皆不足为文。大抵专务节字，更易新好生面辞语。至说义理处，又不肯分晓。观前辈欧苏诸公作文，何尝如此？圣人之言坦易明白，因言以明道，使天下后世由此求之。使圣人立言要教人难晓，圣人之经定不作矣。"（《朱子语类》卷第一百三十九《论文上》）又论诗云："古人之诗，本岂有意于平淡哉？但对今之狂怪雕锼，神头鬼面，则见其平；对今之肥腻腥臊，酸咸苦涩，则见其淡耳。自有诗之初以及魏晋，作者非一，而其高者无不出此。"（《晦庵先生朱文公文集》卷六四《答巩仲至》）朱熹提倡自然明白、平淡质朴风格，主要是出于其体用论的思维模式而非专就审美趣味言之。他强调的是内在精神气质的自然呈现，即体用一源、显微无间的境界；其所反对的是舍体而求用，专门在文辞技法上用心思。所以他对诗文风格的显现要求自然而然，反对刻意摹仿。即如平淡的风格，陶渊明的诗平淡是出于自然，并非有意求之，故而为上乘佳作；而后世因慕其平淡而学之者，则往往失于做作而落于下乘。由此可知，朱熹虽然是从道学角度来审视文学观念，但他也的确揭示了一些深刻的规律。

然而，在朱熹的文学观念中却并非只关注"体"的优先地位而无视"用"的独特性。朱熹并不认为只要能将存养工夫做到家，"透得上头一关"之后就万事大吉了。他深刻地懂得欲作出好诗文还必须遵循文学独有的规则。这就是所谓"法"。所以他说："然余尝以为天下万事，皆有一定之法，学之者须循序而渐进。如学诗，则且当以此等为法，庶几不失古人本分体制。"（《晦庵先生朱文公文集》卷八四《跋病翁先生诗》）这里是讲学诗当以《文选》《乐府》作为法式。又说："……著述文章，皆要有纲领。"又："前辈做文字，只依定格依本分做，所以做得甚好。后来人却厌其常格，则变一般新格。本是要好，然未好时先差异了。"（以上见《朱子语类》卷第一百三十九《论文上》）所谓"纲领""格"都是指作文作诗的法度而言。可知朱熹对诗文的独特技巧也是持肯定态度的。

朱熹一方面主张在"体"上下工夫，认为好的诗文都是"道"的自然流露，反对在文字技巧上煞费苦心，而另一方面又肯定"法""格"的合理性，这显然是矛盾的。造成这种矛盾的原因有二：就浅层来说，信奉"有德者必有言"这一儒家古老信条对道学家而言乃是当然之理。按道学的逻辑，只要存养工夫到家，其余一切——大到治国平天下，小到立身行事、吟诗作赋就无不中规中矩、恰到好处。所以古代圣贤都是无意为文而文章自然光耀千载。但是自魏晋以降，诗文早已作为一种独立的话语形式存在于世间，博学深思如朱熹者无论如何也不能无视诗文的独特性。这样一来，他的文学观念就必然陷入矛盾之中。事实上，这种矛盾在其他许多文学家身上都不同程度地存在着，黄庭坚、吕本中等人都是如此。就深层来说，朱熹文学观念中的矛盾又是道学本身内在矛盾的一种折射。就道学的价值取向而言，它是要使人的心灵超越于现实物质利益的束缚而达到解脱的目的，是要通过自律而达到自由。也就是说，其指归在于天机一片的"无法"（即从心所欲）境界，而其手段却是居敬、慎独等严格的自我警戒、自我约束，即"有法"的状态。从"有法"而臻于"无法"是道学的逻辑，同时也是道学家之文学观念的逻辑。在道学家看来，唯有经过严格的自我控制、自我锤炼，心灵方能真正获得解放，否则就会永远沉沦于外在之功名利禄与内在之肉欲的羁绊之中而不得安宁。依照这样的逻辑，朱熹认为作诗为文也应从法度、体格入手方能达到自然平淡的境界。这一思路在逻辑上似乎并无悖谬舛错之处，但在实际上如果说凭借居敬、慎独工夫或许会有少数人真正能够达到心灵的自由愉悦的话，那么凭借对"文法""诗法"的恪守就能达到平淡自然的文学境界，则是令人难以置信的事情了。

朱熹文学观念中的这种矛盾现象表明他作为道学家与文论家两种身份之间有某种"不兼容"之处，也就是说道学与文学两种话语系统之间存在着某种内在的冲突。为了解决这种冲突，程伊川的"作文害道"论采取的是否定诗文存在之合理性的办法，周濂溪的"文以载道"论采取的是否定诗文之独特性的办法，而胡寅、吕本中和朱熹则实际上是采取"文""道"并存的办法。但是朱熹等人又不肯承认文学是与道学毫无关联的独立话语形态，力求在承认文学独特性的同时又纳文于道，这就难免出现上述矛盾了。本来朱熹以体用论的思维模式统摄文道关系，至少在逻辑上达到了圆融自洽，但一涉及诗文的审美特性与技巧方法，他就无法自圆其说了。他陷入了一个明显的悖论之中：既然"文"作为"用"是道体的自然呈现，那么只要把握了道体就必然会作出能够表征它的"文"，根本不需要什么"法"；既然"文"有其独特的审美特性与技巧方法，那么它就必然另有其内在规定性而不仅仅是道的呈现方式。朱熹走不出这一悖论，所以他就只好在道言道、在文言文了。

四　两种意义生成模式之关系

以朱熹为代表的宋代道学历来被称为"新儒学"，其之所以"新"，并不仅仅是因为它较之汉唐以前的儒学更为细密化、学理化，也不仅仅在于它提出了若干新的范畴与命题。道学之"新"主要在于其深层意义结构（或意义生成模式）较之往代儒学发生了重要变化。对此我们可以稍做论证。

先秦儒学作为诸子之学的一支乃是对当时礼崩乐坏、诸侯割据之政治局面的回应，因而其最高旨趣是重新安排混乱无序的社会现实。在孔子是恢复曾经存在的西周的礼乐传统，在孟子是创造未曾有过的仁政理想社会。如此高远的政治抱负对于儒家知识分子来说实际上是根本无法实现的，因为他们并不拥有任何改造社会的物质力量。于是他们也像其他所有的士人思想家一样，试图借助于某种价值观念的建构来推行自己的政治主张。欲以言说的方式来实现自己的政治理想是诸子之学的共同特征，所以尽管先秦儒学也讲心性、讲存养，但这仅仅是作为实现其政治理想的手段而存在的。孔子讲作为人的内在价值的"仁"，那是为了给作为外在社会价值的"礼"寻找主体依据；孟子大讲"四端"，讲"性善"，那是为了给其仁政、王道理想寻求逻辑起点。他们的入手处均为主体心性，而着眼点却都是社会政治秩序。所以在孔孟的思想体系中处于核心位置的范畴是"礼"或"仁政"——都是社会价值规范。诸如"下学上达"、"谨言慎行"、"君子"人格、"求放心"、"养吾浩然之气"等等，这类个体精神价值一无例外地属于第二层的，即手段范畴。如何做人并不是目的，通过做人而使社会安定、天下太平才是目的。毫无疑问，先秦儒学并不是官方意识形态话语，而是纯粹的知识分子的民间话语，但它却不是为了解决个体心灵问题而是为了解决社会政治问题才被建构起来的。这也就使这套话语具有转化为官方意识形态话语的潜在可能性。

汉唐儒学无疑是在先秦儒学的基础上发展起来的，但其意义结构却发生了根本性变化。首先，汉唐儒学已然转换为一种官方意识形态话语，成了君主专制政体控制人们思想的有效工具。所以先秦儒学的那种活泼泼的乌托邦精神已经丧失殆尽。它的根本价值取向不再是改造现实而建构新的社会价值秩序，而是为现存的社会秩序寻求合法性依据。其次，汉唐儒学基本上就是经学，而经学的本质特征不是建构某种价值理想，而是按照统治者的现实需要解说先秦儒学的基本典籍。所以汉唐儒学的基本意义结构不像先秦儒学那样是围绕个体心性价值与社会政治价值这一关系维度构成的，而是围绕经典本义与释义之间的关系维度构成的。对于先秦儒学来说，通过个体心性的发掘与培育进而实现社会政治理想，虽然是一种不切实际的，甚至幼稚的主观设想，但其强烈的现实关怀却令人钦佩；而对于汉唐儒学来说，阐释经典的真义似乎成了其最高价值追求，社会现实的关怀反倒是第二位的事情。尤其是当统治者将经学与读书人的进身之路联系起来之后，其学术上的创造性就更进一步失去了。

道学的兴起可以说是对汉唐儒学的一种反动。道学家普遍轻视汉唐儒学，这并不是出于妄自尊大与自以为是，而是学术旨趣的差异所致。统观道学思想体系，个体精神的自我充实、自我完善事实上是其最高目的。道学在宋代并不是官方意识形态而是士大夫阶层寻求精神超越与心灵自由之主体需求的话语表征。道学要解决的问题既不是令社会由无序而至于有序，因为社会价值秩序早已成为既成事实，也不是阐释经典的真义，因为道学家深知注经式的思维方式无助于解决他们面对的实际问题。道学的根本目的是要为人的生存找到一个最终的价值依据，并在此基础上实现个体心灵的超越与自由。所以道学实质上乃是一种生存论的哲学，是中国古代知识分子长期积累的生存智慧的理论化形态。这显然与先秦儒学和汉唐经学大异其趣。

儒家文学观念之意义结构的演变，正是与儒学本身意义结构的这种演变历程同步的。后者毫无疑问是前者的原因。先秦儒学是将诗文（也包括音乐）作为实现其政治乌托邦的工具来看待的。孔、孟主张通过人们——特别是当政者——的自我修养来实现社会的改造，所以他们也就要求诗文具有修身及干预社会的价值功能；经学作为一体化的官方意识形态以稳定既定社会等级秩序并使之合法化为目的，所以要求诗文具有美刺与教化的功能。道学作为一种以个体精神超越为指归的生存论哲学，则或者否定诗文的价值，或者要求诗文成为心性价值的外在呈现。道学家对诗文的这两种态度实际上并不矛盾，因为即使是承认诗文存在之合理性的一派，也认为这种合理性主要不是诗文自身具有的，而是"道"所给予的。因为在他们看来，有价值的诗文恰恰是"道"这一价值本体的自然发用，它就是"道"。

朱熹的文学观念在两宋道学家中具有代表性。这种文学观念的基本意义结构是由性、情、文三者之间的关系构成的。在朱熹看来，道即是天理，即是天地万物存在与运作的根本依据。道在人身上的显现即是性情——道之未发为性，道之已发为情。性作为未发之道是超验的，不可以言说；情作为已发之道是可以觉知的，因而也是可以言说的。诗文则是对情的恰当的言说方式。性作为人禀受于天的天理是至善；情虽然是性的发用，但它只有"中节"，即有所规范时才是善；诗文作为情之言说方式则一方面因情之善恶而分好丑，另一方面又因文辞与技法自身的工拙而有高下。

纵观朱熹的文学观念，其主旨是在肯定道之于文的本体地位的前提下尽力为文寻找一种合法性依据。尽管他并没有彻底解决道学与文学之间的内在矛盾，但毕竟是在最大限度上调和了二者的关系，从而生成道学家中最为近理的文学观念。

一个时代有一个时代的文化心态，一个时代有一个时代的学术倾向，一个时代有一个时代的诗学观念——看上去颇有一些"逻各斯主义"或"本质主义"的嫌疑。但是有什么办法呢？只承认个体之间的差异、断裂、个性，而不承认某种范围内的普遍性，那只能是睁着眼睛说瞎话，像"时代风尚""时代精神""普遍焦虑""意义模式"这类东西的确是存在的，并不需要什么复杂高深的思维过程我们就可以清楚地看到这一点，经验领域也可以提供足够的证据。当然这一切都不会否定差异的绝对性质。不同阶层、社会集团、社会群体、一小拨人甚至个体的特殊性都可以成为学术关注的对象，这是毫无疑义的。但是不能因此而认为对一个时代、一个国家某种普遍现象的关注就是没有意义的，关键看研究目的是什么。边缘的、弱势存在不应永远被忽视，主流的、强势的存在更应该予以充分的关注。

子学时代是个杂语喧哗的时代，人们的思想四处流溢，最大限度地开拓了各种话语建构的可能性，但言说者并不远离政治。经学时代（这里仅指两汉时期）是学术话语与政治权力重新结合的时代，社会的思考力都被吸引到官方意识形态话语体系的建构之中了。玄学时代是思想逃离政治的时代，话语建构获得空前的独立性。由于一定程度上摆脱了政治权力的纠缠，"纯思"的意义空间被大大拓宽了。但无论如何，一切的言说均可视为士人阶层及其变体普遍心态（如"基本焦虑"之类）的话语形式。唐宋以后，士人阶层的社会地位与文化心态渐趋稳定并且形成了比较固定的状态，那种由先秦的布衣之士而两汉的士大夫、由汉之士大夫而六朝之士族的大幅度变化较少出现了。因此，他们的话语行为也出现了比较固定的模式。这就使我们可以对这一千余年的文化学术以及诗学观念的发展演变进行整体上的把握。

从中国历史发展进程来看，隋唐时代是一个过渡期。六朝时期形成的门阀世族在这个时期已经受到相当大的打击，其社会政治地位与文化地位都不能与六朝时代同日而语了。君权系统渐渐发现，庶族出身的士人阶层才应该是他们实施有效统治最有力的合作者。但是根深蒂固的世家大族的政治势力是不容忽视的，他们并不甘心退出社会政治的核心，更不甘心放弃社会文化场域的特权地位。所以庶族知识阶层与世家大族的权力之争乃是整个唐代政治生活中最重要的内容之一，而他们对话语权力的争夺也同样是唐代文化学术领域中的头等大事。这种政治、文化学术层面的权力之争显现于诗学观念，就形成了在根本价值取向上严重对立的两大基本话语倾向：一是继承六朝诗学，继续在体制、辞藻、风格、法式等纯审美层面上进行探索，倡导一种精益求精的、专门化的文学言说方式，代表人物是刘善经、姚思廉、上官仪、元兢、王昌龄、释皎然、司空图等。二是反六朝诗学而行之，远绍两汉"经世致用"精神，极力倡导诗文的政治教化功能，代表人物有孔颖达、魏征、房玄龄、陈子昂、刘知幾、李华、元结、独孤及、顾况、白居易等。前者也称为审美主义诗学，后者可称为工具主义诗学。但是唐人毕竟不是仅仅拾人牙慧者，他们在继承前人丰富的文学成就的同时能够融会贯通，将中国古代文学推向了一个极其灿烂辉煌的新境界，所以在诗学上也有人能够融会审美主义与工具主义两派，形成既强调审美与技艺层面，又不忽视社会功用层面的第三种诗学话语系统。代表人物是李白、杜甫、殷璠、韩愈、柳宗元、权德舆、杜牧等。前两派诗学各有各的立论角度，并无优劣高下之分。但从文学应有的实际功能来看，毕竟是第三种诗学观念比较近理。也许正是由于这个原因，这派诗学在宋代就成为主流。

但是从文化史的角度看唐代又有一个值得注意的现象，即佛学的发达。我们都知道，魏晋六朝已经是佛学空前发展的时期。这原因并不难理解：佛学的玄理恰好符合了士族文人的精神需求，所以应该说是玄学语境为佛学的繁荣提供了适宜的文化空间。佛学并不是玄学产生的原因，但它的确对玄学之发展起到了助推的作用。例如在东晋之后，所谓"佛玄"在清谈玄言的世风之中就占有与"老玄""庄玄""易玄"旗鼓相当的地位了。但是佛学何以会在唐代这样一个崇尚功利主义精神的时代大放异彩，以至于善于探赜索隐的思想家不约而同地汇集于此呢？这的确是一个颇为费解的问题。从我们的阐释视角来看，大约有如下四个原因。

一是玄学与六朝佛学合流而形成的"思维定势"所致。南朝时期玄学与佛学合流乃是此期思想演变的大趋势。玄学与佛学形成共同的理论兴趣与思维层级，二者所探讨的问题渐渐难以分清应属于玄学还是属于佛学。例如"形神关系""情性关系""言义关系""有无关系""名实关系"等话题都是玄学与佛学共同关注的。许多高僧大德同时也是有名的清谈家，许多清谈名士同时也撰写过不少深刻的佛学论文。由于佛学在学理的深邃细密以及体系的宏大严密方面都有过于玄学，故而这种玄学与佛学的合流实际上是统摄于佛学了。当然，玄学精神已经深入到佛学的内部，因而使中国的佛学形成与印度佛学很不相同的特色。这种融会了玄学精神的佛学实际上也就是吸收了中国古代固有的老庄之学与儒学的学理智慧，故而就成为一种具有空前理论魅力的形而上话语系统，它一旦形成就很难沉寂下去。

二是从言说主体角度看，魏晋六朝的玄学与佛学造就了一大批一流思想家。这些人由于长期沉浸于玄妙的理论思维之中，再加上玄学与佛学固有的遗世独立精神，使他们渐渐对于世俗事物失去兴趣与参与能力，于是在入唐之后，在那些在六朝时处于被压抑状态的寒庶文人都热衷于建功立业之时，他们依然能够继续保持自己的理论兴趣而不被世风所裹挟。

三是唐代统治者对于思想文化采取比较宽容的政策，而且大多数帝王对佛学保持足够的理解与推重，使得佛学成为一种时尚话语。即使那些醉心于功名利禄的士人也常常在闲暇之时涉足于此，这样就在文化场域中形成一种有利于佛学生存发展的评价系统。即如韩愈这样主张排佛的大儒，也只是在捍卫儒家道统，即话语霸权地位以及国家政治利益的语境中才排斥佛学的，而在其他语境中，韩愈对那些造诣深湛的佛学大师是十分尊重的，对佛学在学理上的深刻严密也十分赞赏。

四是六朝以后佛图世界实际上早已形成了一个相对独立的社会场域，其中不仅有自己的政治利益与经济利益，而且也有独立的价值谱系。就是说，这个场域中那些权威言说者可以充分享受到政治与经济的特权，更可以得到足够的精神满足，他们能够充分实现自身的价值。这就足以支撑这些学养深厚的佛学思想家们漠视大唐帝国文治武功与其他世俗名利的诱惑，而遨游于玄虚奥妙的意义世界之中。

佛学在唐代极为繁荣发达，吸收了一大批一流思想家，以至于其他思想系统包括儒学也无法与之比肩。但是并不可以说佛学就是唐代的主流意识形态，因为它无论如何系统、如何丰富，毕竟仅仅是一个比较封闭的特殊场域的话语系统，其于社会政治文化的影响是有限的。佛学的影响应该说依然主要是在精神文化方面。就诗学来说，佛学的影响是深远的，这主要表现在对审美主义诗学体系具有很大的强化作用。我们只要看一看遍照金刚的《文镜秘府论》与释皎然的《诗式》就可以明了了。

宋代是中国古代士人阶层在政治、文化等各个方面都大显身手的时代。经过五代十国的政治动荡，宋代统治者与士人阶层都深深明白了一个道理：要想长治久安，就必须寻找一种最佳的统治方式。此时经过半个多世纪的战乱洗礼，世家大族已经不再是一种值得重视的社会力量。宋朝的太祖、太宗以超人的政治智慧（当然是借鉴了五代十国的惨痛教训而生出的）毅然选择士人阶层作为自己统治依靠的唯一社会力量，采取一系列措施建立起一个真正意义上的文官政府，十分有效地杜绝了功臣、外戚、宦官、宗室等势力窃取国家权力或干预朝政的可能性。这样宋朝就形成了君主与士大夫共治的政治格局，这在以往历朝历代都是从来没有过的。正是由于政治地位的空前提高，大大激发了宋代士人阶层的主体精神，才形成了被后世称为"宋学"的学术思潮。宋学的价值取向有两个相互联系的基本维度：一是个体人格层面的圣贤意识，主张人人都要努力成圣成贤，完成自己的人格。二是社会政治层面的合理化意识，主张建立最有效率、最为合理的政治秩序。就前者而言，从范仲淹、欧阳修以及胡瑗、孙复、石介等人开始直至程朱理学的形成，一以贯之的理路就是通过个体人格修养到达超越肉欲与功名利禄的纯精神之域。其动机可以说是获得优势地位士人阶层欲提升人格来使自身精神达到足以与其现实身份相应的高度。就后者而言，则从"庆历新政"到"熙宁变法"都是寻求政治结构合理化的尝试，不管成功与否，士人们这种努力一直没有停止。

与宋学的学术倾向相适应，宋代诗学也表现出自己的特征：一是喜欢追问"文"与"道"的关系问题，或者将"文"视作"道"的载体、工具，或者将"文"看成是"道"的自然流露，总之是对诗文的背后的原动力或本体颇有兴趣。这当然与宋学那种难以抑制的本原追问冲动直接相关。二是求新求异的精神。宋代思想家们人人都以圣贤自居，对除孔孟之外的古今大儒一概蔑视，所以在诗学中也极力提倡创新而反对因循蹈袭。至于价值取向，与唐代诗学一样，宋代诗学同样有三大系统：讲"治教政令"和"世道人心"的工具主义，讲文辞体制与格律趣味的审美主义，以及二者兼顾的第三派。

元明以后，诗学观念大体上不出唐宋格局，只是工具主义倾向渐渐不那么强烈了，而审美主义倾向进一步得到加强。这可以从日益兴盛的"诗话""词话"中看出来。于是各种不同审美追求之间的争论就成为明清时期诗学领域的核心话题了。

中编

范畴分析

第五章 "文"与"道"

　　"文"是中国古代诗学体系中最基本、最重要的范畴之一。这个范畴内涵的历史演变表征着诗学观念发展轨迹。"道"不仅是中国古代哲学思想史的基本范畴，而且也是诗学系统的基本范畴之一。"文"与"道"的关系问题则是中国古代诗学的核心问题。在这里我们即对这两个范畴及其关系进行梳理。

一　"文"之内涵的历史演变及其所表征的文化意义

　　"文"的最早含义是五色杂陈交错或事物的纹理。《周易·系辞下传》："物相杂，故曰文。"又："古者包牺氏之王天下也，仰则观象于天，俯则观法于地，观鸟兽之文与地之宜，……"《礼记·乐记》："五色成文而不乱。"后引申为文采或文雅。《论语·雍也》："质胜文则野，文胜质则史。文质彬彬，然后君子。"《礼记·表记》："义而顺，文而静，宽而有辨。"又引申为典章制度。《论语·子罕》："文王既没，文不在兹乎！"又引申为文辞、文字。《孟子·万章上》："故说诗者不以文害辞，……"又引申为文采。《左传·襄公二十五年》："仲尼曰：'《志》有之："言以足志，文以足言。"不言谁知其志？言之无文，行而不远。'"从以上材料中不难看出，"文"的含义的演变轨迹是由自然之"文"向人为之"文"转化的。

　　《易传》于是有"天文""人文"的分别。《贲·彖传》云："刚柔交错，天文也。文明以止，人文也。观乎天文以察时变，观乎人文以化成天下。""天文"是天地自然自身的状态与变化，"人文"则是人为的创造；"天文"是天地万物与四时变化的有序性，"人文"则是人类社会的有序性。孔子所谓"周监于二代，郁郁乎文哉！吾从周"之说，即是对西周社会之井然有序的由衷赞叹。在古人看来，人类社会的有序性乃是天地万物之有序性的反映或摹仿。所以"人文"乃是对"天文"的摹仿。《礼记·乐记》说："天尊地卑，君臣定矣。卑高已陈，贵贱位矣。动静有常，大小殊矣。方以类聚，物以群分，则性命不同矣。在天成象，在地成形，如此，则礼者，天地之别也。地气上齐，天气下降，阴阳相摩，天地相荡，鼓之以雷霆，奋之以风雨，动之以四时，暖之以日月，而百化兴焉。如此，则乐者，天地之和也。"礼乐是作为典章制度之"文"的基本内容，这里被视为对于天地万物的摹仿与效法。这就将一种根深蒂固的思想植入了中国古代思想体系之中，也植入了中国古代诗学思想之中，这就是人世间的一切文化精神价值，包括文学艺术，都是天地之道在人身上的显现。例如：

> 音乐之所由来者远矣，生于度量，本于太一。太一出两仪，两仪出阴阳。阴阳变化，一上一下，合而成章。……四时代兴，或暑或寒，或短或长，或柔或刚。万物所出，造于太一，化于阴阳。萌芽始震，凝寒以形。形体有处，莫不有声。声出于和，和出于适。和、适，先王定乐，由此而生。天下太平，万物安宁。皆化其上，乐乃可成。（《吕氏春秋·仲夏纪·大乐》）

这里描述了由天地万物之运动节律向音乐生成的过程，亦即"天文"向"人文"的生成过程。在这种观点看来，这种深刻体现了天地、四时、阴阳、变化的音乐也就具有某种神奇的社会功用。直到魏晋之时，阮籍还是持这种音乐生成论：

> 夫乐者，天地之体，万物之性也。合其体，得其性，则和；离其体，失其性，则乖。昔者圣人之作乐也，将以顺天地之性，体万物之生也。故定天地八方之音，以迎阴阳八风之声；均黄钟中和之律，开群生万物

之情气。……乾坤易简，故雅乐不烦。道德平淡，故无声无味。……此自然之道，乐之所始也。（《乐论》）

由此可见，这种以自然为人立法的思想之影响是何等深远。顺便说一句，中国古人，无论儒家还是道家，都坚持这种"以自然为人立法"的观念，认为人世间社会政治乃至伦理道德之合法性的最终依据乃是来自于天地自然。这实际上很可能是一种古老的原始巫术思想的转换形式：通过摹仿自然事物来达到控制自然的目的。在我们看来，摹仿自然的音乐即使很准确地体现了自然本有的"中和之气"，也绝不会导致万物安宁、天下太平的结果，这里的逻辑是不贯通的。但是古人却坚信这一点。

对于文学如何由天文而至于人文的生成过程则有刘勰论之甚详：

文之为德也大矣，与天地并生者何哉！夫玄黄色杂，方圆体分，日月叠璧，以垂丽天之象；山川焕绮，以铺理地之形：此盖道之文也。仰观吐曜，俯察含章，高卑定位，故两仪既生矣。惟人参之，性灵所钟，是谓三才；为五行之秀，实天地之心。心生而言立，言立而文明，自然之道也。傍及万品，动植皆文：龙凤以藻绘呈瑞，虎豹以炳蔚凝姿；……夫岂外饰？盖自然耳。……夫以无识之物，郁然有彩，有心之器，其无文欤！（《文心雕龙·原道》）

刘勰此说承《易传》而来，这里的逻辑很简单：天、地、人乃为"三才"，贯穿"三才"者为"道"。天地之道的外在形式是自然界的颜色、形状、光亮等等，这些东西的有序排列即是"文"，是天地之道的自然显现，所以可称为"道之文"。人是天地之间最为灵秀之物，能够"赞天地之化育"而与天地并立，可以说人就是"天地之心"，因此正如万物皆有灿烂的外在形式，即"文"一样，人作为"天地之心"也必然有其外显形式：由心而生言，由言而生文，这与天地有玄黄之色、日月有五彩之光、虎豹有绚烂之姿完全是一个道理。刘勰虽然说人是"天地之心"，似乎大大提高了人的主体地位，而实际上依然是将作为"文"之主体的"人"置于摹仿者的位置上。"人"的确是主体，但不是创作主体，而是摹仿的主体。

观古人将人之"文"与天地之"文"紧密相连的普遍倾向，大约出于以下几种原因。

其一，的确反映了某种实际的情形。人类的文明在其早期阶段，常常是在对自然的摹仿中展开的。自然的有序性的确是值得惊叹之事，即使在今天人们还是不能完全了解自然的奥秘。可以想见，上古时代的人类初民在无限而有序的大自然面前会是如何的惊奇与艳羡不已！他们极力摹仿自然秩序来安排人类社会的秩序应是再自然不过的事了，在当时也是一种很高的智慧。尽管人的这种智慧仅限于摹仿自然，但是人类的摹仿本身即是一种创造。摹仿的过程即是简化、加工、改造、变形的过程。即如《周易》的卦象，一方面是对自然之物的摹仿，一方面又是一种真正的抽象与简化，惟其是对自然之物的抽象与简化，它才能够最大限度地反映自然之物的普遍特性。文字的发生也同样是如此。文学艺术最初大约也是依据这种摹仿与简化的双重法则被创造出来的。当然，中国古人的摹仿说与古希腊的摹仿说有着根本的差异——中国古人并不是主张摹仿具体的自然物，而是要摹仿自然万物之中体现的运演规律与秩序，所以这种摹仿本质上乃是象征。①

其二，这种观点根源于一种根深蒂固的自然崇拜意识，或者如前所述的原始巫术意识。在中国古人看来，凡是天地之间自然生成之物，都有其存在的合法性，因为它们都是造化的产物，是大化流行的必然结果。相对而言，凡是人为的都是可以怀疑的，而凡是"天生的"即非人力所及的则都是神圣的。西方人主张以人为自然立法，因为人作为上帝的宠儿永远高于自然之物。中国人则主张以自然为人立法，因为自然的存在本身即是那种神秘的造物（天、天命、天道等）现身之所，人反而要通过这些自然之物来了解造物的面目。尽管在大多数中国古代思想家的心目中，这造物未必是人格神，但它具有无限的伟力与自身运行的一定之规则是可以肯定的。人只有通过努力去了解、把握造物的这种"一定之规"才算找到了最佳的生存与行为方式，否则就很可能是"逆天而行"，迟早必定会有不测之祸降临。人类社会的各种典章制度（礼乐之类）、价值秩序（君君、臣臣、父父、子子之类）都是对"天尊

---

① 中国古代的这种文学观念与西方古希腊的"摹仿说"不相类，却与十九世纪后期的象征主义比较接近。二者都认为在可见的自然现象背后有某种隐含着的东西，文学的功能就是将这种东西昭示出来。

地卑"之类的自然现象的摹仿，人类社会的语言文字、文学艺术之类就其原始发生而言也必定是对自然的摹仿。

其三，从士人阶层的权力意识角度看，这种观点又暗含着他们抬高文化的地位，从而抬高自己的社会地位的策略。"文"就其存在形态而言主要是各种文化话语系统。自春秋战国之后士人阶层就成为这些话语系统的主要承担者、建构者。如第一章所述，士人阶层在文化话语建构的过程中暗暗渗透了限制、引导君权的意义向度，这是以文化学术的形式掩盖的政治策略，可以说是中国古代士人阶层的看家本领。由于他们几乎全然凭借建构、传承文化话语的方式来表达自己的权力意识，所以将文化话语尽可能地予以神圣化，达到"以神道设教"的目的，对他们来说就是非常必要的了。

然而，诗文的创作却并非都是出于摹仿的冲动，尤其在中国古代，文人士大夫的吟诗作赋往往是由于内心的郁积，是有感而发。这就与摹仿自然的说法相矛盾了。为了解决这一矛盾，并更能接近诗文创作的实际，古代文学理论家又提出了"物感说"。刘勰指出：

> 春秋代序，阴阳惨舒，物色之动，心亦摇焉。……是以献岁发春，悦豫之情畅；滔滔孟夏，郁陶之心凝；天高气清，阴沉之志远；霰雪无垠，矜肃之虑深。岁有其物，物有其容；情以物迁，辞以情发。（《文心雕龙·物色》）

钟嵘也说：

> 气之动物，物之感人，故摇荡性情，形诸舞咏。（《诗品·序》）

这样一来，问题就解决了：天地之"文"首先触发人们的情感，人们的情感又现之于诗文。情感成为连接"天文"与"人文"的中介。那么为什么天地之"文"，即自然之物能够触发人的情感呢？按刘勰等人的逻辑，这是因为天地之"文"是天地的外在形态，而人却是"天地之心"，他们同为"天地之道"所贯通，因此作为天地之"文"的自然之物与作为"天地之心"的人原本就有深刻的相通性，故而自然之物的变化就会在人的心灵上引起反应。

自先秦即已出现了"文"这一范畴，但它一直是在极为宽泛的意义上被使用的，只是到了魏晋六朝之时，当它与人的个体情感相联系时，才成为真正意义上的文学范畴。如梁元帝萧绎说：

> ……古人之学者有二，今人之学者有四。夫子门徒，转相师受，通圣人之经者，谓之儒。屈原、宋玉、枚乘、长卿之徒，止于辞赋，则谓之文。……吟咏风谣，流连哀思者，谓之文。（《金楼子·立言》）

六朝时的"文笔之辨"正是"文"与其他文化话语系统相区别的标志，是文学作为文学而存在的标志。

但那种在"天地之文"与"人之文"的关系中论述文学价值的思路，在后代并未销声匿迹。例如北宋王禹偁依然说："天之文，日月五星；地之文，百谷草木；人之文，六籍五常。舍是而称文者，吾未知其可也。"（《小畜集》卷二《送孙何序》）这是很传统的说法，这个"文"还是广义的，并非专指文学而言。对于文学之作，他也有一番议论，其云：

> 造化之功，功大而不自伐，故山川之气出焉，为云泉，为草木，为鸟兽，必异其声色，怪其枝叶，奇其毛羽，所以彰造化之迹用也。山川之气，气形而不自名，故文藻之士作焉，为歌诗，为赋颂，为序引，必丽其词句，清其格态，幽其旨趣，所以状山川之梗概也。古人登高必赋，义由是乎？（《小畜外集》卷十三《桂阳罗君游太湖洞庭诗序》）

山川日月的多彩多姿是造化之功，诗文歌赋的风情万种是文人随物而赋形的结果。换言之，诗文之丰富多彩乃是自然之物的反映。这又与刘勰的说法接近了。

总之，在文学的起源问题上，中国古代文论家们基本上都持相同的观点：先有"天地之文"而后有"人之文"，后者是对前者的自觉效法或反映。这种见解与西方人那种源远流长的"摹仿说"大为不同，后者以探索自然奥秘的思想文化为背景，前者以顺应自然的思想文化为背景。由于这种根本性的差异，西方与中国各自发展起自己独特的文学创作与文学观念的历史。

二 关于"文"与"道"之关系的思想的历史演变

在中国古代诗学思想史上,再没有什么问题比"文"与"道"的关系更受到人们的重视了。这是一个根本性的问题,其他一切问题无不围绕它来展开。而如何理解"文"与"道"各自的内涵以及二者间的互相关系,也就成为不同诗学观念的分野。

在先秦思想家那里,孔子还没有明确提出"文"与"道"的关系问题,但他关于"文"与"质"、"言"与"德"、"美"与"善"之关系的论述却为后来儒家有关"文""道"关系的观点提供了基本准则,这就是重道而轻文的倾向。这种倾向一直影响中国古代诗学二千余年的发展演变。

首先正式提出文道关系问题的是荀子。他说:

> 圣人也者,道之管也。天下之道管是矣,百王之道一是矣,故《诗》《书》《礼》《乐》之归是矣。《诗》言是,其志也;《书》言是,其事也;《礼》言是,其行也;《乐》言是,其和也;《春秋》言是,其微也。故《风》之所以为不逐者,取是以节之也;《小雅》之所以为《小雅》者,取是而文之也;《大雅》之所以为《大雅》者,取是而光之也;《颂》之所以为至者,取是而通之也。(《荀子·儒效》)

这就是说,儒家所奉行的几种基本经典都是"道"的载体,只不过它们所"载"的是"道"的不同形态而已。诗歌所表现的"道"乃是以圣人之志的形式存在的。这就是说,诗歌是由于有了"道"才获得价值的。换言之,"道"是诗文价值之本原。所以他又说:"辩说也者,心之象道也。心也者,道之工宰也。道也者,治之经理也。心合于道,说合于心,辞合于说,……"(《荀子·正名》)"道"是治理天下的根本之理,亦即是儒家思想伦理。一切的辩说与言论均须以"道"为根基,否则就是淫辞邪说。这就是儒家著名的"明道"说的最早表述。与前引《易传》中的儒家思想相比,荀子对"道"的自然性、本体性等形而上的意义似乎不大感兴趣,而是将"道"完全视为儒家那一套政治伦理原则了。他所走的不是易庸之学的路子,而是更接近于后来汉代经学家了。盖易庸之学的"道"还是一种形上价值范畴,有宇宙本体的意味,是"天之道"与"人之道"的统一;荀学的"道"就全然回到孔子的"人之道"去了。

汉儒以经学的眼光看待文学,在"文""道"关系上基本是秉承荀子的观点,如孔安国言《尚书》之功能是"所以恢宏至道,示人主以轨范也"(《文选》卷四十五《尚书序》)。桓范也说:"夫著作书论者,乃欲阐弘大道,述明圣教,……故作者不尚其辞丽,而贵其存道也。"(《世要论·序作》)所不同的是,他们比荀子更加强调诗文的社会教化功能,更明确地将文学与政治伦理的意识形态视为一体。这种局面在东汉王充等人那里曾有所动摇,而真正彻底的改观则是到魏晋六朝时才完成的。刘勰说:

> 爰自风姓,暨于孔氏,玄圣创典,素王述训,莫不原道心以敷章,研神理而设教,取象乎《河》《洛》,问数乎蓍龟,观天文以极变,察人文以成化;然后能经纬区宇,弥纶彝宪,发挥事业,彪炳辞义。故知道沿圣以垂文,圣因文而明道,旁通而无滞,日用而不匮。《易》曰:"鼓天下之动者存乎辞。"辞之所以能鼓天下者,乃道之文也。(《文心雕龙·原道》)

刘勰之所谓"道"虽然依然是儒家之道,却与荀子及汉儒之道大有不同,它不是具体的政治伦理原则,而是涵盖宇宙的天地万物之根本法则。盖刘勰之本意似乎并非欲探求"文"与"道"之关系,他将"道"设定为天地万物的根本法则,目的是使自己的论述具有某种神圣性与合法性,同样带有"神道设教"之意味。在这顶大帽子之下,他就可以任意地阐发那些他所熟知的而且也极有兴趣的诗文的创作规律、文章体势、风格特点与欣赏趣味了。

隋代大儒文中子王通首倡"文以贯道"之说,其云:

> 学者,博诵云乎哉?必也贯乎道。文者,苟作云乎哉?必也济乎义。(《中说·天地篇》)

这种观点可以说是结束了六朝唯美主义诗学观念的时代,而开启了隋唐工具主义诗学观念的时代。唐代古文家几乎人人大讲"文"载道、传道、宏道的功能。

如柳冕的说法是很有代表性的：

> 故君子之文，必有其道。道有深浅，故文有崇替；……（《全唐文》卷五百二十七《答衢州郑使君论文书》）

又：

> 夫文章者，本于教化，发于情性。本于教化，尧舜之道也；发于情性，圣人之言也。（《全唐文》卷五百二十七《答徐州张尚书论文武书》）

隋唐士人论文必与道俱，这是隋唐庶族士人建功立业之精神的必然显现。魏晋六朝之时，庶族文人毫无社会地位可言，其秉承于先儒的社会责任感与历史使命感只好压抑于心底。隋唐之时，统治者为了寻求更广泛的社会基础，有意贬抑门阀士族，而鼓励庶族士人积极进取，科举取士便是这种动机的产物。于是士人阶层被压抑很久的“力比多”终于得到了宣泄的渠道，古文家对“道”的提倡就是这种精神的话语表征。他们的所谓“道”与六朝文论家，如刘勰等人迥然不同，与汉儒之“道”也判然有别。它真正的含义既不是天地自然之道，又不简单地等同于政治伦理原则，它的实际内涵应该是一种积极入世的、欲有所作为的功利主义精神。

然而在唐代古文家之中，韩愈的所谓“道”又与其他古文家有所不同。韩愈当然也希图有建功立业、追求荣华富贵的一面，但观其“道”论可知，他的志向绝不仅仅限于现实的功利目的。首先，韩愈提出“道统”之说，这明确地显示出他是要接续那个古今一体、绵延不绝的士人阶层的意识形态话语系统。这个“道”自周公之后就与统治者无缘了，而且在孟子之后也已不在士人阶层手中了。这个“道”究竟为何物呢？当然，它包含着儒家政治伦理原则，却又不等于这些原则的具体规定，它是先秦士人阶层所具有的那种以天下为己任的担当精神，是士人作为一个阶层所具有的那种干预社会、规范君权、教化百姓的主体意识，也是作为个体生命存在的士人所具有的那种对崇高人格境界的向往与追求。因为只有这种精神才是自孟子之后士人阶层丢失（或者被压抑起来了）的东西。韩愈在现实的政治生活中也许有其不能免俗的一面，但在精神生活中他却毫无疑问是有唐以来第一人，是士人主体精神的真正的呼唤者。宋儒正是在继承了韩愈精神的基础上进而建构自己的话语体系的。他们尽可以嘲笑韩愈的肤浅与粗疏，但其开创之功是任何人都无法抹杀的。

在"文"与"道"的关系问题上，韩愈是从两个层面上立论的：在个体层面上，他强调人的道德修养对于诗文创作的首要意义；在社会文化层面上，他主张文学应该成为士人阶层主体精神的载体。

孔子尝言："有德者必有言。"（《论语·宪问》）这是儒家的一贯主张。韩愈亦认为学为文者必先修其身。他说：

> 将蕲至于古之立言者，则无望其速成，无诱于势利。养其根而俟其实，加其膏而希其光。根之茂者其实遂，膏之沃者其光晔。仁义之人，其言蔼如也。（《昌黎先生集》卷十六《答李翊书》）

其所谓"立言"者，非指一般的言说，而是与"立德"直接相关的话语建构。其本质是儒家所谓"己欲立而立人，己欲达而达人"（《论语·雍也》）的仁者事业——自己努力成圣成贤，并且引导他人亦成圣成贤。自己成圣成贤的方法是存心养性的修身工夫，可以不必诉诸言说；使他人成圣成贤的方式则只能通过话语建构来完成。由此可见，儒家的"立己立人，达己达人"云云，虽是一片好意，但实际上却完全是一种话语的暴力，是权力的运作。其预设的前提是除了自己之外，他人都是愚氓，只有靠他们这些圣贤来引导教诲才能走上正途，此即所谓"以先知觉后知，以先觉觉后觉"。倘若追问一句：先知先觉们如何证明自己所"觉知"之物是合理的呢？他们是难以回答的。除了求助于圣人智慧的自明性之外别无他法。这是士人阶层主体精神的体现，也是古代知识分子阶层精神上的贵族意识之显现。

那么如何才能使内在品德成为外在的言说呢？这就需要长期的人格修养，"行之乎仁义之途，游之乎诗书之源"，久而久之，自然会培养出一种充实有力的主体精神，这就是"气"。"气，水也；言，浮物也。水大而物之浮者大小毕浮，气之与言犹是也。气盛，则言之长短与声之高下者皆宜。"（《昌黎先生集》卷十六《答李翊书》）对韩愈这种"气盛言宜"之说，后人大都仅仅从作文的角度来理解，其实韩愈的最终目的并非作文，而是传道。对于传道而言，自然是有道可传乃为第一要事。"气盛"即是心有所主，即是内心充实，亦即是有道可传。至于言，只要能够传道，也就达到了要求。此亦孔子所说"辞达而已矣"（《论语·卫灵公》）的含义。对于韩愈来说，人生只有两大要事，一是做官，二是作文，前者为了"立功"，后者为了"立言"。正如他所说："君子居其位，则思死其官；未得位，则思修其辞，以明其道。"（《昌黎先生集》卷十四《争臣论》）至于修身则是自己须臾不可离之事。宋儒批评韩愈将作文与修身的关系搞颠倒了，其实是一种误会。

作为士人阶层的精神代表，韩愈主张振作精神，自觉承担起传道的大任。为了达到这一目的，他极力提倡重振"师道"，试图恢复先秦时代那种私学兴盛时的局面。其云：

> 生乎吾前，其闻道也固先乎吾，吾从而师之；生乎吾后，其闻道也亦先乎吾，吾从而师之。吾师道也，夫庸知其年之先后生于吾乎！是故无贵无贱，无长无少，道之所存，师之所存也。（《昌黎先生集》卷十二《师说》）

可见其所谓"师"不过是"道"的传承者而已。韩愈的目的乃是通过重振师道来激发起士人阶层久已磨灭销蚀的主体精神，进而以"王者之师"的精神去规范君主、教化百姓，重新呼唤起以天下为己任、以道自任的社会责任感与历史使命感。总之是要做社会价值观念的建构者，欲以自己的价值准则重新安排世界——这与先秦诸子著书立说、授徒讲学的目的是完全一致的。就历史语境而言，韩愈的这种主张乃是唐中叶之后政事不举、朝纲紊乱、君权的神圣性被大大动摇的产物。"安史之乱"与藩镇割据的局面明确无疑地向世人证明，大唐的李姓江山并非永固，君主也非事事正确的圣人。在这种情况下，那些深受唐朝君主知遇之恩的庶族士人就自觉有责任起来拯救大唐的江山了。他们又重弹起先秦儒家"唯大人为能格君心之非。……一正君而国定矣"（《孟子·离娄上》）的老调子，欲做帝王师了。韩愈即是士人阶层这种心态的代表者，其所言说即是士人阶层主体精神的话语显现。但是由于在藩镇割据的历史条件下，真正具有言说力量的只能是武力，文化学术话语的言说不可能起到影响社会的作用，所以韩愈的大声疾呼终究未能导致一场政治的变革，甚至也未能导致一场意识形态的革命。只是到了宋代，由于社会政治条件的特殊性，士人阶层的空前的活跃，一场伴随着政治变革的意识形态的革新运动才蓬蓬勃勃地发展了起来。

宋代士人对"文"的认识有许多歧义，概括地说可分为三类。一是指"词章之文"，即纯文学（诗歌、散文、辞赋等）。例如程颐说：

> 凡为文不专意则不工，若专意则志局于此，又安能与天地同其大也。《书》曰："玩物丧志。"为文亦玩物也。（《河南程氏遗书》卷第十八《伊川先生语四》）

将"文"与"玩物"等量齐观，其所谓文即是指"词章之文"，也就是所谓纯文学。又如苏东坡尝说：

> 闽人黄子思，庆历皇祐间号能文者。予尝闻前辈诵其诗，每得佳句妙语，反复数四，乃识其所谓。信乎表圣之言，美在咸酸之外，可以一唱而三叹也。（《经进东坡文集事略》卷六十《书黄子思诗集后》）

又：

> 吾文如万斛泉源，不择地而出，在平地滔滔汩汩，虽一日千里无难。及其与山石曲折，随物赋形，而不可知也。（《经进东坡文集事略》卷五十七《文说》）

这里的"文"毫无疑问是指"词章之文"而言的。二是指各种文类而言，包括文学作品，也包括非文学的文类。例如柳开说：

> 吾之道，孔子、孟轲、扬雄、韩愈之道；吾之文，孔子、孟轲、扬雄、韩愈之文也。（《河东先生集》卷一《应责》）

又如智圆和尚说：

> 然吾于学佛外，考周孔遗文，究扬孟之言，或得微旨。①

这里的"文"显然并非指纯文学而言。三是指更广义的文化而言，并不仅仅限于各种话语系统，而且包括典章制度与政治策略等等。例如李觏说：

> 贤人之业，莫先乎文。文者岂徒笔札章句而已，诚治物之器焉。其大则核礼之序，宣政之和，缮政典，饰刑书。上之为史，则怙乱者惧；下之为诗，则失德者戒。发之为诏诰，则国体明而官守备；列而为奏议，则阙政修而民隐露。周还委曲，非文曷济？（《直讲李先生文集》卷二十七《上李舍人书》）

又如王安石说：

> 尝谓文者，礼教治政云尔。其书诸策而传之人，大体归然而已。（《临川集》卷七十七《上人书》）

又：

> 治教政令，圣人之所谓文也，书之策，引而被之天下之民，一也。圣人之于道也，盖心得之；作而为治教政令也，则有本末先后，权势制义，而一之于极。其书之策也，则道其然而已矣。（《临川集》卷七十七《与祖择之书》）

这里的"文"可以涵盖一切官方意识形态话语，是统治秩序合法性的全部依据。

对于"文"这个概念的这种歧义性理解反映了宋代士人在精神文化场域呈现出的不同的价值取向。道学家将居敬穷理、成圣成贤作为人生第一要务，

---

① ［宋］释智圆：《送庶几序》，见曾枣庄、刘琳主编：《全宋文》第8册，成都：巴蜀书社，1990年，第184页。

不想在诗文创作上浪费精神，所以对"文"采取轻视态度；政治家（包括政治哲学家）希望"文"能够成为使社会秩序合理化的手段，而不仅仅是个人情感的抒写，故而有意扩大了"文"的所指范围；文学家希望健全文学这一特殊文化场域的评价体系与准则，因此关心的是诗文的高下好丑与创作技巧。

对于"道"，宋代士人更是各道其所道，并无统一的意见。大体而言，亦可分为三种观点。一是指儒家之道。例如孙复说：

> 吾之所谓道者，尧、舜、禹、汤、文、武、周公、孔子之道也，孟轲、荀卿、扬雄、王通、韩愈之道也。①

在道学兴起之前的宋初的儒家都持此论。这个"道"与韩愈理解的"道"相近，从学理上说是指孔孟以降的历代儒家之学，而从其所蕴涵的主体意识上来说，则此"道"乃是士人阶层权力意识或社会干预意识的话语表征。

二是道学家之"道"。此"道"不同于宋初儒者所标举的儒家之道，因为它主要是指思孟学派开出的那种个体精神价值或人格理想。亦即心性之学、作圣之功、诚敬之学，此"道"即是"天理""性"，即是"合外内之道"。程颢说：

> 道，一本也。或谓以心包诚，不若以诚包心；以至诚参天地，不若以至诚体人物，是二本也。知不二本，便是笃恭天下平之道。（《河南程氏遗书》卷第十一《明道先生语一》）

又说：

> "天命之谓性，率性之谓道"者，天降是于下，万物流行，各正性命者，是所谓性也；循其性而不失，是所谓道也。（《河南程氏遗书》卷第二上《二先生语二上》）

---

① ［宋］孙复：《信道堂记》，见曾枣庄、刘琳主编：《全宋文》第10册，第268页。

可知道学家之"道"是具有形而上色彩的范畴，其要旨在于通合人之心性与天地之本体。

三是指儒、释、道三家合一之道。智圆指出：

> 夫秦火六经，汉兴杂霸，民浇俗漓，争夺方炽，礼让浸微，则仲尼之仁谊、伯阳之道德或几乎息矣。赖我浮屠之为训也，既以三世报应制其事，复明一心空寂穷其理。民有闻报应之说者，虽贪贱啬吝之夫，亦庶乎振之周急矣；民有闻空寂之说者，虽矜功用壮之夫，亦庶乎守雌保弱矣。能周振，则博济之道行也；守雌弱，则朴素之风振也。博济行则礼让著，朴素振则刑罚措。以斯而利于民，则仲尼、伯阳之道不远复矣。故曰为利于上下，救弊于儒道焉。①

这就是说，孔孟之道与老庄之道均已衰微，只有佛释之道可以救之，因为三教之道在本质上是一致的。这是典型的"三教合一"之论。魏晋六朝之时这种观点尝兴盛一时，到了宋代再次被许多释家学者提起。

在"文"与"道"的关系问题上，宋儒也有三种不同观点。

一是"文以载道"之说，即将文章、文学视为负载"道"的工具。此说自唐代韩愈弟子李汉提出"文者，贯道之器也"② 说之后代有传人，基本上成为宋代儒家的普遍说法。周敦颐说：

> 文，所以载道也。轮辕饰而人弗庸，徒饰也，况虚车乎？文辞，艺也；道德，实也。笃其实而艺者书之，美则爱，爱则传焉，贤者得以学而至之，是为教。故曰："言之无文，行而不远。"（《通书·文辞》）

这是最典型的"文以载道"之论，是纯粹的工具主义文学观。

二是将"文"与"道"视为二物，以为二者彼此冲突。程颐所谓"作文

---

① ［宋］释智圆：《与骆偃节判书》，见曾枣庄、刘琳主编：《全宋文》第8册，第171—172页。
② ［唐］李汉：《唐吏部侍郎昌黎先生讳愈文集序》，见［清］董诰等编：《全唐文》卷七四四，北京：中华书局，1983年，第7697页。

害道"之说可为代表。在他看来，"道"乃是人的一种内在的道德修养，或人格境界，完全用不着成为话语形式。作文有作文的规则与标准，倘入其途，就不得不遵循其标准与规则，这就势必要妨害到人生最大的正经事——存心养性、成圣成贤。这种见解恰恰证明道学家已经在实际上放弃了"治国平天下"的社会乌托邦，而全身心地投入个体精神世界的安顿、改造、提升上了，其目的是寻求精神的自由与超越。否则，他们如何不知道"文"对于"道"的传播具有不可替代的重要作用呢？

三是所谓"文与道俱"之说。即认为"文"是"道"的自然流露；"道"是"文"的内在依据。二者不可以分为二橛。此说之滥觞当然是孔子的"有德者必有言"之说，而在宋代，较早提出此说并有充分论述的则是智圆。其云：

> 夫论文者多矣，而皆驳其妖蛊，尚其淳粹，俾根柢仁义，指归道德。不尔，而但在文之辞，似未尽文之道也。愚窃谓文之道者三：太上立德，其次立功，其次立言。德，文之本也；功，文之用也；言，文之辞也。德者何？所以畜仁而守义，敦礼而播乐，使物化之也。功者何？仁义礼乐之有失，则假威刑以防之，所以除其灾而捍其患也。言者何？述其二者以训世，使履其言，则德与功其可至矣。①

这段话的意思是，"文"乃是"文之本""文之用""文之言"三者的复合体，它本身既是作为本体的"道"，又是作为功用的价值，还是作为其呈现的言辞，是三位一体的。这就是说，"道"即是"文"，"文"即是"道"，二者是不可以分开言之的。后来真正继承了智圆这种观点的人是朱熹。他针对李汉的"贯道"之说指出：

> 这文皆是从道中流出，岂有文反能贯道之理！……若以文贯道，却是把本为末，以末为本，可乎？（《朱子语类》卷第一百三十九《论文上》）

这就是说，"文"不能看作是"道"的载体，二者不能截然分开。"道"乃"文

---

① ［宋］释智圆：《答李秀才书》，见曾枣庄、刘琳主编：《全宋文》第8册，第179页。

之道"，"文"乃"道之文"，二者只是从不同角度来看而已。这里朱熹的目的是突出"道"的重要性，即否定无"道"之文，或非"道"之文的存在——凡是与"道"无关的，就不是"文"。但在客观上，他也的确意识到了"内容"与"形式"的不可分拆性，这是极为可贵的。

宋代以降，关于"文"与"道"的含义及二者关系的观点基本上不出宋儒樊篱。只是到了明中叶之后，随着士人阶层个体意识的高扬，"道"作为"文"之本体的传统观点才受到质疑，出现了以"情""童心""赤子之心"等作为"文"之本体的文学主张，于是"道"作为一种"中心"或"深度模式"被从根本上解构了。然而到了清代则又有章学诚重新写出以《原道》为名的文章来，试图继续探寻前人曾探寻过的文学本体论问题。这标志着清代士人又中断了对古老的文化学术传统的怀疑与反思，再一次接续起已然面临重大革新的文化命脉。

近来常见有人论及中国的"道"与西人之"逻各斯"的异同，恕我不恭，大都是或郢书燕说或张冠李戴式的胡言乱语，读来令人喷饭。其实，"道"与"逻各斯"的区别并不仅仅在于二者具有不同的存在形态与体认方式。这样的追问本身乃是以承认二者在本体论层面的一致性为前提的，而问题恰恰是这个前提不成立。"逻各斯"是西方古希腊时代的宇宙本体论哲学的产物，是人们对于宇宙形成、变化之动力的思考与追问，因此这种本体论乃是以认识论为基础的，是以认识世界为最终目的的。至于后来神学家将"逻各斯"与上帝统一起来，并以之作为证明上帝存在及无所不能的证据，那是另外一个问题。中国古代文化话语中的"道"则不同了，在老庄那里（最具有本体论色彩），"道"不过是万事万物之本然自在性的话语概括，它本质上不是对自然宇宙的认识而是对它的评价——承认自然宇宙的先在性与自为性。这种承认不是为了认识它而是为了使它成为一个榜样，即以自然为人立法。老庄之所以要将自然视为榜样，是为了解决当时的社会动荡、战乱不已的问题。可见老庄的"道"看上去似乎也是对自然宇宙之奥秘进行追问的产物，好像也是一个以认识论为依托的本体论范畴，其实却是以社会政治关怀为基础的价值本体论范畴。简言之，"逻各斯"指向认识自然宇宙的奥秘，是古希腊哲人对其认识成果的一个本体论设定，它标志着一种认识的阶段或深度。老庄的"道"则指向人世间，它是中国先秦时代的士人阶层为解决社会政治问题而设定的价值依据，是一种乌托邦。至于孔孟的"道"则直接就是一种价值范畴，丝毫不带有宇宙本体论的意味（易庸之学将孔孟之道与老庄之道结合为一种综合性范畴，从而具有了形上本体的性质）。所以如果要将中国古代的"道"与西方古代的"逻各斯"进行比较，具有学术意义的做法是比较其作为两种文化系统之核心话语，是如何形成的，它们分别具有怎样的意向性内涵，它们对两种文化系统的形成有着怎样的重要作用，等等。如果像目前许多论者所做的那样预设一个认识论前提，或者仅仅停留在话语层面本身来"比较"，那如何能够比较出个所以然呢？这种比较又有什么价值呢？

总之，从士人阶层与士人文化的角度来看，"文"与"道"原本均带有价值本体论的意义——它们都是士人阶层主体意识与独立精神的话语表征。士人阶层高扬"文"与"道"的价值，本质上乃是其自我尊崇、欲成为社会主流话语之建构者的深层动机的显现，所以也就是他们权力意识的运作方式。后来在"文"与"道"之间出现了差异："文"要求着独立性，不再愿意与"道"夹缠不清了。这是士人阶层个体意识（或个体主体性）空前发展的产物，也是中国古代文化场域意义空间不断拓展、分化的产物。此后，越是重视文学之独特性的诗学理论，就越是要求"文"与"道"划清界限，而一种真正意义上的诗学理论恰恰是在"文"与"道"拉开距离，保持自身的独立性之后才发展起来的。与此相应，作为文学的文学也只有在"文"放弃了对"道"的沉重义务之后才真正发展起来。

第六章 "自然"与"丽"

作为中国古代主流文化主要创造者与传承者的士人阶层是一个充满矛盾的知识群体:他们独特的社会地位是造成这种矛盾的主要原因,而个体精神自由与社会价值建构则是这种矛盾的基本维度。这种矛盾贯穿于这个阶层的一切言说活动之中,从而构成中国古代文化概念系统充满"二律背反"现象的独特景观。在诗学方面也同样如此。从"自然"与"丽"这两个重要诗学范畴中我们就可以清楚地看到这一点。

一 "自然"作为一种诗的风格与境界

在文学发展史上似乎有这样一种普遍现象——凡是在文学尚未自觉的早期阶段产生的文学作品大都呈现一种"自然"风格。古希腊的史诗、抒情诗,我国先秦时期的诗歌都是这样。这并非因为早期的诗人们自觉地恪守一种崇尚自然的诗学观念,而恰恰是因为他们还没有形成任何一种成熟的创作观念,只是有感而发、直抒胸臆而已。作为一种明确的诗学范畴,"自然"的产生反而成为文学发展已经走向成熟与自觉,并且开始过于注重形式技巧与创作规则的确证。因为"自然"是作为对诗文创作中过于形式化、程式化、技巧化的反拨而出现的一种诗学主张,它只能是文学发展到比较成熟的阶段的产物。

在中国诗学观念发展史上,"自然"是在六朝时期真正作为一个重要的诗学范畴被提出并得到普遍认可的。如果说西晋的陆机在《文赋》中还在倡导"绮靡"、崇尚文采，依然致力于对文学审美特性的呼唤与建构，那么经过此后二百年间文学向形式化、技巧化的飞跃性发展之后，到了刘勰、钟嵘、颜之推这里则开始对那么过于讲究用事、声律、辞藻、技巧的创作倾向予以贬抑和消解了。他们将"自然"范畴引入诗文评之中，目的即在于将诗文创作导向一个新的高度，使之突破形式与技巧的束缚而走向真正的成熟。

刘勰提倡"自然"主要是着眼于诗文的发生与创作过程。他说："心生而言立，言立而文明，自然之道也。"（《文心雕龙·原道》）这是说诗文作为一种言说方式的发生是自然而然的事情，并非人力所强为。他又说："人秉七情，应物斯感，感物吟志，莫非自然。"（《文心雕龙·明诗》）这是说具体到个人的创作乃是内在之情与外在之景相触发、相契合的产物，并非刻意安排。从这两则引文中我们不难看出刘勰用"自然之道"与"自然"来解释诗文发生与文学创作过程的良苦用心。一方面他把文学的发生看作如同四时更替、万物生长一样是"自然之道"的产物，这就赋予文学以某种合法性与神圣性。这样文学也就不是人们兴之所至偶一为之的消遣和娱乐，不是可有可无的雕虫小技，而成为与"天文""地文"并立而三的"人文"，是可以"鼓天下"的"道之文"。作为对文学价值的高扬，刘勰此说较之曹丕的"经国之大业，不朽之盛事"说实更有过之。另一方面，刘勰强调文学创作过程的"自然"，实质上是强调文学创作的"非自觉性"。在他看来，心中有真情实感，偶与外物相触发，则发而为诗文，这是一个自然而然的过程。这里实包含着对齐梁间士族文人玩弄技巧、为文造情不良倾向的针砭。钟嵘亦如刘勰一样，也是针对同样的问题提出自己的观点的。他提倡"自然英旨"，反对用事与雕琢。他提出的"直寻"之说是一种使作品达到"自然"境界的创作方法。"直寻"即是"感物吟志，莫非自然"之意，同样是反对雕琢而伤诗之真美。

我们应该看到，刘勰、钟嵘等人标举"自然"并非主张率而为文而否定文采与技巧，他们的目的是要人们将文采技巧与真情实感统一起来，从而使作品整体上呈现一种意蕴或"滋味"。这实际上是对诗文创作更高一层的要求。"自然"的实质是诗文毫无痕迹地呈现真情实感而不使辞藻与技巧遮蔽其所要传达的意义。

唐宋以降，在诗歌创作上那种"清水出芙蓉，天然去雕饰"的自然风格已成为具有普遍性的诗学价值而被推崇了。例如题司空图《二十四诗品》专列"自然"一品，姜白石以"自然高妙"为诗之极致，[①] 陈白沙论诗应以"自然"为本，[②] 直到近人王国维论曲之审美特性依然名之曰"自然"[③]。如此种种，不胜枚举。那么"自然"这一诗学范畴究竟标志着一种怎样的文学价值呢？下面我们即以司空图等人的观点为例，试分析"自然"的意义与价值。《二十四诗品·自然》云：

> 俯拾即是，不取诸邻。俱道适往，着手成春。如逢花开，如瞻岁新。真与不夺，强得易贫。幽人空山，过水采蘋。薄言情悟，悠悠天钧。

对于这段形象描写我们可以从两个方面来解读。其一，我们可以将它视为对诗人创作过程的描述：诗人吟诗时从容不迫、举重若轻。他遣词造句就像信手拈来，丝毫没有苦吟诗人那敛首蹙额的痛苦。诗的意象从他笔下写出就如同花开花落、四时交替那样自然而然。这是一种轻松自如、毫不经意的创作状态。其二，我们又可以将这段描写看作是人们欣赏"自然"之诗时所获得的审美感受：诗是那样浑然天成，没有丝毫人工斧凿之痕，令人仿佛置身于自然山水之中观赏春花乍开、暑雨初歇，既不劳揣想，亦无须寻觅什么微言大义，一切都呈现在人的眼前，如同自然之物那样真实无妄。这样"自然"就意味着诗歌文本对于欣赏者而言的一种风格和效应。文中"与道适往"与"悠悠天钧"二句得于老庄之学。"道"与"天钧"都是指天地万物默默运作、无为而无不为的特性。用之于此，可以理解为诗人创作不矫情造作而像自然之道化生万物那样了无痕迹。同样也可以理解为人们在欣赏"自然"之诗时那种如同面对自然之道无声无息、化育万物而得到的主观体验。前者是遵"道"而为诗，后者是因诗以见道。

那么诗的"自然"风格究竟是如何形成的呢？果然如司空图描写的那样

① ［宋］姜夔：《白石道人诗说》，见［清］何文焕辑：《历代诗话》下册，北京：中华书局，1981年，第682页。
② ［明］陈献章：《陈献章集》卷一《批答张廷实诗笺》，孙通海点校，北京：中华书局，1987年，第74页。
③ 王国维：《宋元戏曲史》，北京：东方出版社，2012年，第101页。

从容潇洒吗？我们不妨再看看姜白石对这一问题的看法：

> 文以文而工，不以文而妙，然舍文无妙，胜处要自悟。
>
> 非奇非怪，剥落文采，知其妙而不知其所以妙，曰自然高妙。[①]

白石所言有两层含义：其一，达到"自然高妙"的诗虽然看上去平实无华，但其形成的原因却难于言说。其二，"自然高妙"的诗境并非文采与技巧所能决定，但若离开文采与技巧亦不可能。这就是说，"自然"之诗并非真的是信手拈来的不经意之作，它同样离不开"文"——文采与技巧。对此释皎然说得就更清楚了：

> 又云："不要苦思，苦思则丧自然之质。"此亦不然。夫不入虎穴，焉得虎子？取境之时，须至难、至险，始见奇句。成篇之后，观其气貌，有似等闲，不思而得，此高手也。[②]

这说明"自然"主要是一种诗的风格和境界，也就是作品在欣赏者心理上产生的某种效果。它是一种审美价值，其能否实现要取决于诗歌本身的特点与欣赏者主观体验与评价两个方面。至于说它的形成，即创作过程则大都并非"俯拾皆是，不取诸邻"那样闲适从容，相反这种风格常常是匠心独运的产物。

从理论上讲，"自然"风格是文采与技巧的产物，同时又是对文采与技巧的征服与超越。言其为文采与技巧的产物，是说倘无高超的创作技巧与文辞的精心修饰，只是随意挥洒，决计写不出达于"自然"之境的佳作。言其为对文采与技巧的征服与超越，是说倘若不能使技巧在文本中深藏不露，令人对其毫无察觉，那同样也不能写出"自然"风格的好诗。只有那种借助文采而使人忘其文采，借助技巧而使人不见技巧的作品才会给人以自然清新、浑然天成的审美体验。古人所谓"天籁自鸣""无法之法""不工而工""无我之境"等等都是指这种对文采与技巧的征服与超越。这表明，"自然"实为诗文创作的极致与化境，是一种最高层次的审美价值。

---

① ［宋］姜夔：《白石道人诗说》，见［清］何文焕辑：《历代诗话》下册，第682页。
② ［唐］释皎然：《诗式》，见［清］何文焕辑：《历代诗话》上册，第31页。

除了对文采与技巧的征服与超越之外,"自然"成为一种最高意义上的审美价值还有更深的文化心理原因,否则我们就无法回答为什么"自然"的能在接受者心理上造成愉悦的审美享受,而"镂金错彩"式的作品则令人生厌的问题。这样我们的追问就不能不超出诗学范围而进入到文化心理层面,也就是说我们必须对"自然"这个综合性范畴的第二层内涵进行剖析。在我看来,"自然"所以能够成为一种最高的文学价值,深层原因乃是因为它标示着中国文人的一种人生理想和人格高度。这就是说,作为"自然"的诗学价值内涵之依托的是它的道德价值内涵。古代文人首先是欲做(至少是向往)达于"自然"境界的人,而后才创作并欣赏达于"自然"境界的诗。在现实生活中,做"自然"境界的人往往只是一种精神追求而难以真正实现,于是创作和欣赏"自然"的诗便具有某种填补心理匮乏的作用了。正如六朝世族将山水搬到自家园林中是同样道理。既不能使"诗意地栖居"获得现实性,那么使心灵在瞬间驻足于诗的境界之中,也算是略有补偿了。

二 "自然"作为一种人生理想

如果说"自然"作为一种诗的风格是指诗歌作品对"人为"(辞藻、典故、技巧等)的征服与超越,那么它作为一种人生理想则是指人对各种"规矩"——社会规范的征服与超越。以往人们常常有一种观念,以为一提"自然",那必定是指老庄之徒的人生理想,与儒家无涉。实际上这是一种大大的误解。"自然"作为一种人生理想是中国古代文人士大夫所普遍向往的,儒家个体人格的最高境界同样是"自然"状态的。由于论及道家清静自然之人生理想的文字数不胜数,我们在这里专门来看一看儒家士人以"自然"为鹄的的人生理想。

毫无疑问,儒家以天下为己任,以"博施于民而能济众"为人生至境。但这只是他们人生理想的一个方面,即当他们扮演某种社会角色时所标举的人格境界。作为生命个体他们同样向往一种超越于重重社会规范之外、认真自得、率性而为、无往而不乐的"自然"状态。在孔子那里,这种人生理想可以从他对曾点与颜回的赞许中表现出来。

对于曾皙"冠者五六人、童子六七人,浴乎沂,风乎舞雩,咏而归"的志向,"夫子喟然叹曰:'吾与点也!'",对此,宋儒朱熹注云:

> 曾点之学，盖有以见夫人欲尽处，天理流行，随处充满，无少欠缺。故其动静之际，从容如此。而其言志，则又不过即其所居之位，乐其日用之常，初无舍己为人之意。而其胸次悠然，直与天地万物上下同流，各得其所之妙，悠然自见于言外。视三子之规规于事为之末者，其气象不侔矣，故夫子叹息而深许之。（《四书集注·论语集注》卷六）

这段注文基本上抓住了曾点之志的基本价值意义。概括朱注，其旨有二：一是肯定曾皙安于"所居之位""乐其日用之常"，也就是安时处顺、无往不乐之意。二是称赞曾皙之志是人的主体精神与天地自然同化为一的表现。此二者正是自然这一人格境界之主要特征。我们再看孔子对颜回的称赞：

> 贤哉，回也！一箪食，一瓢饮，在陋巷。人不堪其忧，回也不改其乐。贤哉，回也！（《论语·雍也》）

对于这段话人们常常认为孔子是在称赞颜回的"安贫乐道"，其实不然。孔子是肯定颜回不以世俗贫富荣辱之见为念而保持一颗平常自在之心。二程就说过，"若有道可乐，便不是颜子"（《朱子语类》卷第三十一《论语十三》）。又云：

> 颜子之乐，非乐箪瓢、陋巷也，不以贫窭累其心而改其乐也，故夫子称其贤。（《四书集注·论语集注》卷三）

据此可知，颜回原本就怀有一种平和愉悦的心境，生活上的艰难清贫并没有使他的快乐有所消减。他的高于他人之处在于：他能够保持内心之平静而不受外界因素干扰——这与老庄追求的清静自然心态颇有相通之处。

孔子对曾皙之志与颜子之乐的肯定以及《论语》中关于"孔子燕居"的记载为后世儒者在人格修养上树立起一种典范，这便是为宋儒极力推崇的"孔颜之乐""圣人气象"，其实质是一种从容不迫、平和愉悦、完满自足的自然心态。程明道尝言："自见周茂叔后，吟风弄月以归，有吾与点也之意。"程伊川亦云："昔受学于周茂叔，每令寻仲尼、颜子乐处，所乐何事。"（《伊洛渊源录·濂溪先生》）可见濂溪先生教人是以培养其"自然"的人格境界为主旨的。近人陈钟凡先生评濂溪之学云：

> 及周敦颐崛起湘中，著《太极图说》及《通书》四十篇，以自然为教，主静为宗，虽缘饰《周易》《中庸》，而归本于道家之旨。[①]

其言濂溪之学"以自然为教，主静为宗"实为中的之论，然以其学"归本于道家之旨"则不尽然。观濂溪之学虽确受道家影响而成，然其所论无疑是远绍《论语》《易传》固有旨趣，绝非全然来自老庄。盖论者见宋明儒者多有标举自然之论，又知其人多出入老庄，故而常疑其学为道家而非醇儒，他们不知，实际上在最高的人格理想上，儒、道原非扞格不入。"自然"作为一种超越名利荣辱之现实价值规范的人格境界，正是古代文人安顿个体心灵的共同心理需求之流露，是他们共同构建的精神乌托邦。考之史籍，现实中愈是注重名利，那些具有自我意识与独立精神的文人士大夫便愈是向往这种"自然"的人格境界，因为"自然"本质上意味着"自由"。例如明代中叶，程朱理学日益官方化、教条化，渐渐销蚀了其本有的超越精神、自由精神。而随着科举制度日益腐朽，在士林中出现了一大批满口仁义道德、满腹功名利禄的假道学，在这种情况下，大儒陈白沙高标"自然""自得"，重倡"孔颜之乐"，呼吁士人保持独立精神，从而开创一代儒学新风尚。白沙尝言：

> 天下未有不本于自然，而徒以其智而收显名于当年、精光射来世者也。
>
> 人与天地同体，四时以行，百物以生，若滞在一处，安能为造化之主耶？古之善学者，常令此心在无物处，便运用得转耳。学者以自然为宗，不可不着意理会。[②]

白沙先生以重振儒学真髓为己任，而直言其学"以自然为宗"，可见在他的心目中"自然"并非为老庄之学所专有，亦为儒学最高人生旨趣。

---

① 陈钟凡：《两宋思想述评》，上海：商务印书馆，1993年，第2页。
② ［明］陈献章：《陈献章集》卷一《题吴端卿采芳园记后》、卷二《与湛民泽书·七》，第71、192页。

到了明后期所谓左派王学那里，"自然"思想更被推向极致。王艮云：

> 凡涉人为，皆是作伪。故伪字从人从为。
>
> 良知之体，与鸢鱼同一活泼泼地。当思则思，思通则已。……要之
> 自然天则，不着人力安排。（《王心斋先生遗集》卷一）

如此则唯有顺应本身具足之自然心性而行方合乎天理。在王心斋看来，"天理"即是"自然"之理，即使为学，也要自然和乐才行，否则就是人为、强迫，就违反人之本性。此种以自然为宗的儒学实为对现实之于文人士大夫的严酷束缚的强烈抗争，是对自由自觉之生命状态的热烈追求。这表明，在反抗强制、追求心灵自由舒展这一点上，儒学与老庄之学（包括佛释之学）有着深刻的内在一致性。

在许多人看来，老庄之学是反对现实规范而主张任真自得的，而儒家则是要收束心性、居敬守诚的。一个是破除规范，一个是建立规范，二者判然有别。实际上这是一种误解。老庄那清静自然的人格境界也并非轻易可得，否则老子也无须要人们"致虚极、守静笃"了，庄子更无须大讲"心斋""坐忘""悬解""见独"之道了。六朝的世族名士标榜老庄之学，其实他们那种放浪形骸、任意而为的生活方式并非老庄的真精神。儒家的确讲究修身养性的工夫，主张个体道德的自律，但这些并不是他们的最高人生旨趣，而只是实现其人格理想的必要手段。在这一点上儒学与老庄之学也很相近——二者都是要通过自我修持而达到心灵自由，通过自我约束而达到彻底摆脱约束。他们的根本不同在于儒家在达到个体人格的最高境界之后还要做事：尽人之性、尽物之性、赞天地之化育；而老庄之徒在实现个体人格理想之后就无事可做——只顺应自然之化，随时俯仰就行了。

"自然"作为一种人格境界主要包含两大特征。一是无拘无束的心灵自由状态，即摆脱内在的与外在的强制之后的精神状态。在老庄是物我两忘、逍遥自适；在儒家是平和愉悦、从容中道。二是真诚无伪的处世态度，即涤除一切虚伪矫情，以自己的真面目与人世交接。这两大特征究竟在实际的社会历史上有过怎样的呈现很难判断，因为任何文本的书写都有可能远离实际情形，但其对于中国古代诗学观念与文学创作的重要影响却是不容置疑的。

以往人们一提起诗文的"自然"境界就以为是出于道家旨趣，其实儒学对于自然风格的影响并不逊于道家。即如大儒陈白沙为学以自然为宗，其谈诗论文同样以"自然"为最高价值取向。其论诗文云：

> 大抵诗贵平易，洞达自然，含蓄不露，不以用意装缀，藏形伏影，如世间一种商度隐语，使人不可模索为工。
>
> 古文字好者，都不见安排之迹，一似信口说出，自然妙也。其间体制非一，然本于自然不安排者便觉好，如柳子厚比韩退之不及，只为太安排也。①

陈白沙为人为学均以自然为宗，其论诗文也以自然为最高境界。观其诗作平实自然，不假安排，虽不称工，然自有感人心脾处。

总之，中国古代诗学中的"自然"范畴并非仅仅是一种文学风格。它之所以能够成为人们普遍接受的文学风格，是因为它象征着古代文人士大夫普遍向往的一种人格境界。他们首先是愿意"自然"地活着，然后才喜欢欣赏"自然"的风格。在这里，是人生旨趣成为诗学观念之底蕴，是人格价值转换为诗学价值。

然而，行文至此我们的追问并没有完结，就是说，"自然"范畴的内涵尚未梳理完毕。人们还会提出这样的问题：中国古代文人士大夫何以将"自然"设定为一种人生理想和人格境界呢？换言之，"自然"成为一种诗文价值范畴更深刻的原因是什么？这样我们就不能不展开对这个综合性范畴第三层内涵的探寻了。

三 "自然"范畴的认识论内涵

"自然"范畴的上述两层内涵本质上都属于价值论范围——诗文风格是一种文学的或审美的价值，人生理想是一种道德的或人性的价值。根据一般哲学史、思想史的情形，大凡一种价值论观念往往需要有一种相应的认识论

---

① ［明］陈献章：《陈献章集》卷一《批答张廷实诗笺》、卷二《与张廷实主事·九》，第74、163页。

或本体论观念作为依托。例如基督教的神学价值观就是建立在对世界宇宙之创造、运行的认识论把握基础之上的，而近代西方的启蒙主义思想与唯理主义或经验论的认识论密切相关，19世纪的实证主义伦理学与科学主义的认识论密不可分，等等。同理，"自然"范畴的第三层内涵恰恰就是作为这一综合性范畴之基础的认识论观念。换言之，中国古代文人士大夫之所以以"自然"为人生理想境界，在学理上是以一种认识论观念为逻辑前提的。这种认识论观念可以概括为天道自然论与生命同一论两个部分。

所谓天道自然论是源于一种古老的自然崇拜意识。根据这种意识，凡是存于世上的万事万物均为造化所生，都具有某种神圣性。据此而形成的自然天道论则认为天地万物都是默默运作的自然之道所化生。这种自然之道无处不在，不可抗拒，离开它便没有自然万物，所以人类必须自觉地顺应它。人的知识只有从这个自然之道中体认、感悟出来，才是有意义的。

道家的自然天道论即体现于对"道"的理解与描述上。老子说："有物混成，先天地生。寂兮寥兮，独立而不改，周行而不殆，可以为天地母。吾不知其名，故强字之曰'道'。"（《老子》第二十五章）。这个"道"既不属于天，也不属于人，而是包括了天地人间万事万物的形上本原。它既不是斯宾诺莎的"唯一实体"，也不是谢林的"绝对同一性"或黑格尔的"绝对精神"，而是指天地万物自生自成、无所依傍的自在本然性。所以老子说："人法地，地法天，天法道，道法自然。"（《老子》第二十五章）这是说，天、地、人这三种基本存在都以"道"为基本法则，而"道"又以"自然"为法则。这实际上等于说天地万物存在的自在性、本然性就是"道"。只有在这个意义上的"道"，才能够以自身之"无为"而成为人君"无为"之治术的样板。如此看来，则"道"只是意味着万物各是其所是即具有自明的合理性，而它本身则什么都不是。它的意义在于表示人对天地万物的一种态度——尊重一切自然生成之物；又在于昭示人对人生和社会的一种态度——蔑视一切人力强为之事。因此道家的自然天道论可以归结为一句话：万物的合理性在于其自然生成性或本然自在性。

儒家的自然天道观思想在孔子那里已经有所表露。他说："天何言哉？四时行焉，百物生焉。天何言哉？"（《论语·阳货》）这是对自然天道默默运作、化生万物之特点的认识。后来在《易传》中这种认识得到大大强化与发展，形成了一种生生不息、大化流行的宇宙自然发展观。而作为儒家自然天道思想最集中体现的则是思孟学派提出的"诚"范畴，这个"诚"与老庄的"自然"具有深刻的一致性。

"诚"在孟子那里多数的用法还是指人的一种道德品性，指真诚无伪之义。但孟子又将它称为"天之道"，暗示这个概念与天地万物有某种相通性。而在《中庸》之中，"诚"与老庄的"道"一样，被赋予了某种本体论意义，成了万事万物存在与运动的自然状态。其云：

> 诚者，自诚也，而道自道也。诚者物之终始，不诚无物。是故君子诚之为贵。诚者非自诚己而已也，所以成物也。成己仁也；成物知也，性之德也，合外内之道也，故时措之谊也。（《四书集注·中庸章句》）

这个"诚"显然早已超出了道德价值的范畴，成了自然万物存在的根本依据。所谓"诚者自诚也"云云，是说天地万物自然而然地生成、运作即是"诚"。"诚者物之终始，不诚无物"是说万物都必须自始至终保持"诚"——自然状态，否则就会失去存在的依据，不成其为事物了。所谓"合外内之道"是说人们只要能够存心养性，使个体人格达到"诚"的高度，那就可以与天地万物相契合、相统一，从而达到"参天地之化育"的人生至境了。据此看来，这个"诚"委实非同小可，它是统一"天""人"的契合点：对天地万物而言，它是固有品性，是万物之所是；对于人而言，它是人秉受于天，后来却被遮蔽了的品性，只有通过自我修持，即"自明诚"的过程，才能使之重新澄明。而一旦人心恢复"诚"之澄明状态，则人与天地浑然一体，从而达到人生之至境。"诚"作为天地万物之自然状态，它表征着古人对外在世界的认识，也表征着他们对人与外在世界之关系的理解，这种理解恰恰构成了古人以"自然"为人格理想之道德观念的认识论基础。

唐宋以后，以"诚"为标志的儒家自然天道观更得到进一步加强。道学的"北宋五子"之首周濂溪即以"诚"为其学说之核心范畴。他说：

> "大哉乾元，万物资始"，诚之源也。"乾道变化，各正性命"，诚斯立焉。（《通书·诚上》）

濂溪先生是将这个"诚"当作万物发生、发展的基本特性，即万物之自在本然性了。张横渠也说：

> 天所以长久不已之道，乃所谓诚。①

胡五峰也说：

> 天道至诚，故无息；人道主敬，所以求合乎天也。②

朱晦庵则云：

> 诚是自然底实，信是人做底实。故曰：诚者，天之道。③

陈白沙也说：

> 夫天地之大，万物之富，何以为之也？一诚所为也。盖有此诚，斯
> 有此物；则有此物，必有此诚。④

这些古代一流思想家都如此重视这个"诚"字，可见其在古人的观念中之重要。通观宋明儒者之论"诚"实在与老庄所言之"道"或"自然"无异，都是人们对天地万物自然生长、生生不息特征的一种抽象化。"诚"作为"天之道"，实质上即是自然之道，亦即万事万物的自在本然性，只不过儒家同时又将这种自在本然性理解为人的心性价值、人格价值的本原性依据而已。

中国古代文人崇尚以"自然"为旨趣的人生理想、人格境界，这种价值

---

① ［宋］张载：《张载集·正蒙·诚明篇第六》，章锡琛点校，北京：中华书局，1978年，第21页。
② ［宋］胡宏：《胡宏集·知言·一气》，吴仁华点校，北京：中华书局，1987年，第28页。
③ ［宋］朱熹：《朱子性理语类》第六卷《性理三》，上海：上海古籍出版社，1992年影印版，第83页。
④ ［明］陈献章：《陈献章集》卷一《无后论》，第57页。

取向是以他们共同尊奉的天道自然观为认识论与本体论基础的。但是如果进一步追问，为什么天道自然观能够成为古人人生理想的学理基础呢？我们不难发现，在这一因果逻辑链条中，还有一个至关重要的环节发挥着决定性作用，这就是古人心目中根深蒂固的、可以视为中国古代文化深层心理基础的生命崇拜意识以及由此而形成的生命同一性观念。

老子欲以天地万物的自然法则来规范人世，其立论根据便是天地之道以"自然无为"的方式化生万物，万物各依其性而生长寂灭。在老子看来，人世亦应像自然界一样按"自然"形态而存在。他以宇宙大生命的运作方式为人世树立榜样，力求使人类放弃尔虞我诈、你争我夺以及种种毫无意义的繁文缛礼，同化于宇宙大生命之流。宇宙生命存在的自在本然性恰恰是令老庄之徒无限向往的人生至境，而人的生命与宇宙大生命的同一性则是以自然法则为人世理想的客观依据。总之，人与万物都应该在"道"或"自然"的运作中充分展开自己的自然生命，一切有害或无益于生命存在的东西都应彻底抛弃。

老子正是将使万物获得生命的那种力量称之为"道"的。其云：

> 大道泛兮，其可左右。万物恃之以生而不辞，功成不名有，爱养万物而不为主。（《老子》第三十四章）

盖老子感觉有一种至大至上的力量决定万物的生命存在，但它又从不现身，不自伐其功，他就将这种神秘力量称之为"道"。因此从根本上说，老子的道论是建立在一种生命崇拜和宇宙生命同一性的基础之上的，重"道"即是重生命。又因为"自然"恰恰是"道"，因而也是万物之生命的基本存在样式，故而老子又提倡"清静自然"的人生境界。这里的逻辑是这样的：有着"自然"品性的"道"赋予包括人在内的一切事物以生命，所以人就应该自觉地调整自己的行为使之合于自然之道。在这里人本主义与自然主义是合二而一的，这就是道家的人生智慧。

在孔子的"天何言哉"之论中已然透露出对"天"默默运作、化生万物之伟大功能的深刻赞美之情。到了《中庸》更进一步提出通过努力而使人的个体生命同化于天地化生万物之伟业中，使人的生命存在有益于宇宙大生命。《中庸》说：

> 唯天下至诚，为能尽其性；能尽其性，则能尽人之性；能尽人之性，
> 则能尽物之性；能尽物之性，则可以赞天地之化育；可以赞天地之化育，
> 则可以与天地参矣。（《四书集注·中庸章句》）

如前所述，"至诚"是指生命存在的自然状态。"性"在此处是指人和万物秉受于天的潜在的生命特性，即所谓"天命之谓性"。"尽其性"则是指使人或万物秉受于天的生命特性（即发展的潜在可能性）得到最充分地完成与展现。故上述一段话的意思是说，圣人能使自身生命存在保持本有的"至诚"（自然）状态，故而也能够充分实现自己秉受于天的各种潜能，并且还能够帮助他人也实现自己的各种潜能。这样人人都使自己秉受于天的生命特性得到实现，则人类的生命之流就与宇宙大生命合而为一了。如此则人类也就必将促进天地万物之生长化育，使万物各按其固有之生命特性充分发展，从而完成每个个体生命的应有历程。人充分展示了自己的生命价值，不仅实现了自身，而且能够参赞天地万物生命之展开，因此人的生命就不同于其他事物的生命，而可以与天地并立而三了。

在儒家早期典籍中，《易传》是最重视人的生命与宇宙大生命之同一性的。其云："富有之谓大业，日新之谓盛德。生生之谓易……"（《易传·系辞传》）这是讲"道"有生生不息、化育万物的功能。在《易传》看来，"道"最伟大的意义就是生成万物，所以《易传》又说"天地之大德曰生"（《易传·系辞传》）。将天地化生万物的功能当作一种最高价值——这实际上是确定了"天"与"人"之间最根本的契合点。什么是"天人合一"？根本上就是指这种生命的同一性。于是在这里认识论、本体论、价值论合为一体了。后世儒家都遵循了这一理路，使人生理想、人格追求与对自然宇宙的理解密切联系起来，从而形成了中国古代与西方迥然不同的知识话语系统。明道先生尝言：

> 若夫至仁，则天地为一身。而天地之间，品物万形为四肢百体，夫人岂有视四肢百体而不爱者哉？圣人，仁之至也，独能体是心而已，曷尝支离多端而求之自外乎？
> 万物之生意最可观。……斯所谓仁也。

天只是以生为道，继此生理者即是善也。……成却待他万物自成其性须得。(《河南程氏遗书》第四、第十一、第二上)

这是说，人与万物具有生命同一性，故宜爱一切生命存在，这即是"仁"之真义。换言之，"仁"根本就在于"生"，天地既然以生物为本，人类的行为也应该以有利于自己生存与万物生存为本。这也即是儒家讲"天人合一"的真正含义。

综上所述，对于中国古代思想家而言，"自然"便是天地万物之本然状态，而生命则是"自然"之价值所在(只有"自然"才有利于生命的存在)。他们将天地万物都看作是宇宙大生命的运作，并认为人的生命亦唯有同化于宇宙生命之流方能充分实现其价值，因此作为生命存在固有样式的"自然"状态便成为他们心向往之的人生至境了。

四 "丽"范畴的含义及其演变

对于中国古代士人阶层来说，"自然"的人生境界与审美趣味虽然是被普遍接受的价值取向，但却不是他们唯一的选择。甚至他们还有着恰恰相反的价值追求：生活上的奢华，典仪上的铺张，礼节上的繁缛都是士大夫们的基本特点。在审美方面，这种人生趣味则表现为华美精妙的价值标准。这一价值标准具体表现为"丽"这个古代诗学的基本范畴。在"丽"与"自然"这对相互对立的诗学价值范畴的背后隐含着古代士人阶层的某种深刻的人格矛盾，因而也隐含着中国古代文化学术话语的某种深刻的内在矛盾。

"丽"的本义是并行，即并驾而行。《说文》："丽，旅行也。鹿之性见食急则必旅行。"所谓"旅行"，即是成群结队、齐头并进之意。所以"丽"即是指两个东西并驾齐驱。《小尔雅·广言》云："丽，两也。"《周礼·夏官·校人》："丽马一圉，八丽一师。"注云："丽，偶也。"后引申为"附着""凭附"。《易·象传》释"离"卦云："离，丽也。日月丽乎天，百谷草木丽乎土。重明以丽乎正，乃化成天下。"由于"丽"指一物附着于另一物，似乎是其外在形态，故又引申为看上去好看、华美。宋玉《招魂》："被文服纤，丽而不奇些。"司马相如《上林赋》："丽靡烂漫于前，靡曼美色于后。"在汉代的通行话语中，"丽"已是更多地被用为好看与华美的意思了。

最早将"丽"当作一个诗学范畴来使用的是扬雄。其云："诗人之赋丽以则，辞人之赋丽以淫。"(《法言·吾子》)这句话很容易使人想起孔子所说的"质胜文则野，文胜质则史，文质彬彬，然后君子"(《论语·雍也》)，以及"《关雎》乐而不淫，哀而不伤"(《论语·八佾》)。实际上，"丽"与"文"也的确有某种相通性——"文"有文采之义，而"丽"作为诗学范畴也正是指诗文的文采斐然、华丽动人。在扬雄看来，无论是合乎儒家诗学观念的"诗人之赋"，还是与之相左的"辞人之赋"，都有一个基本的因素或特点，即"丽"。这意味着，至少在汉儒那里，对于辞赋来说，审美的标准已经成为评价的主要标准，在此基础上才谈得到"则"与"淫"的问题。我们知道，汉代的文化语境是以经学为主导的，所以尽管"丽"已然成为一种诗学价值范畴，并得到普遍的认可，但对它的限制也是十分明显的。如班固论扬雄云："雄以为赋者，将以风也，必推类而言，极丽靡之辞，闳侈巨衍，竞于使人不能加也，既乃归之于正，然览者已过矣。"(《汉书·扬雄传》)扬雄在诗学观念上追求"丽以则"的境界，还是受到经学家的批评。至于王充标榜"疾虚妄"，则对于文辞之"丽"更是持贬抑态度了。

"丽"作为一种诗学价值范畴不仅被承认，而且被置于首要位置，同样是魏晋六朝时期的事。曹丕首先将"丽"作为文学作品的主要标志，其云："盖奏议宜雅，书论宜理，铭诔尚实，诗赋欲丽。"(《典论·论文》)这样，"丽"就成了诗赋等文学作品区别于其他文类的基本规定性了。在评价作品时，曹丕也将"丽"当作重要评价标准来使用。他评繁钦的一篇文章云："虽过其实，而其文甚丽。"(《文选》卷四十《与魏文帝笺》李善注)在魏晋六朝之时，"丽"被当作一种审美特性而普遍用之于诗文书画及其他艺术门类的品评之中，可以说随处可见。例如嵇康感叹历代赞扬音乐的赋颂之文"丽则丽矣，然未尽其理也。"(《文选》卷十八《琴赋序》)夏侯湛赞张衡之文采云："若夫巡守诰颂，所以敷称主德，《二京》《南都》，所以赞美畿辇者，与《雅》《颂》争流，英英乎其有味与？……文无择辞，言必华丽，自属文之士，未有如先生之善选言者也。"(《全晋文》卷六十九《张平子碑》)左思有前人之赋"侈言无验，虽丽非经"之语，旨在强调诗赋之"丽"必须与真实性相结合。皇甫谧有"诗赋……触类而长之，故辞必尽丽"之说，旨在强调诗赋的审美特性。

陆机以"丽藻"代指诗文,刘勰以"文丽而不淫",为作文之"六义"之一。总之,"丽"这一语词成了判断一篇文字是否文学作品的主要标准。

如果说前面我们分析过"自然"与古代士人阶层文化心态的紧密联系只是士人阶层文化人格的一个方面,那么"丽"所包含的文化意味则是士人文化人格的另一个方面。这大约可从两个方面见出。

其一,"丽"象征着士人阶层贵族化的人生理想。士人阶层虽然属于"民"的范畴,但由于他们是官僚阶层的后备军,经常有机会向更高一个社会阶层跃进,故而其人生理想具有贵族化倾向——他们向往荣华富贵的生活方式。当然,如前所述,士人阶层对于"自然"有着极为热切的向往,但这并不意味着他们愿意过那种朴实无华、默默无闻的农民式的生活,他们对"自然"有兴趣主要是出于对那种无拘无束、自由自在的生活方式的向往。简言之,士人阶层向往"自然",本质上是对君权压迫的拒斥,是作为"道"的承担者所具有的那种强烈自尊心与现实社会中那种严酷的权力角逐、严格的等级制度之间所构成的反差的产物。但士人阶层却始终认为自己是社会上最优秀的阶层,因此即使在现实生活中他们不能过上贵族式的生活,也一定要在精神生活上表现出一种纯粹的贵族趣味。精神贵族乃是现实生活之匮乏的补偿,是生活理想的一种虚幻的实现。在诗文创作上精益求精,追求高雅与华丽,正是士人阶层这种贵族趣味的虚幻的实现方式。在这个意义上,"丽"与"自然"恰恰形成互补关系。

其二,"丽"具有解构工具主义诗学观念的重要意义。中国古代士人阶层对诗文寄予了过多的期望,使之负载了过于沉重的使命。这正是他们缺乏实际的政治力量的表现。他们无力与君权直接对抗,就采取间接的方式,那些自然而然地发展起来的早期文学样式不是被他们按照其本来的趋向推向前进,而是被他们按照自己的社会政治目的而改造,使之成为一种畸形的东西。但随着社会的发展,士人阶层的精神世界越来越丰富,直接的政治关怀已远远不能满足他们的精神需求,于是那种纯粹的审美形式就发展起来了。"丽"是纯粹的审美形式方面的价值,它的出现并受到普遍重视标志着在士人阶层的精神世界中一种新的、与人的个体性直接相关的精神纬度发展起来了。这种精神纬度是对一体化的、工具主义的意识形态的解构,具体到汉魏六朝时期,就是对儒家名教伦理的解构。所以,虽然"丽"在后来的诗学价值系统中渐渐不那么突出了，但在汉魏之时却曾担负着一种解构的重任。承认"丽"是不可替代的诗学价值，就意味着承认人的个体情性是一种不可或缺的人性价值，也就意味着名教伦理所代表的社会价值体系出现了动摇。套用《易传》的话说就是：丽之时义大矣哉！

第七章 "情性"与"意"

"情性"与"意"属于诗学本体论范畴。所谓"诗学本体论"是指那些关注诗歌"本体"——使诗歌成为诗歌的最基本的构成因素的诗学理论。毫无疑问，这个"本体"虽是从哲学话语中借过来的，但它并不完全等同于哲学意义上的本体概念。

以往人们在论及中国古代诗学本体论观念时大都持"言志"与"缘情"二分之说，也有人曾试图在"志"与"情"之间找到相通性，但结果也只是证明了"诗言志"之中是包含着"情"的因素的。也就是说，在人们看来，中国古代诗歌的"本体"或为"志"，或为"情"，至多再加上"情""志"混合。这种根深蒂固的观点实际上是很不确切的。因为在"志"这个范畴之中应该包含着"情"（情性）与"意"这两个方面。也就是说，在"诗言志"这一命题之下应该并列存在着"吟咏情性"与"以意为主"这两个诗学观念。"志"与"情"并不是同一层级的范畴。在这里我们试图通过对"吟咏情性"与"以意为主"这两个命题的深入剖析，力求在中国古代诗学本体论的问题上有新的认识，从而将研究引向深入。倘若未能达到这一目的，那我们只能说"非不愿也，是不能也"。

一 "情性"内涵辨析

"吟咏情性"历来被人们视为"缘情"说的典型命题，"情性"亦被理解为"情"的同义语。其实这是不准确的。为了弄清"吟咏情性"的确切含义，我们有必要对"情性"一词词义的历史演变略作辨析。

先秦时"情性"一词已出现在诸子的著作中。荀子说："今人之性，饥而欲饱，寒而欲暖，劳而欲休，此人之情性也。"又云："夫子之让乎父，弟之让乎兄；子之代乎父，弟之代乎兄：此二行者，皆反于性而悖于情也。然而孝子之道，礼义之文理也。故顺情性则不辞让矣，辞让则悖于情性矣。"（《荀子·性恶》）韩非子说："人之情性，莫先于父母，父母皆见爱而未必治也。"（《韩非子·五蠹》）从这些引文中可以看出，"情性"是指人生而有之的先天禀性，主要是指人的本能欲求。盖荀、韩二人均为"性恶"论者，在他们看来，"性"或"情性"是指人与生俱来的本能冲动，是与仁、义、礼、智等后天习得的道德观念毫不相关的。孟子所言之"性"与荀、韩的"情性"属同一层次的概念，均指人的本性，只不过孟子的"性"是善的，是先验的道德意识；荀、韩的"情性"则是恶的，是纯粹的本能冲动。孟子论"性"而不及"情"，荀、韩论"情性"则专指本能冲动以及建立于本能冲动之上的情绪和情感。例如荀子说："故人苟生之为见，若者必死；苟利之为见，若者必害；苟怠惰愉懦之为安，若者必危；苟情悦之为乐，若者必灭。故人一之于礼义，则两得之矣；一之于性情，则两丧之矣。"（《荀子·礼论》）可知，在荀子这里，"情性"与"情"完全同义，即是指人的本能、人的天性。因此，"情性"一词从一开始就含有"天然""本真"等意义，它包含了情感，但绝不等同于情感。

在《乐论》中荀子将"情性"（"情"）概念引入文艺理论之中，他说："夫乐者，乐也，人情之所必不免也，故人不能无乐。乐则必发于声音，形于动静，而人之道，声音、动静、性术之变尽是矣。"这里的"人情""性术"均指"情性"，是音乐发生的主体心理依据。由于它本身并非"善"的，其自然流露"则不能无乱"，故而"先王制《雅》《颂》之声以道之"。这即是说，"先王"制作的音乐一方面基于人之"情性"，一方面又以改造人的"情性"为目的。

最早把"情性"概念引入诗学理论的是《毛诗序》，其云："国史明乎得失之际，伤人伦之废，哀刑政之苛，吟咏情性，以风其上，达于事变而怀其旧俗者也。故发乎情，止乎礼义。发乎情，民之性也；止乎礼义，先王之泽也。"这里的"情性"一词与荀子已有所不同：荀子的"情性"是指人的本能欲望以及与之相关的情绪情感;《毛诗序》的"情性"则指人们对"人伦之废""刑政之苛"所产生的哀伤愤懑之情。荀子与《毛诗序》的基本思路是相同的——都将"情性"作为人之本性,它是恶的,或者是无善无恶的,必须通过圣人制定的"礼义"来规范、引导和改造。只不过《毛诗序》讲的是"变风""变雅"的情形,这里的"情性"(对现实的愤懑之情)除了必须规范改造之外,还有利用价值:"以风其上",即令当政者知道"民"的不满从而调整自己的政策。

以上所论荀子与《毛诗序》的观点显然与孟子的学说不相入。按孟子的思路,人之本性有善而无恶,因而只需存心养性、求放心即可形成充实完满的内在精神。这种内在精神一旦形成,则人之言谈举止无不中规中矩,形诸诗文,亦文采斐然、焕然成章。后世"仁义之人,其言蔼如也""气盛言宜"(韩愈)、"夫性于仁义者,未见其无文也"(李翱)、"道胜者文不难而自至"(欧阳修)、"有第一等襟抱,第一等学识,斯有第一等真诗"(沈德潜)等等说法,均可谓与孟子一脉相承。荀子和《毛诗序》的以"情性"为人之本性、诗乐之主体依据的观点,在后世成为"缘情"说之理论基础。但"缘情"说不再以"情性"为恶,因而也就不再坚持对其进行规范和引导了。

荀子的"性"即是"情",亦即"情性";孟子则论性而不及情。但后世却有一种很有影响的观点将"性"与"情"分而言之,并且主张"性"善而"情"恶。这种观点滥觞于《礼记》的《中庸》与《乐记》二篇。《中庸》云:"喜、怒、哀、乐之未发,谓之中;发而皆中节,谓之和。"这种将人的各种情感分为"未发"和"已发"两种形态的观点成为后世儒者"性""情"二分之说的理论根据——他们以"未发"为"性","已发"为"情";前者有善无恶,后者则善恶相混。《乐记》似乎较《中庸》讲得更清楚些:"乐者,音之所由生也,其本在人心之感于物也。是故其哀心感者,其声噍以杀;乐心感者,其声啴以缓;其喜心感者,其声发以散;其怒心感者,其声粗以厉;其敬心感者,其声直以廉;其爱心感者,其声和以柔。六者非性也,感于物而后动。是故先王慎所以感之者。""六者"即哀、乐、喜、怒、敬、爱六种情感,"非性也"是说这六种情感并非人心之常,而是因感物而生的临时性心理反应。这里已含有"性""情"二分的意思。《中庸》和《乐记》的这种倾向到了唐代李翱那里有了进一步发展,形成了"性"体"情"用、

"性"善"情"恶的理论观点并对宋明理学产生了重大影响。李翱《复性书》
云："性者，天之命也，圣人得之而不惑者也。情者，性之动也，百姓溺
之而不能知其本者也。"这是讲"性"为体，乃纯然至善，惟圣人能依之
而行；"情"为用，乃令人沉溺者，百姓即陷于其中而不能自拔。其又云：
"人之所以为圣人者，性也；人之所以惑其性者，情也。喜、怒、哀、惧、爱、
恶、欲七者，皆情所为也。情既昏，性斯匿矣，非性之过也。"这即是说，
"性"虽是善的，但作为其"动"，即具体表现的"情"却可能是"昏"的，
而且善的"性"还会被"昏"的"情"所遮蔽。"性"与"情"处于一种
紧张关系状态之中。这一观点对宋儒影响至深，是著名的"天理""人欲"
之辩的理论准备。自道学产生之后，如何压制和消解"情"（人欲）而使"性"
（天理）朗然呈现就成了使宋明儒者殚思极虑的第一要事；而如何通过人
格的提升、胸襟的拓展使诗文臻于上乘境界也就成了儒家文学家们时时萦
怀的大问题。

二　"吟咏情性"所负载的诗学本体论观点

如前所述，最早将"吟咏情性"引入诗学理论的是《毛诗序》。在《毛
诗序》中，"情性"是指人们对时政的不满情绪，这是一种带有普遍性的情感，
或者说是一种社会心态。汉儒认为"变风""变雅"的价值在于真实地表现
了百姓的普遍心态，有助于当政者了解民风、民情，从而改革弊政。另外，
汉唐儒者还秉承了荀子之说，认为诗乐具有改造人之情性的作用。《毛诗序》
所谓"故正得失，动天地，感鬼神，莫近于诗。先王以是经夫妇，成孝敬，
厚人伦，美教化，移风俗"即是此意。又如班固所云："人函天地阴阳之气，
有喜怒哀乐之情。天禀其性而不能节也，圣人能为之节而不能绝也。故象天
地而制礼乐，所以通神明，立人伦，正情性，节万事也。"（《汉书·礼乐志》）
这完全是从维持社会大系统的平衡的角度来规定诗歌本体的，可以说是一种
功利主义的观点，这种诗学本体论观点是以经学思潮为主导的汉代文化语境
的必然产物。

魏晋六朝时期，在为玄学思潮所笼罩的文化语境中，"吟咏情性"被赋
予了与《毛诗序》迥然不同的含义。玄学隐含的人文精神是个性的张扬，通

过著名的"才""性"之辨（"四本论"之类）和人物品藻的洗礼之后，"情性"一词不再有普遍社会心态的含义，而是指纯粹个体性的才情性灵，是个人心态。刘勰说："气以实志，志以定言，吐纳英华，莫非情性。是以贾生俊发，故文洁而体清；长卿傲诞，故理侈而辞溢……"（《文心雕龙·体性》）看其所举例证可知，在此处"情性"是指人的才气、性格、气质、心境等等纯粹个体性心理特征。又如钟嵘说："至乎吟咏情性，亦何贵于用事？'思君如流水'，既是即目；'高台多悲风'，亦惟所见……"（《诗品序》）观其所举例证亦不难看出，这里的"情性"主要是指人的情感、思绪，同样是纯粹的个体心理。在六朝人看来，"吟咏情性"可以说是文学创作的别名，这或许正是"文学的自觉"的最有代表性的体现。裴子野说："自是闾阎年少，贵游总角，罔不摈落六艺，吟咏情性。学者以博依为急务，谓章句为专鲁。"（《全梁文》卷五十三《雕虫论》）萧纲也说："未闻吟咏情性，反拟《内则》之篇；操笔写志，更摹《酒诰》之作。迟迟春日，翻学《归藏》；湛湛江水，遂同《大传》。"（《梁书》卷四十九《与湘东王书》）这里都是将"吟咏情性"视为文学创作的专指了。换句话说，在六朝人看来，文学创作必须以"情性"——个人的内心世界为最主要的表现对象，这自是对儒家诗学本体论的突破与超越。但由于这种突破是以玄学思潮为倚托的，故而算不得是儒家诗学自身的进步。

唐代文人虽大都对六朝门阀制度及其观念深恶痛绝，在审美精神方面也有较大突破，但总体而言，他们继承了六朝文人崇尚个性的精神；在诗学观念上，也坚持以个体性的"情性"为诗歌本体。如令狐德棻说：

> 原夫文章之作，本乎情性，覃思则变化无方，形言则条流遂广。（《周书·王褒庾信传论》）

释皎然说：

> 曩者尝与诸公论康乐为文，直于情性，尚于作用，不顾词彩，而风流自然。……若遇高手，如康乐公，览而察之，但见情性，不睹文字，

盖诣道之极也。①

这里的"情性"都是指个人的才性、气质、情绪、情感等。这说明唐代诗学与六朝诗学有其内在一致性。二者的区别是：六朝诗学更强调"情性"的本体地位，目的是区分文学作品与非文学作品的本质差异；唐代诗学则侧重于探讨诗歌本体与其表现技巧和表现形式之间的关系，这大约是因为在唐代文人看来，诗歌本体问题早已不成问题了。

到了宋代，"吟咏情性"已极少见之于诗学论著之中。这是由于宋学的勃兴使文化语境发生了根本性变化，在学术话语的影响下，宋代诗学对诗学本体的认识由"情性"变而为"意"或"理"。因而在宋代，"吟咏情性"的提法是作为主流诗学话语之外的声音而存在的。例如二程说："兴于诗者，吟咏情性，涵畅道德之中而歆动之，有'吾与点'之气象。"（朱熹编《二程外书》卷三）这里不能说不是在谈诗歌欣赏活动，但又无疑不同于一般的诗歌欣赏活动。因为二程强调的是在诗歌欣赏过程中激发起人的"未发之中"，亦即"性"，即人的先验道德意识。就是说，在二程心目中的"情性"不是指情感或气质而言的，而是指"性"而言的(不是荀子的"性"而是孟子的"性")。这显然不是宋代诗学的主调。又如严羽说：

> 夫诗有别材，非关书也；诗有别趣，非关理也。而古人未尝不读书，不穷理。所谓不涉理路，不落言筌者，上也。诗者，吟咏情性也。盛唐诗人，惟在兴趣，羚羊挂角，无迹可求。（《沧浪诗话·诗辨》）

沧浪矛头所向正是在宋学影响下的宋代诗学观念与诗歌创作之基本倾向，自是与宋代诗学的价值取向迥异其趣。下面我们就来考察一下宋代诗学本体论的大致情形。

___
① ［唐］释皎然：《诗式》，见［清］何文焕辑：《历代诗话》上册，第30、31页。

三 "以意为主"与宋代诗学本体论的基本倾向

由汉迄唐的诗学本体论可以说是以"吟咏情性"之说为基本倾向的。当然，这期间又包含着将"情性"理解为普遍社会心态与个体心态两个阶段。无论二者有怎样的区别，但都以人们的自在心态作为"情性"的主要内涵则是毫无疑问的。宋代诗学在"以意为主"的旗帜之下突破了以"吟咏情性"说为主要倾向的汉唐诗学本体论的藩篱，从而在中国古代诗学观念领域又开出一重要本体论倾向。

"以意为主"之说并非宋人的首创。"言意之辨"及"言""象""意"三者之关系问题、"辞"与"理"的关系问题都是中国哲学史上的大公案，先秦儒学和魏晋玄学均曾对此产生过极大兴趣。即于诗文理论中倡言"以意为主"亦不始于宋代。南朝宋范晔就说过："文患其事尽于形，情急于藻，义牵其旨，韵移其意。虽时有能者，大较多不免此累，政可类工巧图绘，竟无得也。常谓情志所托，故当以意为主，以文传意。以意为主，则其旨必见；以文传意，则其词不流；然后抽其芬芳，振其金石耳。"（《狱中与诸甥侄书》，见《宋书·范晔传》）唐杜牧也说："凡为文，以意为主，以气为辅，以辞彩章句为之兵卫。……是以意全者胜，辞愈朴而文愈高；意不胜者，辞愈华而文愈鄙。"（《樊川文集》卷十三《答庄充书》）范、杜二人所言之"意"即是意旨的意思，是说作诗为文应有一个主要意旨贯穿其中，并要求文辞章句为表现这一意旨服务。至于此意旨的具体内涵为何物则无关紧要。然细味二人所论，则其所谓"意"与"情性"并无根本区别：如果诗文中有某种一以贯之的"情性"的话，那么人们意欲表现这种"情性"的想法也就是所谓"意"了。在宋代诗学中，"意"的内涵则要复杂得多了。

梅尧臣《金针诗格》云："有内外意：内意欲尽其理，外意欲尽其象，内外含蓄，方入诗格。如'旌旗日暖龙蛇动，宫殿风微燕雀高'，旌旗喻号令，日暖喻明时，龙蛇喻君臣，言号令当明时，君所出，臣奉行也；宫殿喻朝廷，风微喻政教，燕雀喻小人，言朝廷政教才出，而小人向化，各得其所也；"（《苕溪渔隐丛话·后集》卷三十四）这里所谓"外意"指诗的字面意思，即能指，"内意"指诗的隐含义，即所指。"内意欲尽其理"说明诗的隐含义是某种道理，譬如其所引诗句，乃是讲君臣和谐、天下太平的道理。由此可知，在宋代诗学中，"意"作为本体概念与"理"相通。对此我们还可以找到许多证据。例如王安石说："某尝患近世之文，辞弗顾于理，理弗顾于事，以斐积故实为有学，以雕绘语句为精新。"（转引自《仕学规范》卷三十二）苏辙说："李白诗类其为人，俊发豪放，华而不实，好事喜名，不知义理之所在也。……汉高祖归丰沛作歌曰：'大风起兮云飞扬，……'白诗反之曰：'但歌大风云飞扬，安用猛士守四方？'其不识理如此。"（《栾城第三集》卷八《杂说九首·诗病五事》）黄庭坚说得更明白："好作奇语，自是文章一病。但当以理为主，理得而辞顺，文章自然出类拔萃。观子美到夔州后诗，退之自潮州还朝后文，皆不烦绳削，而自合矣。"（《黄文节公全集·正集》卷十八《与王观复书》）看这些引文可知，在宋代诗学体系中，"理"同样是个本体概念，"以意为主"与"以理为主"是相通的提法。但是如果细加考察就不难发现，"理"的内涵较之"意"要狭窄得多，换言之，"意"包含了"理"，"理"却不能包含"意"。"以理为主"不过是"以意为主"的一个层面而已。

"意"的又一重含义是诗人的观点和见解。《中山诗话》云："诗以意为主，文词次之，或意深义高，虽文词平易，自是奇作。世效古人平易句，而不得其意义，翻成鄙野可笑。"[1] 东坡云："作文亦然，天下之事，散在经、子、史中，不可徒使，必得一物以摄之，然后为己用。所谓一物者，意也。不得钱不可以取物，不得意不可以明事，此作文之要也。"（宋葛立方《韵语阳秋》卷三）这里的"意"都是指诗文中所蕴含的诗人的观点和见解。在宋人看来，唯有一以贯之并有一定深度的观点与见解作为诗文作品的核心，它才能成为好的作品。

宋人有时还将"意"分为"文义"与"意思"两个层次。如朱熹说："如昔人赋梅云：'疏影横斜水清浅，暗香浮动月黄昏。'这十四字谁人不晓得！然而前辈直恁地称叹，说他形容得好。是如何？这个便是难说，须要自得他言外之意，须是看得他物事有精神方好。若看得有精神，自是活动有意思，跳掷叫唤，自然不知手之舞之，足之蹈之。这个有两重：晓得文

---

① ［宋］刘攽：《中山诗话》，见［清］何文焕辑：《历代诗话》上册，第285页。

义是一重，晓得意思好处是一重。"又说："杨大年辈文字虽要巧，然巧中自有浑然意思，便巧也使得不觉。欧公早渐渐要说出，然欧公诗自好，所以喜梅圣俞诗，盖枯淡之中，自有意思。"（《诗人玉屑》卷六）此处"文义"乃指诗文中所含客观之理或诗人主观之见解，"意思"则指附于整个作品之上的某种意味、意趣。前者可由文词词义的辨析而得，后者则只能得之于体验、感受，或者说是得之于审美的直觉。前者或许还包含着伦理、政治的因素在内，后者则是纯而又纯的审美属性。朱子谈及读诗之法时尝言："诗须是沉潜讽诵，玩味义理，咀嚼滋味，方有所益。"（《诗人玉屑》卷十三）这里的"义理"应属"文义"范围，而"滋味"则应属"意思"范围。盖朱子虽为道学家，却洵属深谙诗中三昧者，故能在强调"义理"的同时顾及"滋味"。诗并不讳言"理"，关键在于能否达于"理趣"；诗亦不讳言"意"，关键是能否升华出"意思"——这大概是宋代诗学所悟到的独得之秘了。

总之，"意"这个概念的内涵比较丰富，凡属人意识层面的心理内容基本均能涵盖进去。宋人之所以重"意"而轻"情"，这自然与宋学思潮所构成的特定文化语境有着直接关系。宋代无论是重"义理"而轻"章句"的新学（王学）系统，还是高标"心性之学"的道学系统，抑或以俯仰人生、追求个体精神自由为鹄的的蜀学系统，无不探赜索隐、辨言析理，务求洞幽烛微，明察秋毫。这就造成了宋儒事事要弄清楚，处处要讲道理的文化习性。现之于诗文，则亦不免于其中发议论、言事理。全然不似汉魏、盛唐诗歌那样自然浑成、天真一片。

四 "吟咏情性"与"以意为主"的比较

从南宋后期开始，宋代诗歌创作及其诗学观念即已为人们所诟病。其中最为痛快淋漓且言之成理的自然应属严羽的《沧浪诗话》。沧浪重新标举"吟咏情性"的口号，并佐之以"妙悟""兴趣"之说，对宋代诗学观念予以彻底否定。沧浪确然是深于诗者，他对历代诗歌的评价极为准确，对宋诗弊病的分析亦切中肯綮。然而严沧浪也有两大局限：一是评诗标准过于狭隘，只知汉唐那些纯真无伪、天真烂漫的"吟咏情性"之诗为佳作，不知宋人那些刻意求新、戛戛独造、讲求技巧的"以意为主"之作亦大有可读。二是能说而不能做——他所向往的"惟在兴趣"的"盛唐之音"恰恰不是"有意为之"所能奏效的，其之所以能获得如许成就正在于它是"不知其所以然而然"的。

自严羽之后直到清中叶以前，宋代诗学不断受到法汉宗唐的复古主义者的抨击。其所抨击的要点大抵为宋诗过于重"意"，重"理"，好"议论"以及"诗史"说，等等。这实质上是"吟咏情性"与"以意为主"两大诗学本体论观点的冲突。例如杨慎说："宋人以杜子美能以韵语纪时事，谓之'诗史'。鄙哉！宋人之见，不足以论诗也。夫六经各有体：《易》以道阴阳，《书》以道政事，《诗》以道性情，《春秋》以道名分。后世之所谓史者，左记言，右记事，古之《尚书》《春秋》也。若《诗》者，其体其旨，与《易》《书》《春秋》判然矣。《三百篇》皆约情合性而归之道德也，然未尝有道德字也，未尝有道德性情句也。"[①] 这是对宋人"诗史"之说的批评。杨升庵反对在诗中直接说教，主张采用比兴手法作诗。他所持的诗学本体论观点无疑是"吟咏情性"之说。明清之际的黄生亦有近似的观点，他说："自宋人尊老杜为诗史，于是填故实，著议论，浸入恶道，而诗人之性情，遂不可复见矣。"[②] 同样是高标"情性"而反对"议论"及"诗史"说的。也有人更是直接否定"以意为主"诗学本体论观点，如王船山就说："诗之深远广大与夫舍旧趋新也，俱不在意。唐人以意为古诗，宋人以意为律诗绝句，而诗遂亡。如以意，则直须赞《易》陈《书》，无待诗也。"（《明诗评选》卷八）又说："宋人论诗以意为主，如此类直用意相标榜，则与村黄冠、盲女子所弹唱亦何异哉！"（《古诗评选》卷一）这些批评都是坚持以"情性"为诗歌本体，而反对以"意"为诗歌本体。那么"情性"与"意"究竟有哪些根本性区别呢？

"情性"与"意"都是指诗歌作品中包含的主体心理内涵。二者最根本的区别在于："意"是认知性的心理因素，而"情性"是非认知性的心理因素。前者包括人们对外在世界与内心世界的认识、理解、判断、评价等等，按其

---

① ［明］杨慎著，王仲镛笺证：《升庵诗话笺证》卷四，上海：上海古籍出版社，1987年，第125页。
② ［清］黄生：《诗麈》卷二，见贾文昭主编：《皖人诗话八种》，合肥：黄山书社，1995年，第87页。

内容性质而言，其中当然有政治、伦理、哲学等等方面的观点；后者包括个性气质、情绪情感等，其中必然有大量无意识心理内容。也可以说，"情性"是未经逻辑思维梳理，没有抽象概念侵入的那种混沌一片的心理状态。在诗歌创作中，以"意"为诗歌本体的诗人喜欢在作品中讲道理、发议论、铺陈故实；以"情性"为诗歌本体的诗人则更愿意借助作品来表现自己那些飘忽的思绪、无名的闲愁、瞬间的感慨、隐秘的幽情等等。"意"是理性的、意识层面的，"情性"是非理性的，有时是无意识层面的。"以意为主"的诗作所传达的是普遍的社会话语，往往是占主流地位的意识形态；"吟咏情性"的作品所呈现的是个人话语，是无关国计民生的闲情逸致。因而，"以意为主"的作品背后常常隐含着一个"集体主体"，即某个社会阶层或社会集团的价值观念，诗人不过是它的传声筒；"吟咏情性"的作品背后却只有人的生命存在（有时是纯个体的，有时是全人类的）。

上面是从"体"的层面上来说的，如从"用"的角度观之，则"吟咏情性"的作品讲究率性而为、自然呈现，坚决反对精雕细琢、刻意安排。"清水出芙蓉，天然去雕饰""如羚羊挂角，无迹可求""知其妙而不知其所以妙"是此类诗作的最高旨趣。"以意为主"的作品讲究"意新语工""言之有物"，提倡"诗法"，重视"格调""含不尽之意见于言外""外枯而中膏"的作品是这类诗歌追求的目标。

总之，"情性"与"意"是创作主体不同层面的心理内涵，在诗歌中则成为两种迥然有别的本体因素。"情性"并不仅仅指情感而言，它既包含"已发"之情，更包含"未发"之性。"性"在这里可以理解为人禀受于天的一切个体性的心理因素，如性格、气质、才情等等。例如，刘勰说："然才有庸俊，气有刚柔，学有浅深，习有雅郑，并情性所铄，陶染所凝，是以笔区云谲，文苑波诡者矣。故辞理庸俊，莫能翻其才；风趣刚柔，宁或改其气，……"（《文心雕龙·体性》）此处的"情性"不是指情感而言，而是指"才"与"气"。可见"情性"是个内涵十分丰富的综合性概念，一方面，它是指人与生俱来的诸种心理特征，可理解为"天性"；一方面，它又指主体对自身生命存在的感受和体验，可称之为"生命体验"。因此，"吟咏情性"也绝不能简单地理解为"表现情感"，它比较确切的含义应该这样来表述：自然而然地玩味、呈现人自身的天性及其对自身生命存在的感受和体验。古人用"吟咏情性"

来表示一种诗学本体论观点，主要目的在于强调诗歌内容的绝假纯真、诚实无伪以及创作手法的自然而然、不假绳削。在这种诗学本体论观点的影响下，中国古代诗歌形成一种追求"浑然天成""真率自然"风格的价值取向，产生过无数脍炙人口的名篇佳作。

"意"则是纯粹后天生成的，是理性的。它一方面来自外在世界向主体的呈现，一方面来自主体对外在世界的评价。因此，"以意为主"一方面是讲展示事物固有的道理，一方面是讲表现诗人的观点和见解。古人提倡"以意为主"的诗学本体论观点，旨在突出认知性心理因素在诗歌作品中的重要性。对于"吟咏情性"的诗作来说，主要价值标准是真诚与虚伪；对于"以意为主"的诗作来说，主要价值标准是对与错、深与浅。

五　两大诗学本体论观点产生的原因

那么，"吟咏情性"与"以意为主"何以能够成为中国古代两大诗学本体论观点呢？

从一般的意义上来说，这两种诗学观念是文学所固有的价值二重性的体现。任何文学无不基于个人与社会的双重需要而生。从个人角度看，文学能够满足人的自我观照、自我宣泄、自我实现的心理需求，具有调节人的心理状态、维持人的心理平衡的客观效果。这是人类不能离开文学的主要原因。那些以"饥者歌其食，劳者歌其事"或"感物吟志""摇荡情性，形诸舞咏"为创作特征的"吟咏情性"之作正是以这种个体性心理需求为基础的，它实现的是一种个体的人性价值。从社会角度看，文学又具有伦理教化的功能，能够在一定程度上控制和改变人们的思想观念，从而维持社会的平衡与稳定。那些以讲道理、发议论、述故实为特征的"以意为主"的作品就是建基于这种社会需求之上的，它负载的是一种社会价值。

如果具体到中国古代直接给予诗歌创作以决定性影响的历史语境和文化语境，那么可以说，士人阶层的文化人格及其心态的变化是两大诗学本体论观点形成的更为直接的原因。作为古代文化的主要传承者和建构者，士人阶层具有一种根深蒂固的人格冲突：一方面他们作为从政者或从政者的后备军拥有极强烈的历史使命感和社会责任感，向上要匡正君主，致君尧舜，向下要教化百姓，移风易俗，的的确确是"以天下为己任"的。另一方面，他们作为有很高文化修养和丰富精神世界的知识分子，又有很强烈的个体性精神需求：超越物累，保持心理平衡，安顿心灵，获得精神自由，满足审美需要，等等。这种二重人格现之于诗学观念，便形成了"以意为主"与"吟咏情性"两大本体论倾向。"以意为主"意味着欲有所言说，有所干预，是士人阶层要建构社会文化价值体系的进取精神之显现。"吟咏情性"是要沉浸于自我内心世界之中，借助于暂时放弃现实关怀而使心灵实现"内在的超越"。

士人阶层的这种二重人格及其在诗学观念上的显现又要受到特定历史语境的制约。这意味着在不同的历史境况中士人的人格理想与诗学观念会于两大倾向间有不同的侧重。魏晋六朝直到唐中叶之前都是"吟咏情性"说占主导地位，这是因为六朝士族文人特殊的政治和经济地位以及极不稳定的社会政治状况使他们在价值取向上将家族利益置于国家利益之上，因而将个体价值置于社会价值之上。唐代社会结构和政治制度的变化使庶族文人获得文化上的主导地位，但他们在被大大激起的政治激情的驱动下，一心一意投身于君权系统之中去建功立业了，尚无暇顾及学术话语体系的建构。这就使他们在文化上并没有明确一致的价值取向。他们的精神活动主要是吟诗作赋、琴棋书画，而在没有明确一致的文化价值取向为指导的情况下，士人的精神活动基本处于"自在"状态。也就是说，他们吟诗作赋基本上是个体"情性"的自然呈现。宋代则大不同。由于宋朝特殊的历史条件和治国方略，宋代士人不仅要建功立业，而且更要建立强大的文化价值体系和学术话语体系。被后人称为"宋学"的文化学术思潮尽管内部有诸多差异，但在总体的价值取向上却有其一致性，在言说方式上更是完全相同。这样强大的学术思潮及其言说方式必然会不可遏止地渗透到社会文化的各个角落，"以意为主"说就是它在诗学观念上的必然表现。在"宋学"价值观及其言说方式的比照之下，仅仅"吟咏情性"的诗歌作品即使不是"害道"的"闲言语"（伊川语），无论如何也是达不到诗的最高境界的。

下编　文本分析

第八章　中国古代文学形式中的政治意涵

　　在我们以往的文学史和文学思想史研究中，从作品内容中揭示出政治的或意识形态的内涵是比较普遍的做法，但从被视为纯粹的"审美"或者"形式"中发现政治意蕴却是比较少见的。事实上，一种审美趣味以及文体、修辞等文学形式与社会政治状况密切关联：一方面社会政治状况是审美与形式生成与演变的重要原因；另一方面审美和形式也以特有的方式发挥着政治的或意识形态的功能。六朝士族文人对五言诗的青睐以及以品论诗、历代儒家士人的复古主义或者退化论的文学史观，从表面看主要是形式问题，实际上都是某种政治诉求的文学表征，因此探讨"形式的政治"就成为文学史和文学思想史研究的重要视角。

　　在所谓"理论之后"的文化语境中，当代文学研究呈现出两种截然对立的趋势：一者强调文学的自主性，主张"审美回归"或"回到文学本身"，目的是把文学研究从各种"文化理论"的肆意践踏中拯救出来，使之回到自身。一者则坚持文学的政治性与意识形态性，主张通过对文本形式因素的细致分析揭示其蕴含的社会历史意蕴。前者是始于审美而归于审美，后者则是始于审美而归于政治。面对这两种研究路向，我们应该如何选择呢？在笔者看来，那种康德意义上的纯粹的审美实际上是不存在的，审美主义根本无法处理处于复杂的社会关系网络之中的文学现象，只能躲进自己建构的象牙塔中自娱自乐。无论那些千古传唱的诗词歌赋如何令人陶醉，它们背后总是隐含着强烈的政治性，是某种意识形态的表征。从中国文学思想史的角度来考察审美与政治、文学形式与社会意识形态之间的复杂关系，可以探索一种既不同于审美主义，又不同于一般意义上的文学社会学的研究视角。

一　文学形式与社会变革

从历史演变角度看，确实如伊格尔顿所说，每一种文体的产生或者重大变化差不多都与重大的历史激变相关联①。如汉末曹魏时期的文章体式与修辞由繁缛到简洁的变化就有着明显的政治原因。对此刘师培尝有精辟论述：

> 建安文学，革易前型，迁蜕之由，可得而说：两汉之世，户习七经，虽及子家，必缘经术。魏武治国，颇杂刑名，文体因之，渐趋清峻。一也。建武以还，士民秉礼，迨及建安，渐尚通侻，侻则侈陈哀乐，通则渐藻玄思。二也。献帝之初，诸方棋峙，乘时之士，颇慕纵横，骋词之风，肇端于此。三也。又汉之灵帝，颇好俳词，下习其风，益尚华靡，虽迄魏初，其风未革。四也。②

这段话论及了两汉之间、汉魏之间重大的社会政治变革在文学形式上留下的深刻印记，揭示出文体、修辞、文风与时代政治之间的紧密联系。这就意味着，社会政治对文学形式的变化具有重要影响，而文学形式诸因素也就成为社会政治变革之表征。诸如"清峻""通侻""华靡"这样纯然的文章风格背后都有着丰富而深刻的社会政治意蕴。对于魏晋时期文体形成背后的政治意涵，王瑶先生曾有过深入而全面的剖析，他认为汉末魏晋时期由于政治上选人得才的需要，社会上人物识鉴之风盛行，因之校核名实，即所谓"名检"，就在当时的学术思想中居于重要位置。在此基础上就形成了名理之辨的学术旨趣以及"位"与"职"符、"职"与"才"符的评价标准。这种时代的思想主流也就自然而然渗透到文学批评乃至文体形式之中：

---

① ［英］特里·伊格尔顿：《如何读诗》，陈太胜译，北京：北京大学出版社，2016年，第11页。

② 刘师培：《中国中古文学史讲义》，见陈引驰编校：《刘师培中古文学论集》，北京：中国社会科学出版社，1997年，第8页。

政治上要"考核名位"，要"名检"，研究人才是否称职，和职位是否相合；因而中国的文学批评也即沿着两条路线发展——一方面是论作家，研究其所长的文体和所具的才能；一方面即是辨析文体，研讨每一种文体的渊源性质和应用。从当时的观点说，文学也正如官位之必须合于职守一样，如果明白了某一职守的性质和作用，则官之是否称职，才之是否合位，便可"一目了然"了。同样的道理，如果能够确定了某种文体的标准是应该如何的，然后再来考核某一作家或作品是否合于此种体性的说明，则也必然地优劣自见了。①

由政治状况而影响到学术潮流，再由学术潮流影响到文学批评的方式与标准，这是很符合魏晋时期决定着文体观念走向成熟的文化逻辑的。因此在王瑶先生看来，曹丕的"四科八体"之论实际上体现了"文体的性质分类"与"政治上的职守"之间不仅存在着形式上的相似性，而且存在着实际上的因果联系。这种见解当然不是来自西方马克思主义的影响，而是得之于对魏晋时代政治历史与文学状况的深入体察，然而其与伊格尔顿的观点却又是不谋而合的，可见此一见解并非主观臆断之论。那些重大的时代政治变革，往往会在文学艺术的形式上留下深刻印记，会给一个时期的审美趣味以重要影响。

二　文学形式与身份政治

除了重大社会政治事件之外，身份政治也是考察造成文学形式变化原因的重要视角。文学形式往往与文学主体的身份认同具有极为密切的关联。在这个意义上说，文学形式，包括文体，常常也成为主体身份的符号表征。这一点我们可以从五言诗的兴盛与汉魏之际文人身份认同的联系中得到充分印证。有大量文献材料可以说明，正是因为东汉后期在民间渐渐出现的一批既不同于穷经皓首的传统儒生，又不同于那些被称为"辞赋之士"的文学侍

---

① 王瑶：《中古文学史论之一——中古文学思想》，上海：棠棣出版社，1951年，第132页。

从的宦游文人，五言诗这种新的文体才得到蓬勃发展。可以说，五言诗正是文人趣味的产物。这里所谓"文人"不是指一般意义上的士大夫阶层，而是指士大夫阶层中的部分成员在东汉中后期逐渐形成的一种新的身份，其基本特征是赋予诗词歌赋这类传统文学形式表达个人情趣的新功能。在此前两汉三百多年的历史上，诗词歌赋或者是用来美刺讽喻的，或者是用来"润色鸿业"的，都是官方意识形态的附属品，缺乏真正的文学所应有的自律性、自主性。只是到了东汉中叶以后，出现了张衡、秦嘉、郦炎、蔡邕、赵壹以及"苏李诗"和"古诗十九首"的作者等一大批士人，开始在诗词歌赋中表达离愁别绪之类的个人情趣，这些人已经不再仅仅是传统意义上的士大夫，他们又获得了一重新的身份，那就是"文人"。这不是司马相如、枚乘、东方朔那样专门迎合帝王趣味的"宫廷文人"，而是表达个人羁旅之情与生命情怀的民间文人。"古诗十九首"堪称这类文人之趣味的集中体现。这种以玩味、表达个人情趣为特征的文人身份与两汉那种以天下为己任的政治家或经学家身份迥然相异，两者之间甚至存在某种内在冲突，但又常常同时存在于一个人身上。张衡、蔡邕等人在政治上都有所建树，这与传统士大夫一般无二，但他们又同时是可以借助诗歌展示个人内心感受和体验的文人。

如果说四言诗作为《诗经》的主要文体形式带有强烈的正统性、经典性，与士大夫之政治家、经学家身份相契合，那么五言诗则刚好成为那些疏离于正统观念的文人身份的话语方式。刘勰说："若夫四言正体，则雅润为本；五言流调，则清丽居宗。"[1]这是说四言作为诗歌的正宗，体现的是"雅润"风格，五言诗作为诗歌后起文体，特点是"清丽"。所谓"雅润"，即是雅正润泽的意思，正是对《诗经》"发乎情，止乎礼义"的内容与"温柔敦厚"的风格的概括。钟嵘说："夫四言，文约意广，取效《风》《骚》，便可多得。每苦文烦而意少，故世罕习焉。五言居文词之要，是众作之有滋味者也，故云会于流俗，岂不以指事造形，穷情写物，最为详切者邪！"[2]这段话被论者广泛引用，但通常被理解为"滋味说"之始出。对于"滋味"，一般理

---

[1] ［南朝梁］刘勰：《文心雕龙·明诗》，见范文澜注：《文心雕龙注》上册，北京：人民文学出版社，1958年，第67页。

[2] ［南朝梁］钟嵘：《诗品序》，见曹旭集注：《诗品集注》（增订本），上海：上海古籍出版社，2011年，第43页。

解为"诗味"，指艺术效果或审美感染力而言，鲜有深入究其与文人身份之关联者。这里可略作申说。盖四言，因其为《诗经》之基本体式，故汉儒视为诗歌之正宗。而汉儒以"'三百篇'当谏书"，是故亦以四言诗负载美刺讽喻之使命。由此观之，四言诗之在两周，是为贵族言说之形式；其在两汉，则为士大夫言说之形式，其内涵直接即具有政治性。因其主要功能或美或刺，所以是"文烦而意少"，此即谓徒然花费许多言辞，所能展示的意涵却很少，根本无法表达更丰富细腻的情感体验。故刘勰说"汉初四言，韦孟首唱；匡谏之义，继轨周人"①，意指汉代四言诗与诗经讽谏传统的密切关联。韦孟现存的《讽谏诗》和《在邹诗》确实严守"诗三百"的"美刺"传统，其他汉代五言诗也大抵如此，我们试举几例：

其一：

　　明明上天，下土是亲。帝选元后，求定安民。孰不可念，祸福由人。愿君奉诏，惟德日新。（《凤巴郡太守诗》）

其二：

　　深耕概种，立苗欲疏；非其种者，锄而去之。（刘章《耕田歌》）

其三：

　　于穆世庙，肃雍显清。俊乂翼翼，秉文之成。越序上帝，骏奔来宁。建立三雍，封禅泰山。章明图谶，放唐之文。休矣惟德，罔射协同。本支百世，永保厥功。（刘苍《武德舞歌诗》）

　　第一首表达百姓对地方行政长官的期待与劝诫，第二首反映宗室内部权力之争，第三首是对皇帝功业的赞美，都具有十分严肃重大的政治含义。在汉魏时期，这类以四言诗表达政治意义的作品是很普遍的，除了韦孟及以上

---

① ［南朝梁］刘勰：《文心雕龙·明诗》，见范文澜注：《文心雕龙注》上册，第66页。

所举之外，诸如韦玄成《自劾诗》《戒子孙诗》以及民间流传无名氏的《长安百姓为王氏五侯歌》等等大量四言歌诗或者讽谏，或者颂美，或者讥刺，大都含有强烈的政治意涵，可以说直接实践了汉儒所理解的《诗经》的讽喻精神。四言诗这种诗体本身就具有一种雍穆典雅的庄严感，考其原因，一是因为四言是《诗经》作品的基本诗体，《诗经》在汉代之前一直是所谓群经之首，具有至高无上的神圣性，影响所及，四言诗也就带上了一种与生俱来的神圣色彩，更何况汉人的四言诗大都是摹仿《诗经》的作法与风格呢！二是因为四言诗形式上显得简洁、凝练、整饬，四字一顿，铿锵有力，也确实给人一种庄严正大之感。

与四言诗相比，五言诗则为"众作之有滋味者"，这里的"滋味"显然是四言诗所缺乏的，那是何所指呢？只有联系钟嵘诗学整体，特别是《诗品序》的主旨，这"滋味"才能有比较准确的把握。《诗品序》说："气之动物，物之感人，故摇荡性情，形诸舞咏。"① 这是说，诗歌是应着人的表达情感的本能需要而产生出来的。而五言诗则是"指事造形，穷情写物，最为详切者"，换言之，只有五言诗最适合描写多彩多姿的自然景物，最能够表现人们复杂而微妙的情感。当然，四言诗也是可以用来表情达意的，但总体上看，无论是作为贵族美刺方式还是作为士大夫讽喻方式的四言诗，其所表达的情感本质上都主要是一种具有普遍性的"集体情感"，而非个体情感。如《毛诗序》所言"吟咏情性，以风其上"之"情性"，即是指百姓对当政者普遍的情感反应。而钟嵘这里所说的"性情"或"情"，如"春风春鸟，秋月秋蝉，夏云暑雨，冬月祁寒"引起的春感秋悲之情，"楚臣去境，汉妾辞宫，或骨横朔野，或魂逐飞蓬，或负戈外戍，杀气雄边"引起的悲壮之情，"塞客衣单，孀闺泪尽"引起的思乡孤寂之感，等等，无一例外都是个体的情趣与情感体验。对于这样的"情"，更适合用五言诗来表达。明人许学夷说："汉魏五言，为情而造文，故其体委婉而情深。"② 这正是对钟嵘"滋味说"极好的诠释。这就意味着，在钟嵘这里，五言诗这一诗歌体裁是与张衡、秦嘉、郦炎、蔡邕、赵壹以及"苏李诗"和"古诗十九首"的作者、"三曹"以及"建安七子"等魏晋以来的士族文人联系在一起，是这些人创造并使用的情感表达方式。

---

① ［南朝梁］钟嵘：《诗品序》，见曹旭集注：《诗品集注》（增订本），第1页。
② ［明］许学夷：《诗源辩体》，北京：人民文学出版社，1987年，第47页。

五言诗并不一定是起源于东汉，我们知道西汉的许多民歌和乐府诗都是五言的。① 但是毫无疑问的是，就所谓文化的"大传统"而言，五言诗肯定是在东汉后期才逐渐演变为主要诗歌体裁的，这一过程恰与文人身份的形成相契合。汉代五言诗的由俗变雅，由"天成"到"作用"的变化②，正体现着士族文人接受并强化这一诗歌体裁的过程。

因此，五言诗与四言诗看上去仅仅是文体上的分别，属于审美范畴的事情，然而实际上却是有着深刻的政治意味。汉魏及六朝时期的士族文人之所以放弃两周以来沿用已久且获得经典性的四言体而选择作为新变的五言体，除了表达情感上的需要之外，也体现着他们摆脱传统束缚，获得独立话语权的努力。由于社会历史原因，士族文人已经厌倦了汉代士大夫那样向上规谏君主、向下教化百姓的社会立法者角色，不愿意继续做政治的工具，而是希望成为一个独立的精神个体，充分展示个人的才智与情趣。为达此目的，放弃传统的言说方式而选择一种新的，既适合自己又标示自己的言说方式就是必然的了。在这个意义上，五言诗成为主要诗歌体裁也就意味着在文学领域，甚至整个精神生活领域，新兴的士族文人已经成功地取代传统士大夫而成为主导者，这与以玄学以及关于人物的个性气质、风度才情的品评为主要内容的清谈代替以人物的道德品行与经学修养为主要内容的论议和清议，具有同样的象征意义。

从另一个角度来看，则五言诗也就顺理成章地成为文人身份的确证方式。也就是说，能够纯熟地以五言诗来表达自己情感的人就可以成为文人。于是在魏晋六朝时期，五言诗就与清谈、玄言、辞赋、骈文以及琴棋书画等一样，成为士族文人的身份标志，也从而成为士族文人区隔于其他社会阶层的重要手段之一。这种区隔最主要的社会功能是使得文人得到其他阶层的尊重，获得其他阶层难以达到的社会地位。一旦形成一种文化惯习和社会舆论，则甚至贵为帝王也会对这种文人身份艳羡不已。譬如行伍出身的宋武帝刘裕为了获得士族文人的尊重，也装模作样地吟诗作赋。贵为帝

---

① 关于五言诗的起源问题是前些年中国文学史研究领域讨论的热点问题之一，有论者认为严格意义上的五言诗是曹魏时期才出现的。

② 许学夷云："汉魏五言，本乎情兴，故其体委婉而语悠圆，有天成之妙。五言古，惟是为正。详而论之，魏人渐见作用，而渐入于变矣。"见［明］许学夷：《诗源辩体》，第45页。

王尚且如此屈尊纡贵，迎合文人趣味，可知其在彼时价值评价系统中的重要性。以五言诗为代表的审美趣味之所以具有社会区隔和文人身份的自我确认等重要功能，根本上还是因为文人士大夫阶层具有建构和维护社会意识形态的重要作用，而且这一作用还是无可替代的。一个社会共同体要维系其稳定，必定要有一套有力的观念系统，这就需要一个专门的社会阶层来从事精神生产活动。在中国古代，文人士大夫刚好就是肩负着这样一种使命的特殊的社会阶层。中国古代那种君主官僚政体和家族式的社会组织形式一刻也离不开文人士大夫这一中间阶层的勾连与维系。这就是为什么那种看上去不食人间烟火的文人趣味能够为全社会所敬慕，而手无缚鸡之力的文人可以得到君主的礼敬的根本原因。马克斯·韦伯曾说，士人是中国古代社会实际上的统治者①，这在某种意义上是言之成理的。士族文人是士人阶层中的特殊群体，他们虽然只是士人中的一小部分，但却掌握了话语权，因此其审美趣味也就在当时居于主导地位。从精神文化角度看，士族文人可以说是士人阶层中的"贵族"或"特权阶层"。

如前所述，在东汉魏晋时期，士人身份往往具有多重性，在同一个人身上往往聚集了几种身份，与之相应，也就会出现几种不同审美趣味并存的现象。而这不同的审美趣味也常常表现在对不同文体的选择上。例如四言诗和五言诗就明显表达不同的审美趣味，现举数例如下。

先看蔡邕四言诗：

其一：

> 伊余有行，爰戾兹邦。先进博学，同类率从。济济群彦，如云如龙。君子博文，贻我德音。辞之集矣，穆如清风。（《答对元式诗》）

其二：

> 清和穆铄，实惟乾坤。惟岳降灵，笃生我君。服骨睿圣，允钟厥醇。诞生歧嶷，言协典坟。懿德震耀，孝行通神。动履规绳，文彰彪缤。成

---

① ［德］马克斯·韦伯：《儒教与道教》，洪天富译，南京：江苏人民出版社，1995年，第127页。

是正服，以道德民。(《酸枣令刘熊碑诗》)

两首诗一是赞美生者，一是讴歌逝者，均以彼时流行的"经明行修"为评价标准，体现着对主流意识形态的认同与践行，所表达的都是堂皇的政治伦理性的情感与意旨。两首诗整体上都显现出一种雍容典雅的气象。再看他的五言诗：

其一：

    青青河畔草，绵绵思远道。远道不可思，宿昔梦见之。梦见在我傍，忽觉在他乡。他乡各异县，展转不相见。枯桑知天风，海水知天寒。入门各自媚，谁肯相为言！客从远方来，遗我双鲤鱼。呼儿烹鲤鱼，中有尺素书。长跪读素书，书中竟何如？上言加餐食，下言长相忆。(《饮马长城窟行》)

其二：

    庭陬有若榴，绿叶含丹荣。翠鸟时来集，振翼修形容。回顾生碧色，动摇扬缥青。幸脱虞人机，得亲君子庭。驯心托君素，雌雄保百龄。(《翠鸟诗》)

前一首表达对远行之人的思念之情，情感真挚，动人心脾，诚可谓"有滋味者也"。这首诗的作者历来有两种看法，徐陵《玉台新咏》及后世编辑蔡中郎集者大都以为是蔡邕作，萧统《文选》以为是汉代无名氏所作。近年来大多数研究者均认同前说。后一首借对翠鸟的描写，表达了一种全身远害、明哲保身的处世态度。两首诗都抒写了复杂真挚的个人情感。

再看曹丕四言诗：

    尧任舜禹，当复何为？百兽率舞，凤凰来仪。得人则安，失人则危。唯贤知贤，人不易知。歌以咏言，诚不易移。鸣条之役，万举必全。明德通灵，降福自天。(《秋胡行》)

五言诗:

　　朝日乐相乐,酣饮不知醉。悲弦激新声,长笛吐清气。弦歌感人肠,四坐皆欢悦。寥寥高堂上,凉风入我室。持满如不盈,有德者能卒。君子多苦心,所愁不但一。慊慊下白屋,吐握不可失。众宾饱满归,主人苦不悉。比翼翔云汉,罗者安所羁。冲静得自然,荣华何足为。(《善哉行》)

　　这两首都是乐府歌辞,即拟乐府。二者所表达的意蕴和所呈现的风格迥然不同。四言诗《秋胡行》赞美尧舜,说明选贤任能对于国家长治久安的重要性。整首诗可以说不带丝毫个人情感。五言诗《善哉行》描写宴饮场面及所生感想,虽然也表达了勤于政事、礼贤下士的意愿,但更有因宾客离去而生的惆怅与忧思以及对世间繁华的厌倦和对古朴自然生活的向往。全诗主要表达的无疑是个人情怀。这可以说明四言诗与五言诗在内容与风格上的某种差异,而这种差异可以理解为诗人不同身份之表征。

　　除了蔡邕、曹丕之外,在张衡、傅毅等人身上也有相近的情形。同样是一个人,由于拥有多重身份,其表达不同情感会选择不同的诗歌体裁,这大约可以说明文体与身份的密切关联,进而也可以说明作为诗文外在形式的文体实际上也是具有政治性的。因此,我们可以说四言诗与传统士大夫身份关系紧密,多用来表现主流意识形态;五言诗则与文人身份相契合,多表现个人情感。当然,这只是就大体而言,由于文化惯习的作用,汉魏时期也有文人用四言诗来表达个人情感的,更有士大夫用五言诗来表现美刺讽谏的。

　　实际上,不仅诗歌体裁与诗人身份关系密切,整个魏晋六朝时期中国古代文学艺术各个门类、体裁都完成了一种形式上的革命:原有体裁成熟了,有些原来没有的文体产生了,各种门类的艺术都产生了范本,形成了被普遍认可的评价标准,文论思想也丰富化、体系化了。这一切可以视作一个政治寓言——士族文人在与靠武力得天下的君权系统和野心勃勃时刻伺机改变自身命运的寒庶文人之间的权力角逐中,找到了确证自身价值、实现阶级区隔目的的绝佳方式。诗词歌赋、琴棋书画在西汉时期是御用的、宫廷的,是用来润色鸿业的,而现在则与清谈玄言一样成为士族文人身份的标志。在士族文人创造的蕴含着强烈政治意味的审美趣味获得主导地位之后，即使握有生杀大权的帝王与皇室贵胄也不能不受其裹挟，极力使自己能够像士族名士那样吟诗作赋、论道谈玄。这就意味着，即使贵为帝王，对于士族文人所主导的审美趣味同样是心存敬畏的。换言之，某种审美趣味一旦获得主导地位也就意味着获得了某种掌控的力量，服膺这一趣味也就意味着受控于其所隐含的那种控制力或权力。可见无论是体裁还是修辞的确都是具有政治性的。大而言之，整个中国古代文人士大夫在诗文书画创作与鉴赏中表现出来的那种"雅化"趣味都和这个社会阶层与其他社会阶层相区隔，从而突显自身社会地位、获得某种特权的政治诉求相关，当然这种政治诉求并不一定是一种自觉意识，更近于一种集体性的"政治无意识"。正如孔乙己对自己身上那件又脏又破的长衫的珍爱与重视一样。任何一个社会的知识阶层，一旦掌握了话语权，他们就一定会孕育、培养出一种可以确证自身价值、显示自身特权地位的趣味来。这种趣味正是这个知识阶层身份与权力的表征。但是由于这一知识阶层处于知识和文化的主导地位，他们的趣味便必然逐渐被泛化为一种全社会的普遍趣味，并且通过制造经典而成为影响后世的文化传统。对于没有话语权的社会阶层来说，只有服膺这种居于主流地位的趣味。就中国的情况而言，西周的贵族是这么做的，先秦的诸子是这么做的，魏晋以降的文人也同样是这样做的。在后人看来，前辈创作的诗文书画似乎具有超时空的审美价值，因为即使今天，我们依然常常陶醉于唐诗宋词的美妙意境与韵律之中。但一旦和具体历史语境结合起来，我们就不难发现，任何一种审美形式背后都与特定阶层的身份及政治诉求有着千丝万缕的联系，形式中隐含着政治性。

三　文学修辞中的政治意涵

各种后现代主义文化理论在解读文学时常常能够读出一般读者无论如何也读不出来的意思，有"过度阐释"之嫌，近年来越来越受到人们的诟病。那么文本形式中的政治意涵究竟是批评家"过度阐释"的结果还是文本形式原本就蕴含着的？这无疑是一个值得追问的问题。从中国古代文学的"叙事"和"隐喻"来看，文本形式中的政治或意识形态意涵至少有两个不同的层面：

一个层面是接受者在特定语境中"读"出来的，并没有足够的证据说明文本中原本就一定包含这些意蕴；另一个层面是文本形式中蕴含的，是文本与社会历史的"同构性"造成的。

我们来看第一种情况。先看"叙事"。《左传·隐公元年》："书曰：'郑伯克段于鄢。'段不弟，故不言弟；如二君，故曰克；称郑伯，讥失教也。"[①]《春秋》中的"夏五月，郑伯克段于鄢"，乃是对一件历史事件的简洁记录。如果不联系具体历史语境，仅从字面上是看不出政治意味的。但《左传》的作者就从这一叙事中对二人的称谓以及动词的使用上看出了对郑伯和其弟段的讥刺与批评，因此这一叙事除了记录事实以外，还具有张扬一种贵族政治伦理观念的意义。这样的例子在"春秋三传"中比比皆是。所谓"春秋笔法"或"春秋书法"就是指此而言。公羊家们孜孜以求的"微言大义"正是指看上去客观平实的历史叙事中所蕴含的政治的或意识形态的意涵。由于后来"春秋三传"先后上升到了"经"的地位，影响所及，在貌似客观的历史叙事或文学叙事中寄予政治寓意就成为一种传统。而从文学或历史叙事中读出政治寓意来，也就成为中国古代的一种阅读习惯。然而"郑伯克段于鄢"这句话中究竟有没有"微言大义"呢？在今天看来，这还是一个有待进一步研究的问题。我们再看"隐喻"。《诗经·邶风》："静女其姝，俟我于城隅。爱而不见，搔首踟蹰。静女其娈，贻我彤管。彤管有炜，说怿女美。自牧归荑，洵美且异。匪女之为美，美人之贻。"从诗的文本呈现出来的情景看，这完全是一幅情窦初开的少男少女的恋爱图，哪里有什么政治意涵呢？然而《毛序》却说："《静女》，刺时也。卫君无道，夫人无德。"[②] 这就是饱受后人，特别是现代学人质疑与嘲笑的"汉儒说诗"。在汉儒的眼中，《诗经》中那些吟咏男女情爱的作品大多为政治隐喻，不是美某公，便是刺某王。从诗人的动机看这些诗是否真的是为着"美刺"而作的呢？根据现有文献材料，这几乎是一个无法回答的问题。因为诸如《关雎》《汉广》《静女》这类诗歌究竟何人何时因何而作已经是难以考索的问题了，所以无论是肯定还是否定

---

① 《左传·隐公元年》，见杨伯峻编著：《春秋左传注》，北京：中华书局，1981年，第14页。

② ［汉］毛亨传，［汉］郑玄笺，［唐］孔颖达疏：《毛诗正义》卷第三，李学勤主编《十三经注疏》标点本，北京：北京大学出版社，1999年，第204页。

的回答都是轻率的。我们只知道，汉儒如此说诗在当时的历史语境中是有其必然性的，是他们意识形态话语建构工程的一部分。在特定语境中，在今天看来那些纯粹的审美或者形式的因素都带上了明显的政治性。在这个问题上，我们不能简单地判定古人就是错的。

我们再来看第二种情况。文本形式与社会意识形态具有某种同构性，对此只有通过专门的分析才可以看出来。中国古代诗歌的比兴手法为什么受到普遍推崇？我认为这里主要是政治因素发挥着作用。《毛诗序》有"主文而谲谏""上以风化下，下以风刺上"之说，郑玄有君臣之间"上下相犯""情志不通"，"故作诗者以诵其美而讥其过"之说①，都是旨在说明诗歌隐晦曲折的表达方式是"君道刚严、臣道柔顺"之政治状况的产物。所以从先秦以降，历代《诗经》阐释大都是把"诗三百"当作政治隐喻来解读的。字面上是男女相悦之辞，如何和政治讽喻联系起来呢？这需要一个纽带，这便是"比兴"。借助于"比兴"之说，说诗者就可以大加发挥了。这是古代文学中隐喻这种修辞手法政治意涵的一种表现形式，是比较容易理解的。隐喻政治意涵的另一种表现形式就比较隐晦了。例如"池塘生春草，园柳变鸣禽"这样的纯粹描写自然景物的诗句，如何具有政治意涵呢？如果我们仔细体味这两句描写寻常春景的诗句就不难发现，它从两个层面上体现出来了"自然"二字。一是其所写之景物：春天来了，池塘边的小草吐绿了，园子里的鸟鸣也变了声调。一切都自然而然，自己而然，非人力所为，乃是"悠悠天钧"的体现。二是其写法恰恰契合了其所写：都是简单朴素的大白话，没有用事用典，也没有雕琢词句，绝无"谢家池上，江淹浦畔"之弊。如此，这两句诗便是以自然之手法呈现了自然之意境，故而成为"自然"之标示。在谢灵运所处的文化语境中，"自然"至少有下列三层含义：一是道的存在方式。《老子》有"人法地，地法天，天法道，道法自然"之说，所谓"道法自然"，可以理解为"道以自然的方式存在"，或者"自然是道的存在方式"。因此自然便是道，道便是自然。体现到人世间，这种自然之道就成为一种人生理想和人格境界：安时处顺、任真自得。二是对名教伦理的超越。在两晋南朝时期，"自然"就意味着"名教"的对立面。王弼标举"名教出于自然"，

① ［汉］郑玄：《六艺论》，见李学勤主编《十三经注疏》标点本《毛诗正义》目录《诗谱序》，第5页。

可以理解为，他为了给受到普遍怀疑的儒家伦理纲常找到一个更为坚实的学理依据，从而向老庄之学中寻找思想资源。其本质上是借助于道家学说来改造儒学，从而建立适合于彼时历史条件的意识形态话语体系。嵇康的"越名教而任自然"旨在张扬个性，反对束缚，本质上是以道家精神取代儒家，目的在于否定占主导地位的意识形态的合法性。郭象的"名教即自然"则又回到了王弼的立场，试图借助于道家学说的影响力来证明儒家伦理的合法性。在整个魏晋六朝时期，在现实的社会生活层面可以说始终都是儒家伦理居于主导地位，但在由士族文人主导的精神生活领域，则是嵇康、阮籍代表的以"自然"为指归的价值观居于主流地位。三是表达一种现实的政治立场。王弼、郭象试图把"自然"与"名教"统合起来，体现了一种认同现实政治的立场。嵇康把二者对立起来，体现的是对司马氏统治的厌恶与拒斥的政治态度。可见在魏晋六朝的历史语境中，"自然"既有哲学的意涵，又有政治的指向，还体现出一种人生理想与人格境界。如此看来，这两句再普通不过的诗句，因为它是自然之道的表征，体现了道家的根本精神和疏离现实政治的人生旨趣，因此成为千古绝唱。从修辞的角度看，"池塘""春草""园柳""鸣禽"这些静态意象和"生""变"这些动态意象都是"自然"的隐喻，因而也是一种政治立场的隐喻。联系到谢灵运本人的经历与境遇，这种政治性内涵就更为鲜明。谢灵运是东晋时期最著名的高门大族谢家子弟，自幼聪明绝伦，极有才学，所以也就有极高的自我期许。然而无论是在东晋，还是到了刘宋时代，帝王们对他虽礼敬有加，却是敬而远之，没有人肯重用他。眼见出身、才学、声望都远不如自己的许多人物都身居高位、参与机枢了，他却始终被当作一个文学侍从来对待，那愤愤不平的心情是可以理解的。他的游山玩水与山水诗的创作均可以视为其"有志不获骋"之后对现实政治的疏离与拒斥，这种疏离与拒斥的态度本身就具有一种否定的政治意义。

四 分品论人与以品论诗

中国古代诗文评之评价标准的形成与社会评价系统相呼应，从而使看似纯审美意义的作品评价以隐晦的方式参与到社会意识形态的建构与维系工程之中，这同样是"形式的政治"之重要表现。在中国古代，根深蒂固的等级观念涵盖社会文化的方方面面，也自然在文学观念上留下深深印记，于是文学的审美评价也就常常会成为等级观念的表现形式。

等级观念并非古代思想家们的共识，例如先秦诸子中的道家、墨家、农家、阴阳家、名家等都没有那么明显的等级观念，而且从某种意义上说这些思想中都暗含着对贵族等级制的否定。真正倡导并极力维护等级观念的实际上只有儒家。儒家的等级观念来自西周贵族的礼乐文化。周公的制礼作乐实质上乃是制定一套严格的等级制度并且用一套繁缛的礼仪系统作为其外在形式。因而周文化的核心就是贵族等级制，与此相应而形成的以身份意识为核心的等级观念就成为周代贵族意识形态的主要内容。春秋后期出现的所谓"礼崩乐坏"现象根本上也就是贵族等级制的崩毁。为孔子所深恶痛绝的"犯上作乱""僭越""弑君"等现象都是这一制度崩毁过程的必然现象。孔子所代表的儒家是周文化的继承者，孔子本人对西周的贵族等级制向往之至，对灿烂的礼乐文化艳羡不已。所以他立志要"克己复礼"，即以周代贵族社会为蓝本重建社会价值秩序。因此儒家所继承的周人文化中最主要的内容就是等级观念。孔子的"正名"，也就是正名分，让人人认同一个严密的等级秩序，清楚地明了并恪守自己在这个等级秩序的位置。这就是所谓"君君，臣臣，父父，子子"。孟子之"距杨墨"，即是因为这两派思想学说破坏了等级观念——墨家讲"兼爱"，是否定了家族内部的等级观，故而被孟子斥为"无父"；杨朱讲"为我"，是否定了社会的等级观念，所以被斥为"无君"。这说明严格的等级观念、身份意识正是儒家思想的基本价值准则。秦汉以后，政治上的君主官僚政体与思想上的儒家学说携手共进，相得益彰，是有着深刻的必然性的。儒家成为主流意识形态之后，其根深蒂固的等级观念也浸透于社会生活和思想文化的各个层面，几乎是无处不在，甚至可以说构成了中国传统文化的基因。在文学艺术的审美评价上，等级观念也同样深入其中。对诗词歌赋的形式与风格等方面的评价看上去是纯粹审美趣味的表现，不食人间烟火，与政治和意识形态相去甚远，实际上也同样是社会等级观念的表现形式。我们不妨通过分析有代表性的现象来说明这一情况。

被称为"百代诗话之祖"的《诗品》的评价标准，与六朝时期社会意识形态之间存在同构关系。从共时性评价来看，钟嵘的《诗品》是很有代表性的。

在中国思想史上，魏晋南北朝是一个比较特殊的时期，这不仅仅是由于所谓"五胡乱华"、天下战乱频仍以及佛教的进入，更是因为这一时期士族文人成为社会文化的主导者。士族是士人或士大夫阶层的变体，是通过长期积累，在政治、经济、文化上都获得了某种特权的特殊士人家族群体。他们在精神上有着极强的贵族趣味，傲视其他任何一个社会阶层。即使贵为帝王将相，如果在门第出身和文化修养上达不到士族的标准，也会为其所轻视。在汉末魏晋的动荡年代，士族文人大都放弃了汉代士人或建功立业、或通经致用的人生理想，渐渐形成了一种不同以往的精神旨趣，也相应形成了一套不同以往的人物评价标准。吊诡的是，尽管士族文人在精神上崇尚老庄、向往自然，但在他们对人的评价标准中儒家传统的等级观念不仅没有淡化，反而更加强化了，庄子的"齐物论"在这里似乎毫无影响。在关于人的价值的判断上，西周贵族的等级观念是建立在宗法血亲关系之上的，以嫡庶与亲疏分贵贱；两汉时期儒家的等级观念主要是建立在道德准则上的，以贤不肖分高下；六朝士族文人的等级观念则主要是建立在个体的内在精神气质与外在风貌上，以美丑雅俗分等级。东汉的清议和魏晋的清谈都以人物评价为重要内容，但前者主要是评价人物对经学的掌握程度与对名教伦理的恪守程度，以所谓经明行修为准则；后者主要是评价人物的玄学造诣与风度，以超越浅近凡俗为标尺。对人的要求如此，影响所及，也就泛化于对文学艺术的评价之上了。这首先表现在文章的外在特征：形式与风格开始成为论者关注的主要内容，而且形成了相应的评价标准。在这一点上，曹丕的《典论·论文》是具有代表性的，他对建安七子的评价基本上都是就他们文章之"气"——每个人的个性气质及其在文章中的显现——为关注点的。曹丕之后，对诗文形式与风格的评价遂蔚然成风，傅玄、陆机、陆云、挚虞、钟嵘、刘勰等在六朝时期诗文评上最有代表性的人物都是以形式与风格的评价为主的。在此基础上，对文章审美方面的评价也开始比高下、分等级了。曹丕《论文》及《与吴质书》中关于建安七子等人文章的评价其实已经暗含轩轾褒贬之义了。到了钟嵘，就发展到分"品"论诗人。在钟嵘的时代，士族文人经历了魏晋及南朝二百多年的发展，各种文学艺术形式基本上臻于成熟，士族文人也越来越重视个体审美能力的提升。他们差不多将全副精神用之于打造自己的文化品位之上，在清谈玄言、诗词歌赋、琴棋书画等方面殚精竭虑，乐此不疲。在这样的语境中，五言诗和骈文及辞赋一样，都成为士族文人满足自己的精神贵族趣味，确证自身名士身份的重要方式。如阮籍"作《咏怀诗》八十余篇，为世所重"①。嵇康"常修养性服食之事，弹琴咏诗，自足于怀"②。谢瞻"年六岁，能属文，为《紫石英赞》《果然诗》，当时才士，莫不叹异"③。谢灵运为永嘉太守，游山玩水，行迹所至，必有诗咏，"每有一诗至都邑，贵贱莫不竞写，宿昔之间，士庶皆遍，远近钦慕，名动京师"④。刘宋重臣沈庆之"手不知书，眼不识字"，孝武帝却"逼令作诗"，情急之下，沈庆之口授一诗曰："微命值多幸，得逢时运昌。朽老筋力尽，徒步还南岗。辞荣此圣世，何愧张子房。"于是"上甚悦，众坐称其辞意之美"。⑤以上事例说明，在魏晋六朝时期，诗歌已经不再像汉代那样是有些人偶一为之的事情了，它成了一种身份标志，是"名士"成为名士的重要条件之一。一个人诗写得好就可以获得同一阶层，甚至不同阶层人们的普遍尊敬，因此诗歌又成为士族文人实现自身价值的重要方式之一。钟嵘尝描述彼时士人热衷作诗论诗的情形：

> 故词人作者，罔不爱好。今之士俗，斯风炽矣。才能胜衣，甫就小学，必甘心而驰骛焉。于是庸音杂体，人各为容。至使膏腴子弟，耻文不逮，终朝点缀，分夜呻吟。
>
> 观王公缙绅之士，每博论之余，何尝不以诗为口实，随其嗜欲，商榷不同？淄渑并泛，朱紫相夺，喧议竞起，准的无依。⑥

钟嵘的描述表明，在当时学诗已成为士族子弟的一种风尚，人人以不懂诗为耻，同时也说明，在彼时的诗歌领域缺乏评人信服的评价系统，以至于许多热衷学诗者其实根本不懂诗的美丑妍媸。为诗歌评价定标准，为诗歌创作定

---

① ［唐］房玄龄等：《晋书》卷四十九《阮籍传》，北京：中华书局，1974年，第1361页。
② ［唐］房玄龄等：《晋书》卷四十九《嵇康传》，第1369页。
③ ［南朝梁］沈约：《宋书》卷五十六《谢瞻传》，北京：中华书局，1974年，第1557页。
④ ［南朝梁］沈约：《宋书》卷六十七《谢灵运传》，第1754页。
⑤ ［南朝梁］沈约：《宋书》卷七十七《沈庆之传》，第2003页。
⑥ ［南朝梁］钟嵘：《诗品序》，见曹旭集注：《诗品集注》（增订本），第64—65、74页。

规则，正是钟嵘作《诗品》的主要动机。如果说在先秦两汉时期除了《诗经》作品因为被尊为经典而受到儒家士人的极力推崇之外，无论是四言诗还是五言诗，对于以经明行修为人生理想的士人阶层来说实在是无关紧要的，甚至远不如辞赋那样重要，那么到了六朝时期诗歌就成为士族文人的基本修养与身份标志了。

钟嵘的《诗品》就是在这样的历史语境中诞生的，这部书也就成为士族文人审美趣味的重要表征。这主要表现在下列方面：

其一，分品论诗与以品论人。士族之谓士族，最基本的条件是门第。门第有高下，士族自然也有等差。以品论人本来是汉代之"清议"的主要内容，因为这种"清议"是察举选士的重要依据，所以其人物评价的主要标准乃是品德与才能。班固《汉书》之《古今人表》把古今重要政治人物分为上上、上中、上下、中上、中中、中下、下上、下中、下下等九等；魏文帝曹丕接受陈群建议以"九品中正制"选拔官吏，这都为钟嵘以品论诗人提供了思想资源。自此以后，以品论人更成为一种风尚，而举凡操守、功业、才性、风度等方方面面都要分品类、别高下，这是对汉代人物品评的泛化。这在《世说新语》中有大量记载。现举数例如下：

> 汝南陈仲举、颍川李元礼二人，共论其功德，不能定先后。蔡伯喈评之曰："陈仲举强于犯上，李元礼严于摄下。犯上难，摄下易。"仲举遂在"三君"之下，元礼居"八俊"之上。
>
> 庞士元至吴，吴人并友之。见陆绩、顾劭、全琮，而为之目曰："陆子所谓驽马，有逸足之用；顾子所谓驽牛，可以负重致远。"或问："如所目，陆为胜邪？"曰："驽马虽精速，能致一人耳！驽牛一日行百里，所致岂一人哉？"吴人无以难。
>
> 有人问袁侍中曰："殷仲堪何如韩康伯？"答曰："理义所得，优劣乃复未辨；然门庭萧寂，居然有名士风流，殷不及韩。"①

魏晋的人物品评主要就是为一干名士定品级、分高下。即使是清谈这样探赜

---

① ［南朝宋］刘义庆：《世说新语·品藻》，见李毓芙注：《世说新语新注》，济南：山东教育出版社，1989年，第360、361、399页。

索隐、玄奥幽远的高层次精神活动，也成为士族文人一争高下的方式：

> 谢镇西少时，闻殷浩能清言，故往造之。殷未过有所通，为谢标榜诸义，作数百语。既有佳致，兼辞条丰蔚，甚足以动心骇听。谢注神倾意，不觉流汗交面。殷徐语左右："取手巾与谢郎拭面。"
>
> 殷中军尝至刘尹所，清言良久，殷理小屈，游辞不已，刘亦不复答。殷去后，乃云："田舍儿，强学人作尔馨语！"
>
> 支道林、许、谢盛德共集王家。谢顾谓诸人："今日可谓彦会，时既不可留，此集固亦难常，当共言咏，以写其怀。"许便问主人："有《庄子》不？"正得《渔父》一篇。谢看题，便各使四坐通。支道林先通，作七百许语，叙致精丽，才藻奇拔，众咸称善。于是四坐各言怀毕。谢问曰："卿等尽不？"皆曰："今日之言，少不自竭。"谢后粗难，因自叙其意，作万余语，才峰秀逸，既自难干，加意气拟托，萧然自得，四坐莫不厌心。①

从这些事例来看，彼时名士谈玄论道与其说是为了辨明道理，弄清真相，毋宁说乃是为了争胜负、分高下。这正是士族文人独特的精神旨趣。概而言之，在魏晋六朝时期，清谈、玄学以及诗词歌赋、琴棋书画表征着多重意涵：就社会政治层面而言，它们都是士族文人精神贵族身份的确证方式，具有社会区隔的功能；就生命个体而言，则它们又是士族文人自身价值自我实现的方式，具有弥补其因经学的退场而造成的精神匮乏的作用；就哲学与文学艺术发展演变而言，这又显现为一种自律性与独立性的形成，确实具有哲学思辨和审美静观的价值。社会政治伦理层面以品论人与审美层面的以品论诗有着深层的同构关系。钟嵘《诗品》看上去是纯粹的诗歌评价，但其思想底蕴却是传统的等级观念。

其二，诗品的标准。钟嵘究竟以怎样的标准为诗定品级呢？如前所述，钟嵘代表了一种不同于汉代士大夫的文人趣味，其核心之点便是"吟咏情性"四个字。"吟咏情性"原是汉儒卫宏在《诗大序》里提出的说法，意指诗经

---

① ［南朝宋］刘义庆：《世说新语·文学》，见李毓芙注：《世说新语新注》，第141、145、159页。

作品表达的是一种"伤人伦之废，哀刑政之苛"的民众之情感，目的是"以风其上，达于事变而怀起旧俗"。钟嵘在这里借用这一概念已然剥落了那种美刺讽谏的政治伦理内涵，乃是指对个体情趣与个性气质的玩味和抒写。这里的"情性"已不再是那种代表民风民俗的"集体情感"，而纯粹是文人们的个体情感了。钟嵘的诗歌评价标准正是围绕"吟咏情性"而来的，一是真情实感，一是表达情感的方式。用他的话说叫作"干之以风力，润之以丹彩"，"风力"即个体情性的表达所具有的感染力，"丹采"即文辞的绚丽多彩。他评曹植的诗"骨气奇高，词采华茂"也是同样的意思。从效果上看，能"使咏之者无极，闻之者动心"方为"诗之至也"。①这样的评诗标准与士族文人的精神追求具有深刻的一致性。六朝士族文人与汉代士大夫在精神追求上的一个最根本的差异是：前者尊重甚至张扬个体情感与个性气质，而后者则将情感与个性纳入名教伦理的规范之中。因此钟嵘对诗歌内容方面的要求正是士族文人精神追求的体现，而在形式方面对辞采的重视也与士族文人追求高品位精神生活并以此区隔于其他社会阶层的追求相契合，只有精美的形式才符合士族文人精神贵族的价值取向。至于用事、用典以及过分追求韵律与辞藻之所以会受到钟嵘的批评，则是因为这样的形式主义倾向不利于表现诗人的情感与个性，而且与玄学所标榜的自然玄远境界相背离，不符合士族文人的主流价值观。这就意味着，钟嵘评诗的标准是士族文人意识形态的特殊显现方式。

通过以上分析可以看出，一部《诗品》从分品论诗的结构，到具体的评价标准，都表征着士族文人的精神追求，其深层旨趣乃是这个特殊社会阶层保持其文化领导权的政治诉求。

五　复古观念与文学退化论

复古主义或退化论的文学史观念也是古代士人政治伦理诉求的一种表现形式。自先秦以降，儒家对上古历史演变次序的叙事，看上去是客观记录，实际上却是在一种价值观指导下的话语建构，表面上是历史序列，其实质是

---

① ［南朝梁］钟嵘：《诗品序》，见曹旭集注：《诗品集注》（增订本），第47页。

道德等级，而其指归乃在于标举一种政治理想。三皇五帝、三王五霸或者帝、王、霸的排列都是如此。在孔子那里，尧无疑是最高的道德典范，也是圣人的标志，是孔子理想中集道德与事功于一身的伟大君主。其次是文王、武王和周公。他们的先后顺序主要不是时间性的，而是道德等级，表征着孔子理想人格的不同层次。自孔子以后，在儒家的历史叙事中，道德评价总是暗含其中的。其实不独儒家，诸子百家大都具有这种退化论的历史观。例如《庄子·天下》就认为："天下大乱，贤圣不明，道德不一。天下多得一察焉以自好。……后世之学者，不幸不见天地之纯，古人之大体。道术将为天下裂。"①认为在诸子百家产生之前有一个整体的"道术"，即"古人之大体"存在，它与和谐整一的社会状况相适应。墨家更认为"夏礼"是理想社会的标志。只有主张"法后王"的法家是反对历史退化论的。

造成这种历史退化论思想的原因很多，其中最主要的，一是与古老的祖先崇拜有关。例如西周贵族礼乐文化中有根深蒂固的"敬天法祖"观念，认为祖先的神明在天上辅佐上帝，只要对祖先神明抱一种虔诚恭敬之心按时祭祀，就可以得到保佑庇护。而且"小邦周"能够战胜"大国商"而占有天下，也被归功于周人历代祖先凭借崇高品德和辛勤劳作而使天命归周。这就造成了周代贵族事事"往回看"的文化惯习。二是与士人阶层以天下为己任、做帝王师的精神直接相关。古代士人志向远大，却缺乏强有力的手段，他们不得不通过被神圣化了的上古帝王形象来匡正现实君主，为他们树立学习效法的榜样。三是与士人阶层批判现实的乌托邦精神有关。儒家描述的上古时代总是君主礼贤下士、君臣相得的，所谓"君臣之接如朋友然"②。这样描绘出来的古代社会其实是一个乌托邦。

这种以道德标准建立起来的历史退化论也是儒家的"道统"说的学理基础。例如韩愈《原道》中尧、舜、禹、汤、文、武、周公、孔子、孟子的排列顺序貌似客观的历史叙事，实际上同样暗含着强烈的道德等级意识，是士人阶层意识形态建构的体现。历史叙事如此，文学史叙事同样如此，例如在

① 《庄子·天下》，见陈鼓应注译：《庄子今注今译》下册，北京：商务印书馆，2016年，第984页。
② ［汉］郑玄：《六艺论》，见李学勤主编《十三经注疏》标点本《毛诗正义》目录《诗谱序》，第5页。

唐宋以后的复古主义文学观看来，诗文的发展总是一代不如一代的。就历史叙事而言，这种现象可以说是政治和道德观念转换为史实的排列顺序；就文学叙事而言，则可以理解为是政治和道德观念升华为一种审美趣味。在今天看来，先秦两汉的诗文未必优于唐宋以下的诗文，但在深信历史退化论和道德退化论的古人看来，先秦两汉的诗文的确具有无法企及的艺术魅力，这与尧、舜、禹、汤、文、武具有无法企及的道德力量具有同构性。这就构成了文学上复古主义观念的学理基础。这种文学上的退化论或与之相应的复古主义观念滥觞于先秦儒家。《论语·八佾》："子谓《韶》'尽美矣，又尽善也'。谓《武》'尽美矣，未尽善也'。"这里对音乐的评价显然是基于道德评价的。在后世儒家那里，孔子的这种观点得到了继承与发展，即使是在士族文人普遍具有创新意识的魏晋时期，这种文学退化论还是得以延续。例如西晋时期的大名士皇甫谧在为左思的《三都赋》所作的序中就认为自战国以降，辞赋渐兴，除了荀子、屈原所作"辞义可观"，"咸有古诗之意"，贾谊之作"颇节之以礼"之外，其他辞赋之作大都"淫文放发，言过于实，夸竞之兴，体失之渐，风雅之则，于是乎乖。……自时厥后，缀文之士，不率典言，并务恢张"。[1] 在皇甫谧看来，辞赋的发展显然是一代不如一代了。

即使在高度重视文学自身审美特征的齐梁时期，这种文学退化论思想也还是挥之不去的。例如在刘勰看来，唐尧、虞舜时期的诗歌是"尽美"的，其次是夏禹、商汤、周文武时期的诗歌，虽不能达到"尽美"，也还能够做到"勤而不怨，乐而不淫"。到了厉王、幽王时代的诗歌就有刺而无美了。自春秋战国以下，历代诗文整体上呈现出一种退化趋势。这种文学上的退化表现为由重"质"到重"文"的转变过程。他说：

> 是以九代咏歌，志合文则：黄歌"断竹"，质之至也；唐歌《在昔》，则广于黄世；虞歌《卿云》，则文于唐时；夏歌"雕墙"，缛于虞代；商周篇什，丽于夏年。至于序志述时，其揆一也。暨楚之骚文，矩式周人；汉之赋颂，影写楚世；魏之策制，顾慕汉风；晋之辞章，瞻望魏采。推而论之，则黄唐淳而质，虞夏质而辨，商周丽而雅，楚汉侈而艳，魏

---

① ［晋］皇甫谧：《三都赋序》，见［南朝梁］萧统编，［唐］李善注：《文选》卷四五，北京：中华书局，1977年影印胡刻本，第641页下栏。

晋浅而绮，宋初讹而新。从质及讹，弥近弥澹。何则？竞今疏古，风味气衰也。今才颖之士，刻意学文，多略汉篇，师范宋集，虽古今备阅，然近附而远疏矣。（《文心雕龙·通变》）

这是对当时文学上日益求新求变、重文轻质趋势的批评，所表达的文学观已经带有了明显的复古主义倾向。在中国古代，文章由质而文原是一种自然演变的客观趋势，与士人身份的历史演变密切相关。西汉士人，除了被称为"文章之士"或"辞赋之士"的宫廷文人之外，大都是经生和文吏，并没有汉魏之际如古诗的作者那样用诗词歌赋表达个人情感的文人。换言之，对于士人阶层来说，重视文采的文人是一种后起的身份，这种身份是在士人阶层与朝廷产生一定疏离之后才形成的。因此尽管从魏晋之后重视文采已经形成一种不可逆的趋势，但士人们囿于文化惯习，却始终对文采，甚至文人身份都保持警惕。那些与其说不愿毋宁说不能获得文人身份的正统儒家士人指斥文采、轻视文人尚不足为怪，可怪的是那些文采斐然的文人也常常进行自我审查。这一传统大约可以追溯到扬雄。扬雄的身份虽然不能等同于魏晋时期的文人，但其"辞赋小道，壮夫不为"之论却对后世影响甚巨。曹植虽然出身于帝王之家，但他以诗文名世，基本身份主要是文人，然而他却不肯承认这一事实，认为"辞赋小道，固未足以揄扬大义，彰示来世也"，其志在"戮力上国，流惠下民，建永世之业"。汉魏之时，文人被普遍称为"缀文之士"，其中是含有轻视味道的。这表明，在以创作抒写个人情怀的诗文为标志的"文人"与以传承大道或建功立业为使命的"士大夫"这两种身份之间是存在深刻冲突的，但二者却常常同处于一人身上。

所以，文学退化论既是一种被建构起来的文学史观，又是一种审美趣味的表征。这就意味着，持这种观点的人并非在某种理性原则的强迫之下把本来感觉很美的诗文强做否定性评价的，事实上，由于这种观点已经内化为他们的一种审美趣味，一种感知能力，所以当他们看到那种过于讲究文采与形式的诗文作品时，就会近乎本能地产生出一种反感或厌恶的情绪来。在这里，政治观念先是转化为退化论的文学史观，随之更演变为一种审美趣味。换句话说，审美趣味本质上乃是政治或意识形态的转换形式。形式即政治、审美即政治，在这里得到充分印证。

第九章　诗人言愁，所愁何事

——魏晋之际若干诗歌的文本意义与文化意蕴

一　引言：如何进入诗歌文本

　　一个普通读者完全不必为"如何进入诗歌文本"这样的问题伤脑筋——他只要静下心来读就是了。只要没有文字障碍，他总能从诗中体会到点什么。然而对于一个批评家来说就没有那么简单了：他必须有一套解读诗歌文本的规则与方法才行，否则他就只能谈出一些体会，而体会作为一种纯粹个体性的经验，是不能成为学术话语的。

　　面对一个诗歌文本，我想首先应该搞清楚它的基本构成因素，然后才有可能对其进行分析。起码对于中国古代诗歌来说，这个诗歌的基本构成因素大约应该算是"意象"。诗歌不是概念的集合，概念只有转化为意象才能进入诗歌。对意象又可进行类型学的区分——按其性质而言可分为实物意象与情绪意象，按其数量而言可分为单个意象与集合意象，按其存在方式而言可分为静态意象与动态意象，按其功能而言可分为能指意象与所指意象，等等。这些意象又可以根据具体情况做进一步具体划分，例如实物意象又可分为色彩意象、声音意象、空间意象、时间意象、主体意象（人）、客体意象（物）等等。这里有必要对"能指意象"与"所指意象"说明一下："能指意象"是指诗歌文本的表层意象，即文本中直接显现出来的意象；所指意象是指诗歌文本的隐含意象，即通过表层意象间接地呈现出来的意象。所指意象虽然不是直接呈现于文本，而是呈现于接受者意识（想象与联想）中，但它却是文本所给予的，因此亦属于文本意象。下面我们举例来说明上述种种意象。曹植《七哀》头两句："明月照高楼，流光正徘徊。"这里有三个单个意象：明月、高楼、流光。前两个是静态意象，"流光"是动态意象。两句诗在整体上又构成一个动态的集合意象。这些单个意象与集合意象又都可称为能指意象，它们直接在接受者的意识中被构造成一幅视觉图像。

这种由多个或单个意象与集合意象在接受者意识中形成的视觉图像还不是文本意义，作为能指意象，它的背后还隐藏着所指意象。由于这个所指意象并不直接诉诸人的意识，所以接受者只有透过能指意象才能捕捉到它。这一"捕捉"活动当然不是任意的，而是需要"合逻辑"的联想——根据能指意象所提供的"暗示"去进行联想。这种"暗示"需要通过"互文性"理解来把握。例如前引曹植诗，"明月"这个意象即是一种"暗示"，对此接受者可以依据在多种文本阅读中积累的经验而立刻理解，因为"明月"在当时的诗歌中经常是与忧伤之情相联系的。例如汉乐府中的《伤歌行》有"昭昭素明月，辉光烛我床。忧人不能寐，耿耿夜何长"之句，《古诗十九首》中的第七首有"明月皎夜光，促织鸣东壁。……白露沾野草，时节忽复易"之句，第十九首有"明月何皎皎，照我罗床帏。忧愁不能寐，揽衣起徘徊"之句，曹操《短歌行》中亦有"明明如月，何时可掇？忧从中来，不可断绝"之句，等等。通过这种"互文性"或"互文本关系"，接受者就不难理解"明月"这个能指意象背后隐含的"忧伤"情绪，这种情绪即是所指意象，是一种"情绪意象"。另外，"徘徊"这个语词也是一个"暗示"。因为通常人们在使用这个语词时一般是指人无目的地来回走动，有犹豫彷徨的意思。在诗中用来指月光的闪烁流动，就很容易使人联想到人的彷徨无依。因此，闪烁流动的"月光"就是能指意象，而彷徨无依的"人"则是所指意象。

这样我们就把握到了这两句诗的文本意义：表达一种忧伤无奈的情绪。至此，我们已经基本完成了对这两句诗的文本分析。但是对于我们的阐释目的来说，工作还远没有结束。我们还要继续追问：诗人的忧伤情绪意味着什么？其背后是否还暗含着深层文化意蕴？要回答这个问题，就必须将诗歌文本置于具体的文化语境之中才行。所谓"深层文化意蕴"，并不是指诗歌文本自身的意义，而是指它所表征的文化特质。这种文化特质又恰恰是促使诗人建构诗歌文本的真正动因。对于这种动因，诗人本人并不一定能够清醒地意识到，一般接受者也没有必要去探究它。它只是在对诗歌进行"文化批评"时才成为追问对象的。作为能够影响诗人创作的文化特质，这种"深层文化意蕴"又具有根本性，它决定着一个诗人的全部诗歌创作，甚至也决定着诗人的其他文化话语系统建构。又由于同时代一批社会境遇相近的诗人基本上是在同一文化语境中创作的，所以这种"文化特质"也会在其他诗人身上发生作用，从而构成许多作品的"深层文化意蕴"。换言之，诗歌与其他文类的创作是一种主体行为，但这种主体行为又要不可避免地受到某种外在因素的制约，于是主体行为又成了一种受动行为。任何文化话语系统的建构都是这种主体行为与受动行为的复合体。我们的诗歌阐释活动就是要通过文本分析，并将诗歌文本置于文化语境中考察，进而揭示使诗人的主体行为成为受动行为的那种文化因素。我们将在下面的分析中来尝试这一阐释思路。

二 对建安时期几首诗歌文本意义与文化意蕴的分析

让我们先来看看曹植的《杂诗》第一首：

> 高台多悲风，朝日照北林。之子在万里，江湖迥且深。方舟安可极，离思故难任。孤雁飞南游，过庭长哀吟。翘思慕远人，愿欲托遗音。形影忽不见，翩翩伤我心。

我们先看看头两句。"高台"本身是个无情感色彩的客体意象，"悲风"则是情绪意象与客体意象的混合体，具有强烈的感情色彩。"朝日"也是一个客体意象，在其他诗歌文本中常常蕴含比较积极的情绪，"北林"本来是个中性的客体意象，但由于《诗经·秦风·晨风》中有"鴥彼晨风，郁彼北林。未见君子，忧心钦钦"，因而在曹植诗中可以使人自然联想到"未见君子，忧心钦钦"之句，故而带上了明显的情感色彩。这样，"高台"与"悲风"、"朝日"与"北林"构成的两组集合意象就带有鲜明的情感色彩，其所指意象是"因思念远人而生的忧愁"。与其他许多汉魏古诗一样，这首诗的头两句以写景而暗含了全篇的基本情调。紧接着下面四句便直接描写对远人的思念之情了。第七、八两句虽是为后面做铺垫，但诗句本身又有明显的象征意味："孤雁""哀吟"均可视为诗人自身情感的投射，可以看作是情绪意象。最后四句又是直接描述思念之情。

这首诗的文本意义十分清楚：因思念远方的亲友而不得见所生的忧愁哀伤之情。那么这种文本意义背后隐含的"深层文化意蕴"是什么呢？我们暂且将其定义为一个抽象的意义模式：有所求而无所得之后的悲哀。下面我们对曹植《杂诗》的其他几首做简略分析，以印证这一抽象意义模式的普遍性。先看第二首：

> 转蓬离本根，飘摇随长风。何意回飙举，吹我入云中。高高上无极，天路安可穷。类此游客子，捐躯远从戎。毛褐不掩形，薇藿常不充。去去莫复道，沉忧令人老。

这首诗的文本意义在前六句中即可见出。"转蓬"作为能指意象，其所指意象乃是诗人自身。"回飙"的所指意象乃是能够决定诗人命运而诗人对其绝无制约力的某种力量。诗的文本意义是希望摆脱这种类似"转蓬"境遇而不可得的无奈与忧愁。"天路"这个意象即暗指希望之渺茫。就是说，这首诗的深层意义模式也同样是有所求而无所得之后的悲哀。第三首（西北有织妇）写一个"织妇"对从军久不归的丈夫的思念之情，毫无疑问也符合上述意义模式；第四首（南国有佳人）写美人因"时俗薄朱颜"而生的忧虑；第五首（仆夫早严驾）写欲建功立业而不能的悲愤，其中"愿欲一轻济，惜哉无方舟"句与第一首的"方舟安可极"、第二首的"天路安可穷"都是有同样所指的集合意象；第六首与第五首意旨相同。可知《杂诗》组诗虽不一定是同时之作，但其深层意义模式却是一样的。曹植的其他作品也大多如此。而且不仅曹植，其他建安诗人，曹操、曹丕、王粲、徐干等人也都有大量此类作品。总之，有相当数量的建安诗歌是"有所求而无所得之后的悲哀"这一意义模式的不同表现形式。这说明，这一意义模式与彼时的文化历史语境有着极为紧密的联系，它是这种特定语境与诗歌文本之关系的连接点。因此，要弄清这个意义模式的生成机制，就不能不进入语境分析。

建安诗歌产生的文化历史语境有两大特征：一是天下大乱、王纲解纽，二是经学意识形态的崩毁。这种文化历史语境对于士人阶层最直接的影响是摆脱循规蹈矩的名教伦理的束缚并产生跃跃欲试的进取精神。彼时群雄并起，彼征我伐，一元化的政治格局已被打破，天下形势与春秋战国之时颇为相近。于是纵横游说之风大兴于世——世家大族为保有昔日地位而奔走，庶族寒门为改善社会境遇而忙碌。总之对于士人阶层（无论出身士族还是出身寒门）来说，汉末是一个建功立业的大好时机，凡有才识者均欲有所作为而不甘于寂寞。然而建功立业是不容易的，而且并没有固定标准。获得的一点成绩并不能使人满足，往往只是成为希冀更大成绩的基础。即如曹操，士人中论功业无出其右者，挟天子以令诸侯，三分天下有其二，但他依然"忧从中来，不可断绝"，因为他的理想是"山不厌高，海不厌深，周公吐哺，天下归心"。至于曹植、"建安七子"等就更是感到空有一腔豪情、满腹韬略而无从施展了。

所以，建安诗歌的深层意义模式，即有所求而无所得之后的悲哀，实是彼时文化历史语境的必然产物。

三　对几首正始诗歌的文本分析

正始与建安虽只隔二三十年，但两个时代的诗风却迥然不同。诗风不同是由于诗歌文本的深层意义模式不同，而意义模式的不同又是不同文化历史语境的影响所至。所以我们还是要从文本分析入手，进而揭示文本后面隐含的深层意义模式，然后再进入语境分析，以探讨造成这种意义模式的外在原因。先看阮籍的几首诗，《咏怀》第一首云：

> 夜中不能寐，起坐弹鸣琴。薄帷鉴明月，清风吹我襟。孤鸿号外野，翔鸟鸣北林。徘徊将何见，忧思独伤心。

这首诗有这样几个集合意象：风清月明的静夜，独坐弹琴的不眠者，黑暗中的荒野与树林，哀鸣的孤鸿与翔鸟，徘徊无依的伤心客。"清风"是感觉上的"凉"，"明月"是色彩上的"冷"，"外野""北林"是视觉上的"荒

凉之景"，"孤鸿""翔鸟"是听觉上的"悲凄之声"。这几组集合意象的
文本意义可用两个词来概括：孤独与悲伤。那么，文本意义下面隐含的意义
模式是什么呢？

　　在前面分析的曹植《杂诗》的任何一首中，悲伤与忧愁之情总是有原因的，
何者为因、何者为果十分清晰。而在阮籍这首诗中，我们只能看到象征着孤独
与悲伤的种种能指意象，但丝毫看不到造成孤独与悲伤的缘由。也就是说，诗
人所表达的乃是一种无名之愁，是无名的孤独感。从诗中看不到诗人的任何希
冀与追求，只是感受到了孤独悲伤的情感本身。"徘徊将何见"一句堪称全诗
主旨所在——既不知能见到什么，又不知想见到什么。因此我们可以将这首诗
的深层意义模式定义为：无所求而后的孤独与悲伤。我们再看《咏怀》第五首：

> 平生少年时，轻薄好弦歌。西游咸阳中，赵李相经过。娱乐未终极，
> 白日忽蹉跎。驱马复来归，反顾望三河。黄金百镒尽，资用常苦多。北
> 临太行道，失路将如何。

这首诗前半首似乎是忏悔年轻时的荒唐与蹉跎光阴，按一般情况，下面是要
表达重新振作的决心了。然而诗人却并未如此写，而是借用"南辕北辙"的
典故来继续表达自己因走错路而生的忧伤之情。至于今后"应该"如何，向
何处去，一概没有答案。其中"失路将如何"一句，与第一首中的"徘徊将
何见"句意近，也表达了一种不知往何处去，也不知应该做什么的悲伤之情。
因此诗人的真正悲哀并不是后悔"少年时"的"轻薄"与"蹉跎"光阴，而
是对当下的人生之路无从选择，是"绕树三匝，何枝可依"式的惊惧与惶恐。
所以，这首诗的深层意义模式也同样可以概括为"无所求而后的孤独与悲伤"。
我们再看第十七首：

> 独坐空堂上，谁可与亲者？出门临永路，不见行车马。登高望九州，
> 悠悠分旷野。孤鸟西北飞，离兽东南下。日暮思亲友，晤言用自写。

全篇都是在表现"孤独"二字："独坐空堂""不见行车马""孤鸟""离兽"
等等意象都是"孤独"的象征。诗中唯一的希冀即是与亲友相见，晤谈一番，

而晤谈的目的只是减轻孤独感而已。至于如此巨大的孤独究竟因何而生，诗中同样没有答案。因此此诗所隐含的也还是"无所求而后的孤独与悲伤"这一意义模式。那么，为什么阮籍的诗歌会暗含这样一种意义模式呢？换言之，阮籍的"无所求而后的孤独与悲哀"是如何生成的？为什么"无所求"还会有"孤独与悲哀"呢？对于这些问题也只有进入语境分析才能找到答案。

正始时期的士人心态与建安时期已大有不同。这是由于两个方面的原因：一是他们已然不像建安士人那样热衷于建功立业。汉末天下大乱与名教崩坏所导致的奋发进取精神，经过几十年的消磨已丧失殆尽——盖士人们渐渐明了他们所处的这个乱世并非自己表现才华、施展抱负的大好时机，而是少数善于玩弄权术的大奸大恶之人攫取权力的天赐良机。士人阶层至多是成为他们争权夺利的工具，一旦影响到他们的利益，就会被无情地杀戮。由于权力的分割与转移瞬息万变，士人稍有不慎就成为权力易手的殉葬品。《晋书·阮籍传》云："籍本有济世志，属魏晋之际，天下多故，名士少有全者，籍由是不与世事，遂酣饮为常。"阮籍如此，其他士人也大抵如此。促使正始士人心态变化的还有另外一个原因：一种新的价值观念体系已渐渐形成，这就是玄学。建安之时，作为一体化的官方意识形态话语的名教刚刚失去主导地位，新的价值观念体系尚未形成，士人们大都将建功立业作为自己追求的目标，并无其他精神寄托。正始之时作为新的意识形态话语的玄学开始形成，士人们可以将精神寄托于形而上玄思之中，于是他们在价值观念上也渐渐将纯粹的精神价值看得高于现实的政治伦理价值——这正是玄学"崇本息末""贵无轻有"的基本旨趣所在。

由于上述两个原因，如阮籍、嵇康这样的正始士人就不像建安士人那样既有建功立业的豪情，又有"有志不获逞"的悲哀。他们于世事无所求，既不要功名利禄，又不要君主的眷顾，唯一追求乃是纯粹个体性的精神的平和愉悦、完满自足。然而由于他们尚处身于玄学初建时期，还不能将玄学精神真正变为自己的生存方式，所以尽管在谈玄论道时可以高迈远举、超尘拔俗，但一旦回到现实之中就会陷入一种无所归依的惶恐之中。譬如阮籍，在他撰写《大人先生传》时，其精神是"与造物同体，天地并生；逍遥浮世，与道俱成"的，可谓超越于天地之上，遨游于六合之表。这是何等的冲天干云之气！然而一旦收起玄思妙想，回到人世之间，他就被无所归依、无所依傍的巨大孤独感与莫名的悲哀痛苦所包围了。其八十二首《咏怀诗》即是这种孤独感与悲痛之情的呈现形式。相比之下，嵇康的出世更彻底一些，离政治更远一些，所以他的玄学精神就更强一些，表现于诗文也就多一点玄远之思而少一点现实痛苦。例如其《送秀才从军》：

> 息徒兰圃，秣马华山。流磻平皋，垂纶长川。目送归鸿，手挥五弦。俯仰自得，游心太玄。嘉彼钓叟，得鱼忘筌。郢人逝矣，谁可尽言。

此诗满篇谈玄，极形象地将玄学追求物我同一、超越尘俗的精神呈现了出来。与阮籍不同，嵇康的孤独与痛苦已在较大程度上被玄学精神所消解，所以他的四言诗就显得高洁清远、不同凡响，却也因此而缺少阮籍那种深沉蕴藉的内涵与动人心魄的力度，就是说他多了一些形上之思而少了一些深刻的生命体验。所以我们可以说，就玄学修养而言，嵇康高于阮籍；而就诗歌成就而言，阮籍高于嵇康。

四　余论

通过以上分析可知，从建安到正始，诗风发生了很大变化。即以曹植与阮籍二人之诗论之，主要有如下几点区别：

其一，曹植在诗中表现的主要是一种不平与牢骚，阮籍所表现的则主要是无奈与怅惘。曹植的人生观是很明确的，有清晰的目的，这就是建功立业，干一番大事业。他的不平与牢骚都是因缺乏实现自己这种人生理想的条件而产生的。或许他本人并没有与兄弟争权夺利的动机，他只是想有所作为而已，但他的追求本身即是对他人的一种威胁，因此他势必受到他人的猜忌与抑制——他的痛苦忧愁即因此而生了。曹植所处的文化历史语境与个人的社会境遇使他具有强烈的现实关怀，他的人生理想即是在现实政治生活中实现自身的价值，此外并无更高远的追求。所以一旦其实现理想的努力受挫，他的痛苦就无法排遣。他的后期诗歌几乎全部都是这种痛苦的象征形式。阮籍却不同。他实际上已经彻底放弃了现实关怀，也不再试图以任何方式实现自己的价值，就是说，他已不再有什么价值追求。他的孤独与痛苦正是由于"不知做什么""不知什么有意义"而生的失意怅惘之情。所谓"哀莫大于心死"或许正是指这种情况而言。

其二，曹植的诗呈现的是人生体验，表现的是功利境界；阮籍之诗呈现的是生命体验，表现的是超功利境界。所谓人生体验即是人们对现实生活情境的感受，亦即在现实关系中所生成的对这种关系的主体反应。所谓生命体验则是主体在暂时超出于具体生活情境之后，对自身生命存在的自我感受。人生体验与现实关怀紧密相连，即使在体验过程中也是时时表现出对现实关系的执着关注；生命体验则仅仅与主体的纯粹自我感受相连，例如对于孤独感，生命体验的主体就能够对其本身反复咀嚼而不联系任何具体生活情境。所以生命体验只有在超越现实生活关怀、将人的情绪情感作为唯一对象来把握时才有可能产生。阮籍由于特定文化历史语境的作用，主动放弃了现实关怀，故而能够进入生命体验之中。曹植放不下对现实政治与权力的关注，故而他只能产生并沉浸于与功利目的相联系的情感体验之中。现实功利关怀使他无法进入更深层的生命体验中去。

其三，曹植将人生痛苦呈现为诗的境界，这本质上乃是将人生最无诗意的东西诗化了。现实政治生活是最冷静、最残酷、最无聊的活动形式，因而这种活动形式所引起的任何情感本身都丝毫没有诗意。然而曹植却将因这种活动形式而导致的愤懑不平化为诗的境界呈现给人看了。他也像当年的屈原和贾谊一样，赋予那满腔的牢骚以象征形式，从而使这种狭隘的政治情感转化为具有普遍性的诗的情感。阮籍的诗是将人生原本就极富诗意的生命体验形式化了，从而使之获得了普遍的可传达性。所以曹植的诗是将人生本无诗意的东西诗化了给人看，阮籍的诗是将人生有诗意的东西呈现出来给人看。前者显示着才华，后者展现着真诚。钟嵘赞曹植"骨气奇高，词采华茂，情兼雅怨，体被文质"，可谓中肯；刘勰赞阮籍"嗣宗倜傥，故响逸而调远"，亦称知言。

总之，曹植与阮籍二人分别作为建安与正始两个时期诗歌创作的代表人物，十分突出地显现了不同文化历史语境对诗歌深层意义模式的熔铸作用，也表现了不同层次的自我体验进入诗歌的方式及其诗学效果。我们通过对两家诗作的比较，发现了决定着诗歌文本意义与意象系统的深层意义模式，并揭示出这种意义模式与特定文化历史语境之间的紧密联系——这种由意象分析进而到文本意义，再经过对诗歌意义模式的揭示，最后到语境分析的诗歌阐释方法的有效性在对曹、阮两家诗作的分析中算是得到了初步的印证。

第十章　心中之景与眼中之景

——陶渊明与谢灵运诗歌之比较

陶、谢二人，一位是田园诗的创始人，一位是山水诗的奠基者。二人诗作孰优孰劣？陶诗在当时反应平平，谢诗一出即洛阳纸贵；然而唐宋以降，陶诗声誉日隆，渐渐超过谢诗。今日文学史家更是以陶为"大诗人"，以谢为"优秀诗人"，彼优此劣，判然有别。那么陶、谢二人的根本区别究竟何在？他们的诗作在传承中的不同评价是如何形成的？

一　对若干陶诗的文本分析

我们先看《归田园居》其一：

> 少无适俗韵，性本爱丘山。误落尘网中，一去三十年。羁鸟恋旧林，池鱼思故渊。开荒南野际，守拙归田园。方宅十余亩，草屋八九间。榆柳荫后檐，桃李罗堂前。暧暧远人村，依依墟里烟。狗吠深巷中，鸡鸣桑树颠。户庭无杂尘，虚室有余闲。久在樊笼里，复得返自然。

这首诗的前四句没有具体意象，纯是叙述。第五、六句以象征意象继续表达"性本爱丘山"的意思。从第七句开始是诗的主体部分，具体描写诗人自己的田园生活。"方宅""草屋""榆柳""桃李""远人村""墟里烟""狗吠""鸡鸣""户庭""虚室"等一系列意象构成一幅田园生活的图画。对于诗人而言，这幅图画并非其眼中所见，而是他身处其中的生活环境。所以这首诗的表层意义即是展现诗人的生存环境。这是上述一系列意象作为"能指"所具有的文本意义。那么其"所指"意义何在呢？诗中种种意象无疑都是中性的，而且并无任何新奇瑰怪之处，均为最平常不过的日常生活景象。所以这些意象本身并不必然地负载某种意义。但当这些中性意象排列组合为一幅图画，并以一种平静和缓的语调与节奏呈现出来，而且还通过"少无适俗韵，性本爱丘山""久在樊笼里，复得返自然"这样叙述性诗句的规定之后，情况就不同了：它透露出一种愉悦欣喜之情。诗的意象越是平淡如水，它就越是恰如其分地显现了诗人那种平和闲适的精神状态。诗人怀有一颗平常心，故而唯有平常的景物方能将其充分呈现出来。也正是由于诗人借用最平常的景物表现了最平常的心态，这才使他的诗作达到其他诗人难以企及的至上境界：最平常的即是最高远难达的，这是一条亘古不变的人生至理，也是亘古不变的艺术规律。对于这首诗所表达的这种精神状态及表达方式，我们可以将其概括为一种抽象的意义模式：诗人所咏之景即是他全身心融入其中的生活图景本身。我们再来看《归田园居》的第二首：

> 野外罕人事，穷巷寡轮鞅。白日掩荆扉，虚室绝尘想。时复墟曲中，披草共来往。相见无杂言，但道桑麻长。桑麻日已长，我土日已广。常恐霜霰至，零落同草莽。

诗的前四句亦为叙述，后八句乃写农家生活情景：诗人与农人于田间相见，彼此所谈皆为农桑之事，自己所思所想亦渐渐仅限于农事。全诗明白如话，意象亦一目了然。值得注意倒是"罕人事""寡轮鞅""绝尘想""无杂言"这四组非意象语词，它们表达着诗人拒斥一般士人的生活方式（或做官，或交游）的人生旨趣；也刻画出他当下生活方式的特点：这是一种纯粹的农家生活，不仅日常事务均为农家之事，而且所思所想亦全然是"桑麻"与"霜霰"之属。诗人在这首诗中欲告诉人们：自己不仅隐身乡间、躬耕田亩，从而完成了生活方式的真正转变，而且还排除了通行文化话语的束缚，从而完

成了思维方式与价值观念的转变。是这种纯真无伪的农家生活给诗人以无限
喜悦——对于一贯生活于乡间的老农来说，这种生活方式也许丝毫不值得称
道，但对于厌倦了官场之虚伪与士流之无聊的人来说，这种生活方式却是极
为难能可贵的，他甚至时时刻刻都能体会到一种返璞归真的精神享受。此诗
可以说是对诗人在《归去来兮辞》中所说的"归去来兮，请息交以绝游。世
与我而相违，复驾言兮焉求"之意的形象化表述。其于世上通行的价值观已
完全予以摒弃，心之所想与身之所行都是旁人不屑一顾的田间劳作。所以这
首诗所暗含的深层意义模式也同样是"诗人所咏之景即是他全身心融于其中
的生活图景"。我们再来看《归田园居》的第三首：

> 种豆南山下，草盛豆苗稀。晨兴理荒秽，带月荷锄归。道狭草木长，
> 夕露沾我衣。衣沾不足惜，但使愿无违。

诗的前六句描写农事，其中稍露不足之感："草盛豆苗稀"是写稼穑艰难，
丰收不易；"晨兴理荒秽，带月荷锄归。道狭草木长，夕露沾我衣"是说农
事辛苦，并非像游山玩水那样舒适闲雅。这几句诗的所指意义是说，隐居生
活并不像人们想象得那样轻松愉快，其中也有不如人意之处。然而最后两句
将前六句的情感倾向彻底一转："衣沾不足惜，但使愿无违"是说，收成不
佳与劳作苦辛均算不得什么，只要能"愿无违"，就是在生活上再艰难困苦
也值得。"愿无违"即是行为的自觉与心灵的自由。当年的出仕，也许生活
上要比现在舒适得多，但那是"以心为形役"的结果，就是再舒适也不值得。
田间劳作尽管也会有因收成不佳与身体劳累而带来的不豫，但这是自己心甘
情愿的选择，因而并没有"违心"所导致的精神痛苦。这首诗的深层意义模
式与前两首一般无二。我们再来看《饮酒》中的一首：

> 结庐在人境，而无车马喧。问君何能尔？心远地自偏。采菊东篱下，
> 悠然见南山。山气日夕佳，飞鸟相与还。此中有真意，欲辨已忘言。

这是一首最能体现陶渊明精神境界的诗，历来为人称道。此诗文本意义的核
心所在是"心远地自偏"一句。前面"结庐在人境，而无车马喧"是由于"心

远地自偏"所致，后面"采菊东篱下，悠然见南山"亦是"心远地自偏"的结果。在"山气"与"飞鸟"间存在的"真意"也只有在"心远"的情况下才能被感觉到。那么什么是"心远"呢？用现在的话来说，所谓"心远"就是在精神上超越时俗，亦即通过调整生活方式和心态来变换价值观念——别人认为最有价值的，我认为最无价值；别人认为最无价值的，我认为最有价值。"心远"的意义在于：一是摆脱通行文化话语系统的缠绕，从而获得行为的自觉与心灵的自由；二是能使心灵真正向自然展开，从而使自然之美充分向自己呈现，而且也使个体生命的本真状态充分显露出来。仅仅做到"身远"，即远离闹市，过隐居生活，还不足以真正超越尘俗；只有做到"心远"，即价值观的转变，才能真正摆脱物累。陶渊明这首诗既讲了"心远地自偏"的道理，又展示了"心远地自偏"的真实境界。"采菊东篱下，悠然见南山"二句之所以成为千古佳句，正是由于它非常准确地将"心远"的状态及效应形象地呈现了出来。"采菊"是"心远"之人所行之雅事，"悠然"是"心远"之人所具之情态。由于"心远"——个体生命的本真状态显露出来，世界才向他显露出自己的本真状态。"南山"只有在"悠然"中见之，方为具有诗意之南山；菊花唯有在"悠然"中采之，才是充满诗意之菊花。自然之诗意性总是相对于主体心态之诗意境界而言的，所以只有能够"诗意地栖居"的人，世界对他来说才是诗的世界。这首诗正是将心中之诗意境界与眼中之诗意情境融合起来了，因而就具有了真正诗的品格，诗意的本质就是生命之真与自然之真的契合——这也就是"真意"的真正含义之所在。由于这种"真意"是相对于生命体验而存在的，所以也是无法用语言确切表达的，此即"忘言"的含义。可以说这首诗在最高层次上显现了"诗人所咏之景即是他全身心投于其中的生活图景"这一意义模式。

二 对几首谢诗的文本分析

先看其代表作《登池上楼》：

> 潜虬媚幽姿，飞鸿响远音。薄霄愧云浮，栖川怍渊沉。进德智所拙，
> 退耕力不任。徇禄反穷海，卧疴对空林。衾枕昧节候，褰开暂窥临。倾

耳聆波澜，举目眺岖嶔。初景革绪风，新阳改故阴。池塘生春草，园柳
变鸣禽。祁祁伤豳歌，萋萋感楚吟。索居易永久，离群难处心。持操岂
独古，无闷征在今！

这首诗虽云写登楼之所见，然而首句之景就显得暧昧："潜虬"为何物？谁
人见过？其"幽姿"如何"媚"法？均非常人所能见到，所以是"隔"。
三四句亦非写眼中之景：一个"愧"、一个"怍"表现了自己在自然景物面
前的自惭形秽。虽是表达了对自然的艳羡之情，但也暴露了自己与自然截然
二橛的对立。接下去的六句是叙述文字，进一步言己之短，或许有牢骚，也
许带有某些真实的自我评价。再接下去的六句乃进入景物描写，亦为全诗最
有价值之处。"初景革绪风，新阳改故阴"初步写出初春节候之变，比较自然。
"池塘生春草，园柳变鸣禽"二句则具体写春光降临之景象，历来称为佳句。
其所以称佳，一是真实地呈现出自然之春景，二是自然地呈现出春景之真实。
说其"真实地呈现出自然之春景"，是因为两句诗中绝无丝毫主观臆断之语，
亦无丝毫任意想象之景——"池塘""春草""园柳""鸣禽"之属，的的
确确是春天的真实景物；说其"自然地呈现出春景之真实"是因为诗中意象
均如同从心中流出，没有一丝一毫人工斧凿之痕。这样景物的真实与表现方
式的自然就十分完美地统一起来了。前面的牢骚与自贬之词毫不足道，后面
的谈玄论道之言亦可忽略不计，就只凭这中间四句，已足以令此诗千古传诵
了。对于这首诗（主要是指中间四句），我们同样可以根据其意象系统与文
本意义概括出它的深层意义模式：在一定距离之外自然地呈现真实的自然。
我们再来看他的《石壁精舍还湖中作》：

　　昏旦变气候，山水含清晖。清晖能娱人，游子憺忘归。出谷日尚早，
入舟阳已微。林壑敛暝色，云霞收夕霏。芰荷迭映蔚，蒲稗相因依。披
拂趋南径，愉悦偃东扉。虑澹物自轻，意惬理无违。寄言摄生客，试用
此道推。

这也是谢诗中一首被历代传诵的作品。前四句唯"山水含清晖"一句为最主
要的集合意象，它处于这四句的核心位置——"昏旦变气候"是其原因；"游

子憺忘归"是其结果。"清晖"这个意象虽稍嫌朦胧,毕竟能给人以出俗之感。所以因"清晖"之"娱人"故而"忘归",乃自然成理。五、六句是过渡,接下来六句写傍晚湖山景色。其中"林壑敛暝色,云霞收夕霏"为历代称颂,仔细品味,除对仗工稳之外,其亦的确十分逼真地将日暮时分湖天之际、林壑之间的景色呈现了出来,宛如一幅山水画。"芰荷迭映蔚,蒲稗相因依"二句虽算不得清丽美妙之景,却也真实可感。诗的余下部分或写感受,或谈玄理,均不足道了。通观全诗,尽管"山水清晖""林壑暝色""云霞夕霏""芰荷蒲稗"之类的景物令人愉悦,使人乐而忘归,但自然景色与欣赏主体(诗人)彼此对待,泾渭分明。诗中描写的景色只是诗人眼中之景,是客观存在之景,其中虽也蕴含了诗人的审美情趣,但并没有他的生命存在,换言之,诗人并不是他所写之景的有机组成部分,他本人实际上并不存在于此景物之中,二者之间处于游离状态。所以诗中所写景色美固然是美,但却是只可远观而不可亵玩之美,是眼中之美而非心中之美。由此可知,这首诗的深层意义模式同样可概括为:"在一定距离之外自然地呈现真实的自然"。下面我们再专引谢诗中那些写景名句来进一步印证这一意义模式:

> 石浅水潺湲,日落山照曜。荒林纷沃若,哀禽相叫啸。(《七里濑》)
>
> 乱流趋孤屿,孤屿媚中川。云日相晖映,空水共澄鲜。(《登江中孤屿》)
>
> 猿鸣诚知曙,谷幽光未显。岩下云方合,花上露犹泫。(《从斤竹涧越岭西行》)
>
> 洲岛骤回合,圻岸屡崩奔。乘月听哀狖,浥露馥芳荪。春晚绿野秀,岩高白云屯。(《入彭蠡湖口》)
>
> 明月照积雪,朔风劲且哀。(《岁暮》)

这些诗句都是写自然山水之美,都写的自然逼真,丝毫没有雕琢穿凿之病。对于读者而言,这些诗句的词语、韵律、对仗及一系列意象也都令人赏心悦目,确有美感享受。然而这些诗句又无不给人以某种距离感,仿佛是站在远处观赏一幅幅优美的风景画。这些风景虽然很美,却是属于自然的,而非属于我。我只能远远地观赏这自然,却不可能进入它,成为它的一部分。所以这些诗都暗含着同样的深层意义模式——"在一定距离之外自然地呈现真实的自然"。

三 陶诗、谢诗主要差异及其文化原因

根据上述分析，我们确定了陶诗的深层意义模式为"诗人所咏之景即是其全身心投于其中的生活图景"，谢诗的深层意义模式为，"在一定距离之外自然地呈现真实的自然"。这种意义模式的作用在于：它决定着诗人全部，或相当数量的作品之文本意义与意象系统的基本特征。陶诗与谢诗在不同的意义模式的制约下呈现出许多重要差异，这主要表现在下列几个方面：

其一，二者都以自然为描写对象，但陶渊明的"自然"乃是他生活之所，因此也就是他现身之处，即是他的存在本身。谢灵运的"自然"乃是他刻意寻找的对象，是相对于他的审美能力的客体。所以对于陶渊明来说，自然山水不是外在于他的客观存在，而是他的生活方式，换言之，是他的生命存在本身；对于谢灵运来说自然山水就如同挂在屋子中的山水画一样，尽管喜极爱极，昼夜赏玩，却始终无法进入其中，彼此间"隔"着一层。也可以说，陶渊明诗中的自然之景是他心中之景，是他入乎其内又出乎其外的生活场景；谢诗中的自然之景是他眼中之景，他无论如何游山玩水，也无法真正走近它，他始终是站在旁观者的位置上面对这自然的。

其二，二者都在诗中表达了某种喜悦之情，但陶渊明的喜悦乃是因找到适合自己的生活方式的满足之感，是对自己找到安身立命之所的欣慰；谢灵运的喜悦则是一种耳目感官的满足之感，是对自己暂时忘怀了人世烦恼而生的宽慰与轻松。所以陶诗的喜悦是自然平淡的，又是恒久不变的；是朴素无华的，又是最为真诚深挚的。谢诗的喜悦则是细腻动人的，但又是限于感官愉悦的、较浅层次的；是美的，但又是稍纵即逝的。

其三，在诗歌风格上，陶诗古朴平淡，谢诗华丽繁复。这是因为，从根本上说，陶诗乃是生命体验的产物，谢诗则只是诗人兴之所至的产物。对于陶渊明而言，诗歌不仅仅是他的精神家园，而且是他的实际生活之家，不仅仅可以寄托其心灵，而且可以安顿其整个生命。对于谢灵运而言，诗歌则仅仅是其审美对象，是他的精神生活的一个侧面而已。所以陶诗的世界即是陶渊明生命世界的象征，是他敞开了的存在，故而不用丝毫雕饰，只是呈现而已；谢诗的世界仅仅是谢灵运某种审美趣味的象征，是他的心灵的暂住之所，

故而须重修饰、尚巧思。

那么，是什么原因造成了这两位诗人在作品中迥然不同的意义模式与风格特征呢？要回答这个问题，就不能不回到对具体文化语境的分析中去，只有重建二位诗人所处的文化语境，我们才能知道，在二者作品深层意义模式背后究竟还有什么更根本性的原因发生着决定性作用。换言之，我们要追问的是：作品文本暗含的意义模式是否也具有"能指"的性质？它的"所指"是否是某种更具有普遍性的意义生成模式？

陶、谢二人年龄仅差二十岁，基本上是同时代人。当时占主导地位的文化学术话语系统，无疑是玄学。在这种文化语境中，凡是能够引起普遍关注的言说，包括诗文创作，大抵都要带有玄学色彩。当然，儒学作为长期居于主导地位的学术话语也还有自己的重要影响，尽管儒学也呈现出玄学化倾向。刘宋元嘉年间，朝廷立儒学、玄学、史学、文学为"四学"，从而使玄学受到官方正式承认而由士族文人话语跃升为官方意识形态话语。这意味着，彼时士人阶层（包括士族文人与寒门出身的读书人）在文化价值观念上虽都不免受到玄学之熏染，但依然具有多元化的倾向。这里我们有必要对这些倾向略作分析：

其一，玄学倾向。这种文化观念主张"以无为本""崇本息末""贵无轻有"，根本上乃是追求纯粹的精神价值而否弃现实政治伦理价值。持这种价值取向的人即是那些整日口谈玄远之言而耻言世务的清谈家，他们大多是出身高门大姓的士族文人。这种人又可分为两类：一是将精神生活与日常生活截然分开者。他们在精神生活中追求深奥微渺，在辨言析理时探赜索隐，务求精微难测；在诗文书画中精益求精，务求不同凡响。然而一旦回到现实生活之中，他们又往往追名逐利、夸富斗奇，俗不可耐。这类人在晋宋间的清谈家、玄学家中可以说是大多数。他们大多不肯放弃尘世之乐，不愿做隐士，即使归隐也是沽名钓誉的一种手段。他们谈老庄，谈佛释，并且能著书立说，但他们仅仅是将老庄与佛释作为"话题"来谈论的，并不愿意去真正实践其精神。二是力求将玄学精神与生活旨趣融合者。他们不满足于仅仅在精神生活中追求玄远超越，而且希望能够在生活方式上实现这种超越。这种人大都是真隐士，即使出仕，也能够怀有隐者心态——并不把功名利禄视为人生之必须。在六朝文人中，这种人是极少数。这两种文人不管退隐与否都不放弃话语建构，只不过前者大都限于讲玄学的道理，而后者则能将玄学精神化为个人的生命体验呈现出来。

其二，儒学倾向。这种文化观念重有轻无，否弃不着边际的虚幻之想，其核心依然是传统儒家的建功立业、治国平天下。持这种价值观念的人大抵是出身寒门的文人，他们试图通过个人的奋斗而改变自己的身份。就本质而言，他们也同样是在当时主流意识形态话语的笼罩之下，也羡慕士族文人的精神追求与生活方式，只是他们自知自己并无高谈阔论的资本，所以希望通过积极入世而获得这种资本。作为话语建构者，这类文人在当时的确是处于主流话语之外的。他们不为那些领导着文化潮流的士族名士们所看重，但由于其价值观念对于君权统治是必不可少的，所以在当时的文化格局中亦有其存在之所。玄学是地地道道的士族文人话语，本来是与君权统治相违背的。但由于当时君权统治只有在士族的支持下才能稳定，所以君主们为了争取士族文人的合作不得已而承认玄学的合法性。也正是由于这一原因，君主们在对玄学表示认可的同时也极力倡导儒学。六朝礼学号称最精，而这方面的著述也的确汗牛充栋，即是得力于君主的扶持。

其三，作为玄学之从属因素的文学倾向。六朝文学就其基本价值取向而言应该说是反儒学倾向的：一般不主张文学必须具有匡世济民的作用。六朝诗学注重个体精神的显露与诗文形式的工美。从总体价值取向上看，这种诗学观念毫无疑问是受到玄学"贵无轻有"基本旨趣的严重影响的。但诗学毕竟不同于玄学——它只是在基本趣味上，例如追求"清雅""淡远""飘逸""高古"等风格，显示出一种玄学精神来。所以六朝诗学是在玄学影响下的一种文化倾向，或者说，是在玄学语境中的诗学观念。诗学尽管不能算是当时文化话语之主流，但由于它在客观上具有解构儒家名教伦理而弘扬玄学精神的重要作用，所以亦为当时重要意识形态话语之一。而且许多对名教伦理不满，又不愿全副精神投之于玄学的士人，就主要在诗学观念与诗文创作中寻求精神之寄托。

其四，在儒学精神影响下的史学观念。两晋六朝史学亦颇为发达。历来被誉为良史的所谓"前四史"中有两部出于此期，即陈寿的《三国志》与范晔的《后汉书》。此外，如沈约的《宋书》也是较好的史书。一般说来，六朝史学所奉行的主要精神依然是儒家的（当然，此期史学著作中的玄学痕迹亦随处可见）。在六朝各种文化话语系统中，受玄学浸润最轻的大约就要算史学了。六朝士人对社会政治的种种看法常常在他们的史学著作中得以表达。所以史学在当时也是一种重要的文化倾向。

此外还有佛学。但由于佛学在六朝时主要是通过玄学而进入文化话语系统的，可以视为玄学的一个分支[①]，故而这里不再视为一种独立的文化倾向。

以上我们简单梳理了六朝时期文化观念中的几种主要倾向。我们认为，这几种文化倾向之间的各种关系维度构成了一种意义生成的网络。此期任何一种文化学术话语（包括诗文创作）都必然是在这个意义生成网络之中被建构起来的。这个网络可用格雷马斯的意义矩阵表示（见图10-1）。

这个矩阵中有四个基本因素，它们各自代表着一种文化倾向，而不是一种文化门类。例如"文学"并非指六朝时期的文学创作，而是指六朝士人所奉行的一种文化旨趣，或者说是一种价值取向。在矩阵中共有六条线，每条线都标示着一种关系维度。各种文化学术话语的意义正是在这些关系维度上生成的。

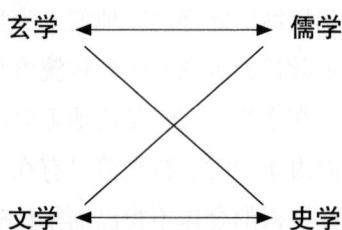

图 10-1

例如"玄学—儒学"是对立关系。这是整个矩阵中最主要的关系维度，它标示着这一时期文化学术内部最根本的矛盾关系。因此这是魏晋六朝时期主流学术话语产生的基本维度：正是在玄学与儒学的冲突对立而又相互吸收的过程形成了此期文化旋律之基调。又如"玄学—文学"是一个从属关系维度。玄学是六朝文化话语系统中的主导因素，文学则是其从属因素（从属因素意味着它与主导因素不是矛盾对立的关系，而是影响与被影响的关系）。要真正把握这个时期文学创作的特点与规律，就不能不从对这个关系维度的分析入手。再如"文学—儒学"，这是一种次一级的对立关系（"次一级"是相对于"玄学—儒学"这一主要的对立关系而言的），二者在基本价值取向上是冲突的。但这种冲突不是原发性的，而是从属于"玄学—儒学"这一主导性对立关系的。

我们认为，对于陶诗与谢诗的异同问题，也必须置于这个矩阵所代表的意义生成网络中方能做出合理解释。

① 参见汤用彤先生《魏晋思想的发展》，见汤用彤：《魏晋玄学论稿》，第130—131页。

陶、谢二人均在玄学语境下进行诗歌创作当无可怀疑。陶渊明在《五柳先生传》中自谓"无怀氏之民""葛天氏之民",在《归去来辞》中说"聊乘化以归尽,乐夫天命复奚疑",这都是典型的玄学论调。《宋书·陶潜传》说他"少有高趣",萧统作《陶渊明传》说他"颖脱不群,任真自得",都是说他有玄学旨趣。谢灵运出身高门,本身即是士族名士,对于玄学清谈自是"分内"之事。其尝作《辨宗论》一文辨析儒佛人格理想之同异,是一篇重要的玄学论著。但由于二人祖上(陶侃、谢安、谢玄等)都曾经立过安邦定国的大功,是当时举足轻重的军政人物,所以在二人的心灵深处也曾怀有积极进取的念头。就是说,他们也都受到过儒学思想的重要影响,一度曾以建功立业为人生最高理想。所以我们在研究二人的思想和作品时,应该将他们放在"文学—玄学"以及"文学—儒学"这两个关系维度中来考察。这样我们就不难发现,陶、谢二人对于自然山水的喜爱都是受玄学精神影响所致,或者说,都是他们由儒入玄之后自觉拒斥儒家政治伦理价值体系的产物。而二人诗歌作品的重要差异也恰恰是由于他们对玄学精神的理解与接受方式毕竟有所不同所致。

陶渊明不是玄学理论家,但他是玄学精神的实践者。两晋六朝之时言必玄远而耻谈世务者,在士族名士中多不胜数,而真正愿意并能够将"自然""古朴""澹泊名利""远离尘俗"当作生活准则来践履的却是寥寥无几。陶渊明就是一位玄学精神的真正实践者。这不仅仅是由于他挂印归隐——隐居者功名利禄之徒正多——更主要的因为他不像他人那样只是做自然山水的看客,而是将自身融汇于自然之中。"自然"对他来说不是外在的存在物,不是可以站在一定距离之外观赏的对象,"自然"就是他的存在方式。他是将自然山水与田园生活当作自己的生命来看护与爱惜的。所以他歌咏自然本质上乃是歌咏自己的生命存在本身。当然陶渊明之所以能够成为玄学精神的实践者也并非因为他对玄学领悟得比他人更深,这主要是他的出身与经历所决定的。陶渊明祖上虽曾手握重权、显赫一时,但就出身而言,他却完完全全属于庶族寒门。在清谈玄言大兴于世的文化历史语境中,即使陶侃本人亦不为士族名士所看重,更何况其子孙呢?所以陶渊明压根儿就无法进入当时的主流话语中去。倘若他是一个庸庸碌碌之人也就罢了,但他又偏偏是一位品位很高、才学很大,因而极为自负的人物。这就出现了那种通常困扰古代士人的社会地位与志向才能之间的反差——正是这种反差所造成的彻底失望之情促使陶渊明成为玄学精神的真正实践者。

谢灵运的情况正好相反：他研究玄学，在理论上有很高造诣，特别是对于佛玄颇有独到见解。然而他的玄学研究仅仅是一种纯粹的话语建构，是为了在当时处于主导地位的学术话语系统中据有一席之地，是作为名士必不可少的言说行为。当然，他的人生旨趣、审美趣味也在这种话语建构中受到熏染，所以他极为喜欢自然山水，而且也有极高的欣赏能力。这些都构成了谢诗清雅自然风格的前提条件。但是与大多数士族名士一样，谢灵运对于"自然"的理解仅仅限于意识的层面：在玄学中是学理的把握，在诗学中是趣味的把握。他虽然也经常游览山水，而且不惧偏鄙险远，但自然山水从来就没有真正成为他的生存方式，没有成为他的生命存在，而是始终作为他的"眼中之景"处于一定距离之外的。这原因也不是由于谢灵运不愿意成为玄学精神的实践者，而是因为他的出身与社会地位使之不能彻底放弃对社会政治生活的幻想。作为出身阀阅之家并且才学极高的名士领袖，谢灵运总认为自己不仅应该拥有领导文化潮流的权力，而且也应该拥有领导政治生活的权力——他误将文学才能与政治才能混为一谈了。所以当他看到许多门第不如自己、文才不如自己的人都掌握了权柄，而自己仅仅是一个可有可无的侍从文人时，就不由得怨气冲天了。他的游山玩水也主要是为了消解这种怨气。但在其心灵深处毕竟不服气，并且依然希望获得与自己的门第、名望、文才相符的政治地位——这是他不能将玄学精神化为生活方式的主要原因。所以玄学始终是在他的观念中，而未能进入他的生命。

总之，陶、谢二人作为中国古代山水田园诗的创始者，都是自然的最早讴歌者。他们也都是在两晋六朝玄学语境中建构自己的诗学话语的。但由于各自出身与经历的不同，他们对玄学精神采取了不同的把握方式，表现于诗歌作品，也就形成了两种不同的风格，达到不同的境界。陶渊明一生酷爱山水（还有酒），但他却未能成为山水诗的创始人，而且在他的作品中也几乎没有一篇是纯粹描写自然山水的，这正是因为自然山水对他而言并非"眼中之景"，而是"心中之景"，是生存环境，即"田园"；谢灵运能够成为山水诗的创始人，是因为自然山水在他眼中是审美客体，是描摹刻画的对象。山水诗与田园诗的区别根本上不是对象不同，而是态度不同，是进入对象的方式不同。

第十一章　宋诗与唐诗究竟何异

——尝试一种文本分析

一　小引

对于宋诗与唐诗之异，有古今二人曾发表精辟见解：古者为严羽，今者为钱锺书。

严羽以为宋诗异于唐诗者主要有下列两点：其一，在创作的运思方式上，唐诗"惟在妙悟"，宋诗则"自出己法（另作'意'，意通）以为诗"。观沧浪之意，乃是说唐人作诗靠的是感觉与体验，或云艺术直觉，而宋人作诗靠"法"，即某种技巧与规则。其二，在诗歌本体上，唐诗"惟在兴趣"，"吟咏情性"，"尚意兴而理在其中"；宋诗则"以文字为诗，以议论为诗，以才学为诗"。即是说，唐诗之本体乃是某种非理性的情绪情感与兴趣意味，是一种朦朦胧胧的整体性心理状态；宋诗的本体则是理性的思考与精心的设计，是一种清清楚楚的意识状态。在严羽看来，唐诗"乃为当行，乃为本色"，宋诗则是邪魔外道了。然而何以唐诗如此就好，宋诗如彼就坏呢？严羽只是说宋诗"夫岂不工，终非古人之诗也。盖于一唱三叹之音，有所歉焉"。[①] 至于何以"非古人之诗"、有歉于"一唱三叹之音"就不好，他

---

① 此处所引均见宋严羽《沧浪诗话》之《诗辨》与《诗评》，见［清］何文焕辑：《历代诗话》下册，第686、688、696页。

并没有回答。

钱锺书言唐诗与宋诗之异云："天下有两种人，斯分两种诗。……唐诗多以丰神情韵擅长，宋诗多以筋骨思理见胜。"[①]又云："夫人禀性，各有偏至。发为声诗，高明者近唐，沉潜者近宋，有不期而然者。"又云："且又一集之内，一生之中，少年才气发扬，遂为唐体，晚节思虑深沉，乃染宋调。"这里讲了三层意思：一是说唐宋诗之别根本上乃是由于天下本有两种情性气质的人，有斯人则有斯诗；唐诗宋诗之分，并非全然由于时代之异。二是说唐诗之风格是重风神，重自然地呈现；宋诗的风格是重筋骨，重精心地营构。三是说唐诗的本体是情性气韵，即非理性的心理体验与感觉，亦即"吟咏情性"；宋诗的本体是人之思与事之理，即技巧上的巧思与内容上的道理，亦即"以意为主"。

观上引古今二人之论可谓精辟深刻，切中肯綮。既然如此，我们还有置喙的余地么？

本章所要解决的问题，一是唐诗与宋诗在文本层面上到底有怎样的差异，二是这种差异究竟表征着怎样的深层文化意蕴——我们正是要在严、钱二人沉默之处言说。

二　从李白与苏轼的诗歌文本看唐诗与宋诗之异

李白与苏轼都是天才型的大诗人，二人创作风格亦有相近之处：都不肯墨守成规，而是追求对个人的才情气质的充分张扬显现，但两位大诗人的作品从语言文字到意象设置，从文本意义到文化意蕴，都带有明显的根本性差异，所以二者就有着天然的可比性，对他们进行比较能够较为充分地体现唐诗与宋诗的异同。下面我们通过分析他们的几首七言绝句来看看这种差异在文本中究竟是如何显现的。

李白《春夜洛城闻笛》：

---

① 此处与下文所引均见钱锺书《诗分唐宋》一文，见钱锺书：《谈艺录》，上海：开明书店，1948年，第2、4页。

谁家玉笛暗飞声，散入春风满洛城。此夜曲中闻折柳，何人不起故园情。

苏轼《听武道士弹贺若》：

清风终日自开帘，凉月今宵肯挂檐。琴里若能知贺若，诗中定合爱陶潜。

这两首诗一咏闻笛，一咏听琴，内容相近。李诗首句是说只闻笛声而不知吹笛之人。一个"暗"字用得极好，既与"谁家"相应，点明了不知笛声所从来，又突出了笛声传播的特点——看不见，摸不着，无形无色。而且"暗"字还与"夜"字相合，可以说意蕴丰富，耐人寻味。第二句写笛声传播之广。此句将笛声与春风两个意象融为一体，极尽其妙，是全篇之眼。笛声借助春风而传遍洛城，春风亦借助笛声而增添魅力。虽然在意象的设计与文字的使用上均十分精妙，但让人感觉却非常自然，丝毫没有锻炼推敲的痕迹。相比之下，苏诗的前两句就更见匠心了。"清风""凉月"两个意象有四层意蕴：作为实物意象它们起着烘托气氛的作用，在清风吹拂之中、凉月朗照之下听琴，这是何等闲雅脱俗之事！作为隐喻意象，它们又被描写成琴声的欣赏者。一个"自"字、一个"肯"字使这两个意象"活"了起来。当然其文本意义还是为了突出琴声之动听。作为时间意象，它们还暗含了听琴的时间——月明风清的秋夜。最后，这两个意象还是作为琴声的象征而存在的。因为看后两句诗意可知，诗人所闻之琴曲必是清幽雅淡之声，所以"清风""凉月"的意象恰恰使这琴声成为"可视的"。

看二诗的前两句，我们只能说都是匠心独运的佳句，并无高下之分。二者之不同在于：李诗自然混成，虽云妙语，但绝非刻意营构而成；苏诗则用心深微，虽给人以不经意之感，但必定煞费苦心。我们再来看后两句：

李诗后两句极为直白：既然听到了笛中《折杨柳》之曲，任何人都会产生思念家乡的情绪。苏诗则不然，这里用了一个推理：一个人如果能喜欢"贺若"之曲，那么他也定然偏爱陶潜之诗。而且这还只是最表层的含义。作为"能指"，这两句诗下面还有两层含义：一是对"贺若"之曲的评价——此曲之格调有近于陶渊明之诗。这既是对琴曲的一种理解，又是对它的高度赞扬，因为大家都知道，在苏东坡的眼里，古往今来的诗人中，陶渊明是最值得称道的一位。二是表达了自己的审美趣味——诗则陶诗，琴则贺若。这是苏东坡"似澹而实腴""外枯而中膏"之诗学原则的自然流露。从这简单的对比中即可看出两位大诗人的差异所在：一是天真率直，一是刻意精工。

我们再来看两位大诗人的两首咏物之作。

李白《横江词》（第四首）：

> 海神来过恶风回，浪打天门石壁开。浙江八月何如此？涛似连山喷雪来。

苏轼《六月二十七日望湖楼醉书五绝》（第一首）：

> 黑云翻墨未遮山，白雨跳珠乱入船。卷地风来忽吹散，望湖楼下水如天。

这两首诗一写江中风浪之险，一写湖上风雨之骤，内容相差不远。李诗第二句形容浪涛之力量，运用了夸张手法：浪涛将天门山的石壁都打开了。第四句描写浪涛之形貌：就像雪山崩摧那样气势宏伟。虽连用夸张，但处处扣住江浪之大，反而给人以平实自然之感。相比之下，苏诗就显得更雕琢些了：以"翻墨"形容云之黑，以"跳珠"比喻雨之骤，均颇见匠心，给人以追新求奇之感。而且全诗句句押韵，显得节奏急凑，与诗中所写之雨骤风狂恰恰相合。李诗的修辞也很讲究，但主要表现在整体构思上运用夸张手法；苏诗的修辞则不仅表现在整体构思上，而且还表现在具体词语的使用与意象的构成上。

下面我们再看两位诗人的两首七律。

李白《金陵城西楼月下吟》：

> 金陵夜寂凉风发，独上高楼望吴越。白云映水摇空城，白露垂珠滴秋月。月下沉吟久不归，古来相接眼中稀。解道澄江静如练，令人长忆

谢玄晖。

苏轼《和晁同年九日见寄》：

> 仰看鸾鹄刺天飞，富贵功名老不思。病马已无千里志，骚人长负一
> 秋悲。古来重九皆如此，别后西湖付与谁？遣子穷愁天有意，吴中山水
> 要清诗。

前者月下思念古人，恨知音罕见；后者重阳惦记旧友，亦感佳朋难寻。二诗亦有相近之处。我们不看二诗的意象与修辞，只看其所表达之内涵：李诗写诗人登楼望远，深秋夜景使之发思古之情。其所表达，仅仅是深感知音难觅，因此想起谢玄晖来。其隐含之意：假如谢玄晖生于今日，一定会成为自己的知音的。李白的诗大抵如此——明明白白地表达简简单单的情绪与意念。苏诗则不然。这首诗至少表达了这样几层意思：其一，自己的潦倒情绪：富贵功名已非所想，老骥伏枥之志亦与自己无缘。其二，然而骚人墨客的春感秋悲却与往昔一般无二，就是说还有情可发。其三，重阳节对友人的思念之情。其四，安慰友人。诗的最后两句尤其含义丰富——既是对友人的安慰，又是借以表达了"诗穷而后工"的观点。而且还暗含了这样的意思：一个人仕途腾达、富贵顺遂了，精神境界就不会很高，因而也就不可能写出清雅脱俗的好诗来。

由此可见，苏诗与李诗不同之处，除了前面所言之外，还表现在前者尽量在一首诗中融进更多的意义蕴含，极尽委曲，似乎是多多益善；后者则尽量使很单纯的情绪最充分地表现出来，绝无微言大义。一者繁复深微，一者简洁明白，判然而别。

通过以上分析，李白与苏轼二人诗作的异同可以说是一目了然了。李、苏二人分别为自己时代诗界之翘楚，极有代表性，所以他们的不同大体上可以体现唐诗宋诗的差异。为了使这种差异更鲜明地显现出来，下面我们再来对比分析几首杜甫与黄庭坚的作品。

三 杜甫与黄庭坚诗歌文本的比较分析

我们之所以将杜甫与黄庭坚放到一起来进行对比，并不仅仅因为他们都是大诗人，也因为二者诗风相近，被江西诗派奉为"一祖三宗"（杜为"祖"，黄为"三宗"之首），而且黄庭坚明确表示自己是学杜的。把这样两个诗风相近的诗人的作品比较一番，于同中见异，就更能看出时代文化语境对诗歌创作的重要影响。

先看看杜甫的《登高》：

> 风急天高猿啸哀，渚清沙白鸟飞回。无边落木萧萧下，不尽长江滚滚来。万里悲秋长作客，百年多病独登台。艰难苦恨繁霜鬓，潦倒新停浊酒杯。

再看黄庭坚的《登快阁》：

> 痴儿了却公家事，快阁东西倚晚晴。落木千山天远大，澄江一道月分明。朱弦已为佳人绝，青眼聊因美酒横。万里归船弄长笛，此心吾与白鸥盟。

二诗均为登高望远的遣怀之作，又都是为人称道的千古佳作。所以将此二诗进行比较，颇可见出诗人的整体性差异。杜诗首句即写景，"风急""天高""猿啸"三组意象紧密排列，在一个"哀"字的点染下，构成一个表现凄冷的深秋景象的集合意象，作为能指意象，它暗含着凄怆悲哀之情，从而为全诗定下基调。紧接着第二句的"渚清""沙白""鸟飞"三组意象相连，进一步构织出一幅清冷的秋景图，也进一步渲染了凄怆悲哀之情。第三、四句依然写景。二句各有一个意象：一是落叶，一是江水。这本是写秋景最俗最滥的两个意象，但经杜甫的点化，就成了千古名句。"落木"之前冠以"无边"，后面连以"萧萧下"，则其势开阔无比，远非一般写秋叶之句可以比肩，又暗含了深秋肃杀之气无所不在之意，从而表现了悲凉之情至深至巨的深层意蕴。"长江"意象虽无甚新奇之处，但用以表征哀伤情绪的无尽无休，亦极富感染力。此二句进一步为前二句所勾勒之秋景添上一笔浓重的色彩，从而使一幅气势宏大的深秋图景以及其所负载的深沉绵长的悲哀情绪活灵活现地呈现于读者面前。诗的后四句直抒胸臆，具有强化前四句所含情感的重要作用。

黄诗起手即用典，令未读过《晋书·傅咸传》者颇感突兀，然亦勉强知其所欲言。第二句呼应诗题，其中"依晚晴"这个集合意象值得玩味——它不仅点出了时间，而且为全篇隐含的情感意蕴定了调。一个"依"即呈现出一种轻松愉快情绪，与杜诗恰好相反。三、四句是景句，历来为人所称道。"落木""千山""天远大"三组意象联合，亦构成一幅秋景图，可以说境界开阔，也较为恰当地显现了诗人那种轻松愉快的情感。虽写"落木"，却无入"悲落叶于劲秋"之常套。"澄江一道""月分明"两组意象相连，也给人以朗净宏阔、赏心悦目之感。然而与杜甫"无边落木萧萧下，不尽长江滚滚来"二句相比，黄诗的这两句明显是精心雕琢而成的。杜诗仅仅有"落木""长江"两个基本意象，而黄诗则有"落木""山""天""江""月"五种意象；杜诗意象背后的意蕴极为清楚，那就是悲哀忧愁之情，意象与意蕴结合得极为完美，显得十分自然。黄诗则既包含了"了却公家事"之后的轻松愉快，又有对自然景物的审美观照，显然还有创造"佳句""名句"的意识与匠心融于其中。所以，杜诗仿佛是"流"出来的，黄诗则好像是"作"出来的，差别是明显的。黄诗后四句几乎句句用典，表达的意义却含混不清——又似是知音难觅之叹，又似是愤世嫉俗之情，还流露出归隐江湖之意。诸般含义聚在一处，令人感到真是一点儿真情实意都没有，完全是在那里"为文而造情"。与杜诗的真情流露，直可动人肺肝相比，黄诗实在是在玩文字、玩学问。从全诗来看，杜诗前四句写景，而悲愁的情调已然渲染得尽足，后四句直接抒发胸中郁闷，与前面景句呼应，大大增强感染效果。全诗浑然一体，无论是写景还是抒情，都给人自然而然之感，绝无丝毫做作之态。黄诗前四句轻松愉快，后四句故作失意惆怅之情，截然二橛，令人莫名其妙。就艺术成就来看，二者差距洵难以道里计。当然，精心构思并不必然地下于自然流露，关键还是看诗的意象组合与诗人所欲表达的意义之间的契合程度。下面我们再看杜、黄二人另外两首诗。

杜甫《和裴迪登蜀州东亭送客逢早梅相忆见寄》：

> 东阁官梅动诗兴，还如何逊在扬州。此时对雪遥相忆，送客逢春可自由？幸不折来伤岁暮，若为看去乱乡愁？江边一树垂垂发，朝夕催人自白头。

黄庭坚《寄黄几复》：

> 我居北海君南海，寄雁传书谢不能。桃李春风一杯酒，江湖夜雨十年灯。持家但有四立壁，治病不蕲三折肱。想得读书头已白，隔溪猿哭瘴溪藤。

两首诗都是寄赠友人之作，均为叙述友情之意。二诗的区别主要是在词语的选择运用方面。杜诗只是首联用典，且不含任何深意。其余各句，通俗几如白话。全诗只是围绕早梅向友人抒发了一点思念之情与个人的感慨而已。黄诗则不然。全诗几乎真是"无一字无来处"："北海""南海"云云，出自《左传·僖公四年》楚君之言；"寄雁"出自"鸿雁传书"之传说；"谢不能"出自《史记·项羽本纪》；"四壁立"出自《史记·司马相如传》；"三折肱"出自《左传·定公十三年》。读杜诗是玩味其意境，体会其情感，不劳猜想；读黄诗则是理解其文字，摸索其出典，有如猜谜。我们知道，在唐代诗人之中，杜甫是比较讲究技巧的一位，特别是他的后期之作，更是力求做到"语不惊人死不休"，但是与黄庭坚相比，就显得平实自然了。

通过以上两组诗的比较我们已然看出，尽管杜甫在唐代诗人中算是最讲究声律与文字的了，但与黄庭坚相比还是有着明显的差异。杜、黄之间的差异与上文李、苏之间的差异大体相同，这种差异基本上反映出了唐诗与宋诗的主要不同之处。通过文本的具体比较，我们也可以看出，唐诗与宋诗的差异基本上就是严羽与钱锺书二人业已指出的那几个方面。尽管如此，我们还是要作几点补充：其一，唐诗主要是表现诗人的生命体验——是感性与理性、情绪与思想、需求与愿望浑然一体的心理状态。宋诗则主要是表现诗人的想法，而且往往是很理智、很冷静的想法。所以唐诗显得浑朴真诚，宋诗显得深刻机智。其二，唐代诗人务心于如何将那种内在思绪和盘托出，使内外合一；宋代诗人致力于其所见所想如何异于他人，从而在诗中标新立异，似乎有一种深深的"影响的焦虑"。其三，唐诗的表达实际上乃是呈现：或者将所思所想所感直接说出来，或者借用某种方式将其从整体上"象征"出来。宋诗的表达就是表达，是通过精巧别致、不同凡响的话语形式来表达搜肠刮肚出来的奇思妙想。其四，唐诗给人的感觉是一幅画、一首歌、一个故事，总之是一种有着紧密内在联系的有机整体。宋诗给人的感觉是一个个景点、一条条道理、一句句格言，总之是有太多的东西挤在一起、互不统属。唐诗适合有情人流泪捧读，涵泳其韵致；宋诗适合有闲人玩赏，细究其思路。那么唐诗宋诗何以会有如此之异呢？下面我们就通过对文化语境的重建来探讨这个问题。

四　唐诗宋诗相异之文化原因

诗歌创作是一种话语建构。任何话语建构都必然受到种种其他因素（例如互文本关系）的制约与影响。特定历史语境对于话语建构主体之心态具有决定性影响，而这种具有普遍性的心态恰恰是一个时代诗歌创作整体倾向形成的直接原因。当诗人进入创作过程时，特定文化语境又发生着更重要的决定性作用：诗歌创作作为一种话语建构的方式绝不是一种孤立的话语行为，它要受到来自其他话语系统的重要影响与渗透。在同一文化语境中，又往往有着某种决定着各种话语系统之建构的深层意义模式，它对于诗歌创作同样具有制约作用。所以对于唐诗与宋诗之异的原因，我们必须在不同话语系统的关系中，在文化语境深层意义模式中来寻找。

对于唐代士人阶层的文化心态来说，当时社会政治生活中有两个因素发生着重要的影响。一是取士制度的变化。六朝取士看门第，仕途为士族所把持，寒门子弟的进身之路受到严重阻遏。隋唐兴科举，为寒门庶族文人的进身辟出一条通路。这是最令士人阶层欢欣鼓舞的事情。然而在唐代士族势力依然很大，贵族意识形态还有很大市场，士族子弟往往靠门第即能获得高官厚禄。钱穆先生指出："当时门第仕进，亦较进士等科第为易。建官要职，仍多用世家。大臣恩荫,得至将相。……可见唐代政权,尚与门阀有至深之关系。"①
因而庶族文人只有靠建功立业方能真正跻身于官僚系统的上层,再加上唐代
国力强盛,统治者雄心勃勃,于是士人阶层就将在政治生活中积极进取、有
所作为当作人生最高目标。为了达到这一目标,即使干谒自荐、奔走于权贵
之门也丝毫不以为耻。所以唐代士人绝对是俗人,是光明正大的俗人——建
大功、立大业、做大官是他们时时诵之于口的人生理想。

影响唐代士人文化心态的另一个重要因素是官方意识形态话语控制的松
弛。唐代统治者从未建构起一种一体化的、一以贯之的官方意识形态体系。
他们时而崇老,时而尚佛,又差不多都同时尊儒。这就使士人阶层完全可以
按照自己的兴趣和意愿去选择学术文化,从而形成一种多元化的文化格局。
在这种极为宽松的文化语境中,士人阶层本可以在学术上大有作为,建构起
较先秦子学、两汉经学、魏晋玄学更为深刻细密的学术话语系统。但唐代士
人的兴趣却不在文化学术方面而在建功立业方面。所谓"宁为百夫长,胜做
一书生"恰是彼时士人阶层的共同心声。于是在文化领域他们选择了文学而
放弃了学术。其内在逻辑是这样的:一方面是积极进取、试图建功立业,但
这种宏图大志却很难如愿以偿,所以另一方面是吟诗作赋,以排遣因"不才
明主弃"而生的惆怅失意之情。建功立业之豪情不得已而化为诗情时,就造
就了唐诗那种豪迈雄奇的总体风格。所以,唐诗的繁荣固然有赖于"以诗取
士"之类的政策,但更根本的原因乃是士人阶层维持心理平衡之内在需要——
建大功、立大业、做大官的人生理想受挫时,诗歌就成为他们舒泄内心郁积
的有效方式。又因为诗文酬唱乃是当时文人社会"公共领域"最重要的交往
方式之一,诗文之高下自有一套严格的评价系统,所以诗歌创作也就成为士
人实现自身价值的又一条重要途径。诗歌的勃兴也就顺理成章了。

所以,诗对于唐代士人来说主要是舒泄内心焦虑、维持心理平衡的手段,
因此与人的生命存在直接相联系。这样,唐诗就不需要过多的雕饰与精心的
营构,它所追求的是如何能够更好地将诗人内心郁积的情绪情感和盘托出。
所以唐诗总是能够恰到好处地表情达意,仿佛诗的形式即是情绪情感的同构
体。这便是释皎然所说的"但见情性,不睹文字",和司空图所说的"不着一字,

---

① 钱穆:《国史大纲》(修订本)上册,第483—484页。

尽得风流"，亦即王国维所说的"不隔"。我们前面分析的李白与杜甫的几首诗已经表明了唐诗的这一特点。

宋代诗人所处的文化历史语境与唐人有很大不同。宋代士族势力已基本上不复存在，政治文化领域成了士人阶层的一统天下。再加上宋代帝王自太祖、太宗以降对文人均极为重视重用，因而士人做官较唐代容易得多，俸禄也较唐代优厚得多。可以说，士人阶层在宋代得到了中国有史以来最为理想的生存环境。在这样的条件下，士人阶层就不甘寂寞了——他们的主体意识（既是作为个体的，又是作为阶层的）得到空前膨胀，他们不再仅仅满足于驰骋仕途，而且还要在文化学术领域有所建树。上至天文，下至地理，他们都有兴趣搞清楚；至于人之本性、人之价值更是被他们当作最有追问意义的事情了。在宋代士人的价值坐标系中，在政治领域建功立业并非最高追求，能究天人之际、辨性命之理，并能身体力行、成圣成贤，才是人生最高境界。所以诗歌创作对于宋代士人来说主要不是生命体验的呈现，而往往是其所洞见的人伦物理的表达形式，或者是一种技巧和显示博学的方式。这一点在前面我们分析过的苏轼与黄庭坚的诗中可以清楚地看出。

五　结语

唐诗与宋诗的区别可以说是明显的，对此历代均有人予以论及。但对于造成这一区别的原因却历来疏于探讨。过去人们常常以为唐人已将好诗都作尽了，所以宋人无论如何不可能达到唐人的水平。而钱锺书先生则从人的性格角度来看唐诗宋诗的区别。这虽然也不无道理，但毕竟未能说明真正原因——人们会问，难道唐人大都是一种性格，而宋人大都是另一种性格吗？唐人有人作"宋调"，但毕竟是少数；宋人有人发"唐音"，也只是凤毛麟角。不能以偏概全。因此我们从士人文化心态与文化语境的角度来寻找唐诗与宋诗相异之原因，虽不能说完全解决问题，但无疑也是一种有益的尝试。简而言之，唐代士人多一些天真烂漫而少些机心；宋代士人则多一些对宇宙人生的洞察和领悟而少些自然淳朴。唐代士人追求形而下的价值：堂堂正正地追求功名利禄，明目张胆地张扬感性欲望，很少自我规范、自我约束；宋代士人追求形而上的价值：苦思冥想人生真谛，试图在天人之际、性命之间发现人的安身立命之本——这就造成了唐代士人与宋代士人迥然不同的文化心态。这两个时代的诗歌创作也正是在这两种不同心态的直接影响下产生的。从文化语境角度看，唐代是世俗精神占统治地位的时代，士人们一方面追求功名利禄、建功立业，另一方面则吟诗作赋，寻求情感宣泄之途。当时的学术话语建构不是时代文化之主流（经学虽有人研究，却不为时人所重；佛学虽系统而精深，但一般世俗之士并不能领略其奥妙），因而对诗文创作没有太大的影响。只是韩愈等少数人意识到了唐代士人阶层在学术话语建构方面的孱弱无力，这才提出重振道统的号召。然而，终唐之世却响应者寥寥。宋代则恰恰相反。士人们主体精神得到空前高扬，为使这种主体精神得到实现，他们以极大的热情致力于学术话语体系的建构（宋学中有新学、洛学、蜀学、朔学、关学、闽学、湖湘学等学派，这是唐代所不可能有的），这种建构工程成为时代文化主潮，并对其他一切形式的话语行为产生了巨大影响。这就构成了宋诗与唐诗之差别的又一个重要原因。

第十二章　宋词的兴起与宋代士人人格结构之关系

宋词何以会在宋代成为一种重要的文学样式？宋词的兴起与宋代士人心态有怎样的关联？宋词与宋诗在功能上有何区别？这里我们就从文本与文化语境相互关系的角度来探讨一下这些问题。

一　词之兴起与士人新型文化人格

词作为一种文学样式又称为曲子词，有时也称为乐府或长短句。从这些称谓上即可看出，这种文学样式与乐曲关系紧密。先秦时诗与乐不可分，"诗三百"均入乐。所以也可以说《诗经》中的作品都是"曲子词"。然先秦（春秋战国）文化乃是西周礼乐文化之余绪与变体，故而重形式的庄重与内容的典雅，特别是儒家文化对诗乐的教化功能更是极为强调。因而诗乐主要是在官方"公共领域"，如宴饮朝会、祭祀典礼时被使用，基本没有进入个人化的"公共领域"，不是个人的交往形式。至于儒家的教育家用诗乐教人修身，诸侯的政治家、外交家用诗乐作为一种外交辞令，那就更与个体性的精神生活关系不大了。只是后来出现的那种受到儒家极力贬斥的"郑卫新声"或许与个体性审美活动有较为密切的联系。但其词与曲究竟如何"淫"法，谁也不知道。由于儒家文化的极力压制，这种具有较高审美价值的诗乐终究未能堂而皇之地进入居于主导地位的文学艺术话语系统之中，而始终是作为民间艺术而传衍着。

　　两汉乐府虽有取于大量民歌民谣，具有鲜明的民间色彩，但由于受官方把持，依然不属于个体性精神生活的内容。观汉乐府之内容，无非两大部分：一是所谓"美刺之作"。这是汉代经学语境在文学方面的表现。汉儒试图以文化制衡的方式对君主施加影响，赋予诗乐的任务是"主文而谲谏"。由于这种文化语境的作用，汉乐府中就出现了一大批对社会进行批评的作品。二是那些保存了民歌风格的作品，其中有许多大胆泼辣地表达了纯真无伪的爱情，可以看作是为个体性精神生活留了一席之地（《诗经》中虽然也有不少这类作品，但可惜都被说诗者进行了曲解。乐府中的此类作品则体现了某种对个人精神价值的肯定）。只是到了东汉末年，由于社会动荡、王纲解纽，官方意识形态话语对社会精神生活的控制渐渐失去其有效性，这才出现了一批抒写纯粹个体心灵的乐府诗，如《古诗十九首》之类。魏晋以降，乐府诗虽代有作者，但由于诗乐的分家日趋明显，文人们都热衷于将诗作为一种独立的文学话语形式来建构和完善，不大有人专门去考虑"歌"或"曲子"之"词"应如何作了。

　　唐代由于国力强大、天下太平，再加上南北融合，胡汉交汇，乐舞得以极大地兴盛。从官方到民间，乐舞成为一种极为普遍的艺术活动。而且即使在官方，乐舞的庙堂典仪之政治宗教伦理色彩也大大淡化，而审美因素则大大强化。在这种情况下，各种民间曲调产生出来，如《竹枝歌》《踏歌行》《长相思》《渔歌子》《望江南》《南歌子》《虞美人》《杨柳枝》《鹊踏枝》等等。这些曲调又需要填词而歌，于是一班文人便出来撰写歌词——这就是作为在宋代发达起来的那种文学样式的"词"之早期形式。但唐代士人毕竟豪迈不羁，并有较重的功利主义倾向，所以对于填写此类婉转细腻的歌词并无太大兴趣，只不过是偶一为之而已（例如白居易、刘禹锡等人的《竹枝词》《忆江南》《杨柳枝》之类）。对词的兴趣远不能与对诗的兴趣同日而语。只是到了晚唐五代，社会动荡、国力衰颓、士风亦委顿不堪，这才有一大批皇室贵胄与贵族化的文人热心于此，并带动一大批文人追随其后。于是词的创作蔚为风气。

　　宋代立国重文轻武，文人的生存境遇之佳堪称历代之最。这主要表现在两个方面，一是官容易做——科试之额逐年增加，而且各种恩荫、恩科不胜枚举。大凡读过书，或略有名气，或家族中有人做官的，总能得到一官半职。像王令那样才高命蹇之人是极为少见的。而且倘若王令再多活几年，也定会有官可做的。二是做官的待遇优厚——俸禄也是逐年增加的。钱穆先生说："宋室优待官员的第一见端，即是官俸之逐步增添。当时称'恩逮于百官，惟恐不足；财取于万民，不留其余'。可以想见宋朝优待官吏之情态。官吏俸禄既厚，而又有祠禄，为退职之恩礼。又时有额外恩赏。"[①]朝廷对士大夫的优待产生了两个方面的效应：第一，大大激发了他们的主体精神与进取意识。中国古代士人阶层之精神状态往往要取决于统治者对待他们的态度。所以凡是君主或执政者雄才大略、"圣躬独断"之时，必然是士人阶层之精神委顿之日。相反，凡是君主或执政者孱弱无力、"礼贤下士"之日，必是士人阶层精神高涨、意气风发之时。宋代朝廷由于并非从马上得到天下，而且得来的太过容易，因此不够理直气壮，而是处处谨慎小心，如履薄冰、如临深渊。在这种心态之下，形成了一整套的重文轻武的治国方略，试图靠与士大夫的密切合作建立永固之江山。于是士人阶层便牛气冲天了。提倡革新政治者有之，呼唤成圣成贤者有之，大言"为万世开太平"者有之，鼓吹北伐、欲浑一环宇者亦有之。在这些气盛才高的文人眼中，天下几无不可为之事。然而现实毕竟严峻——外部的异族环伺，内部的冗官冗费，都是足以导致覆亡的因素，同时也是限制士人阶层实现宏图大志的主要因素。于是士人阶层的主体精神与进取意识除了政治方面的有限表现之外，就主要显现于话语建构方面了。宋学之足以与先秦子学、两汉经学、魏晋玄学、隋唐佛学相提并论而绝无愧色，完全是得益于宋代士人那种不可一世的"狂"的精神。

第二，在个人精神生活方面的追求享受与奢靡。在这方面颇有些像六朝士族文人的习气——在琴棋书画、诗文辞赋等方面精益求精，追求高雅脱俗。不同之处是，六朝文人是在摆脱了现实关怀之后的精神享受，而宋代士人则是在现实关怀之余的精神享受。由于现实关怀对于宋代士人来说过于强烈（他们总以为自己肩负着治国平天下，或为天下苍生制定人生准则之重任。好像如果离开了他们，天下百姓就不知道应该如何活着了），所以如诗文这样严肃的文学样式，是不能仅仅用以表达个人一己之私的，必须令其担负起教化，或"治教政令""世道人心"之重任方可。那么个人的情怀到哪里去抒发呢？在这里"词"的价值就显示出来了。

---

① 钱穆：《国史大纲》（修订本）下册，第543—544页。

宋代的乐舞与唐代明显不同之处是：唐代乐舞之主流在宫廷中，而宋代乐舞之主流是在民间。"宋代最繁荣的音乐样式是曲子，一种曲词合一的抒情歌曲。曲子受到社会各阶层的普遍钟爱，上至帝王，下至市井百姓，皆喜好唱曲填词，士大夫文人更是乐此不疲。宋词创作的杰出成就，正是在这一风气的沾溉下获得的。"① 这种风气的形成当然与城市的发展、经济生活的活跃、市民阶层的崛起都有着直接的关系，但从"词"的主要创作者——士大夫的文化心态来看，则取决于他们的双重性的文化人格。

如前所说，宋代士人人生旨趣的主流乃是有所作为——或者在政治生活中有所建树，或者在文化话语建构方面有所表现。但这种使命感实际上是十分沉重的，有时会令人感到渺茫无望，从而生厌烦之心。那些接受了中国古代儒、释、道三大思想体系之熏陶，并开始致力于融会贯通以建立新的学术格局的宋代士人绝不想做一个殉道者——他们追求的是一种能够将现实关怀与个体性精神享受融为一体的新型文化人格。在这种文化人格中，个体价值取向乃是与社会价值取向居于同等地位的一个基本维度。作为一种新兴的文体，"词"就成为最适合展现和负载这种个体价值取向的话语形式。下面我们即通过文本分析来看一看"词"是如何完成它的这一功能的。

二 对北宋中期几位重要政治人物词作的文本分析

宋初词坛是"花间派"的天下。这是典型的贵族趣味之表现，盖因此时宋代士人的主体精神尚未彰显之故。然而到了仁宗年间，那些锐意革新政治，积极进取，欲大有作为的政治家却也常常用词来表现自己幽深隐秘的意念与情感。这主要表现在下列几个方面：

其一，借词来表现与主导价值观念相矛盾的意念和想法。我们先看看范仲淹的《剔银灯》：

> 昨夜因看蜀志。笑曹操、孙权、刘备。用尽机关，徒劳心力，只得三分天地。屈指细寻思，争如共、刘伶一醉。　　人世都无百岁。少痴

---

① 彭吉象主编：《中国艺术学》，北京：高等教育出版社，1997年，第265页。

骙、老成尪悴。只有中间，些子少年，忍把浮名牵系。一品与千金，问白发、如何回避。

范仲淹是对北宋一代士风产生过重要影响的人物。他作为"庆历新政"之改革运动的核心人物、作为在西北前线抗御西夏入侵的国之干城，在当时士人阶层中享有极高威望。他本人除热心事功、以天下为己任之外，还极重自身人格修养，对儒家修身养性之学颇多心得。他的一生是轰轰烈烈的一生，是积极进取的一生。在其诗文创作中，也充满着那种忧国忧民的精神。然而这样一个人物，在他的词作中，却时时流露出一种较为消沉忧郁的情绪。这是一个值得注意的现象。读这首《剔银灯》，我们就不难看出其中蕴含了一种与其诗文中那种昂扬向上的进取精神不相入的价值倾向。曹操、孙权、刘备三人都是一时间叱咤风云的英雄豪杰，实际上乃是范仲淹深深倾慕的古代人物，但在这里却被说成还不如刘伶那样整日沉溺醉乡、任诞妄为的狂放之士。功名利禄与建功立业乃是一体两面，是宋代士人，包括范仲淹自己倾大力追求的目标，而在这里却被当作应予"回避"的"浮名"。读这首词，我们很容易将作者想象为看破红尘的隐者一类。这里流露的显然是范仲淹人格中比较隐秘的、更加个人化的一面。让我们再看看另一位政治家、改革家王安石的一首《诉衷情》：

> 练巾藜杖白云间。有兴即跻攀。追思往昔如梦，华毂也曾丹。
> 尘自扰，性长闲。更无还。达如周召，穷似丘轲，只个山山。

王安石是中国古代极为罕见的杰出政治家、改革家。他的革新主张及一系列具体措施可以视为宋代士人主体精神与进取意识在政治层面的集中表现；而他所致力于建构的"新学"体系乃是宋代士人主体精神与进取意识在文化学术层面的集中表现。他在这两个方面的建树对整个宋代，甚至对整个后来的中国政治文化的发展都有着重要影响。在其政治意识中，周公、召公都是最值得尊敬与效法的历史人物，而孔子与孟子又是他在学术建构与人格修养方面极为推崇的榜样。然而在这首词中，周、召、孔、孟的通达深刻却不如那种闲云野鹤般的生活方式更令人神往，因为他们早已成为荒冢一堆了。这里也透露出王安石内心深处的一种向往心灵自由的遁世情怀。我们再看看他的一首《雨霖铃》：

> 孜孜矻矻。向无名里、强作窠窟。浮名浮利何济，堪留恋处，轮回仓猝。幸有明空妙觉，可弹指超出。缘底事、抛了全潮，认一浮沤作瀛渤。　　本源自性天真佛。只些些、妄想中埋没。贪他眼花阳艳，谁信道、本来无物。一旦茫然，终被阎罗老子相屈。便纵有、千种机筹，怎免伊唐突。

似这种看破红尘、四大皆空的佛家语，很难想象是出自那位为推行自己的改革政策百折不挠、义无反顾的政治家和重新阐释儒家经典、大力提倡"义理之学"的儒学思想家之手。他倾全力追求的那些东西，在这里均成为"浮沤"，那么他所希冀的"全潮"又是何物呢？是否是成佛呢？如果是这样，那么，成佛之后又当如何？这些恐怕王安石自己也未必能说清楚。词中所蕴含的价值倾向显然与作者在平日奉行的主导价值观处于矛盾状态。

其二，用词来表达在诗文中不宜表达的情绪与意念。换言之，诗文中所表达的是主流话语、通行话语，而词中表达的乃是私人话语。我们先来看一看欧阳修的《蝶恋花》：

> 腊雪初销梅蕊绽。梅雪相和，喜鹊穿花转。睡起夕阳迷醉眼，新愁长向东风乱。　　瘦觉玉肌罗带缓。红杏梢头，二月春犹浅。望极不来芳信断，音书纵有争如见。

这是一首写闺中少妇思念远人的词。前三句写初春景色之美，具有某种象征意义：梅、雪、喜鹊三个具体意象所构成的组合意象是一幅早春图，可以视为生机与和谐的象征，它使人想到，面对此美妙春景应是夫妇同赏才相宜。其文本意义是反衬思妇的思念之情与孤寂之心。后数句除"红杏梢头，二月春犹浅"外，均直写相思之苦。这首词抒情婉转，描写细腻，与作者那些具有豪放倾向的诗歌作品判然有别。再看他的《玉楼春》：

> 尊前拟把归期说，未语春容先惨咽。人生自是有情痴，此恨不关风

与月。　　离歌且莫翻新阕，一曲能教肠寸结。直须看尽洛城花，始共
春风容易别。

这是一首写离愁别绪的词。在将离未离之时，痴情人已是容惨声咽、肝肠寸断。
全篇直写痴男怨女之离情，毫无掩饰。这里没有讽谏，没有议论，也没有什
么哲理奥义，有的只是细腻缠绵的男女之情。这在作者其他形式的文学作品
中是见不到的。再看一首《生查子》：

去年元夜时，花市灯如昼。月到柳梢头，人约黄昏后。　　今年元
夜时，月与灯依旧。不见去年人，泪满春衫袖。

去年元宵之夜、赏灯之时，情人相会，极尽款曲；今年元夜，唯余一人，月
与灯和去年一般无二，而伊人却杳无音信，睹物思人，不禁悲从中来。伊人
为谁？去年何得而相见，今年何由而相离？个中种种，只有作者一人知晓。
这是何等委婉细腻的文人情怀！

以上所举欧阳修词最能代表词的私人话语性质。词人内心深处隐藏的东
西都可以借词的形式展现出来。这里无须任何豪言壮语，既不要"美刺"，
亦不要"教化"。语言放弃了一切神圣的使命，只诉诸纯粹个人的心灵；主
体也摘下了种种角色面具，摆脱了种种话语规则，只向着感觉、体验、生命
存在言说。

三　词对于宋代士人之独特意义

宋词之所以能够在宋代大兴于世，原因自然是多方面的，但最主要的原因
无疑是宋代士人的精神需要——词对于他们有着不可替代的作用与意义。这主
要表现为两种功能：一是消解功能，二是游戏功能。下面我们分别予以阐释。

词的消解功能是指：作为一种话语建构，词的创作对主体具有一种自我
解构的作用。这表现在三个方面：

其一，对作为政治角色之自我的解构。所谓"政治角色之自我"是指士
人阶层深层心理中根深蒂固的做官意识，当然也包括建功立业的雄心壮志。

其最高表现是"以天下为己任"的社会责任感，其最低表现是仕途顺遂、飞黄腾达的利禄之心。对于中国古代士人阶层而言，这一"自我"乃是与生俱来的。它代代相传，成了深入士人阶层之骨髓的"原型"意识，是得到普遍认同的一种身份意识。这种身份意识是居于主导地位的儒家意识形态"召唤"的结果，所以从一个个体士人开始接受文化教育开始，即他开始建构"士人"身份之时起这种"自我"就开始形成了。从这个意义上说它是"与生俱来的"。只是在不同社会境遇中，它会有不同的表现形式而已。但是，这种"自我"无论处于何种层次上、无论以怎样的形式表现，对于主体自身而言，它都是一种沉重的负担与严厉的压制——主体为了实现这一"自我"，就不得不进入早已规定好的程序运作之中，换言之，他一旦受到这种"政治自我"的牵制，就要身不由己地在某种外力的控制下行动。李义山所谓"走马兰台类转蓬"正是这种情形之写照。历代士人大都处于一种矛盾冲突之中：一方面受到这种"政治自我"的牵引，将"治国平天下"或高官厚禄、光宗耀祖作为人生至上追求，去殚思竭虑、奔走忙碌；另一方面又时时生出对这种人生追求的厌倦与痛恨，极欲挣脱枷锁，使心灵得以自由伸张。这是来自"个体自我"的抗争。这种矛盾实际上是构成中国古代各种文化学术话语系统的深层意义模式，就是说，这种根深蒂固的矛盾作为一种潜在结构生成着各种意义系统。所以士人阶层的文化产品就主要分为两大方面：一是主流意识形态话语，基本上以向上之"美刺"与向下之"教化"为主要内容；二是私人话语，表现为自家心灵之呈露，不负载任何外在的责任与义务。诗文创作自先秦以降始终处于这两种价值倾向的争夺之中，时而偏向"治教政令"，时而偏向"吟咏情性"。例如，两汉偏重于前者，魏晋六朝以至隋唐偏重后者，但始终是在两种价值倾向所构成的张力的控制下运作的。也就是说，即使是"吟咏情性"之作，也往往受到某种社会价值观的浸透而在审美风格上受到限制（例如"哀而不伤、乐而不淫""温柔敦厚""中正平和"之类）。审美风格上的限制实际上是主流意识形态话语霸权的一种表现形式，同样使诗文创作不能成为主体心灵的充分展现的方式，就是说，不能成为真正的私人话语。然而士人阶层呈现个体心灵的愿望却与日俱增——特别是在他们越来越意识到个体生命价值之后。晚唐五代之时，政治的崩坏与社会的动荡使士人阶层那种个体生命意识大大膨胀，而作为社会话语的主流意识形态却分崩离析。于是词这一本来流行于民间的艺术形式受到士人阶层的青睐，得以发展起来。宋代立国之后，士人阶层主体意识与社会责任感大大强化，建构主流意识形态话语体系的愿望渐渐强烈起来。诗文创作也就自然而然地被他们当作这种话语建构工程的重要方式了。但是，他们处身积贫积弱、异族环伺的境遇之中，又要改革弊政，又要富国强兵，还要进行人格的自我提升，其肩负之重又大大超过往代。在意识层面自我设定的建构任务愈是重大，无意识层面被压抑的解构需求也就愈是强烈。因此他们较之往代士人就更加需要为个体心灵的呈露保留一种有效的手段，从而舒泄被压抑的情绪。这就导致了作为私人话语的词之创作的勃兴。换言之，词在客观上起着使主体变换角色的作用——以个体性的本真自我代替作为政治角色的自我，从而使主体心灵暂时放弃历史使命与社会责任之重负，从某种压制与束缚中解脱出来。这是宋代士人维持心理平衡的有效手段。宋代士人可以在文章与诗歌中大讲"治教政令"与"心性义理"或其他人生哲理，但很少在词中讲大道理。至于自两宋之交以至南宋的豪放词则是历史语境使然，对此我们后面将有所论述。

其二，对作为道德意识之自我的解构。中国古代士人阶层有着严格的道德自律意识，这是自先秦儒家学说成为历代主流意识形态话语之后所造成的结果。我们知道，先秦儒学乃是西周礼乐文化的世俗化形式（即由贵族文化演化为普遍的社会文化）。礼乐文化是西周宗法制社会所必不可少的意识形态，其作用是使这种以血缘关系为纽带维系起来的政治制度获得合法性。照理，随着宗法制的崩毁，这种一方面等级森严、不得越雷池一步，一方面又温情脉脉、循循善诱的文化话语就应该随之而去。然而情况并非如此。礼乐文化的精神不仅在儒家文化中找到了栖身之地，而且还随着儒家文化被汉代以降的士人阶层与君权系统共同选择为主流意识形态话语而获得了永生。究其根本，当然是由于宗法制的因素始终未能在政治生活中完全退场，因而那种既讲长幼差异、上下尊卑，又讲亲亲仁也的文化话语也就始终有其存在的合理性。因此之故，道德价值对于中国古代士人阶层来说，始终是最主要、最核心的精神价值，而道德自我也始终是对古代士人阶层之生命存在的最主要的压制力量。对于宋代士人来说就更是如此了——他们由于极为难得的社会政治境遇而使主体意识（既是集体的，又是个人的）空前膨胀起来，宋代士人中的一流人物无不自以为肩负天下之重任，都有舍我其谁的豪气。那么他们如何才能使这种主体意识呈现出来呢？在政治上是寻求革新之路（就实质而言，北宋仁宗以下的著名士大夫都是革新家，包括司马光、苏东坡及二程等）；在军事上是探索抗敌御辱之法（宋代士人政治家、思想家几乎人人深研军事，无数人上过"御戎十策"之类的东西）；而从文化话语建构的角度看，他们就又都是理想人格的追求者，一流政治家、思想家、文学家几乎人人都有成圣成贤的主观努力。成圣成贤的人格理想，作为一种道德自我，那是宋代士人在文化话语建构方面超越汉唐士人，并傲视明清士人之处，是宋代文化的重要特点之一。然而这也是宋代士人最大的精神重负，是他们的生命存在难以舒展的主要原因。因此，对于词的喜爱与创作，也可以看作是他们在无意识中对这种道德自我的一种内部颠覆，或自我解构，是那被压抑的生命存在的自由舒展。观欧阳修等人的词作，无一语及道德说教，就正说明这一点。

其三，对于宋代士人来说，词的繁荣还表明私人情感获得合法性。那些以表现一己之情的词能够大兴于世，这本身即是在说，与以天下为己任的政治责任感及自我规范、自我提升的道德关怀一样，怜香惜玉、风花雪月的文人情怀也获得了话语权力，能够堂而皇之地进入士人交往的"公共领域"了。这一方面表现出宋代士人社会境遇的良好，具有一定文化价值观的选择自由；另一方面又说明了宋代士人文化人格的多维性特征。最重要的是这种人格结构的多维性合法化了——都能够升华为话语形式了。文化价值观的多元并存实际上乃是对汉唐士人"穷则独善、达则兼济"的二元对立选择模式的突破，证明着士人阶层文化人格的渐趋成熟。

总之，词作为一种独特的话语形式兴盛于宋代是与宋代士人的精神特点密切相关的，可以说这表征着士人阶层在文化人格的自我建构方面又走出了重要的一步。

四　豪放词出现的文化意义

胡寅尝言：

> 词曲者，古乐府之末造也。古乐府者，诗之旁行也。诗出于《离骚》《楚辞》，而骚词者，变风变雅之怨而迫、哀而伤者也。其发乎情则同，

而止乎礼义则异。名曰曲，以其曲尽人情耳。……唐人为之最工，柳耆卿后出，掩众制而尽其妙，好之者以为不可复加。及眉山苏氏，一洗绮罗香泽之态，摆脱绸缪宛转之度，使人登高望远，举首高歌，而逸怀豪气，超然乎尘垢之外。于是《花间》为皂隶而柳氏为舆台矣。[①]

这里指出了豪放词产生的过程及其风格特征。那么，苏东坡词之风格主要表现在哪些方面呢？

一是苍凉悲慨。举一例为证，其《满江红》（天岂无情）云：

> 天岂无情，天也解、多情留客。春向暖、朝来底事，尚飘轻雪。君过春来纤组绶，我应归去耽泉石。恐异时、杯酒忽相思，云山隔。　　浮世事，俱难必。人纵健，头应白。何辞更一醉，此欢难觅。欲向佳人诉离恨，泪珠先已凝双睫。但莫遣、新燕却来时，音书绝。

本词写离愁别绪，又触发人生无常、世事难料之感叹。这在以前本是为诗歌所垄断的表现内容，在这里被表现在词作之中，无疑是对欧阳修、晏殊等人浓艳缠绵风格的超越，当然更是对《花间》词风的超越。

二是古朴自然。亦举一例，其《浣溪沙》（簌簌衣巾落枣花）云：

> 簌簌衣巾落枣花，村南村北响缫车。牛衣古柳卖黄瓜。　　酒困路长惟欲睡，日高人渴漫思茶。敲门试问野人家。

本词写于乡村所见所闻所感，极为真切自然，充满强烈的生活气息，虽相隔千载，令人读来依然即如目前。前人之作有其真者无其朴，倘非对人世一切都充满兴趣与美感，是不可能写出这样淳朴动人的作品的。

三是哀婉缠绵。举《江城子·恨别》为例：

> 天涯流落思无穷。既相逢，却匆匆。携手佳人，和泪折残红。为问

---

① ［宋］胡寅：《酒边集序》，见张惠民编：《宋代词学资料汇编》，汕头：汕头大学出版社，1993年，第212页。

东风余几许，春纵在，与谁同？　　隋堤三月水溶溶。背归鸿，去吴中。回首彭城，清泗与淮通。寄我相思千点泪，流不到，楚江东。

本词写男女相思之情，十分深挚宛转，动人肺肝，较之宋初词人那种写离愁亦不忘华丽香艳的风格是大异其趣了。

四是构思奇特。其《渔家傲》（千古龙蟠并虎踞）云：

千古龙蟠并虎踞，从公一吊兴亡处。渺渺斜风吹细雨。芳草渡，江南父老留公住。　　公驾飞车凌彩雾，红鸾骖乘青鸾驭。却讶此洲名白鹭。非吾侣，翩然欲下还飞去。

此送别之作，构思极为巧妙新奇。被送之人奉命守金陵，才一日，复移别郡。因此人是龙图阁学士，故而东坡以龙喻之。白鹭非龙之侣，故不欲久居。既赞其人，又咏其事，堪称绝妙。

五是劲健豪迈。其《念奴娇·中秋》云：

凭高眺远，见长空万里，云无留迹。桂魄飞来光射处，冷浸一天秋碧。玉宇琼楼，乘鸾来去，人在清凉国。江山如画，望中烟树历历。　　我醉拍手狂歌，举杯邀月，对影成三客。起舞徘徊风露下，今夕不知何夕。便欲乘风，翩然归去，何用骑鹏翼。水晶宫里，一声吹断横笛。

词人大有以天地为屋宇的豪迈精神，万里长空，一任我游。李太白仅仅是邀月降而共饮，苏东坡则要飞升月宫之中与之同游。

观东坡词的五种风格类型，的确大大超出了以往词作之樊篱。然细考其词作内容，亦大抵为纯粹私人情怀，或相思、或离愁、或遐想、或即目，在基本功能上与前人之作并无根本差异。他的特点一是没有那些香软妩媚、艳情淫靡的倾向，二是不大注意词与诗的界限，在意象、境界及韵味诸方面均是诗亦可、词亦可，无明确分野。造成这种情形的原因主要有两个方面：首先是苏轼个人的原因。他是一个特立独行、处处标新立异、事事不肯随人后的人物。再加上生性豪放旷达，因此在词的创作方面也就开创了一个新天地。

其次是社会的原因。当苏轼之时，北宋文化中的儒学主潮已然形成。在胡瑗、孙复、石介等人的极力鼓吹之下，在王安石的大力推行之下，在周敦颐、张载、二程的精研深思之下，一种以治国平天下为社会政治目的，以成圣成贤为个体人格理想，以心性义理为基本内容的新的儒家思想体系已经悄然形成了。苏东坡在思想学术上虽广收博采，不肯拘泥于一家一说，但从骨子里却是一个比较纯正的儒家。他对洛学不满，对荆公新学也颇多微辞，这都是儒学内部的分歧，并不意味着苏轼不信奉儒家学说。事实上，在许多方面苏轼较之王安石、二程诸儒显得更为正统保守，有时甚至有些迂腐（例如在对若干历史人物的评价上）。当然最主要的还是由于在苏轼的时代形成了一种不同于欧阳修时代的文化语境，或者意义生成模式。处身其中，无论何人均难免不受浸染。

就词这种文学形式的发展来说，苏词的出现又证明着词由"变"而为"正"的转变。在苏轼之前，事实上苏轼本人也包括在内，人们对词的看法的确存有轻视之意，认为它不能与诗和文相提并论。但作为一种具有特定功能的文学话语形式，它必然要随着文学主体思想观念的转变而改变其功能。在苏轼之时，词的风格与表现内容发生了很大变化，但基本上还是与诗有所不同的。例如人们很少用词来表现诸如"咏史""美刺""教化""哲理"之类的内容。只是随着金人的入侵，民族矛盾的尖锐，人们才开始用词来表现极为严肃的社会政治内容，从而真正形成了豪放词派。对这个词派而言，苏轼仅仅起到了奠基的作用而已。

那么，豪放词对于其创作者而言是否还具有解构功能呢？就以上分析的苏东坡的情况来看，这种功能同样是存在的。因为苏词所涉及的虽然不是那些近于色情的内容，但也基本上是属于纯粹的私人情感，这种词作的存在本身即是对那种以心性义理为主要内容的意识形态话语的解构。甚至两宋之交的那些以民族情感为内容的豪放派作品也同样具有解构功能，因为这些作品都包含着一种献身疆场的英雄主义精神，而这种精神正是对个体主体性最充分的张扬，是与宋代主流意识形态格格不入的。只是南宋某些理学家，如朱熹等人，借着词的形式宣讲心性之学，这样的词才真正失去了解构功能，是词的异化。

总之，豪放词之兴起，一方面取决于苏东坡通达豪迈的个人性格与敢为天下先的精神，另一方面更取决于由宋初至北宋中叶文化语境的变化。应该说，个人方面的因素也是通过文化语境才发挥作用的。但豪放词并没有失去词的解构功能，它出现的文化意义在于：词作为一种文学话语形式取得了与诗文并驾齐驱的地位，而词的地位的提高又表征着纯粹的私人情感也与作为社会主流意识形态话语的政治伦理具有了同样的重要性，而这又正是士人文化人格走向成熟的标志。

五 元曲的解构功能

上面我们分析了宋词对于士人阶层的精神世界所具有的自我解构功能。其实凡是真正的文学创作都具有某种程度的解构功能。马尔库塞认为文学就其本性而言都存在着革命性，是对个体自由的维护，是对专制和压迫的抗争，这是很有道理的见解。那些旨在宣传主流意识形态话语的文学作品，必然存在着一种内在的矛盾，即目的与手段之间的矛盾。费尔巴哈在论及中世纪宗教艺术时曾经十分精辟地指出过这种矛盾现象。[①]但是就不同文学门类而言，在特定时期，的确会出现某种文学形式更倾向于解构，或者说具有更强的解构功能的情形，上面分析的宋词是这样，我们下面要论及的元曲也是这样。

元代士人处于与以往迥然不同的社会境遇，异族统治作为一种极为严酷的事实摆在他们面前。就具有普遍性的士人心态而言，大致可分为三大类：一是恪守华夷之防，拒绝与异族统治者合作；二是勉强出仕为官，但内心却深感愧疚；三是堂皇出仕，认为理所当然。后一种人不足论，前两种人在文化价值观上又有两种去向：一是继续坚持程朱理学精神，在存心养性上用工夫。其入世者则还试图用儒家学说影响元代统治者，以期延续汉文化之命脉（事实上他们取得了很大成功），因此这类士人尽管心底里暗藏着对异族压迫的愤恨，但在总体精神面貌上还是积极进取的、欲有所作为的。诸如刘因、许衡、吴澄等元代大儒均属于这类士人。另一类人则不如前一类人那样充实。他们由于精神上遭受了巨大创伤，对人世间一切价值追求都失去了信心与热情。充斥他们心胸的是一种极强烈的虚无主义情怀，似乎对他们来说已然没

---

① 参见［德］费尔巴哈：《关于哲学改造的临时纲要》，见［德］费尔巴哈：《费尔巴哈哲学著作选集》上卷，荣震华等译，北京：商务印书馆，1984年，第105页。

有什么令人振奋的事情。然而这两类士人在那个特定的历史时期都作出了自己文化上的重要贡献——前者不仅使宋明理学得以延续，而且还使之最终成为主流意识形态话语；后者则造就了一种新的文学样式——元曲的兴盛局面。

元曲亦如宋词一样也是来自民间通俗艺术形式，二者的兴盛也同样都取决于文人士大夫的积极参与。如果说宋代士人借助于宋词来解构自己内心世界的政治自我与道德自我，从而宣泄这两种自我所造成的内心压力、焦虑，维持心理的平衡，那么元代士人则借助于元曲来解构千百年来通行的社会价值观念，从而摆脱因异族统治与社会不平等所造成的心理失衡状态。大体而言元曲所解构的是通行价值，即功名利禄，下面让我们略举数例以证之。

元好问《双调·骤雨打新荷》之下片云：

> 人生有几？念良辰美景，一梦初过。穷通前定，何用苦张罗。命友邀宾玩赏，对芳樽浅酌低歌。且酩酊，任他两轮日月，来往如梭。

又如倪瓒《折桂令·拟张鸣善》：

> 草茫茫、秦汉陵阙。世代兴亡，却便似、月影圆缺。山人家、堆案图书，当窗松桂，满地薇蕨。
> 侯门深、何须刺谒。白云闲、自可怡悦。到如今、世事难说。天地间、不见一个英雄，不见一个豪杰。

此类作品在元曲中数量极多。历来为士大夫所热衷的安邦定国、济世救民、高官厚禄、光宗耀祖在这里都失去了光辉，成了没必要"苦张罗"的事情。又如白朴《双调·庆东原》：

> 忘忧草，含笑花，劝君闻早冠宜挂。那里也能言陆贾，那里也良谋子牙，那里也豪气张华？千古是非心，一夕渔樵话。

又如《仙吕·寄生草》：

> 长醉后方何碍，不醒时有甚思。糟腌两个功名字，醅淹千古兴亡事，曲埋万丈虹霓志。不达时皆笑屈原非，但知音尽说陶潜是。

又如马致远《双调·拨不断》（布衣中）：

> 布衣中，问英雄。王图霸业成何用！禾黍高低六代宫，楸梧远近千官冢。一场恶梦！

在这里往昔那些最令士人崇敬不已的千古名臣们也变得不值一哂了，甚至历代帝王们打天下、坐江山的伟业也毫无用处了，唯有陶渊明这样的隐者才真正值得景仰。此处隐含的意义是：时间消解了价值，唯有当下存在是值得庆幸的事情。

从士人阶层的历史演变来看，元代士人（那些程朱理学的信奉者除外）与六朝士人多少有些相近——他们都对功名利禄失去了热情。但二者也有很大区别，简而言之，六朝士人主要是对政治不感兴趣，其实质是不愿意与那些失去了正统地位、只是靠权术加武力夺取帝王宝座的统治者们合作。对于那些士族名士来说，除了做君权的工具而外，对其他价值还是充满热情的。例如他们对抽象的哲理以及诗文书画就有极大的兴趣。元代士人则要悲观得多。他们不仅对政治失去了兴趣，而且对其他价值理想的追求也毫无热情。在他们大多数人的价值系统中就只有无是无非、无病无灾、快快乐乐地活着乃是人世间最值得追求的事。从上面所引的若干首小令中不难看出，仅就悲观主义与虚无主义情绪而论，元代士人是远非六朝士人可以比肩的。

就审美趣味来说，元曲所表征的士人精神与六朝的"永明体"诗和骈体文所表征的士族文人心态也是大异其趣的。总体而言，六朝士族文人是惟恐其诗其文之不雅，这与他们在政治经济方面实际上的贵族地位是相符的。元代士人在元曲中表现出来的却是俗之又俗的审美价值取向。这并不意味着元曲的作者都是平民百姓，事实上，其中许多人都是官高位显的达官贵人。关键在于元代士人在整体性精神状态上有一种深刻的悲观主义倾向，这种精神倾向孕育了一种强有力的解构兴趣——在社会价值方面是解构传统士人梦寐以求的功名利禄，在审美趣味方面则解构传统士人的雅化追求。可以说，元曲之俗乃是士人阶层整体性精神倾向发生重要变化的重要标志之一。但具体而言，元曲的每首曲子又往往并非通篇皆俗，而经常是先雅后俗、雅俗相混，这样更加增强了对"雅"的消解效果。

中国古代文学文本的样式当然有其自身内部生成与演变的规律，但作为一种能指，文学文本与其特殊所指——士人阶层的文化心态之间有着十分紧密的联系。从这个角度来看，中国古代文学文本的演变即是士人阶层文化心态之历史演变的象征形式。即以韵文类的文学文本而论，五言古诗之兴起于后汉，格律诗之肇端于六朝；唐诗之浑然天成，宋诗之思精义深；宋词之由香艳狭隘而至于雄豪开阔，元曲之雅俗参半而相映成趣，如此种种，无不与士人阶层之特定心态密切相关。如果我们寻波溯源，专门从文本分析入手来探讨士人阶层文化心态的演变历程，那也是一件很有意思也很有意义的工作。

第十三章 《水浒传》的文本结构与文化意蕴

在五六百年的漫长岁月中，人们对《水浒传》的阅读随着文化历史语境的变迁而呈现出各种不同方式。其中政治伦理的价值评判毫无疑问曾长期占据主导地位。无论是统治者的禁毁还是革命家的推崇，无论是将之视为反抗者的赞歌，还是把它看作投降派的挽歌，都毫无例外地是在意识形态层面上的话语运作，是某一社会阶层或集团利益向文化形态的呈现。一个时代有一个时代的阅读方式，我们亦不必苛责前人的偏激与浅薄——我们在那样的历史语境中同样会被彼时流行的话语所牵引。对于我们来说，重要的是如何摆脱传统的束缚而建构适合我们这个时代的阅读方式。本章试图在文本与特定文化语境的交互作用中来对《水浒传》进行重新阅读，力求揭示其中蕴含的深层文化意味。

一 《水浒传》的意义生成模式

文本的意义系统并不是作者意图的直接显示，毋宁说这一意义系统是在文本中才生成的。这个意义的生成过程亦绝非作者主观意图的外化，而是文本各主要因素间形成的关系模式的产物。关系是一个网络，其中每一个维度都显示着某种意义。让我们从这一思路出发来看一看《水浒传》的关系网络是怎样的。

《水浒传》文本关系网络的主导因素——我们用"主导因素"指称在关

系网络中居于核心地位的人物角色——无疑是单独立传的那些梁山好汉。这不仅仅是因为他们的所作所为构成了文本的主体部分，而且还因为以他们为核心派生出一系列其他文本因素，而且这些因素只是因为作为主导因素的关系项才获得存在价值的。例如，阎婆惜作为单独角色在《水浒传》中可以说没有任何意义，她只是因为被宋江所救助、所杀才获得意义的。梁山好汉作为文本主导因素当然也不仅仅是因为他们在叙事形式的层面上居于核心位置，更重要的是因为他们承担着文本整体上的价值取向，而且是文本深层文化意蕴的主要载体。

与梁山好汉这一主导因素结成基本关系维度——我们用"基本关系维度"来指称使文本主导因素显示其基本意义的关系——的另一端，即以高俅、蔡京为首的权力集团。对此我们可以称之为文本的"负主导因素"。这一文本因素的作用在于：只有在它的映衬与激发下文本主导因素才能生成其意义。换言之，负主导因素作为主导因素的对立项使主导因素获得了生成意义的直接条件。只是由于有了高俅、蔡京这类角色，梁山好汉才成其为好汉的。如果说主导因素代表着一种价值，那么这种价值是在与负主导因素的对立关系中才实现的。

主导因素与负主导因素的关系构成文本意义生成的主要维度，就是说，这种关系是贯穿整个文本世界并决定这个世界基本构成形态的主要力量。另外还有两个文本因素，一是与主导因素处于非冲突状态的因素——我们称之为"附属因素"，具体指那些受到梁山好汉们关照保护的各种角色，如金翠莲父女、武大郎等平民百姓。这一附属因素与负主导因素处于冲突状态，但其程度却远不及主导因素与负主导因素之间的对立那么激烈。另一个因素则与负主导因素处于非对立状态而与主导因素处于冲突状态，这就是那些反对梁山好汉的地方官吏与豪强，如蔡九、高廉以及祝家庄、曾头市等等。他们与梁山好汉的冲突带有从属性质，故而可称之为"负从属因素"。

《水浒传》的意义即主要是由上述四个文本因素之间构成的关系网络而生成的。对此我们可以借用格雷马斯的意义矩阵予以表示（见图13-1）。

在这个矩阵中，主导因素与负主导因素之间的对立是根本性的，它构成了全书的主线，但这一对立却往往是间接的（王进、林冲、杨志等人与高俅的冲突例外）。在文本世界中，梁山好汉原本都是一体化的社会秩序中的一员，

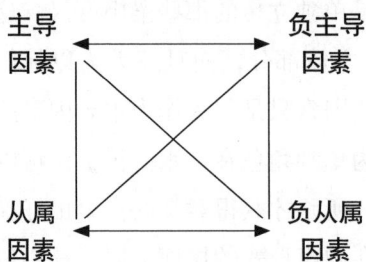

图13-1

其中许多人还跻身于官吏系统之中，只是由于高俅们的存在，他们才不得已而成为社会政治序列的异己分子。因此，高俅们的存在对于梁山好汉来说具有极为重要的意义，而二者间的关系维度亦自然而然地成为决定文本基本形态的主要因素。主导因素与负从属因素之间的冲突是从属性的，却往往是直接的（全书故事主要是围绕着这一关系维度展开的）。梁山好汉原来大都是平民百姓，所以他们大多数并不与高俅们发生直接的冲突，他们的直接对手主要是那些作恶多端的中下层官吏和地方豪强。但那些地方官吏与豪强之所以能够作恶，乃是因为高俅们的存在，因而梁山好汉与他们的对立关系就是从属性的。

主导因素与从属因素之间是非冲突性的、互为前提的关系。梁山好汉所谓"杀富济贫"即是对平民百姓的善举。严格来说，在《水浒传》中平民百姓并不是一个具有主动性和独立性的角色群，他们之所以能够成为一个重要的文本因素，主要是因为由于他们的存在，梁山好汉的反抗行为才具有合法性，是作为受欺凌的平民百姓们的存在使梁山好汉造反行为的意义得到彰显的。从属因素与负主导因素之间的冲突既是非根本性的（按照过去的阶级分析观点来看，这种冲突无疑是根本性的；但按照《水浒传》的文本逻辑，则根本性的冲突与对立无疑是在梁山好汉与蔡、高等奸臣之间。至于梁山好汉是否是平民百姓的代表，我们后面将有分析），又是非直接的，因为平民百姓与高俅们根本无从接触，二者关系的冲突性质是隐含在整个文本世界之中的，是权力与权力对象之间的冲突。"民"在中国古代文本中经常是作为一个价值尺度或象征符号存在的，并不代表具体的个人或群体。在中国的文化语境中，各种社会角色都可以通过其对"民"的态度而被判断为或善或恶。

从属因素与负从属因素之间的冲突是非根本性的，但却是直接的（这里所谓"非根本性"乃是就文本因素之间的关系而言的，不是就封建社会的阶级关系而言的，文本分析不同于社会分析，二者绝不能混淆），这一关系维度不是文本构成的决定性因素，它只是主导因素与负主导因素关系维度的附属性关系。最后，负主导因素与负从属因素之间的关系是非冲突性的，二者是相互依存、互为前提的关系。这一关系维度在文本中的作用较之其他诸关系是比较小的，而且也不包含更多的文化意味。

通过以上分析我们建立起了《水浒传》文本意义生成的关系模式，借助这一模式我们即可将这部小说的全部的文本意义揭示出来。然而，这个模式却不足以揭示文本隐含的深层文化意蕴，所以我们不得不暂时离开文本而进入文化语境的分析。

二 重建文化语境的意义生成模式

任何文本都不是绝对独立存在的，文本世界与其赖以生成的文化语境有着极为密切的联系。而且处于同一文化语境中的其他话语系统（包括不同文类）也必然地以各种方式参与着文本的建构。这样，任何一个文本都会不同程度地带有特定文化语境和其他话语系统给予它的影响与印记。这便是文本的深层文化意蕴。因此只有重建文化语境才能将文本的文化意蕴揭示出来。

中国古代主流文化的建构者与传承者是士人阶层。这一阶层自春秋战国之际形成之日起即处身于以君权为核心的政治序列与平民百姓之间——他们作为"四民之首"进可以为官，退可以为民。这种社会地位就决定了他们在进行文化学术的建构时既能从君权立场出发对平民百姓进行言说，教育他们承认既定的社会秩序，做良善之人，又能从平民百姓的立场出发对君主进行言说，规劝他们仁民爱物，做尧舜之君。他们往往以天下为己任，建构起一套套治国平天下的方略与符合士人阶层自身利益的价值观念系统。他们的责任即是设法说服君主去实现自己的治国方略与价值观念。为了使自己的目的能够达到，他们就赋予自己的价值观念与治国方略以学术话语的形式，从而使之合法化。又将这种学术话语的早期建构者神圣化，奉之为圣人，使其在价值等级上高于现实的君主，以便能有效地规范引导这些巨大权力的持有者。同时他们又设法将隐含了自己价值观念的学术话语加以神圣化，使之成为自明的真理。代表这一自明的真理的最高话语形式便是"道"。君主的所作所为凡是合于士人阶层价值准则的便是"有道"，反之便是"无道"。"道"于是成为那些士人阶层之精神代表们终身追求捍卫的东西。然而现实中完全符合士人阶层价值准则的君主毕竟极为罕见，于是"道"便有了一个对立物——"势"（在古代士人看来，西周之前"道"与"势"合一，春秋战国以降，乃为二橛），士人阶层用这个概念意指不符合，或不完全符合"道"的现实政治权力，即君权。孟子就曾明确指出，士人应"乐其道而忘人之势"（《尽心上》）。此后历代士人无不以"道"为精神依托而对"势"予以规范引导。

士人阶层是学术知识话语的建构者，君主是他们规范引导的对象，而平民百姓则是他们教化的对象。这意味着，他们的话语建构主要是针对君主与百姓的，换言之，这种话语建构是在士人与君主及百姓的关系中进行的，因而是这种关系的产物。如果用"道"来表示士人的话语建构，用"势"来代表君权，用"非势"来代表无拳无勇且永远保持沉默的平民百姓，用"非道"表示异化了的士人（即放弃话语建构权利而甘心做君权之工具者）和社会既得利益者如各级官吏和地方豪强等君权的无条件支持者，那么我们就可以得到一个中国古代文化学术话语系统的意义生成模式，这个模式同样可以用格雷马斯的意义矩阵来表示（见图 13-2）。

自春秋战国以降，由士人阶层所承担的中国古代主流文化即是在这个矩阵所表示的各种关系中产生的。下面我们略作分析。

"道—势"。这是这个关系网络中居于主导地位的关系维度。对于中国古代主流文化（以儒释道为主体）来说，"道"无疑是至高无上的。它是士人阶层代代传承的精神命脉，是士人借以衡量人世间一切价值的权威标准。所以在中国古代文化意义生成的符号矩阵中，"道"当然是主导因素。与之相对的负主导因素是"势"，它自身并不是一种价值，它只有在符合"道"的情况下才成为价值。在士人看来，符合"道"的君主是集圣人与最高执政者于一身的人物，也就是"内圣"与"外王"和谐统一的人。这是士人阶层的人格理想，他们创造出"三皇五帝"以及"夏禹、商汤、周文武"（以上人物历史上或许都有过，只是他们与儒家文化文本中的同名者并非一回事。后者是儒家士人的话语建构）来代表这种人格理想，其中寄托了用"道"规范、约束、引导"势"的深刻用意。不符合或不完全符合"道"的君主是士人改造的主要对象。历朝历代，一流的

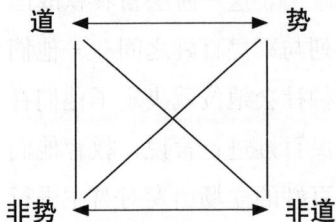

图 13-2

士人思想家总是以"致君尧舜"为自己的崇高理想的。看历代文化典籍，从"五经"到《语》《孟》《老》《庄》《吕览》《淮南鸿烈》，以至于程朱理学、陆王心学之基本著作，教人如何做帝王的内容占有极大比重，更不要说那些直接对帝王言说的奏议表章、谏对上疏之类的东西了。完全不符合"道"，而且处处与"道"相悖的君主是士人否定的对象。他们是"夏桀、商纣"，是可以对其放之、诛之而无篡弒之恶名的无道之君。中国古代文化中与政治有关的部分可以说都是在这一关系维度上生成的。

"道"与"非势"之间的关系也就是士人阶层与平民百姓的关系。士人阶层历来是以"民"之教化者自居的。他们欲"以先知觉后知，以先觉觉后觉"，使天下百姓按照自己的价值准则立身行事。士人阶层大都来自平民百姓（宋以后尤然），他们对"民"的确存有某种敬意与关心，常常能够代表"民"的意愿来言说。看古代文化典籍，教化百姓或代百姓立言的内容占据很大一部分。然而从深层动机来看，士人往往以"民"作为一种约束、规范君权的力量或资本来利用，"天视自我民视，天听自我民听"云云，实际隐含的意思是只有士人才有对"天"之意志的解释权，"天"与"民"都是士人阶层为了自身的利益向君主讨价还价的法宝。这一关系维度中，"非势"是"道"的从属因素，它自身保持沉默，无言说能力，只有在士人的话语系统中，它才显现为某种意义。

"道"与"非道"的关系也是文化意义生成的重要维度。"非道"是指那些依附于君权的利禄之徒，他们最突出的特征是完全放弃了对士人阶层的乌托邦理想，即"道"的追求与恪守，一切行为无不以个人的功名利禄、进退得失为准绳。对于作为"道"之承担者的士人思想家们来说，这类人乃是士人的异化分子，因而对他们的批判与抨击同样也是中国古代文化学术话语的一个重要生长点。

"势"与"非势"虽是对立关系，但由于二者均非主流话语的建构者，因此它们作为重要的文化文本因素，是在以"道"为核心的士人话语系统中才获得意义的。也就是说，这个关系维度自身并不生成文本意义，它们要经过文本主导因素的"点化"才会"活"起来。二者间的对立是潜在性的，即这种对立是经过士人话语的叙述而出场的，而且其意义只有在这种叙述中才能显现出来（文本关系网络与现实关系是截然不同的）。

"势"与"非道"的关系同样也不是生成意义的文本关系维度。它们都只是作为"道"的对立项才有意义——"道"的意义与价值通过"势"与"非道"而凸现出来。同样,二者间的关系(趋炎附势、互相利用)也是作为"道"的反面而具有文本意义的。它们的作用都是通过自身的否定性而使文本主导因素获得合法性。

这一矩阵所显示的意义生成模式对于中国古代文化学术话语系统来说具有普适性,至少士人文化(我认为这就是中国古代文化学术之主流)基本上是在这个模式中被建构出来的。

三 回到文本世界

个别文本的意义生成模式与文化语境的意义生成模式之间有着密切的联系。《水浒传》的意义生成模式可以说正是我们上面分析的文化意义生成模式的具体化。准确地说,《水浒传》的文本意义乃是文化语境意义的外在形态,或者说是其能指。下面我们分析一下这两个意义生成模式之间显现与被显现的关系。

作为文本主导因素的梁山好汉实际上即是"道"的具象化。这不仅仅可以从梁山泊忠义堂前旗杆上迎风飘扬的杏黄旗上那"替天行道"四个大字上得到印证,而且梁山好汉们的每一个故事几乎都在重复着同样一个意思:朝廷无道,道在草野。因此梁山好汉的所作所为无不呈现着一个"道"字。如果说对梁山好汉的赞颂是提倡造反,那就太浅薄了。现实中实际存在过的那些造反英雄在这里经过由上述意义生成模式所决定的文学叙事之后被置换为"道"的承担者了。于是《水浒》这部关于强盗的文学叙事就成为士人阶层一贯追求的乌托邦理想之显现。歌颂李逵与赞扬孔子表面虽异,其理实同,二者都作为"道统"的承担者而与无道的"政统"相对立。在孔子看来,失去了"道"的君权也就失去了合法性,应该被取缔了;李逵也认为梁山好汉应该"杀去东京,夺了鸟位"。

作为文本的负主导因素的蔡京、高俅一伙也就是"势"之具象化。在《水浒传》中君主并不是君权的实际持有者(在中国历史上亦经常如此),高、蔡之流才是。他们的所作所为在士人阶层看来即是所谓倒行逆施——彻底违背了"道"的规范与准则。因此对他们的否定即是对"道"的肯定，是卫道之举。《水浒传》根本上完全不是什么歌颂农民起义的书，而是卫道之书；作为文本角色的宋江等人的行为与农民起义毫不相干。至于真正的农民起义，例如方腊，在《水浒传》中只是一伙丑类而已。

文本中的从属因素，即"非势"，是作为一个符号而存在的，并不具有行为的主动性，例如文本世界中的武大郎、金翠莲之类只是作为"势"或"非道"之恶行的承受者或者作为"道"之善行的被施者才具有意义的。如前所述，士人阶层更主要的只是将平民百姓当作压迫君权的砝码，当作使自己的话语系统获得合法性的有利因素，至于他们的实际生活，士人阶层的思想家们其实并不真正关心。在《水浒传》作者眼中，好汉们的乐善好施与杀富济贫也只是显示其价值与意义的方式，并没有将平民百姓的生死安危放在心上，否则李逵也绝不会不分良莠地"排头砍去"了，孙二娘也绝不会大蒸其人肉馒头了。古代士人动不动就大讲"民贵君轻""以民为本"之类的话，其实质都是欲以士人阶层的价值观来限制君权，真正关心的乃是他们自己。否则像王阳明、曾国藩这样的大儒杀起"叛民"来就不会那样咬牙切齿、毫不留情了。梁山好汉之征方腊亦可做如是观。

文本中的负从属因素，即"非道"，不仅包括蔡九、高廉这样地方上的贪官污吏及西门庆、蒋门神、祝家庄、曾头市这样的地方恶势力，而且也包括王庆、田虎、方腊这些与梁山好汉同样造反的英雄。《水浒传》的作者与梁山好汉一样，绝不认为对方腊等人的征讨是同类相残——因为他们压根儿就没有将这些人视为同类。梁山好汉与其他造反的好汉的根本区别在于：他们是"道"的化身而其他人则是逆"道"而行的。

由此可见，一部《水浒传》乃是古代士人文化之象征，其文本的意义生成模式与古代主流文化意义的生成模式极为相近，其暗含的深层文化意蕴与古代士人文化之旨趣息息相通。当然，这并不意味着作者在构思全书时即有明确的目的要呈现士人文化，这一切主要是同一文化语境中不同文类的话语系统间的相互渗透所致，是文化语境中的意义生成模式对具体文本意义生成模式的无意识制约的结果。可以说《水浒传》的情形是文化语境决定文本建构的典型例证。

现在还有一个问题：梁山好汉既然是"道"的象征，那么为什么竟会受了招安呢？这岂不有违"天下无道则隐"的士人处世准则么？这其实正是士人价值观念的必然产物。古代士人对于"正统"和"名分"看得极重。天下无道时他们可以"隐"，这既是保全性命的方式，又是维护名誉的手段。梁山好汉身上所蕴含的虽然是士人文化观念，但他们毕竟是以"草寇""剧盗"的面目出现的。如果让他们推翻大宋，另立新朝，重建一个上下有序、天下太平的理想社会，这当然最符合士人的乌托邦，但毕竟与历史相去过远，难以令人信服。所以只好让他们先受了招安，正了名分，然后再一个个被奸臣害死。这样一来，好汉们人虽死了，但"道"却活着，而且取得了决定性的胜利——梁山好汉的悲剧正是中国古代士人文化之"道"的最大胜利，它的价值在悲剧中方才得到最充分的显现。金圣叹"腰斩"《水浒传》，说明他对于中国古代文化中的"大道"尚未参透，或者说他根本就不是一个真正意义上的士人思想家。

对《水浒传》中每个相对独立的故事也都可以用上述文本意义生成模式予以解读。也就是说，这部古典名著不仅在整体上表征着中国古代文化意义生成的基本模式，而且其每一个组成部分也都是这种意义生成模式的产物。例如，对"鲁达拳打镇关西"一回我们完全可以将之分为主导因素（鲁达，代表"道"），负主导因素（郑屠，代表"势"），从属因素（金翠莲及其父，代表"非势"），负从属因素（店小二，代表"非道"）。按照古代士人文化的价值观念，"势"即君权的存在合法性是行"仁政"，亦即使百姓安居乐业，起码也须让百姓能够生存，否则君主就成为"桀纣之君"，也就失去了存在的合法性。对这样的君主，士人和百姓是可以"放之、诛之"的。假如郑屠奉公守法而不仗势欺人，那么他即使再买几个金翠莲，鲁达也无权干涉。正是郑屠先骗后讹的恶劣行径使其成为"道"的破坏者从而失去存在之合法性的。从"外王"角度看，儒家之"道"是上下有序、和睦稳定的社会状况，而鲁达的所作所为实质上恰恰是在维护这样的社会秩序，因此，鲁达实际上乃是一个卫道士。其他如王进故事、林冲故事、武松故事、柴进故事等等，均可做如是观。

士人阶层所奉行的"道"也并非仅仅是理想的社会价值秩序，这其中还含有个体精神的乌托邦因素。盖士人们长期处身于君权与平民百姓之间，除了生发出一种以天下为己任的救世精神之外，又渐渐产生了以心灵的自由与超越为目的的自救意识。他们并不想做丧失自我的工具，他们对个体心灵的自由愉悦十分重视。特别是在两宋之后，士人文化的重心渐渐由治国平天下转向个体心灵的自我安顿与自我提升。例如，对于宋明道学家来说，如何成圣成贤，如何寻"孔颜乐处"——使个体心灵达到充实完满、平和愉悦的境界，乃是首要之事。这一点在《水浒传》中亦有明显的体现。水浒英雄所生活的世界虽充满杀戮与打斗，然而这却是一个理想化的生活情境——它象征着率意而为、适性逍遥的自由自得的精神境界。像李逵、鲁智深、武松等人那样口心相应、表里如一、快意恩仇、无所顾忌的行为方式；像梁山好汉大碗喝酒、大块吃肉，论秤分金银、论套穿衣裳，无论出身贵贱，一律兄弟称呼的存在方式，是士人阶层精神超越与自由之人生理想的象征形式。

《水浒传》的魅力是巨大的，这一点金圣叹的赞扬并不过分。但是为什么这部小说会有那么大的魅力呢？这主要是因为它建构了一个独特的意义世界，在这里"道"始终处于绝对的主导地位并且处处被肯定着。这样这部小说就提供了一个可以满足人们乌托邦冲动的想象空间：个体心灵得到自由伸展，社会价值也得到充分实现。

从文化语境到文本，再由文本回到文化语境之中——这是《水浒传》形成的轨迹；从文本进而至于文化语境，再由文化语境回到文本——这是我们阅读方式的轨迹。

第十四章　在历史叙事与文学叙事之间

　　与《水浒传》《红楼梦》等其他中国古典名著不同，《三国演义》是一部历史小说。从总体上看，这部小说的故事框架与史书（陈寿的《三国志》）十分相近，可以说是一部比较忠实于史实的文学作品。然而它的文本意义及阅读效果却与史书大相径庭，这是什么原因呢？以往论者大抵归因于小说作者的正统观念，即把蜀汉视为汉家天下之正统传承，而以曹魏及孙吴为非正统，故而在描写上有明显倾向性。我认为这种说法是不够准确的，所谓正统观念在这里并非主要原因，充其量只不过是为了加强主要原因的力度而添加的辅助性因素而已。下面我们即运用从文本到文化语境，再从文化语境回到文本的循环阐释方法，来考察一下《三国演义》究竟是如何重写《三国志》的，并进而揭示这部历史小说的深层文化意蕴。

一　《三国演义》文本意义的生成机制

　　所谓"文本意义"是指在小说角色以及角色关系上直接表现出来的意义。这种意义只是文本的意义，即它本身并不依赖任何文本以外的因素而存在。因此要弄清楚小说的文本意义，首先必须确定文本世界的主要因素及其关系维度——文本意义正是在这种关系维度中生成的。文本主要因素是指这样四种角色或角色群体：一是"主导因素"，是指那些在文本意义生成过程起着主导作用的角色。他们不仅构成整个叙事过程的中心线索，而且还集中体现着文本意义的基本价值取向。在中国古代小说中，往往是正面主人公成为文本主导因素。二是"负主导因素"，是指那些与文本主导因素直接对立并且在文本意义生成过程起到至关重要作用的角色。这两种文本因素构成文本世界最基本的关系维度，是文本意义生成的最主要条件。其他文本因素及其关系维度都是围绕着这两种因素及其关系展开的，可以说是对它们的丰富与补充。三是"从属因素"，即对"主导因素"的补充。四是"负从属因素"，是对"负主导因素"的补充。这四种因素之间存在着多层次、多维度的联系，文本的意义网络即在这种联系中显现出来。下面我们即对《三国演义》的文本因素及其关系进行分析。

刘备及围绕着他的关、张、诸葛、赵等人无疑是文本的主导因素。这当然不仅仅是因为他们的故事占的篇幅最多，也不仅仅是因为他们都是被当作近乎完人的正面形象来写的。确定刘备等为文本主导因素的主要依据是他们在各个方面都代表着文本意义在总体上表现出的价值取向，正是这种价值取向规定着文本意义网络乃至整个文本世界的基本形态。曹操集团当然是文本的负主导因素——他们与刘备集团的对立冲突乃是文本世界中最基本的关系维度。这部小说的文本意义与文化意蕴都主要是在这个维度上产生的，其他维度只起到辅助的作用。例如，董卓之类是曹操（曹丕）行为的预演；司马氏的行为是曹操行为的继续。

孙权集团虽是三国鼎立中的一个独立的方面，但从文本意义生成的基本模式角度看，他们只是作为从属因素而存在的。作为对主导因素的补充，孙权集团在意义与价值的负载上远不能与刘备集团相比。其于文本中的存在价值主要是丰富和补充了主导因素与负主导因素之间的对立冲突——其与曹操集团的矛盾也是文本叙事的一条重要线索。在刘、孙之间也有激烈的冲突，但这种冲突却不具有在整体上改变意义网络之格局的作用，尤其是不具有改变文本意义所负载的深层文化意蕴的作用。就价值取向上说，这个角色群体基本上是"中性"的，既不像曹操之奸，又不如刘备之仁。由于他们作为弱者与作为强者的曹操集团有着根本性的冲突，所以他们在求生存这一点上与刘备集团具有共同性，这就使其行为获得了某种意义与价值。在文本世界中，孙、刘之间（即在主导因素与从属因素之间的关系维度上）的冲突并非意义与价值之间的对立所致，而只是由于个人意气和利益分配上的矛盾，因此对于文本意义网络与价值取向并无实质性影响。所谓"三国鼎立"，实际上乃是"二元对立"（《三国演义》亦与其他古代小说一样，只有相互对立的两种价值观体系）。

董卓及司马氏集团可看作文本的负从属因素。他们与曹操集团的矛盾冲突也极为激烈，可以说是你死我活的。但从文本意义与价值角度看，二者却属于同类，都是作为否定性因素存在的。他们与曹操集团的冲突同样不影响文本意义与价值的基本格局。

这样，我们就找到了《三国演义》文本的主要因素与这些因素之间形成的关系维度，正是这些关系维度构成了文本意义的生成模式。对于这一意义生成模式，我们可以借用格雷马斯的意义矩阵来表示（见图14-1）。

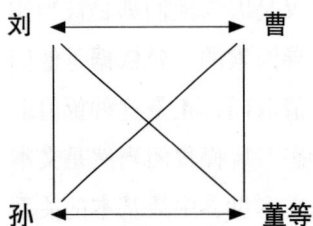

刘 ←→ 曹

孙 ←→ 董等

图 14-1

《三国演义》的文本意义即是在这个模式中表现出来的。但是文本意义只能决定故事的展开与人物的美丑善恶，却无法给出更多的东西，例如，仅仅从文本意义上我们就无法弄清《三国演义》究竟为什么在价值取向上与《三国志》大相径庭。要找到这些问题的答案，就必须重建文本所生成的文化历史语境。

二　重建文化历史语境的意义生成模式

特定文化历史语境是如何决定着文本的意义结构的呢？所谓文化历史语境，具体而言，也就是由若干主要因素所形成的关系网络。这个关系网络对于处于其中的文本建构而言，也就是一种意义生成模式。《三国演义》主要取材于《三国志》，二者都是一种"历史叙事"，但它们所呈现出的价值取向与所暗含的文化意蕴却截然不同，这原因即是二者所赖以产生的文化历史语境中的意义生成模式不同。我们先来看看《三国演义》的情况。

这部小说成书于元末明初，这是学界定论，是毋庸置疑的。这是怎样一个时代呢？就中国古代文化的历史演变来看，这正是宋明理学由士人阶层的意识形态渐渐转变为官方意识形态的时期。也就是说，此时的理学既有某种士人乌托邦性质，又带有半官方色彩，从而逐渐成为居于主导地位的文化话语系统。如果将这一文化话语系统视为一种制约着具体文化文本（文学文本与理论文本）意义生成的结构性关系模式，那么，这一模式是由这样几种主要因素构成的：一是"道"。这是古代士人文化的核心范畴，同样更是理学（道学）的核心范畴。它主要有两层含义：其一，士人乌托邦精神，即圣贤人格理想。这是自"北宋五子"以来的道学家们寤寐以求的境界。其二，合理有序的社会状况。这既是士人向往的社会理想，如"仁政""大同""小康"等等，也是君权系统所标榜的"治世""天下太平"。在寻求社会的安定与层次井然这一点上，古代士人阶层与君权系统的确有着共同之处，这也正是二者能够长期合作、相互依赖的基础。二是"势"，即现实权力。这是君权系统的看家法宝，同时也是士人阶层时刻意欲规范制约的对象。在士人思想家看来，"道"与"势"应该是统一的，但是这种统一只是在"三代"之时，即夏、商、周时代才存在过，春秋以降就分为二橛了，故而像孔子这样的"道"之承担者，却毫无现实权力，只能称之为"素王"。至于元明之时，当然也是如此。道学家所追求的最终目标即是使"道"与"势"重新合二而一，也就是他们常说的"致君尧舜"——让"道"的承担者，即圣人做皇帝，或者将皇帝改造为圣人。以此二者为基本关系维度，我们又可以得到一个意义的生成模式，对此同样可以用矩阵来表示（见图14-2）。

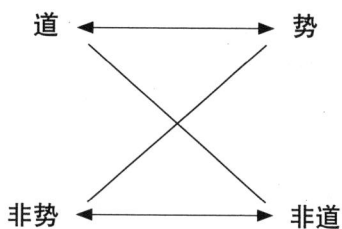

图 14-2

"道"在这个矩阵中处在主导因素的位置，这仅仅是相对于那些保持着士人独立精神与主体意识的文化建构者来说的。假如是"异化"的士人（放弃独立精神而甘做君权之工具者），那么他就可能会将"势"即君权放在主导因素的位置。例如《水浒传》和《荡寇志》的区别即在于此，李贽的《焚书》与张居正的《帝鉴图说》的区别亦在于此。

我们完全有理由认为，《三国演义》的文本意义生成模式即是这一元明之际特定文化历史语境意义生成模式的产物。因而，刘备集团作为文本主导因素实际上乃是"道"的象征。刘备之仁、关羽之义、孔明之智与忠、张飞之忠与勇、赵云之勇与信，无不显现着"道"之诸义。曹操集团则是"势"，即失去了"道"之依托的纯粹强权。在这个集团中，"权术"与"利害"乃是维系其稳定的主要纽带。孙权集团即是"非势"——相对于"挟天子以令诸侯""三分天下有其二"的曹操集团来说，孙权无疑是无权力可言的。这个集团并非"道"的承担者，它之所以能够成为从属因素，主要是由于其处于"非势"地位而与曹操集团有着激烈的冲突。董卓、司马氏集团自然属于"非道"。他们与曹操集团一样，只是纯粹的权力持有者，在文本世界中是作为曹操集团，即负主导因素的补充而存在的。

这就是说，《三国演义》的作者之所以在《三国志》的基础上进行了根本性的重写，以至于二者在基本价值取向上出现了背离，这完全是不同文化历史语境所决定的。对于作者来说，也许这一切都是"应当如此"。他并不知道自己在进行话语建构时，实际上是被一种特定的意义生成模式所控制了。在这个意义上说，西方当代语言哲学所谓"不是我们说着语言，而是语言说着我们"，也是有其道理的。《三国演义》是元明之际，具有独立意识的士人文学家，运用道学话语系统对《三国志》的历史文本进行的重构。也可以说，是特定历史文本在以道学话语为主导因素的意义生成模式中的变体。

那么《三国志》作为一种历史叙事，又是在怎样的文化历史语境中被建构的呢？下面我们即来探讨这个问题。

三 在历史叙事与文学叙事之间

《三国志》成书于晋武帝太康年间。这是怎样一个时代呢？

从士人心态和与之相关的文化学术的演变来看，魏晋时期可以说是一个思想解放的时代。所谓"解放"当然是针对两汉经学精神对人们思想的控制而言的。汉代经学是先秦儒学之变体——作为子学之一，先秦儒学乃是在野的士人阶层（布衣之士，或作为"四民之首"的士）乌托邦精神之显现，是活泼泼的社会批判理论。而作为经学的儒学却是典型的官方意识形态话语。统治者通过将诸经立于学官，并设置经学博士、置弟子员，亦即使经学与仕途直接相联系的策略，诱使士人阶层就范。于是士人阶层果然竞相驰骋于"通经致用""经明行修"而后为官的道路，以至于为争立某经于学官而势同水火。与此同时，经学也就渐渐失去先秦儒学那种社会批判精神，而成为纯粹的教化工具。"三纲五常"即是其核心所在。到东汉之末，人们的思想已经被禁锢到无以复加的程度。于是"解放"也就在孕育之中了。连道学家程伊川都说："若谨礼者不透，则是佗须看《庄子》，为佗极有胶固缠缚，则须求一放旷之说以自适。……如东汉之末尚节行，尚节行太甚，须有东晋放旷，其势必然。"(《河南程氏遗书》卷第十八《伊川先生语四》)这是很有见地的说法，只是，所谓"放旷"却不必等到"东晋"才有，三国及西晋时已然开始"放旷"了。钱穆先生说：东汉"过分重视名教，其弊为空洞，为虚伪。于是有两派的反动产生：一、因尚交游、重品藻，反动而为循名责实，归于申、韩。二、因尚名节、务虚伪，反动而为自然率真，归于庄、老"①。这是指汉末魏初而言的。这种对儒家名教伦理的否弃，对庄老申韩的推崇，导致了士人阶层对个人才性气质的高度重视，也导致了他们国家观念的淡漠。钱穆先生说：三国之时，士大夫"除非任职中央，否则地方官吏心目中，乃至道义上，只有一个地方政权，而并没有中央的观念。……国家观念之淡薄，逐次代之以家庭。君臣观念之淡薄，逐次代之以朋友。此自东汉下半节已有此端倪，至三国而大盛"②。这就是说，这是一个"争于气力"的时代，人们普遍崇尚实力而对名教伦理不大看重了。司马氏集团执政后虽然提倡名教，标榜"以孝治天下"，但是却无法再骗过已然觉醒士人阶层了。在阮籍、嵇康之类的名士看来，司马氏集团的所作所为不过是场闹剧而已。

　　陈寿就是在这样一种文化历史语境中来写《三国志》的。在他的心目中，绝没有将魏、蜀、吴任何一方当作"善"或"道"的承担者，而将其对立一方视为"恶"或"非道"的承担者的意思。他只是看重人的才能、气质与个性魅力，看重成功与否，而不注重抽象的道德观念。其评曹操云："汉末，天下大乱，雄豪并起，……太祖运筹演谋，鞭挞宇内，揽申、韩之法术，该韩、白之奇策，官方授材，各因其器，矫情任算，不念旧恶，终能总御皇机，克成洪业者，惟其明略最优也。抑可谓非常之人，超世之杰矣。"(《三国志·魏书·武帝纪》)这里主要是称赞曹操的才能、机谋与功业。其评刘备云："先主之弘毅宽厚，知人待士，盖有高祖之风，英雄之气焉。及其举国托孤于诸葛亮，而心神无二，诚君臣之至公，古今之盛轨也。机权干略，不逮魏武，

---

① 钱穆：《国史大纲》（修订本）上册，第223页。
② 钱穆：《国史大纲》（修订本）上册，第217—218页。

是以基宇亦狭。然折而不挠,终不为下者,抑揆彼之量必不容己,非唯竞利,且以避害云尔。"(《三国志·蜀书·先主传》)这里除了能力智谋的赞誉之外,还有对刘备之为人及其君臣关系方面的赞扬。这是不同于对曹操的评价之处。又评孙权云:"孙权屈身忍辱,任才尚计,有勾践之奇,英人之杰矣。故能自擅江表,成鼎峙之业。然性多嫌忌,果于杀戮,既臻末年,弥以滋甚。至于谗说殄行,胤嗣废毙,岂所谓赐厥孙谋以燕翼子者哉?"(《三国志·吴书·吴主传》)对孙权的批评多一些,然而也主要是针对其个性方面。

由此可见,陈寿撰《三国志》所依据的价值标准与《三国演义》的作者是迥然不同的。或许是因为刘备个性较为宽和,其与臣下之关系亦较为亲密,故而为史家所称道——因为这在任何时代都是一种值得称道的品质,并不受时代语境的左右。小说家在以文学的方式重新叙述这段历史时,因受到道学话语之影响,须寻一"道"之承担者,并确立善恶对立的叙述模式,于是依据史书原有之痕迹以敷衍之,故"善"尽归于刘氏,而"恶"尽归于曹瞒。其文学叙事所以有别于历史叙事者,实因文化语境截然相异也。当然,正统观念在这里也起到了一定的作用。

在小说的文本世界中,刘备集团作为"道"的承担者,至少在下列三个方面表征着士人阶层亘古不变的乌托邦理想。

其一,圣贤人格与君权的统一。自孔子以降,历代儒者无不将尧、舜及夏禹、商汤、周文武当作理想中的君主予以颂扬。这些君主都是集圣人与帝王为一体的,是"内圣"与"外王"贯通的。他们行使权力的方式不是强力压制,而是以身作则、循循善诱、身体力行。历代儒者不厌其烦地讴歌他们,并不仅仅是因为他们的确值得人们尊敬,更为主要的是出于规范引导现实君主的目的。儒者们希望现实君主也都成为尧舜之君,如此就能通过他们来推行士人阶层的价值观念了。刘备即是基于这种理想而被塑造出来的。在小说中,刘备即使还算不得是圣人,至少也可以算是一个贤德仁慈之人。作为君主,他当然比不上尧舜,但较之其他现实君主却无疑庶几近之。《三国志》的作者虽然也注意到了作为历史人物的刘备所具有的宽和仁厚的一面,但决计无意将他描写成一个理想化的帝王形象。在陈寿的历史叙事中,刘备与曹操、孙权等人一样,都是乱世英雄,都有骄人的伟业，他们之间的区别只是能力与性格上的。而在罗贯中的文学叙事中，则刘备与曹操分别象征着两种迥然不同的价值观念，也体现着作者两种迥然不同的态度。

其二，君臣之接如朋友然。中国古代士人阶层在如何摆布与君主的关系上，一直持有两种希望，一是作帝王之师。孔子、子思、孟子都曾明确地表示过这种态度。秦汉以降，面对高度中央集权的君主，士人不得不运用一种比较隐蔽的方式表达这种帝师意识。《三国演义》中，诸葛亮无疑是作为帝师理想之化身而存在的。特别是在他与后主刘禅的关系上，更是充分地表现了这一点。二是与君主像朋友那样相互尊重。汉儒郑玄尝言：

> 自书契之兴，朴略尚质，面称不为谄，目谏不为谤，君臣之接如朋友然，在于恳诚而已。斯道稍衰，奸伪以生，上下相犯。及其制礼，尊君卑臣，君道刚严，臣道柔顺。于是箴谏者稀，情志不通，故作诗者以诵其美而讥其恶。（《毛诗正义·诗谱序正义》）

与君主像朋友那样和睦相处，这是士人们梦寐以求之事，也正是历代士人向往上古三代之世的主要原因之一。《三国演义》中的君臣关系，特别是刘备与诸葛亮及关、张、赵、马、黄的关系就隐含着这种士人的理想。"君使臣以礼，臣事君以忠"——这是《三国演义》中刘备集团君臣相得的基本原因，也是古代士人阶层奉行的处理君臣关系的准则。你不尊重我，我何苦忠于你呢？从深层文化意蕴来看，这一准则也显示着在中国古代社会君主与士人之间必然相互依存，以及必然有着权力分配问题的历史状况。

其三，仁民爱物。士人阶层为君主制定的行为规范中，仁民爱物乃是最主要的内容之一。在士人看来，君主是否爱护平民百姓，决定着他是否有资格作帝王。这不仅仅是因为"水可载舟，亦可覆舟"的道理，而且还因为"民意"其实是"天道"之显现——"天视自我民视，天听自我民听"这句儒家经典中的名言即说明了"民"与"天"之间的相通性。只有"保民"，方能"敬天"。所以在《三国演义》中，刘备被描写成爱民如子的仁义之君。

通过以上分析我们完全有理由说，《三国演义》的文学叙事之所以有别于《三国志》的历史叙事，主要原因是二者乃是在不同的文化历史语境中所产生的两种不同士人话语系统之显现。前者是道学语境中的产物，标志着士人阶层乌托邦理想；后者则是玄学语境的产物，表现了士人阶层在主体精神沉落时的历史观。

至于正统观念，当然也是一个不可忽视的问题。《三国志》以曹魏为正统，这的确与陈寿身为西晋官员有直接关系。然而《三国演义》以蜀汉为正统，却并非仅仅由于刘备是汉室苗裔。对于改朝换代，元明之际的士人早已熟悉得不能再熟悉了。"天命靡常""唯德是辅"的观念久已为士人阶层所信奉。何况就连真正的汉帝，在《三国演义》中也并非作为赞扬的对象来描写的。因此《三国演义》的作者绝不会因为蜀汉是"正统"就将其作为"道"的承担者来写，而只能是因为他选定了蜀汉作为"道"的承担者，这才突出其"正统"地位的。对于士人思想家来说，离开了"道"的"正统"是一钱不值的。否则"汤武革命，顺乎天而应乎人"的儒家古训岂不没有着落了吗？

由于"三国"故事的文学叙事毕竟是在历史叙事的基础上完成的，因而难免要受到历史叙事的影响，并有时使文学叙事处于一种很尴尬的境地，这主要表现在下列两个方面。

其一，关于刘、关、张之死。对于关羽的死，《三国志》以极平淡的语调叙述道："权（即孙权）已据江陵，尽虏羽（关羽）士众妻子，羽军遂散。权遣将逆击羽，斩羽及子平于临沮。"（《三国志·蜀书·关张马黄赵传》）这种叙事语调正符合关羽之死的无意义。然而在《三国演义》中对于这一事件则极尽铺张渲染之能事，又是"玉泉山关公显圣"，又是"洛阳城曹操感神"，倾注了极大的悲愤伤痛之情。至于张飞与刘备之死，本来更是毫无价值可言——张飞为部下所杀，刘备则因兵败于孙权，忧愤而死。对此《三国演义》一方面无法违背历史史实，一方面又极力在无意义中发掘意义，因而处于一种叙事的内在矛盾之中。

其二，三家归晋。按照儒家士人的逻辑，仁义之师，必然无敌于天下。蜀汉作为"道"的承担者，自然应该战胜敌人而一统天下。即使到了后主刘禅那里，特别是诸葛亮死后，蜀汉也算不得"道"之所属了，却也不应该是那"无道"的曹魏司马氏集团取得最终胜利。不幸史实恰恰如此。这对于在蜀汉身上倾注了极大同情的《三国演义》的作者来说乃是一件很难堪的事情，史实与文学叙事之间出现了矛盾。恰好曹魏此时大权已然为司马氏所攫取，

虽然蜀汉之亡是在司马炎代魏自立之前，也可以用"三家归晋"之说以搪塞
了——大家都没有赢，总比"无道"的曹魏获胜要好一些，尽管司马氏的"晋"，
也谈不上是"有道"的。

　　总之，《三国演义》实际上乃是在道学语境中用士人话语对"三国"故
事的重写，其文本意义之下蕴藏着古代士人阶层的文化价值观。

第十五章 《西游记》的文本分析

在中国古代四大古典小说中，只有《西游记》是一部神魔小说。以往论者看见这部小说描写了造反与镇压，就认定这是表现农民起义的作品；看见其中有造反者的投降，就又说这是歌颂投降主义的作品；有的论者见小说前面写了造反，就说前面歌颂农民起义；见后面写了取经，就又说后面是对劳动人民克服困难精神的张扬：主题"转换"了。

一个时代有一个时代的读者。一个时代的读者，有一个时代读者的阅读方式。那么，现在既然到了 21 世纪，我们应当以何种方式来重新阅读这部不朽的文学名著呢？让我们且试一试从文本到文化语境，再从文化语境到文本的"循环阅读法"吧。

一 文本的意义结构剖析

在《西游记》的主要文本意义因素（"文本意义"即仅仅呈现于文本之中的意义；"文本意义因素"即自身负载着意义，又在与其他因素的关系中生成着意义的文本因素）中，孙悟空毫无疑问是一个主导因素（即在整个文本意义网络中处于核心位置，并承担着文本整体价值取向的文本因素），他的行为构成了文本世界的基本线索，在他的身上负载着丰富的文本意义与深层文化意蕴。在与天宫诸神的关系中，孙悟空处于主导地位：他牵引着诸神的行动；在与唐僧师徒的关系中，他同样处于主导地位：在每次遭遇险境时，总是他出来化险为夷；在小说文本与读者的关系中，这个角色也毫无疑问处在被关注的核心。总之，一部《西游记》，只是由于有了孙悟空这个主导因素才熠熠生辉的。

那么谁是作为孙悟空的对立面的负主导因素（主导因素的对立面，二者的关系构成文本的基本意义维度）呢？要弄清楚这一点，首先必须了解主导因素的基本行为倾向是什么，因为负主导因素总是作为主导因素基本行为倾向的主要遏制因素而出现的。孙悟空统共做过两件大事，一是"大闹天宫"，二是"西天取经"。前者的目的是要与"玉帝老儿"平起平坐、分庭抗礼；后者的目的（开始具有强迫性）是要"取回真经"，"得成正果"。所谓"正果"即是"成佛"，至少也是"金身罗汉"。当然，无论前者后者，还都必须超越轮回，长生不老。由此可见，孙悟空一以贯之的最高目的乃是超越当下状态，达到宇宙天地之间的最高境界——这便是这个角色的基本行为倾向。明乎此，我们也就不难知道文本的负主导因素了：在"大闹天宫"的行为过程中是法力无边的如来佛祖；在"取经"行为过程中，则是各种妖魔鬼怪。前者代表天地之间一个强大的权力集团，是既定社会秩序的象征；后者代表着世上一切邪恶势力。这样，以主导因素与负主导因素的关系为文本意义生成的基本维度，我们可以得到两个意义生成模式，对此，同样可以借用格雷马斯的矩阵来表示，我们先看看第一个（见图 15-1）：

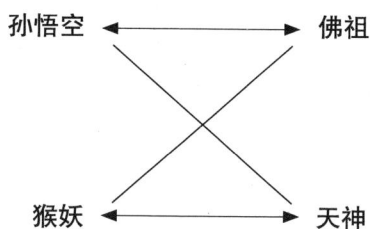

图 15-1

在这个矩阵中，孙悟空作为意义的主导因素，是一个"个人奋斗者"，他希望能够通过个人的努力来超越现实处境而达到最高境界。然而他的"个人奋斗"却触犯了既定的现存秩序，一切都被搅乱了。于是就有现存秩序的维护者出来干涉了。作为文本负主导因素的如来佛祖即是现存秩序维护者的最高代表，他以使孙悟空丧失行为能力的方式恢复了被破坏的现存秩序。在矩阵中，作为主导因素的从属因素的是花果山的猴妖们——他们亦想超越当下处境（开开眼界、多活几年，不受其他妖魔欺负之类），但自身却丝毫没有这方面的能力，于是就试图借助追随拥戴孙悟空来达到这一目的。所以在文本世界中，他们自身并不生成意义，他们只是作为主导因素

的从属因素才获得意义的。文本的负从属因素是天宫诸神。他们本来是主导
因素的直接对立面，也试图扮演现存秩序维护者的角色，但他们的力量却不
足以维护现存秩序，故而在文本世界中只是作为如来佛祖这一负主导因素的
从属因素（即负从属因素）而存在，他们的意愿是靠如来佛祖来实现的。

　　在这个意义生成模式中，"大闹天宫"的文本意义被充分地展现了出来。
孙悟空试图通过造反来改变自己的当下处境，意义由此而生成；如来佛祖靠
其法力与欺骗使孙悟空就范，并剥夺了他的行为能力，于是冲突解决了，意
义的生成过程亦告完成。我们再来看看另一个意义生成模式（见图15-2）：

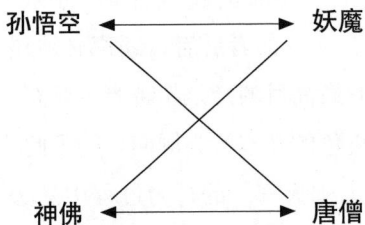

　　在这个模式中，孙悟空依然是文本主导因素，他虽然是保护唐僧去西天取经，但实际上他依然是在追求着超越当下处境的个人目标。只不过，这一次他追求目标的方式不再是自己确定的，而是观音菩萨给他设定的——他接受这种方式亦是以改变当下处境（从五指山下出来）为回报的。

孙悟空 ⟷ 妖魔

神佛 ⟷ 唐僧

图 15-2

在这个意义生成模式中，主导因素的对立面不再是佛祖，而是形形色色的妖
魔鬼怪。他们作为负主导因素成了主导因素行为倾向的主要阻遏者。破坏"取
经"，对于孙悟空而言，即是破坏其摆脱当下处境达到更高境界之目的的实现。
因此，孙悟空与妖魔鬼怪的斗争，亦是其个人奋斗的表现。在这个模式中，
信任并支持孙悟空的沙和尚与那些有求必应的诸神佛仙道乃是从属因素，他
们辅助孙悟空实现自己的理想。而唐僧与猪八戒反而是负主导因素的从属因
素（负从属因素）——唐僧以其愚蠢轻信以及控制孙悟空的独到本领而构成
对妖魔鬼怪的极大帮助；猪八戒以其贪吃好色、好进谗言以及强烈的散伙意
识而构成对"取经"行为的威胁。孙悟空只有首先克服了来自唐僧与猪八戒
方面的干扰，然后才能成功地克服妖魔鬼怪所造成的障碍。在这个矩阵中，
沙僧应该属于以佛祖、菩萨以及诸神祇为主体的从属因素，因为这个角色始
终是力求帮助孙悟空实现理想的。

二　换一个角度看

依照我们的阅读方式对于文本的解读，关键在于确定文本主导因素以及主导因素的主要行为倾向，因为文本意义的生成模式即是围绕这一主导因素及其主要行为倾向而形成的。但是由于文本自身的复杂性，以及阅读者视角的差异，文本主导因素及其主要行为倾向有时并非一成不变的。例如对于孙悟空的主要行为倾向，我们就可以有多种理解。在前面的意义生成模式中，我们确定"摆脱当下处境，达到理想境界"是孙悟空的主要行为倾向；在这里，我们也完全有理由认为，追求自由、反对束缚同样是孙悟空的主要行为倾向。也就是将文本主要因素抽象化。根据这样的理解，我们又可以建立一个新的意义生成模式（见图 15-3）。

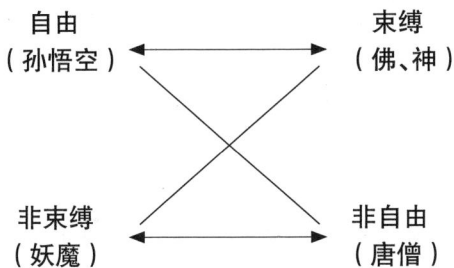

在这个模式中，主导因素是自由，负主导因素自然是控制与束缚。前者的文本角色是孙悟空，后者则是佛祖、菩萨以及天宫诸神。二者之间的矛盾是自由与反自由的矛盾。在这个模式中，妖魔鬼怪反而成了对文本主导因素，即自由追求的辅助性因素，因为他们是反控制的。

自由
（孙悟空）

束缚
（佛、神）

非束缚
（妖魔）

非自由
（唐僧）

图 15-3

而唐僧则成为负主导因素的辅助性因素而参与着对孙悟空的控制。在"大闹天宫"时，佛祖与天神是控制因素；在"取经"时，唐僧则是主要控制因素。孙悟空走上"取经"之路，这自然是"控制"对"自由"的胜利，但如果从另一个角度看，则这也可以视为他寻求自由的另一种方式。他时时处处欲按自己的方式做事，这本身就是一种自由需求的表现。因而他与唐僧之间的冲突，亦应属于"自由"与"控制"之间的冲突。

如果再换一个角度，将意义生成模式仅仅限制于唐僧师徒四人之间（《西游记》的主要篇幅是围绕着这四人的行动展开的），那么，我们又可以得到一个矩阵（见图 15-4）。

在这个矩阵中，孙悟空作为主导因素代表着"对"，唐僧作为负主导因

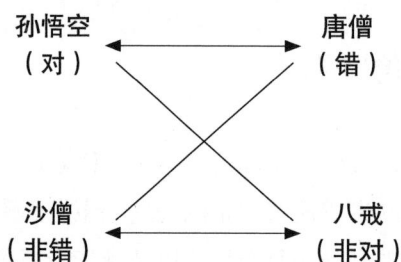

图 15-4

素代表着"错"，沙和尚作为从属因素代表着对"对"的支持与对"错"的一定程度的拒斥，猪八戒作为负从属因素则代表着对"错"的支持与对"对"的一定程度的拒斥。他们师徒四人之间构成了一个意义的网络。

通过以上分析，我们已经得到了四个文本意义的生成模式。这说明，《西游记》的文本中包含着多种"隐含的读者"（即文本意义生成的多种可能性）。我们以不同的方式、从不同的角度，就可以得到不同的文本意义。如果作为一般性阅读，不论得到了怎样的文本意义，均可以结束阅读过程了。而对于我们来说，则得到文本意义只是完成了阅读过程的一个环节而已。我们还要重建文本赖以生成的文化语境，并进而揭示文本意义下面隐含的深层文化意蕴。

三 重建文化语境

学界一般以为《西游记》成书于明嘉靖至万历年间。这是怎样的一个时代呢？就中国古代思想文化的历史演变来看，这无疑是一个十分重要的时代——作为官方意识形态的程朱理学已经趋于僵化，一种新的具有生命活力的士人文化，即心学思潮正方兴未艾。心学是宋明士人阶层对源远流长的儒家文化资源重新发掘、重新阐释的产物，其中融汇了老庄之学与佛禅之学的因素。它与传统儒学的不同之处在于：不再过于热衷于对理想社会（"大同""小康""礼乐""仁政"之类）的向往，而是更加注重个体内在精神的自我锻造与自家心灵的安放。也就是说，心学使儒学由社会乌托邦变为个体精神乌托邦。其目的是营构一个可以抵御化解一切物质与精神困扰的坚不可摧的心之本体，从而对人生痛苦与堕落问题给予一揽子解决。考明中叶之后心学大兴的原因，我们不能不归之于士人主体精神之重新挺立。程朱理学原本也是士人乌托邦精神之显现，也有活泼泼的主体意识，只是自元仁宗皇庆二年（1313 年）恢复科举，以经义取士，用朱熹《四书集注》为标准以后，渐渐地就将这门学问变成了"八股化的道学"，与之相应，士林中也出现了一批批口中仁义道德、心性义理，而胸中实庸俗不堪的"假道学""伪君子"式的人物。再加上朝廷政治腐败，君主昏愦无能，宦官与权臣交互用权，这都给予尚保留着独立精神与主体意识的士人思想家们以极大的刺激。于是就有陈白沙、湛甘泉、王阳明、王龙溪、王心斋、李卓吾一类伟大人物出来重振学术，重振士风。因此，心学之兴起实不啻一场声势浩大的思想解放运动，与先秦子学、魏晋玄学、两宋道学同样有着划时代的意义。近人嵇文甫先生尝名之曰"革新运动"，并云："这次革新运动，发端于白沙，而大成于阳明。我们分析阳明的学说，处处是打破道学的陈旧格套，处处表现出一种活动自由的精神，对于当时思想界实尽了很大的解放作用。"①这是恰当的评价。这说明，在明代中叶的思想文化界，形成了两大对立的学术话语：一是原有的，已经程式化、教条化的官方意识形态话语系统；二是新的，具有士人乌托邦精神的心学话语系统。前者借助于科试而居于统治地位，其作用是维系现存秩序；后者虽处于非官方地位，不具有君权的支持，但它在那些对现实极为不满，希望有所变更的士人思想家那里却很有影响力。但是，这并不意味着心学乃是一种要彻底颠覆现存社会制度的革命学说。心学主要是一种关于个体精神提升、心灵锻造的理论与方法体系，其目的是使人面对纷纭复杂、人欲横流的现实世界，能够保持一种平和愉悦的心态，能够在精神上自由自得。它是一种反抗与颠覆，但对象不是社会制度，而是意识形态，是教条化、僵化了的程朱理学。

如果从文化心态层面而不从学理层面来看，心学倡导着个体人格的独立与完善，指向超越与自由；作为官方意识形态的程朱理学则倡导着规矩与礼法，引导人们走向循规蹈矩与墨守成规。心学末流，与佛学之"狂禅"趋于一路，以否弃一切、狂放恣肆为高，以至于对儒学价值系统从根本上产生怀疑；程朱理学走到极端，则培养出一批毫无信仰、只知功名利禄的"假道学"，这几种因素及其关系就构成了彼时占主导地位的文化景观，亦即学术话语乃至文学艺术话语赖以建构的文化语境。因此，如果我们描画一下这个时代文化语境中的意义生成模式，就不难得到这样一个矩阵（见图15-5）。在这个矩阵中，A代表心学的自由与超越精神，是意义生成模式的主导因素；-A代

---

① 嵇文甫：《晚明思想史论》，北京：东方出版社，1996年，第4页。

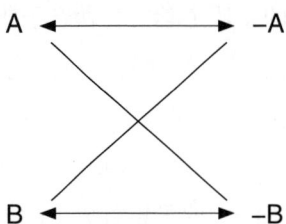

图 15-5

表程朱理学的僵化与教条化倾向，是文本的负主导因素；B 代表主导因素的从属因素，即左派王学的批判精神与怀疑主义精神；–B 则代表以道学为谋取个人利益的假道学，即实用主义倾向。

这个意义矩阵是明代中叶文化学术话语建构的基本结构模式。换言之，这个"意义矩阵"显现着一种决定着学术意义系统形成的"结构性因果关系"。就当时的文化语境而言，任何能够进入主流学术话语的文本（文学文本和各种理论文本）都必然地是在这个"结构性因果关系"所构成的各种"力"的网络中产生的，是这些"力"相互作用的产物。陈白沙的大量诗作与论学书信是如此，王阳明的《传习录》《朱子晚年定论》也是如此，王龙溪、罗近溪、王心斋的发明王学之论，乃至于何心隐、李卓吾的惊世骇俗之论亦复如此。在我看来，吴承恩《西游记》文学叙事也同样是如此。

四　回到文本世界

现在让我们来看看《西游记》究竟是怎样表征着特定文化语境的意义生成模式的，也可以这样来表述：《西游记》的文本世界作为"能指"，其"所指"是什么？它是如何通过光怪陆离的神话故事呈现着文化语境所赋予的深层文化意蕴的？

《西游记》与特定文化语境的关涉，古人亦早有察觉。此书甫一问世，即有不少论者探究其微言大义：言谈禅者有之，言论道者有之。明万历年间的谢肇淛尝云：

小说野俚诸书，稗官所不载者，虽极幻妄无当，然亦有至理存焉。如《水浒传》无论已。《西游记》曼衍虚诞，而其纵横变化，以猿为心之神，以猪为意之驰，其始之放纵，上天下地，莫能禁制，而归于紧箍一咒，能使心猿驯伏，至死靡他，盖亦求放心之喻，非浪作也。[①]

明末清初的袁于令亦云：

> 文不幻不文，幻不极不幻。是知天下极幻之事，乃极真之事；极
> 幻之理，乃极真之理。……魔非他，即我也。我化为佛，未佛皆魔。
> 魔与佛力齐而位逼，丝发之微，关头匪细。摧挫之极，心性不惊。此《西
> 游》之所以作也。说者以为寓五行生克之理，玄门修炼之道。余谓三
> 教已括于一部，能读是书者，于其变化横生之处引而伸之，何境不通？
> 何道不洽？[②]

谢肇淛所谓"求放心之喻"，乃是以《西游记》为儒家存养工夫之喻示——
盖"求放心"为孟子关于人格自我修养之基本主张，亦为陆象山"收拾精神，
自做主宰"、王阳明"致良知"等心学基本主张的主要来源。袁于令所谓"三
教已括于一部"也是说一部《西游记》将儒释道三家修身养性的道理都说清
楚了。

上引谢、袁二人之论（此论于明清之时很有代表性）毫无疑问是有些牵
强附会的。然而有一点却是值得重视的，这就是他们自觉不自觉地涉及文本
与文化语境之间的密切关系。他们的缺点在于不懂得处在文本与文化语境之
间作为中介因素的作家常常不能清楚地意识到自己正起着中介的作用，也就
是说，他们并不总是有意识地将文化语境所蕴含的意义呈现在文本中的。实
际的情况往往是这样的：当下通行的主流话语迫使作家按照一定的模式进行
创作（当然作家本人一般不会感觉到是被"迫使"），使之成为话语运作的
工具——不管我们承认还是不承认，各个时代文化学术话语的建构者们都在
充当着自己建构对象的工具，对此人们常常在回顾历史时才能感觉得到。在
我看来，吴承恩即是在不知不觉中充当了这样一种工具。他本人生活在嘉靖
万历年间，又"博极群书"——这就使之必然受到时代主流话语的牵引。尽

---

① ［明］谢肇淛：《五杂组》卷十五，上海：上海书店出版社，2001年，第312页。
② ［明］袁于令（署"幔亭过客"）：《西游记题词》，见郭绍虞主编：《中国历代文
论选》第3册，上海：上海古籍出版社，1980年，第255页。

管有关"西天取经"的故事久已流传，但这些故事中绝对没有《西游记》所具有的文化内涵。作为一个完整的文本世界，《西游记》是吴承恩独自建构起来的，其深层文化意蕴也只能是在这个建构过程中才融进文本之中的。

经过对《西游记》文本世界中各种可能的意义生成模式以及特定文化语境的"结构性因果关系"的描述，我们可以看一看各主要文本因素及其关系维度所隐含的深层文化意蕴了。

孙悟空作为文本主导因素，是明中叶心学思潮中重新挺立的士人主体精神之显现，他象征着自由与超越。他无父无母，"秉天地之精华而生"，说明他生来即"与天地浑然同体"，了无牵挂。这是他"超出天地外，不在五行中"的前提条件，因为如果他同样是父母所生所养，那么他也就自然而然地进入伦理纲常之中了。这个角色有四大特征使之成为心学精神之象征。

其一，蔑视一切权威，追求独立自主。孙悟空的最大特点是心目中毫无权威意识。他在任何情况下都无敬畏之心，即使对于如来佛祖，他也丝毫没有仰视之意；他有极强的自信心，对其他冠冕堂皇之事则常常心存疑虑；他意志坚强，从不灰心丧气，似乎在他面前就没有不能攻克的难关——所有这一切，无不印证着心学思潮那种"收拾精神，自做主宰""宇宙即是吾心，吾心即是宇宙"（象山语）、"圣人之道，吾性自足"（阳明语）、"满街都是圣人"（心斋语）等豪气干云的主体精神。按心学的逻辑，除了人人具足的自在心体乃是一切价值之原而外，世上再无值得敬畏的权威——宦官权臣是他们弹劾的对象，皇帝是他们规范改造的对象，天下百姓是他们教育引导的对象，他们即是"先知先觉"，即是天下之道的承担者，即是人世间之价值标准的持有者，这与孙悟空那种目空一切、无所顾忌的性格无疑具有内在同一性。

其二，追求自由，反对束缚。孙悟空生性好动，而且不愿有任何的束缚，自由就像是他的生命。对心灵自由的向往也正是心学的核心内容。陈白沙说："人与天地同体，四时以行，百物以生。若滞在一处，安能为造化之主耶？古之善学者，常令此心在无物处，便运用得转耳。"① 这即是讲心灵的自由——由于"学"而使自家之心处于超然自由状态，不为具体事物所缠绕。在心学

① ［明］陈献章：《陈献章集》卷二《与湛民泽·七》，第192页。

家看来，如能摆脱物欲，就能获得心灵的超越与自由。

其三，摆脱物欲缠绕。孙悟空虽然顽皮好事，而且随心所欲，毫无顾忌，但他却绝不为任何私欲所束缚，即使偶尔偷些吃喝（如蟠桃、金丹、人参果之类），也主要是为了捣点乱，恶作剧，并非为了口腹之欲。至于名、利、色之类，在他这里一概皆无。也正是这个原因，他才从无私心，更从无害人之心。所以，他就像一点"灵明"，上天入地，遨游四海，从不胶柱于一事一物。这也正是心学苦苦追寻的人生境界。自"北宋五子"提倡寻"孔颜乐处"之后，如何摆脱物累而获得精神自由，一直是真正的儒者苦思冥想的事情。心学一系更是在这方面多有发明。所谓心学，从某种意义上说，即是心灵解脱与安顿之学。

其四，有所收束，不放任自流。孙悟空虽有通天彻地之能，有冲天干云之气，但他立身行事并非没有原则，相反，他是一个爱憎分明，有所不为，有所必为的大丈夫形象。他虽然蔑视权威，但最终还是走上"正路"——保护他所不大看得起的唐僧取回真经，从而得成正果。这也正是心学思潮最突出的特点之一。心学家虽然以自家心灵为一切价值之本原，挺立起一种惟我独尊的主体精神，不屈服于任何外在压力，但是，他们对于现存社会价值秩序毕竟是认同的，而且其学说在根本上乃是维护巩固这种价值秩序的。孙悟空的降妖伏魔不也同样起着维护现存价值秩序的作用吗？

因此，孙悟空的神通广大也罢，心学的精神扩张也罢，实际上都是古代士人阶层主体精神与独立意识的表现。孙悟空并不一定是作者按照心学精神塑造的，这个形象与心学思想一样，都是明代中叶特定文化历史语境的产物，是同一种精神潜流的两种话语形式，这就使二者具有了内在的一致性——正是在这一点上，我们认为孙悟空这个角色所包含的深层文化意蕴乃是心学精神。这也可以看作是在同一文化语境中两种不同话语系统（心学与文学）间的"互文性"之表现。

唐僧无疑是已然僵化的官方意识形态话语的象征。他的整个存在即是一堆理性原则与条条框框。只有在他胆小与饥渴时才令人感觉到这是一个有生命的存在，此外，他就变成了原则的化身了。这是一个最典型的被主流意识形态话语所浸透，从而自身即成为这一话语之工具的人物。实际上，在小说的文本世界中，孙悟空与唐僧之间的对立冲突才是最根本的，因为这是两种思想体系的对立冲突。至于那些妖魔鬼怪，只不过是没有灵魂的肉欲的象征，对于他们能改造则改造，不能改造就从肉体上消灭之。而对于唐僧，孙悟空真是急不得，慢不得，实在是无所措手足。反过来，唐僧倒拥有制裁孙悟空的法宝——紧箍咒，这恰恰是官方权力的象征。官方意识形态话语正是借助于权力才得以居于主流地位的。

猪八戒是那种被物欲所遮蔽了良知的人物。他虽不像妖魔鬼怪那样是赤裸裸的肉欲之象征，却也是个毫无形而上之价值追求的实用主义者，这是那些自动放弃了终极价值关怀，一心只知功名利禄的"异化"了的士人的代表。这种人与追求心灵自由和精神超越的人是格格不入的——这正是猪八戒与孙悟空矛盾之原因。至于沙和尚，这是一个对物欲亦不过分要求，对形而上追求亦不大感兴趣的人，这种人在士人阶层中亦有相当大的代表性。可以说，这师徒四人即是当时社会之缩影，他们分别代表了士人阶层中几种不同的价值取向与人生态度。

孙悟空绝对是一个悲剧形象。他以超群拔俗的绝大勇气与力量向现存秩序发起挑战，给沉寂的现实以有力的震撼。然而他又无法挣脱"如来佛的手心"，终于按照菩萨的安排去保护唐僧到"西天"取那他实际上一点也不感兴趣的"经"。这个形象的象征意义实际上已然超出了明代中叶文化语境的范围，从而成为整个中国古代士人阶层中那些具有独立精神与主体意识的思想家们的象征——我们在他身上能够看到孔、孟、老、庄、墨以及阮籍、嵇康、陶渊明、李太白、韩昌黎、周濂溪、张横渠、苏东坡、辛弃疾、陆象山、陈白沙、王阳明、王心斋、何心隐、李卓吾、康有为、章太炎等一大批一流士人思想家的影子，这些人无不具有傲睨当世的冲天豪气，超越尘俗的乌托邦精神，然而他们又有谁真正彻底解脱了？一个筋斗十万八千里，却翻不出如来佛的手心——这是孙悟空的悲剧；"大道如青天，我独不得出"——这是千百年中国知识分子的宿命。

第十六章 《红楼梦》文本意义及其生成模式

在中国文学史上，《红楼梦》毫无疑问是在解读时发生歧义最多的一部小说。它简直成了一个永远猜不透的谜。它之所以猜不透，恰恰是因为人们把它当成了谜语来猜——谜底就在各个猜谜者心中，而这个谜底又是人人各不相同的。任何一个文本如果当作谜语来猜，都会有无数个不同的谜底。

我们绝无意于加入这一猜谜大军的行列，我们只是有兴趣用一种新的阅读视角或方式来重新阅读这部小说，顺便检验一下我们这种阅读方式的有效性范围。这种所谓"新的阅读方式"，简单说来就是从文本因素及其关系维度的分析入手，进而深入到文本赖以生成的文化语境之中，发掘构成文本意义的潜在生成模式，然后再回到文本世界，从而揭示其蕴含的文化意蕴（这种文化意蕴绝非文本作者当年有意注入其中的，它是特定文化语境向文本渗透的结果）。

一 《红楼梦》的文本因素及其关系维度

从整个文本结构来看，我们可以将贾宝玉与林黛玉视为文本的主导因素，因为这两个角色处于文本的核心，而其他种种角色基本上都是围绕他们而发散式地存在的。我们之所以将贾、林二人看作同一种因素，乃是因为他们在整个文本世界中共有着某种独特性，这种独特性不仅仅使他们在精神上结成一个不可分割的整体，而且还使他们构成文本世界中起着主导作用的一极。

正如许多论者早已发现的那样，宝、黛爱情的基础是二人共同的人生旨趣与处世方式。就是说，在人为何而生、如何而生的问题上，他们有着深刻的一致性——这就是他们共同构成文本主导因素的主要依据。

在确定了文本主导因素之后，我们所要做的是寻找其对立项，因为任何故事都是在对立和冲突中展开的。既然宝、黛二人的一致性是在人生旨趣方面，那么他们的对立项自然也主要是在这个方面与之构成对立的。根据文本我们完全可以确定，宝、黛之间的一致性主要是反对所谓"仕途经济"，亦即从科举进身，力求建功立业、光宗耀祖的人生道路，他们愿意根据自己的性情没有拘束地活着。如此则其对立项亦一目了然，就是那些极力迫使或劝说宝玉跻身仕途的人，即贾政、薛宝钗等。其他如贾母、王夫人、王熙凤等人对于贾宝玉是否能飞黄腾达倒并不十分在意，她们所关心的主要是宝玉的身体和婚姻问题。对此我们将在另一个文本意义生成模式中予以考察。

这样，贾政、薛宝钗等人就构成了文本的另一极，我们称之为负主导因素。主导因素（宝、黛）与负主导因素（贾、薛）之间的关系即是文本的基本关系维度。贾宝玉与贾政之间的矛盾构成一条主要线索，这一矛盾的几次激化都牵动了贾府上下各色人等的心，并构成推动故事进一步展开的关键环节。宝钗是个多重角色——在根本之点上她与贾政一样，认为对于一个男子来说，走"正路"，即走科举之路乃是首要之事，健康愉快地活着倒在其次。但她又常常参与宝、黛等人所追求的那种生活方式，并且是其中主要角色。作为主流意识形态话语的信奉者，宝钗与贾政完全一致，试图引导宝玉走那条早已设定好的"正路"。这正是宝玉与之始终不能像与黛玉那样了无间隔的根本原因。而作为一个活泼泼的生命个体，宝钗又完全能够与她的同龄人们融合无间地游戏玩乐。

与宝、黛的人生旨趣有某种相似性的角色构成文本的从属因素，她们是惜春、妙玉等人。这类角色将对主流意识形态话语的拒斥推向了极端——不仅那些混迹官场的利禄之徒令她们作呕，而且正常的日常生活在她们眼中亦是污浊不堪。于是她们就以出家的方式来保持自己的纯洁。对这类角色，宝、黛二人虽不能效法其所为，却始终对她们保持着极大的敬意。如果非要他们在仕途与出家二者之间选择的话，他们也会毫不犹豫地选择出家。这种从属因素在文本中处于边缘位置，但它却是对主导因素的呼应与补充。

与贾政、宝钗的"仕途经济"的人生旨趣相近而异的是那些纯粹的利禄之徒。这类角色构成了文本的负从属因素，他们是贾雨村、贾珍、贾琏等人。这类角色与贾政等人相同之处是都以仕途为身家性命；二者不同之处在于，贾政等人还有建功立业的意识，起码要做一个清正廉明的好官，贾雨村等人则只是将做官当成了目的，他们所关心的就只有功名利禄，而没有更高的理想了。他们或凭自己挣扎，或靠父祖庇荫，只要获得一官半职，就会营私舞弊、贪墨不法，绝无丝毫对江山社稷的关怀。

文本的这四种因素之间形成了多重关系维度，文本的意义就是在这些关系维度上生成的。这就形成了一个文本意义生成的关系模式，对此亦可借用格雷马斯的矩阵予以表示（见图 16-1）。

在这个矩阵中共有六条线，每条线都标志着文本的一个关系维度，这些关系维度上生成着文本复杂的意义网络。从总体上看，这个意义网络是以二元对立为基础的，这就是做官与拒绝做官这两种价值取向的对立。然而，毫无疑问，《红楼梦》并不是仅仅靠如此表层的意义网络即成为一部伟大的小说的。在其表层的文本意义网络下面还隐藏着深厚的文化意蕴。为了发现这种文化意蕴，我们必须进入文化语境的分析中去。

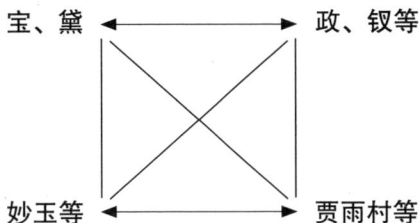

图 16-1

二　《红楼梦》的文化语境分析

中国古代的读书人，即士人阶层历来关心天下大事，往往将治国平天下视为自己的天职。然而自宋元以降，道学发达，学术旨趣渐渐转向对心性义理的探究，而对于治国平天下已然不像汉唐士人那样有信心。对于文化学术与士人的文化心态的演变来说，道学的兴起产生了两个方面的效应。一方面是随着道学成为官方意识形态，这一充满着士人独立精神与主体意识的学说渐渐僵化为道德说教，并以此而培养出一大批假道学、伪道学。另一方面是那些保留了独立精神与主体意识的士人思想家们借助于道学的探索，更加向往那种超越尘俗的精神自由之境。特别是陆王心学一系，始终保持着对精神独立与心灵自由的追求。这意味着，自明初朱元璋推崇程朱理学之后，道学实际上已从根本上分为二橛：一是官方的、意识形态性的，一是个体的、乌托邦性的。前者除了培养着顺民之外，就是培养伪君子了。而后者则指向个体精神的超越与愉悦。也许是由于禅学"平常心即道"（马祖语）精神的影响，也许是由于市民意识的渗透，明代士人所向往的那种超越的人格境界不是虚无缥缈的"神人""至人"境界，也不是高不可及的"圣人"境界，而只是保持一颗平和愉悦之心而已。诸如陈白沙的"以自然为本""自得"，湛若水的"随时随处皆求体认天理而涵养之"，王阳明的"知行合一"，王心斋的"心本自乐"，罗近溪的"赤子之心，浑然天理"，李卓吾的"童心"，都是主张在当下人伦日用之中实现人格的自我提升。他们追求的境界既是最浅近的，也是最高远的。特别是自泰州学派及李卓吾以下，更是突破了程朱理学的樊篱，极力肯定人间真情之至高无上的价值，从而开启晚明时期具有思想解放意义的文学思潮，人的个性得到空前张扬。

清朝立国后，统治者实行了文化高压政策。他们一方面极力推崇程朱理学，以图建构汉人能够接受的意识形态体系；另一方面又严厉压制个体精神的张扬，钳制士人阶层的独立思考。然而明代中叶以降的文化精神毕竟作为一种文化资源留存下来。于是清代士人中那些依然具有独立精神与主体意识的一流人物，或沉浸于训诂考据之学以自娱，或回归于纯粹私人生活中寻求精神之寄托，而对清朝统治者采取了不合作态度。当然，愿意在仕途上有所作为，或仅仅关心功名利禄的士人同样是大有人在的。这样，在士人阶层中就形成了一个多元价值取向同时并存的文化景观。对于由明入清的那些坚持民族立场的士人的生存方式，钱穆先生曾概括为出家、行医、务农、处馆、苦隐、游幕、经商等七种。这意味着，对于清初士人来说，"仕途经济"已经算不得神圣之事了。尽管他们的子孙们迫于生计，又大抵重回科举之路，然而在内心深处却也并不将这条路看得很神圣。例如与《红楼梦》的作者曹雪芹基本同时代的著名文学家、学者诸如叶燮、朱彝尊、赵执信、郑板桥、袁枚、赵翼、姚鼐、毛奇龄、全祖望、汪中等人，都是稍涉仕进即告归隐的，他们并无意于全心投身于仕途之中。即使如出身满族豪门的纳兰性德，因受时风浸染，亦以高官厚禄为粪土，时时追求真性情的表达。

是否出仕还不是衡量清代士人文化心态变化的主要依据。最根本的变化是，宋明士人那种以天下为己任的社会责任感与历史使命感消失殆尽了。钱穆先生说：训诂考据之学的兴起"虽于古经典之训释考订上，不无多少发明；但自宋以来那种以天下为己任的'秀才教'精神，却渐渐消沉了。至少他们只能消极的不昧良心，不能积极的出头担当，自任以天下之重。……此等风气，恰恰上下相浃洽，而学者精神，遂完全与现实脱离"①。既然江山社稷与苍生百姓已不足以挂怀，他们的精神到何处去寻求寄托呢？除了潜心于古籍的辨伪与校勘、注疏之类，就是游山玩水与吟诗作赋了。如此则康乾之世的士人文化心态及价值追求亦可表现于格雷马斯的矩阵之中了（见图 16-2）。

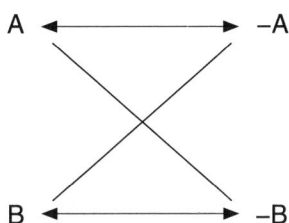

图 16-2

这里的 A 代表看护个体心灵，向往身心一体的真实人生的士人。由于他们无意建功立业，而是回归内心，故而能够成为彼时学术文化或诗文书画的主要建构者。他们不再关心"外王"的事业，甚至也不再相信"内圣"的工夫，他们只想做一个拥有精神与行为自由的普通人。他们不仅蔑视那些利禄之徒，而且也不再相信那些只关心"仕途经济"的正人君子。在他们心目中，人世间最高的价值不是君父的训导与圣贤的教诲，而是自家身心的和谐一致，是在一山一水、一诗一画中体验到生命的真实。他们虽然无拳无勇，但在文化学术的建构中却处于主导地位。因为在当时的文化历史语境中，只有他们才能真正保持历代士人阶层所向往的那种独立意识与超越精神。这种独立意识与超越精神在先秦表现为帝师意识与以天下为己任的精神，在汉唐表现为建功立业、治国平天下的志向与豪情，在宋明表现为成圣成贤的人格理想，在清代康乾之世则只能表现为对真实自我的自觉看护和对个体生命体验的自我尊重。–A 则代表那些以"仕途经济"为人生最高目标的士人。他们虽然也同样不再对"治国平天下"抱有幻想，但却依然愿意依照主流意识形态话语所规定的道路去走过人生之旅。在价值取向上，这些人与 A 所代表的士人是格格不入的，他们彼此轻视，而且常常发生冲突。这种矛盾冲突常常是文化学术话语产生的原动力。例如在某种意

① 钱穆：《国史大纲》（修订本）下册，第860、862页。

义上,《红楼梦》即是在这一原动力的促动下产生的。

B 代表这个文化意义生成模式中的从属因素。具体到康乾之世,则是指那些沉心于训诂考据之学的士人们。他们不如 A 们潇洒自得,原因是他们将 A 们那种对生命之真的追求转变为对学术之真的探究了。所以他们带有某种西方实证主义的倾向。这类士人虽不同于作为文化建构主导因素的士人,但亦不与之矛盾,而且从某种意义上说他们还是对后者的支持与补充。–B 代表的是那些纯粹的利禄之徒。他们是贪官污吏,终日之间只知蝇营狗苟,毫无自律意识。表面上他们有时也会附庸风雅,也会装出胸有大志的样子,但其骨子里却只有个人的进退得失。他们是彻底丧失了生命本真存在的人,是士人阶层的异化形态。

三 在文本与文化语境之间

从我们的阅读方式来看,《红楼梦》的文本意义并非作者有意识地给予的,而是文本构成本身的产物。譬如贾宝玉的生活旨趣与价值取向是在其所处的各种关系维度中产生的,离开了这些关系维度,贾宝玉这个角色的意义是没有的,并不是在文本形成之前,这些意义已然先行存在于作者心中。而且这种随着文本关系维度的形成而产生的文本意义也只是在阅读过程才会呈现出来。如果说文本关系维度使贾宝玉这个角色成为一种意义的象征,那么阅读者的阅读行为也参与了这一意义的实现过程,对于那些仅仅将宝玉看作是不务正业的公子哥或者只会谈情说爱的情种的读者来说,我们所说的这种角色意义是不存在的。这说明阅读(理解或阐释)不仅是接受,而且是建构,阅读参与着文本意义的建构。

然而文本意义却并非阅读或阐释的终极目标。在我们的阅读方式看来,文本意义也还是作为某种能指而存在的,更深层的文化意蕴才是其所指——阅读就是要透过作品文本意义而直指其深层文化意蕴。前面我们分析了《红楼梦》文本意义的生成模式,也分析了文本所处文化语境的意义生成模式。二者之间有着极为密切的联系,文本意义的意义,即深层文化意蕴,即存在于这两个意义生成模式之间的联系上。也可以说,是特定文化历史语境的意义生成模式赋予了文本意义所表征的深层文化意蕴。宝、黛二人(文本主导因素）与贾政等人（文本负主导因素）的冲突构成文本意义生成模式的基本维度，文本意义主要是由这个维度或围绕这一维度而产生的。如前所述，在这个关系维度上，宝、黛所呈现的意义主要是拒斥"仕途经济"，即拒绝走"正路"。如果离开了具体文化语境孤立地来看，我们完全可以将宝、黛视为胸无大志、无所事事的膏粱子弟，是"败家子"——这正是古往今来许多"正人君子"们的普遍看法。即使用今天的价值标准看，在古代社会亦是那些以天下为己任的士人更受人尊敬，只知混迹于闺阁之中，浑身脂粉之气的人令人鄙视。然而一旦将宝、黛置之于具体文化历史语境中，我们就会发现，原来这是最值得赞赏的人物。即使用传统儒家的价值标准来看，他们所恪守的"性情之真"也是人生最高价值。遍观《红楼梦》中形形色色的人物，也只有宝、黛二人堪称一个"诚"字——这是儒学自思孟学派以至宋明理学最主要的价值范畴之一。特别是贾宝玉，简直是一个通体透明的人物，绝对当得起"光风霁月"四字。他正是明儒极力推崇的那种有"赤子之心""童心""自然本体""良知"的人。在到处充满虚伪、奸诈的世界上，这样的人物就是具有最高人格境界的人了。这种意义与价值离开了具体的文化历史语境是无从显现的。

作为文本负主导因素的贾政与薛宝钗等，也只是在这一具体语境中才现出其负价值的。中国古代士人倘欲有所作为就只有跻身仕途不可。以天下为己任也罢，治国平天下也罢，离开了具体的政治活动就只能是空话。就一般情况而言，士人进行政治活动的前提即是做官。因此，在大多数情况下，"仕途经济"的确是士人阶层所能选择的一条"正路"，是他们表现其主体精神与独立意识的重要方式。所以那种不顾具体语境，简单肯定对"仕途经济"的拒斥，是非历史主义的观点。自古以来，士人阶层只是在与君权的合作中来发挥自己的政治功能的。无论是刘邦用张良，还是张良用刘邦，总之是离开了君权的支持与合作，士人阶层很难在政治上有所作为。然而，"天下有道则见，无道则隐"，"穷则独善其身，达则兼济天下"，这是古代士人处世之准则——在无可作为之时，能够保持自家人格的纯真无伪，就难能可贵了。贾宝玉正是在无可作为之时极力追求人格独立的士人之象征，其文化意蕴即在于此。至于贾政之流则是那些为习惯和主流话语所控制，因而忘却真正自我的士人形象，他们也许端正严明、一丝不苟，但却丝毫不知真实自我或真正的生命体验为何物；他们也许真的出于对晚辈的殷切希望，怕他们误入歧途，所以对他们耳提面命，甚至严厉责罚，但他们丝毫意识不到这正是对他们的戕害，是对活泼泼的生命存在的扼杀。如果说宝、黛表征着那些欲平平常常地按照个人意愿生活而不可得者的悲剧，那么贾政等人则代表着那些将人的个性完全消融于通行话语体系，只剩下一具无思想、无精神的空壳而不自知者的悲剧。从话语建构，或话语—权力的运作角度来看，宝、黛是那些由于很特殊的原因而较多地保留了个体生命体验和独立精神的人，他们与那些意识到个体生命体验渐渐失去而幡然猛醒，开始向自我回归的士人具有某种相似性，并因此而成为其象征；贾政之流则是那些完全被主流话语所征服的人，他们所思所想已然与个体生命自我存在相去甚远，他们不是在"说"着"话语"，而是被"话语"所"说"着——先儒的主体精神与使命感到了他们这里已经变成了生活的教条了。

因此，在文本主导因素与负主导因素之间构成的关系维度上，反映着个体话语与官方意识形态话语之间的根本性冲突。在《红楼梦》中，只有宝、黛二人自始至终是在说着自家独特的个人话语，其他人则不同程度地成为"他者"话语的传声筒。这正是宝、黛角色所具有的独特文化意蕴之所在。

四　第二个文本意义的生成模式

以上我们分析了以宝、黛与贾政之间的冲突对立为基本关系维度的意义生成模式，以及这一模式所隐含的深层文化意蕴。现在我们则要调整一下我们的阅读视角：从"仕途经济"与"不走正路"之间的对立，转向"私订终身"与"父母之命"之间的冲突。

这就构成了《红楼梦》中又一个重要的意义生成模式（可简称"爱情矩阵"）：宝、黛依然作为文本主导因素构成一极，其对立面无疑是贾母、王夫人及王熙凤等人，他们的对立与冲突构成这个意义生成模式的基本关系维度。紫鹃作为宝、黛爱情的唯一真正支持者构成意义模式中的从属因素；薛宝钗和她的强大后盾薛姨妈则是负从属因素。对于这一意义生成模式亦可用矩阵表示（见图16-3）。

从这个意义生成模式来看，力量对比无疑是极不平衡的。主导因素与从

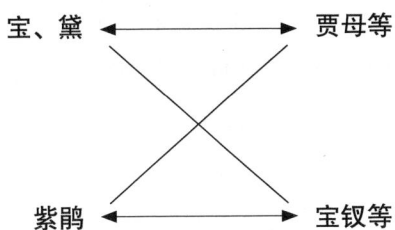

图 16-3

属因素所有的只是一片真情，此外别无任何可以凭借的力量。负主导因素与负从属因素则是权力的化身，在贾宝玉的婚姻问题上他们拥有绝对的发言权。宝、黛的爱情悲剧作为文本意义即是这个意义生成模式的产物。当然这并不是文本所蕴含的深层文化意蕴，而只是文本的表层意义。欲揭示这一深层文化意蕴，同样必须重建文本赖以生成的文化语境。

自明初统治者确立程朱理学的官方意识形态地位以后，理欲之辨就成为一种主流话语。"天理"与"人欲"之说在宋儒那里本是为了加强个人修养，提高道德自律意识而提出的。其所针对者首先便是君主，其次则是儒者自身。所谓"天理"即是自然之理，是人之所以为人的道理，它是人秉之于天、人人具足的。"人欲"则是指那些不合理的，即过分的物质需求。然而这种观点成为官方意识形态话语之后，就变成了一种统治工具，成为压制束缚平民百姓之行为的合法性依据。因此，自明中叶之后，渐渐就有人对此说提出怀疑，大儒陈白沙的"学以自然为宗"①之说即含有拒斥束缚之意，到了阳明后学那里更是直接抨击"天理""人欲"之说了。例如，因抨击伪道学而被统治者杀害的何心隐说："性而味，性而色，性而声，性而安逸，性也。"（《爨桐集》卷二《寡欲》）另一个因为同样的原因而被迫害致死的李卓吾也说："穿衣吃饭，即是人伦物理。除却穿衣吃饭，无伦物矣。"（《焚书》卷一《答邓石阳书》）又说："夫私者，人之心也。人必有私，而后其心乃见；若无私，则无心矣。……此自然之理，必至之符，非可以架空而臆说也。"（《藏书》卷二《德业儒臣后论》）这都是说，"天理"与"人欲"本非二事，它们是不可能完全分开的。到了清朝立国之后，这种对于理欲之辨的批评更是有增无已。蕺山弟子陈确指出："人心本无天理，天理正从人欲中见，人欲恰好处，即天理也。向无人欲，则亦并无天理之可言矣。"②这即是说，"天理"

---

① ［明］陈献章：《陈献章集》卷二《与湛民泽·九》，第192页。
② ［清］陈确：《陈确集·别集》卷五《无欲作圣辨》，北京：中华书局，1979年，第461页。

乃是"人欲"之"天理";"人欲"是第一性的,"天理"是第二性的。这无疑是对明代陋儒之说的颠覆。戴震说得更为彻底:"节而不过则依乎天理,非以天理为正,人欲为邪也。天理者,节其欲而不穷人欲也。"(《孟子字义疏证》卷上)又说:"不悟意见多偏之不可以理名,而持之必坚。意见所非,则谓其人自绝于理。此理欲之辨,适成忍而残杀之具,为祸又如是也。"(《孟子字义疏证原集》卷下)这就是说,理欲之辨在现实中常常会被人利用来作为迫害他人的工具。这意味着,在明清之际,"人欲"已经由一个令人难堪的词语变成了表示人的正当欲望与要求的词语;原来意义上的"天理"则由一个极为神圣的词语,变成了一个令人生厌的词语。于是以"人欲"与"天理"的关系为基本维度,亦构成一个新的意义生成模式(见图16-4)。

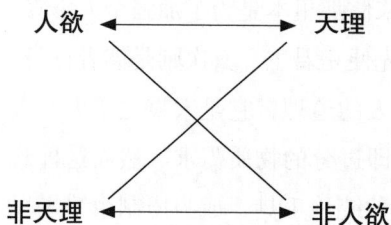

图 16-4

这个矩阵恰恰可以表示前面所说的那个"爱情矩阵"的深层文化意蕴——宝、黛可看作是"人欲"的象征,他们从不按照某种理性原则行事,而只是按照自己个人的意愿和天性行事。他们的所作所为无不顺乎自然。贾母等人则是"天理"的象征,他们是权力的化身,在贾府的日常生活中拥有至高无上的裁决权。他们从来不管什么个人利益,更不考虑个人私情,只是按照既定的规则以及家族的利益判定是非与可否。紫鹃则代表着"非天理"——不是按照抽象原则而是按照个人感受来判断是非。这个人物在贾府是力孤势单的,对于宝、黛爱情的悲剧,特别是林黛玉的悲惨遭遇,她只能洒一掬同情之泪,丝毫无补于事。薛宝钗自然是"非人欲"的象征,她从来都是戴着面具周旋于贾府之中的。她的个人欲望被深深地压抑在心灵深处了。

在出入大观园的贵族小姐少妇之间的关系维度上亦潜在地存在着这样的意义生成模式。例如,我们完全可以将黛玉与宝钗的关系视为"人欲"与"天理"的关系;将史湘云、秦可卿等视为"人欲"的从属因素,即"非天理";将贾探春、李纨等看作"天理"的从属因素(即负从属因素),也就是"非人欲"。同样,我们还可以对大观园的丫鬟优伶们做这样的划分。例如,晴雯是"人欲"的象征;袭人是"天理"的象征;棋官、金钏是"人欲"的从属因素,即"非天理"；麝月、雪雁等则是负从属因素，即"非人欲"。各个文本因素都负载着一定的"文化基因"，不同文本因素之间的关系维度则生成着文化意蕴。《红楼梦》的文本世界即是在这样多重关系结构中生成着意义网络的。

通过以上分析我们不难发现，《红楼梦》确然不同于彼时通行的小说作品，如《歧路灯》《儿女英雄传》之类。其根本区别在于：《歧路灯》这类作品是当时主流意识形态话语的表征，是在很低的层面上演绎着扬善抑恶的故事。其所谓"善"，即是按照当时的价值标准老老实实地做人；其所谓"恶"，即主要是对普遍价值准则的破坏。这类作品虽也有对贪官污吏及其他恶势力的抨击与批判，但在根本上却是起着一种"社会水泥"（"西方马克思主义者"用这个概念形容对资本主义社会起着稳定作用的大众文化）的作用，因为这类作品总是让人们相信社会的主流是好的——在作品文本中总是那些作为主流意识形态话语之表征的角色居于主导因素的位置。《红楼梦》则根本不同，它所代表的乃是明清之际作为程朱理学之反拨的新精神，拒斥"仕途经济"之老路的贾宝玉，是作为文本主导因素而出现的；作为"人欲"之象征的宝、黛爱情，在另一个文本意义生成模式中也居于文本主导因素的位置。由于文本主导因素实际上即是作品基本价值取向之所在，所以《红楼梦》的深层文化意蕴主要在于通过文本意义而曲折地呈现了当时最新的时代精神，从而真切地体现了中国古代士人阶层在漫长的历史进程中终于走向成熟，终于对持续了千百年的价值体系产生了难能可贵的怀疑。这种文化意蕴就使这部作品作为中国古代士人文化的终结而获得永恒的意义。但有一点必须清楚：《红楼梦》所体现的"新精神"并非外来的东西，也不是作者自己的个人话语，它是中国古代士人文化在新的文化历史语境中合乎逻辑的发展。

后 记

从 1995 年以来，我一直给研究生开设一门名为"文化诗学专题"的课程，其初衷是想扩大学生们的视野，使之能够对中国古代诗学所蕴含的文化意蕴有一个大致的了解。边授课，边读书，边思考，我渐渐发现，考察同一文化历史语境中不同话语系统之间的"互文性"关系，对于中国古代诗学的研究来说，可以说是一种颇为有效，甚至是必不可少的方法与视角。这是因为，或许是由于中国古代逻辑学与分类学不够发达的缘故，我们的古代文化学术的不同门类之间的界限不那么清晰，这就造成了各种话语系统相互交错、彼此渗透现象的普遍存在。这种情形就使任何一种学科意识过于清晰的研究都难免会犯削足适履式的错误。研究对象的这一特点，就迫使研究者不能不采取大视角、全方位的研究方法，而不是胶柱鼓瑟式地恪守狭隘领地。

士人阶层毫无疑问乃是中国古代学术文化之主体，他们的社会境遇与特定心态必然会表现在文化学术之中。但他们也绝不是"绝对的"主体，因为他们的文化建构行为是受到一种社会关系网络的制约的，就是说，主体同时又表现为一种功能，一种结构的功能。特定社会关系网络决定着某种文化意义的生成模式，后者又决定着具体文本的意义结构。主体在这里也是受动的。他们的主体性表现在其作为社会关系网络的一极所能发挥的作用，而不是作为天马行空、独往独来的圣人、真人、至人们所具有的超现实力量。换言之，士人阶层的主体性表现为一种结构性功能而不是纯粹的主观意愿的实现。在这里结构主义的思考方式绝对是具有启发性的。

在"上编"中我们梳理了中国古代几种主要学术思想对诗学观念的影响。在这里这些学术思想虽然是被作为文化语境来看待的，但其中也包含了我对它们的一些独到的体会，也算是自己对研读古人典籍之所得的一次简要总结。在这一编中本应有"佛学与诗学"或"禅学与诗学"一章，但由于这个问题太过复杂，一般谈谈，他人早已言之我先；深入探讨则尚力有未及，故只好暂付阙如。

2001 年以来我和郭英德教授共同主持教育部人文社会科学重点研究基地的重大项目"中国古代文论的文化渊源"，这本小书就是这个项目的子课题成果之一。本书在写作过程中还得到"北京师范大学人文社会科学创新群体计划"的资助，在这里表示感谢。北京大学出版社张黎明总编和张凤珠主任出于对学术的热诚与令人敬佩的事业心，愿意出版我们这一课题的研究成果，在这里我代表课题组全体成员向他们表示最诚挚的谢意。

李春青

2003 年 9 月 28 日

修订版后记

　　转眼间这本小书出版已经十三年了！这次修订保留了初版的基本内容，增加了第八章，并对全书注释进行了调整。人民出版社融媒分社的赵新博士策划了此书修订版的出版，我的硕士研究生宋子璇对全书正文和注释进行了认真校对，在此一并表示诚挚的感谢！

李春青

2018 年 12 月 22 日于北京京师园

策　　划：赵　新
责任编辑：陈文龙　何孟纯
封面设计：杨　双

图书在版编目（CIP）数据

在文本与历史之间：中国古代诗学意义生成模式探微 / 李春青著 . —修订本 . —北京：人民出版社，2019.12
ISBN 978 – 7 – 01 – 021549 – 5

Ⅰ . ①在…　Ⅱ . ①李…　Ⅲ . ①古典诗歌—诗词研究—中国　Ⅳ . ① I207.2

中国版本图书馆 CIP 数据核字（2019）第 252749 号

在文本与历史之间

ZAI WENBEN YU LISHI ZHIJIAN

中国古代诗学意义生成模式探微

（修订本）

李春青 ◎ 著

人 民 出 版 社 出版发行

（100706　北京市东城区隆福寺街 99 号）

北京汇林印务有限公司印刷　　新华书店经销

2019 年 12 月第 1 版　2019 年 12 月北京第 1 次印刷
开本：710 毫米 × 1000 毫米 1/16　印张：20.25
字数：320 千字

ISBN 978 – 7 – 01 – 021549 – 5　定价：72.00 元

邮购地址 100706　北京市东城区隆福寺街 99 号
人民东方图书销售中心　电话（010）65250042　65289539